国家出版基金资助项目

国家出版基金项目
NATIONAL PUBLICATION FOUNDATION

全 乐 府

（三）

主　编　彭黎明　彭　勃
副主编　罗　姗　笑　雪

上海交通大学出版社

第三册目录

第九卷　南朝乐府（五）

相和歌辞

相和六引

〇〇三　公无渡河 ◆ 张正见

相和曲

〇〇三　度关山 ◆ 张正见

〇〇四　对酒 ◆ 张正见

〇〇四　晨鸡高树鸣 ◆ 张正见

〇〇五　采桑 ◆ 张正见

〇〇五　艳歌行 ◆ 张正见

〇〇五　罗敷行 ◆ 顾野王

〇〇六　采桑 ◆ 傅縡

〇〇六　对酒 ◆ 岑之敬

〇〇七　采桑 ◆ 贺彻

〇〇七　采桑 ◆ 陈叔宝

〇〇七　日出东南隅行 ◆ 陈叔宝

吟叹曲

〇〇八　明君词 ◆ 张正见

平调曲

〇〇八　铜雀台 ◆ 张正见

〇〇九　从军行（二首） ◆ 张正见

〇〇九　从军五更转（五首） ◆ 伏知道

清调曲

〇一〇　长安有狭斜行 ◆ 张正见

〇一一　三妇艳诗 ◆ 张正见

〇一一　中妇织流黄 ◆ 徐陵

〇一一　中妇织流黄 ◆ 卢询

〇一二　三妇艳诗（十一首） ◆ 陈叔宝

瑟调曲

〇一三　饮马长城窟行 ◆ 张正见

〇一四　泛舟横大江 ◆ 张正见

〇一四　置酒高殿上 ◆ 张正见

〇一五　煌煌京洛行 ◆ 张正见

〇一五　门有车马客行 ◆ 张正见

〇一五　妇病行 ◆ 江总

〇一六　置酒高殿上 ◆ 江总

〇一六　今日乐相乐 ◆ 江总

〇一六　艳歌行（三首） ◆ 顾野王

〇一七　蜀道难 ◆ 阴铿

〇一八　新城安乐宫 ◆ 阴铿

〇一八　饮马长城窟行 ◆ 陈叔宝

〇一八　飞来双白鹤 ◆ 陈叔宝

楚调曲

〇一九　白头吟 ◆ 张正见

〇一九　怨诗 ◆ 张正见

〇二〇　怨诗（二首） ◆ 江总

〇二〇　梁甫吟 ◆ 陆琼

〇二〇　班婕妤 ◆ 阴铿

〇二一　班婕妤 ◆ 何楫

清商曲辞

〇二二　乌栖曲(二首) ◆ 徐陵

〇二二　乌栖曲 ◆ 岑之敬

〇二三　阳春歌 ◆ 顾野王

〇二三　乌栖曲 ◆ 江总

〇二三　箫史曲 ◆ 江总

〇二三　玉树后庭花 ◆ 陈叔宝

〇二四　乌栖曲(三首) ◆ 陈叔宝

〇二五　估客乐 ◆ 陈叔宝

〇二五　三洲歌 ◆ 陈叔宝

〇二五　杨叛儿 ◆ 陈叔宝

〇二五　采莲曲 ◆ 陈叔宝

杂歌谣辞

歌辞

〇二七　齐云观歌

谣辞

〇二七　陈初童谣

〇二七　陈初童谣

〇二八　陈初时谣

〇二八　独酌谣(四首) ◆ 陈叔宝

〇二九　独酌谣 ◆ 陆瑜

〇二九　独酌谣 ◆ 沈炯

〇三〇　羁谣 ◆ 孔仲智

〇三〇　筌箓谣

史歌谣辞

谣辞

〇三一　五张谣

琴曲歌辞

〇三二　宛转歌 ◆ 江总

〇三三　天马引 ◆ 傅绛

〇三三　荆轲歌 ◆ 阳缙

〇三三　昭君怨 ◆ 陈叔宝

杂曲歌辞

〇三五　出自蓟北门行 ◆ 徐陵

〇三五　神仙篇 ◆ 张正见

〇三六　应龙篇 ◆ 张正见

〇三六　前有一樽酒行 ◆ 张正见

〇三六　明月子 ◆ 谢燮

〇三七　前有一樽酒行 ◆ 陈叔宝

〇三七　长安少年行 ◆ 沈炯

〇三八　长相思(二首) ◆ 徐陵

〇三八　轻薄篇 ◆ 张正见

〇三九　东飞伯劳歌 ◆ 江总

〇三九　长相思(二首) ◆ 江总

〇三九　长相思

〇四〇　长相思 ◆ 陆琼

〇四〇　长相思 ◆ 王瑳

〇四〇　仙人览六著篇 ◆ 陆瑜

〇四〇　东飞伯劳歌 ◆ 陆瑜

〇四一　长相思 ◆ 萧淳

〇四一　自君之出矣 ◆ 贾冯吉

〇四一　东飞伯劳歌 ◆ 陈叔宝

〇四二　自君之出矣(六首) ◆ 陈叔宝

〇四三　长相思(二首) ◆ 陈叔宝

〇四三　杂曲 ◆ 徐陵

〇四四　内殿赋新诗 ◆ 江总

〇四四　济黄河 ◆ 江总

〇四四　燕燕于飞 ◆ 江总

〇四五　杂曲(三首) ◆ 江总

〇四六　还台乐 ◆ 陆琼

〇四六　杂曲 ◆ 傅绛

〇四六　舞媚娘(三首) ◆ 陈叔宝

〇四七　古曲 ◆ 陈叔宝

鼓吹曲辞

〇四八　朱鹭 ◆ 张正见

〇四八　上之回 ◆ 张正见

〇四八　战城南◆张正见

〇四九　君马黄(二首)◆张正见

〇四九　芳树◆张正见

〇四九　有所思◆张正见

〇五〇　雉子斑◆张正见

〇五〇　临高台◆张正见

〇五〇　钓竿篇◆张正见

〇五一　芳树◆顾野王

〇五一　有所思◆顾野王

〇五一　朱鹭◆苏子卿

〇五二　艾如张◆苏子卿

〇五二　君马黄◆蔡君知

〇五二　芳树◆李爽

〇五三　巫山高◆萧诠

〇五三　有所思◆陆系

〇五三　雉子斑◆毛处约

〇五四　雉子斑◆江总

〇五四　朱鹭◆陈叔宝

〇五四　巫山高◆陈叔宝

〇五四　有所思(三首)◆陈叔宝

〇五五　雉子斑◆陈叔宝

〇五五　临高台◆陈叔宝

横吹曲辞

〇五六　长安道◆萧贲

〇五六　陇头水◆徐陵

〇五六　折杨柳◆徐陵

〇五七　关山月(二首)◆徐陵

〇五七　洛阳道(二首)◆徐陵

〇五八　长安道◆徐陵

〇五八　梅花落◆徐陵

〇五八　紫骝马◆徐陵

〇五八　骢马驱◆徐陵

〇五九　刘生◆徐陵

〇五九　陇头水(二首)◆张正见

〇六〇　折杨柳◆张正见

〇六〇　关山月◆张正见

〇六〇　洛阳道◆张正见

〇六一　梅花落◆张正见

〇六一　紫骝马◆张正见

〇六一　雨雪曲◆张正见

〇六二　刘生◆张正见

〇六二　陇头水◆顾野王

〇六二　陇头水◆谢燮

〇六三　长安道◆顾野王

〇六三　陇头水(二首)◆江总

〇六四　折杨柳◆江总

〇六四　关山月◆江总

〇六四　洛阳道(二首)◆江总

〇六五　长安道◆江总

〇六五　梅花落(三首)◆江总

〇六六　紫骝马◆江总

〇六六　骢马驱◆江总

〇六六　雨雪曲◆江总

〇六七　刘生◆江总

〇六七　横吹曲◆江总

〇六七　折杨柳◆岑之敬

〇六八　洛阳道◆岑之敬

〇六八　关山月◆阮卓

〇六八　长安道◆阮卓

〇六九　关山月◆陆琼

〇六九　梅花落◆苏子卿

〇六九　洛阳道◆陈暄

〇七〇　长安道◆陈暄

〇七〇　紫骝马◆陈暄

〇七〇　雨雪曲◆陈暄

〇七〇　折杨柳◆王瑳

〇七一　洛阳道◆王瑳

〇七一　雨雪曲◆江晖

〇七一　刘生 ◆ 江晖
〇七二　雨雪曲 ◆ 谢燮
〇七二　紫骝马 ◆ 李爕
〇七二　关山月 ◆ 贺力牧
〇七三　刘生 ◆ 柳庄
〇七三　紫骝马 ◆ 独孤嗣宗
〇七三　紫骝马 ◆ 祖孙登
〇七四　陇头 ◆ 陈叔宝
〇七四　陇头水(二首) ◆ 陈叔宝
〇七四　折杨柳(二首) ◆ 陈叔宝
〇七五　关山月(二首) ◆ 陈叔宝
〇七五　洛阳道(五首) ◆ 陈叔宝
〇七六　长安道 ◆ 陈叔宝

〇七七　梅花落(二首) ◆ 陈叔宝
〇七七　紫骝马(二首) ◆ 陈叔宝
〇七八　雨雪 ◆ 陈叔宝
〇七八　刘生 ◆ 陈叔宝

郊庙歌辞
〇七九　陈太庙舞辞(七首)
〇七九　凯容舞
〇七九　凯容舞
〇七九　凯容舞
〇七九　凯容舞
〇七九　景德凯容舞
〇八〇　武德舞

第十卷　北朝乐府

北魏乐府
相和歌辞
相和曲
〇八三　罗敷行 ◆ 高允
吟叹曲
〇八四　王子乔 ◆ 高允

杂歌谣辞
歌辞
〇八五　北军歌
〇八五　咸阳王歌
〇八五　郑公歌
〇八六　裴公歌
谣辞
〇八六　曲堤谣
〇八六　赵郡谣
〇八七　后魏宣武孝明时谣
〇八七　后魏末童谣
〇八七　东魏童谣

史歌谣辞
歌辞
〇八八　李波小妹歌
谣辞
〇八八　遥望建康谣
〇八九　负布谣
〇八九　智廉谣
〇八九　拜师谣

杂曲歌辞
〇九〇　空城雀 ◆ 高孝纬
〇九〇　千里思 ◆ 祖叔辨
〇九〇　杨白花
〇九一　敦煌乐 ◆ 温子升
〇九一　结袜子 ◆ 温子升
〇九二　安定侯曲 ◆ 温子升
〇九二　泽雉
〇九二　阿那瓌

横吹曲辞

〇九三　白鼻騧 ◆ 温子升

〇九三　木兰诗(二首)

琴曲歌辞

〇九六　四皓歌 ◆ 崔鸿

北齐乐府

相和歌辞

相和曲

〇九七　挽歌 ◆ 祖孝徵

平调曲

〇九七　铜雀台 ◆ 荀仲举

瑟调曲

〇九八　棹歌行 ◆ 魏收

杂歌谣辞

歌辞

〇九九　挟瑟歌 ◆ 魏收

〇九九　敕勒歌

一〇〇　邯郸郭公歌

谣辞

一〇〇　北齐太上时童谣

一〇〇　北齐邺都童谣

一〇一　北齐武定中童谣

一〇一　北齐文宣时谣

一〇一　北齐后主武平初童谣

一〇二　北齐后主武平中童谣(二首)

一〇二　北齐后主武平末童谣

一〇二　北齐末邺中童谣

琴曲歌辞

一〇三　飞龙引 ◆ 萧悫

杂曲歌辞

一〇四　美女篇(二首) ◆ 魏收

一〇四　思公子 ◆ 邢劭

一〇五　永世乐 ◆ 魏收

一〇五　济黄河 ◆ 萧悫

鼓吹曲辞

一〇六　有所思 ◆ 裴让之

一〇六　上之回 ◆ 萧悫

一〇七　临高台 ◆ 萧悫

舞曲歌辞

雅舞

一〇八　北齐文武舞歌(四首)

一〇八　文舞阶步辞

一〇八　文舞辞

一〇八　武舞阶步辞

一〇九　武舞辞

郊庙歌辞

一一〇　北齐南郊乐歌(十三首)

一一〇　肆夏乐

一一〇　高明乐

一一〇　昭夏乐

一一一　昭夏乐

一一一　皇夏乐

一一一　皇夏乐

一一一　高明乐

一一一　高明乐

一一一　武德乐

一一二　皇夏乐

一一二　高明乐

一一二　昭夏乐

一一二　皇夏乐

一一二　北齐北郊乐歌(八首)

一一二　高明乐

一一三　昭夏乐

一一三　皇夏乐

一一三　皇夏乐

一一三　高明乐

一一三　高明乐

一一四　昭夏乐
一一四　皇夏乐
一一四　北齐五郊乐歌（五首）
一一四　青帝高明乐
一一四　赤帝高明乐
一一四　黄帝高明乐
一一五　白帝高明乐
一一五　黑帝高明乐
一一五　北齐明堂乐歌（十一首）
一一五　肆夏乐
一一五　高明乐
一一六　武德乐
一一六　昭夏乐
一一六　昭夏乐
一一六　皇夏乐
一一六　高明乐
一一七　高明乐
一一七　皇夏乐
一一七　高明乐
一一七　皇夏乐
一一七　北齐享庙乐辞（十八首）
一一七　肆夏乐
一一八　高明登歌乐
一一八　昭夏乐
一一八　昭夏乐
一一八　皇夏乐
一一九　登歌乐
一一九　登歌乐
一一九　始基乐恢祚舞
一一九　始基乐恢祚舞
一一九　始基乐恢祚舞
一一九　始基乐恢祚舞
一二〇　始基乐恢祚舞
一二〇　武德乐昭烈舞

一二〇　文德乐宣政舞
一二〇　文正乐光大舞
一二一　皇夏乐
一二一　高明乐
一二一　皇夏乐

燕射歌辞

一二二　北齐元会大飨歌（十首）
一二二　肆夏
一二二　皇夏
一二三　皇夏
一二三　皇夏
一二三　皇夏
一二三　肆夏
一二三　上寿曲
一二三　登歌（三首）
一二四　食举乐（十首）
一二五　皇夏

北周乐府

相和歌辞

相和曲

一二六　对酒 ◆ 庾信
一二六　日出东南隅行 ◆ 王褒
一二七　日出行 ◆ 萧㧑

吟叹曲

一二八　王昭君 ◆ 庾信
一二八　明君词 ◆ 庾信
一二八　明君词 ◆ 王褒
一二九　王昭君

平调曲

一二九　从军行 ◆ 赵王
一二九　燕歌行 ◆ 庾信
一三〇　从军行 ◆ 庾信
一三〇　从军行（二首）◆ 王褒

一三一　燕歌行 ◆ 王褒

一三二　短歌行(二首) ◆ 徐谦

清调曲

一三二　长安有狭斜行 ◆ 王褒

瑟调曲

一三三　饮马长城窟行 ◆ 王褒

一三三　墙上难为趋 ◆ 王褒

一三四　饮马长城窟行 ◆ 尚法师

楚调曲

一三四　怨歌行 ◆ 庾信

清商曲辞

西曲歌

一三五　乌夜啼(二首) ◆ 庾信

一三五　贾客词 ◆ 庾信

杂歌谣辞

歌辞

一三六　劳歌 ◆ 萧㧑

一三六　周宣帝歌

谣辞

一三六　周初童谣

史歌谣辞

谣辞

一三七　常醉谣

一三七　白杨青杨谣

横吹曲辞

一三八　出塞 ◆ 王褒

一三八　入塞 ◆ 王褒

一三八　长安道 ◆ 王褒

一三九　关山月 ◆ 王褒

杂曲歌辞

一四〇　苦热行 ◆ 庾信

一四〇　出自蓟北门行 ◆ 庾信

一四一　结客少年场行 ◆ 庾信

一四一　舞媚娘 ◆ 庾信

一四一　步虚词(十首) ◆ 庾信

一四三　轻举篇 ◆ 王褒

一四四　游侠篇 ◆ 王褒

一四四　陵云台 ◆ 王褒

一四四　古曲 ◆ 王褒

一四五　高句丽 ◆ 王褒

一四五　霜妇吟 ◆ 萧㧑

一四五　于阗采花 ◆ 无名氏

郊庙歌辞

一四六　周祀圆丘歌(十二首)

一四六　昭夏

一四六　皇夏

一四六　昭夏

一四七　昭夏

一四七　皇夏

一四七　云门舞(二首)

一四七　登歌

一四八　皇夏

一四八　雍乐

一四八　皇夏

一四八　皇夏

一四八　周祀方泽歌(四首) ◆ 庾信

一四八　昭夏

一四九　昭夏

一四九　登歌

一四九　皇夏

一四九　周祀五帝歌(十二首) ◆ 庾信

一四九　皇夏

一五〇　皇夏

一五〇　青帝云门舞

一五〇　配帝舞

一五〇　赤帝云门舞

一五〇　配帝舞

一五〇　黄帝云门舞

一五〇　配帝舞

一五一　白帝云门舞

一五一　配帝舞

一五一　黑帝云门舞

一五一　配帝舞

一五一　周宗庙歌(十二首)◆庾信

一五二　皇夏

一五二　昭夏

一五二　皇夏

一五二　皇夏

一五二　皇夏

一五二　皇夏

一五三　皇夏

一五三　皇夏

一五三　皇夏

一五三　皇夏

一五四　皇夏

一五四　皇夏

一五四　周大祫歌(二首)◆庾信

一五四　昭夏

一五四　登歌

燕射歌辞

一五五　周五声调曲(二十四首)
　　　　　　　　◆庾信

一五五　宫调曲(五首)

一五六　变宫调曲(二首)

一五七　商调曲(四首)

一五八　角调曲(二首)

一五八　徵调曲(六首)

一六〇　羽调曲(五首)

第十一卷　隋乐府

相和歌辞

相和曲

一六五　日出东南隅行◆卢思道

吟叹曲

一六五　明君词◆何妥

一六六　明君词◆薛道衡

四弦曲

一六七　蜀国弦◆卢思道

平调曲

一六七　从军行◆卢思道

一六八　短歌行◆辛德源

一六八　从军行◆明余庆

清调曲

一六八　豫章行◆薛道衡

一六九　相逢狭路间◆李德林

一七〇　棹歌行◆卢思道

一七〇　棹歌行◆萧岑

一七〇　门有车马客行◆何妥

一七一　饮马长城窟行◆杨广

一七一　野田黄雀行◆萧慤

清商曲辞

吴声歌曲

一七二　春江花月夜(二首)◆杨广

一七二　泛龙舟◆杨广

一七三　春江花月夜◆诸葛颖

江南弄

一七三　采莲曲◆卢思道

一七四　采莲曲◆殷英童

一七四　阳春歌◆柳誓

杂歌谣辞

歌辞

一七五　长白山歌

一七五　东征歌 ◆ 王通

谣辞

一七六　玉浆泉谣

一七六　隋炀帝大业中童谣

琴曲歌辞

一七七　霹雳引 ◆ 辛德源

一七七　猗兰操 ◆ 辛德源

一七七　成连 ◆ 辛德源

杂曲歌辞

一七九　美女篇 ◆ 卢思道

一七九　升天行 ◆ 卢思道

一八〇　神仙篇 ◆ 卢思道

一八〇　河曲游 ◆ 卢思道

一八〇　城南隅谯 ◆ 卢思道

一八一　白马篇 ◆ 辛德源

一八一　东飞伯劳歌 ◆ 辛德源

一八一　芙蓉花 ◆ 辛德源

一八二　浮游花 ◆ 辛德源

一八二　锦石捣流黄 ◆ 杨广

一八二　喜春游歌(二首) ◆ 杨广

一八三　步虚词(二首) ◆ 杨广

一八三　白马篇 ◆ 王胄

一八四　枣下何纂纂(二首) ◆ 王胄

一八四　西园游上才

一八五　敦煌乐(二首) ◆ 王胄

一八五　神仙篇 ◆ 鲁范

一八五　结客少年场行 ◆ 孔绍安

一八六　游侠篇 ◆ 陈良

一八六　鸣雁行 ◆ 李元操

一八六　自君之出矣 ◆ 陈叔达

一八七　爱妾换马 ◆ 法宣

近代曲辞

一八八　昔昔盐 ◆ 薛道衡

一八九　昔昔盐

一八九　纪辽东(二首) ◆ 杨广

一九〇　江都宫乐歌 ◆ 杨广

一九〇　纪辽东(二首) ◆ 王胄

一九一　十索(四首) ◆ 丁六娘

一九一　十索(二首)

鼓吹曲辞

一九三　有所思 ◆ 卢思道

一九三　钓竿 ◆ 李巨仁

一九三　上之回 ◆ 陈子良

一九四　隋凯乐歌辞(三首)

一九四　述帝德

一九四　述诸军用命

一九四　述天下太平

横吹曲辞

一九五　出塞 ◆ 杨素

一九五　出塞(二首) ◆ 薛道衡

一九六　入塞 ◆ 何妥

一九六　长安道 ◆ 何妥

郊庙歌辞

一九七　隋圜丘歌(八首)

一九七　昭夏

一九七　皇夏

一九七　登歌

一九七　诚夏

一九八　文舞

一九八　需夏

一九八　武舞

一九八　昭夏

一九八　隋五郊歌(五首)

一九八　角音

一九九　徵音

一九九　宫音

一九九　商音

一九九　羽音

一九九　隋感帝歌

一九九　諴夏

二〇〇　隋雩祭歌

二〇〇　諴夏

二〇〇　隋蜡祭歌

二〇〇　諴夏

二〇〇　隋朝日夕月歌(二首)

二〇〇　朝日諴夏

二〇一　夕月諴夏

二〇一　隋方丘歌(四首)

二〇一　昭夏

二〇一　登歌

二〇一　諴夏

二〇一　昭夏

二〇二　隋神州歌

二〇二　諴夏

二〇二　隋社稷歌(四首)

二〇二　春祈社諴夏

二〇二　春祈稷諴夏

二〇二　秋报社諴夏

二〇二　秋报稷諴夏

二〇二　隋先农歌

二〇二　諴夏

二〇二　隋先圣先师歌

二〇三　諴夏

二〇三　隋太庙歌(九首)

二〇三　迎神歌

二〇三　登歌

二〇三　俎入歌

二〇四　太原府君歌

二〇四　康王歌

二〇四　献王歌

二〇四　太祖歌

二〇四　饮福酒歌

二〇四　送神歌

燕射歌辞

二〇五　隋元会大飨歌(十一首)

二〇五　皇夏

二〇五　肆夏

二〇五　食举歌(八首)

二〇六　上寿歌

二〇六　隋宴群臣登歌

二〇七　隋皇后房内歌

二〇七　隋大射登歌

舞曲歌辞

雅舞

二〇九　隋文武舞歌(二首)

二〇九　文舞歌

二〇九　武舞歌

杂舞

二一〇　四时白纻歌(二首)◆杨广

二一〇　东宫春

二一〇　江都夏

二一〇　四时白纻歌(二首)◆虞茂

二一〇　江都夏

二一一　长安秋

第十二卷　唐五代乐府(一)

相和歌辞
相和六引
二一五　公无渡河 ◆ 李白
二一六　公无渡河 ◆ 王建
二一六　箜篌引 ◆ 李贺
二一七　公无渡河 ◆ 王叡
二一七　公无渡河 ◆ 温庭筠

相和曲
二一八　江南曲(八首) ◆ 刘希夷
二二〇　采桑 ◆ 刘希夷
二二〇　江南曲 ◆ 宋之问
二二〇　江南曲 ◆ 刘眘虚
二二一　陌上桑 ◆ 常建
二二一　江南曲 ◆ 丁仙芝
二二二　对酒 ◆ 崔国辅
二二二　对酒(二首) ◆ 李白
二二三　陌上桑 ◆ 李白
二二三　登高丘而望远海 ◆ 李白
二二四　日出入行 ◆ 李白
二二四　挽歌 ◆ 孟云卿
二二五　江南曲 ◆ 韩翃
二二五　江南曲 ◆ 李益
二二六　江南曲 ◆ 于鹄
二二六　挽歌(二首) ◆ 于鹄
二二六　度关山 ◆ 李端
二二七　江南曲 ◆ 张籍
二二七　采桑 ◆ 王建
二二八　挽歌 ◆ 白居易
二二八　江南曲 ◆ 李贺
二二八　日出行 ◆ 李贺
二二九　江南曲 ◆ 温庭筠

二三〇　江南曲 ◆ 李商隐
二三〇　蒿里 ◆ 贯休
二三〇　江南曲 ◆ 陆龟蒙
二三一　江南曲(五首) ◆ 陆龟蒙
二三二　陌上桑 ◆ 陆龟蒙
二三二　江南曲 ◆ 罗隐
二三三　关山曲(二首) ◆ 马戴
二三三　挽歌 ◆ 赵微明
二三三　采桑 ◆ 郎大家宋氏
二三四　采桑 ◆ 李彦远

吟叹曲
二三四　王昭君 ◆ 上官仪
二三五　王昭君 ◆ 卢照邻
二三五　王昭君 ◆ 骆宾王
二三六　王昭君 ◆ 沈佺期
二三六　王昭君(三首) ◆ 郭　震
二三七　王子乔 ◆ 宋之问
二三七　明君词 ◆ 张文琮
二三八　王昭君 ◆ 储光羲
二三八　王昭君 ◆ 皎然
二三八　王昭君(三首) ◆ 东方虬
二三九　王昭君 ◆ 刘长卿
二三九　王昭君 ◆ 崔国辅
二四〇　王昭君
二四〇　王昭君(二首) ◆ 李白
二四〇　明君词 ◆ 戴叔伦
二四一　王昭君(二首) ◆ 白居易
二四一　明君词 ◆ 李端
二四一　楚妃叹 ◆ 张籍
二四二　楚妃怨 ◆ 张籍
二四二　王昭君 ◆ 李商隐

二四二　王昭君(二首)◆令狐楚
二四三　明君词◆陈昭
二四三　明君词◆王偃
二四四　王昭君◆顾朝阳
二四四　王昭君◆董思恭
二四四　王昭君◆梁献

四弦曲

二四五　蜀国弦◆李贺

平调曲

二四五　从军行(二首)◆虞世南
二四七　铜雀妓(二首)◆王勃
二四七　从军行◆骆宾王
二四七　从军行◆刘希夷
二四八　铜雀妓◆沈佺期
二四八　从军行◆李颀
二四九　长歌行◆王昌龄
二四九　从军行(四首)◆王昌龄
二五〇　猛虎行◆储光羲
二五〇　从军行◆王维
二五一　长歌行◆李白
二五一　短歌行◆李白
二五二　猛虎行◆李白
二五三　从军行(二首)◆李白
二五三　鞠歌行◆李白
二五四　从军行(六首)◆刘长卿
二五五　铜雀台◆刘长卿
二五五　铜雀妓◆高适
二五六　燕歌行◆高适
二五六　燕歌行◆陶翰
二五七　短歌行(六首)◆顾况
二五八　苦哉行(五首)◆戎昱
二六〇　从军行◆戎昱
二六〇　铜雀妓◆刘商
二六一　铜雀台◆贾至

二六一　燕歌行◆贾至
二六二　短歌行◆张籍
二六二　猛虎行◆张籍
二六二　置酒行◆李益
二六三　从军有苦乐行◆李益
二六三　从军行(五首)◆皎然
二六五　短歌行◆皎然
二六五　铜雀妓◆皎然
二六五　从军行◆卢纶
二六六　铜雀台◆郑愔
二六六　短歌行◆王建
二六六　从军行◆王建
二六七　猛虎行◆韩愈
二六八　短歌行(二首)◆白居易
二六八　长歌续短歌◆李贺
二六九　猛虎行◆李贺
二六九　铜雀妓◆李贺
二六九　铜雀妓◆乔知之
二七〇　从军行◆乔知之
二七〇　从军行(五首)◆令狐楚
二七一　铜雀妓◆朱放
二七一　从军行(三首)◆王涯
二七二　铜雀妓◆欧阳詹
二七三　从军行◆张祜
二七三　苦哉远征人◆鲍溶
二七四　短歌行◆陆龟蒙
二七四　置酒行◆陆龟蒙
二七四　雀台怨◆马戴
二七四　短歌行◆聂夷中
二七五　猛虎行◆齐己
二七五　君子行◆齐己
二七六　从军行◆杜頠
二七六　从军行◆厉玄
二七七　从军行(三首)◆李约

二七七　铜雀妓◆朱光弼
二七八　铜雀妓◆吴烛
二七八　铜雀妓◆袁晖
二七八　铜雀台◆王无竞
二七九　雀台怨◆程长文
二七九　铜雀台◆罗隐
二七九　铜雀台◆薛能
二八〇　铜雀台◆张琰
二八〇　铜雀台◆梁琼

清调曲

二八〇　中妇织流黄◆虞世南
二八一　相逢行◆崔颢
二八一　相逢行(二首)◆李白
二八二　豫章行◆李白
二八三　北上行◆李白
二八三　秋胡行◆高适
二八四　前苦寒行(二首)◆杜甫
二八五　后苦寒行(二首)◆杜甫
二八五　相逢行◆韦应物
二八六　三妇艳诗◆王绍宗
二八六　苦辛行◆戎昱
二八七　董逃行◆张籍
二八七　难忘曲◆李贺
二八七　塘上行◆李贺
二八八　董逃行◆元稹
二八八　三妇艳诗◆董思恭
二八九　苦寒行◆刘驾
二八九　苦寒行◆齐己
二八九　苦寒行◆贯休

瑟调曲

二九〇　饮马长城窟行◆李世民
二九〇　饮马长城窟行◆袁朗
二九一　饮马长城窟行◆虞世南
二九一　飞来双白鹤◆虞世南

二九二　门有车马客行◆虞世南
二九三　新城安乐宫◆陈子良
二九三　蜀道难◆张文琮
二九三　棹歌行◆骆宾王
二九四　棹歌行◆徐坚
二九四　放歌行◆王昌龄
二九五　陇西行◆王维
二九五　来日大难◆李白
二九六　上留田行◆李白
二九六　野田黄雀行◆李白
二九七　门有车马客行◆李白
二九七　蜀道难◆李白
二九八　胡无人行◆李白
二九九　野田黄雀行◆储光羲
二九九　饮马长城窟行◆王翰
三〇〇　陇西行◆耿湋
三〇〇　东门行◆柳宗元
三〇一　当来日大难◆元稹
三〇一　陇西行◆长孙左辅
三〇二　饮马长城窟行◆王建
三〇二　安乐宫◆李贺
三〇二　雁门太守行◆李贺
三〇三　雁门太守行◆张祜
三〇三　野田黄雀行◆贯休
三〇三　上留田行◆贯休
三〇四　善哉行◆贯休
三〇四　胡无人行◆贯休
三〇四　胡无人行◆聂夷中
三〇五　善哉行◆齐己
三〇五　野田黄雀行◆齐己
三〇五　胡无人行◆徐彦伯
三〇六　饮马长城窟行◆子兰
三〇六　雁门太守行◆庄南杰

楚调曲

三〇七	怨歌行 ◆ 虞世南	
三〇七	白头吟 ◆ 刘希夷	
三〇八	班婕妤 ◆ 严识玄	
三〇八	长门怨 ◆ 沈佺期	
三〇九	婕妤怨 ◆ 崔国辅	
三〇九	怨诗(二首) ◆ 崔国辅	
三〇九	长门怨 ◆ 皎然	
三一〇	长门怨 ◆ 齐澣	
三一〇	长信怨(二首) ◆ 王昌龄	
三一〇	蛾眉怨 ◆ 王翰	
三一一	婕妤怨 ◆ 崔湜	
三一二	班婕妤(三首) ◆ 王维	
三一二	长信怨 ◆ 李白	
三一二	玉阶怨 ◆ 李白	
三一三	长门怨(二首) ◆ 李白	
三一三	怨歌行 ◆ 李白	
三一三	东武吟 ◆ 李白	
三一四	梁甫吟 ◆ 李白	
三一五	白头吟(二首) ◆ 李白	
三一六	长门怨 ◆ 岑参	
三一七	长门怨 ◆ 刘长卿	
三一七	长门怨 ◆ 戴叔伦	
三一七	长门怨 ◆ 李华	
三一八	婕妤怨 ◆ 皇甫冉	
三一八	宫怨 ◆ 李益	
三一八	长门怨 ◆ 卢纶	
三一九	怨诗 ◆ 孟郊	
三一九	杂怨(三首) ◆ 孟郊	
三二〇	白头吟 ◆ 张籍	
三二〇	决绝词(三首) ◆ 元稹	
三二一	怨诗 ◆ 白居易	
三二一	反白头吟 ◆ 白居易	
三二二	宫怨 ◆ 长孙左辅	
三二二	阿娇怨 ◆ 刘禹锡	
三二三	怨诗 ◆ 刘叉	
三二三	怨诗 ◆ 鲍溶	
三二四	长门怨 ◆ 刘言史	
三二四	长门怨 ◆ 张祜	
三二四	婕妤怨 ◆ 陆龟蒙	
三二四	杂怨(三首) ◆ 聂夷中	
三二五	明月照高楼 ◆ 雍陶	
三二五	长门怨(二首) ◆ 郑谷	
三二六	长门怨(二首) ◆ 高蟾	
三二六	怨诗(二首) ◆ 薛奇童	
三二七	怨诗 ◆ 张汯	
三二七	怨诗 ◆ 刘元济	
三二八	怨诗(三首) ◆ 李暇	
三二八	怨诗(二首) ◆ 姚月华	
三二九	怨歌行 ◆ 吴少微	
三二九	长门怨 ◆ 吴少微	
三三〇	长门怨 ◆ 徐贤妃	
三三〇	长门怨 ◆ 张修之	
三三〇	长门怨 ◆ 裴交泰	
三三一	长门怨 ◆ 刘皂	
三三一	长门怨 ◆ 袁晖	
三三一	长门怨 ◆ 刘驾	
三三一	长门怨(二首) ◆ 刘媛	
三三二	婕妤怨 ◆ 张烜	
三三二	婕妤怨 ◆ 刘方平	
三三三	婕妤怨 ◆ 王沈	
三三三	婕妤怨 ◆ 翁绶	
三三三	婕妤怨 ◆ 刘云	
三三三	长信怨 ◆ 王諲	
三三四	宫怨 ◆ 于濆	
三三四	宫怨(二首) ◆ 柯崇	
三三五	班婕妤 ◆ 徐彦伯	

第十三卷　唐五代乐府(二)

清商曲辞

吴声歌曲

三四〇　子夜四时歌(六首)◆郭　震

三四〇　春歌(二首)

三四〇　秋歌(二首)

三四〇　冬歌(二首)

三四一　春江花月夜◆张若虚

三四一　子夜春歌◆王翰

三四二　春江花月夜(二首)◆张子容

三四二　丁督护歌◆李白

三四二　子夜四时歌(四首)◆李白

三四二　春歌

三四三　夏歌

三四三　秋歌

三四三　冬歌

三四三　子夜冬歌◆崔国辅

三四三　子夜冬歌◆薛耀

三四四　三阁词(四首)◆刘禹锡

三四五　团扇郎◆刘禹锡

三四五　玉树后庭花◆张祜

三四五　读曲歌(五首)◆张祜

三四六　团扇郎◆张祜

三四六　子夜四时歌(四首)◆陆龟蒙

三四六　春歌

三四七　夏歌

三四七　秋歌

三四七　冬歌

三四七　懊恼曲◆温庭筠

三四七　春江花月夜◆温庭筠

三四八　堂堂◆温庭筠

三四八　黄竹子歌

三四九　江陵女歌

三四九　碧玉歌◆李暇

神弦歌

三四九　祠渔山神女歌(二首)◆王维

三四九　迎神

三五〇　送神

三五〇　神弦曲◆李贺

三五一　神弦别曲◆李贺

三五一　祠神歌(二首)◆王叡

三五一　迎神

三五一　送神

西曲歌

三五二　乌夜啼◆李白

三五二　乌夜啼(二首)◆顾况

三五二　乌夜啼◆杨巨源

三五三　乌夜啼◆王建

三五三　乌夜啼◆白居易

三五三　乌夜啼◆聂夷中

三五四　乌夜啼◆张祜

三五四　乌夜啼◆李群玉

三五四　大堤曲◆张柬之

三五五　大堤行◆孟浩然

三五五　襄阳曲(二首)◆崔国辅

三五六　乌栖曲◆李白

三五六　估客乐◆李白

三五六　大堤曲◆李白

三五七　杨叛儿◆李白

三五七　乌栖曲◆李端

三五七　襄阳曲◆李端

三五八　乌栖曲(二首)◆刘方平

三五八　乌栖曲◆张籍

三五八　贾客乐 ◆ 张籍

三五九　乌栖曲 ◆ 王建

三五九　莫愁曲 ◆ 李贺

三六〇　大堤曲 ◆ 李贺

三六〇　估客乐 ◆ 元稹

三六一　贾客词 ◆ 刘禹锡

三六一　大堤曲 ◆ 杨巨源

三六二　襄阳曲 ◆ 施肩吾

三六二　莫愁乐 ◆ 张祜

三六二　襄阳乐 ◆ 张祜

三六三　拔蒲歌 ◆ 张祜

三六三　贾客词 ◆ 刘驾

三六三　三洲歌 ◆ 温庭筠

三六三　常林欢 ◆ 温庭筠

江南弄

三六四　江南弄 ◆ 王勃

三六五　采莲归 ◆ 王勃

三六五　采莲曲 ◆ 贺知章

三六六　凤笙曲 ◆ 沈佺期

三六六　采莲曲 ◆ 崔国辅

三六六　采莲女 ◆ 阎朝隐

三六六　采莲曲（三首）◆ 王昌龄

三六七　湖边采莲妇 ◆ 李白

三六七　采莲曲 ◆ 李白

三六八　阳春歌 ◆ 李白

三六八　凤吹笙曲 ◆ 李白

三六八　上云乐 ◆ 李白

三六九　凤台曲 ◆ 李白

三七〇　凤凰曲 ◆ 李白

三七〇　梁雅歌（君道曲）◆ 李白

三七〇　采莲曲 ◆ 储光羲

三七一　采菱曲 ◆ 储光羲

三七一　采莲曲（二首）◆ 戎昱

三七二　江南弄 ◆ 李贺

三七二　采莲曲 ◆ 张籍

三七三　上云乐 ◆ 李贺

三七三　采莲曲 ◆ 白居易

三七三　采莲曲 ◆ 齐己

三七四　采菱行 ◆ 刘禹锡

三七四　阳春曲 ◆ 贯休

三七五　阳春曲 ◆ 无名氏

三七五　阳春曲 ◆ 温庭筠

三七五　张静婉采莲曲 ◆ 温庭筠

三七六　采莲曲（二首）◆ 鲍溶

三七六　阳春曲 ◆ 庄南杰

三七七　采莲曲 ◆ 徐彦伯

三七七　凤台曲 ◆ 王无竞

琴曲歌辞

三七八　明月引 ◆ 卢照邻

三七八　明月歌 ◆ 阎朝隐

三七九　绿竹引 ◆ 宋之问

三七九　霹雳引 ◆ 沈佺期

三八〇　霍将军 ◆ 崔颢

三八〇　湘夫人 ◆ 李颀

三八〇　幽涧泉 ◆ 李白

三八一　山人劝酒 ◆ 李白

三八一　飞龙引（二首）◆ 李白

三八二　双燕离 ◆ 李白

三八二　雉朝飞操 ◆ 李白

三八三　渌水曲 ◆ 李白

三八三　秋思（二首）◆ 李白

三八四　湘妃 ◆ 刘长卿

三八四　湘夫人（二首）◆ 郎士元

三八五　幽居弄 ◆ 顾况

三八五　龙宫操 ◆ 顾况

三八五　琴歌 ◆ 顾况

三八六　列女操 ◆ 孟郊

三八六　湘妃怨 ◆ 孟郊

三八六　胡笳十八拍◆刘商

三八九　别鹤◆张籍

三九○　乌夜啼引◆张籍

三九○　宛转行◆张籍

三九一　王敬伯歌◆李端

三九一　风入松歌◆皎然

三九一　别鹤◆王建

三九二　湘夫人◆邹绍先

三九二　秋思◆司空曙

三九三　拘幽操◆韩愈

三九三　越裳操◆韩愈

三九三　岐山操◆韩愈

三九四　履霜操◆韩愈

三九四　雉朝飞操◆韩愈

三九四　猗兰操◆韩愈

三九五　将归操◆韩愈

三九五　龟山操◆韩愈

三九六　残形操◆韩愈

三九六　别鹤操◆韩愈

三九六　明妃怨◆杨凌

三九七　昭君怨◆白居易

三九七　湘妃◆李贺

三九七　走马引◆李贺

三九八　渌水辞◆李贺

三九八　秋风引◆刘禹锡

三九八　飞鸢操◆刘禹锡

三九九　升仙操◆李群玉

三九九　游春曲(二首)◆王涯

四○○　游春辞(二首)◆王涯

四○○　秋思(二首)◆王涯

四○一　游春辞(三首)◆令狐楚

四○一　别鹤◆杜牧

四○二　别鹤◆杨巨源

四○二　司马相如琴歌◆张祜

四○三　思归引◆张祜

四○三　雉朝飞操◆张祜

四○三　昭君怨(二首)◆张祜

四○四　湘妃怨◆陈羽

四○四　秋思(三首)◆鲍溶

四○五　湘妃列女操◆鲍溶

四○五　昭君怨◆梁琼

四○六　白雪曲◆贯休

四○六　秋思◆司空图

四○六　幽兰◆崔涂

四○七　宛转歌(二首)◆刘方平

四○七　宛转歌(二首)◆郎大家宋氏

四○八　三峡流泉歌◆李秀兰

一 第九卷 南朝乐府（五）

相和歌辞

相和六引

公无渡河①

张正见②

　　金堤③分锦缆，白马④渡莲舟。风严歌响绝，浪涌⑤榜人愁。棹折桃花水，帆横竹箭流。何言沉璧处，千载偶阳侯。

　　① 此首录自《乐府诗集》卷二六。　② 张正见（生卒年不详）：字见赜，武城（今山东武城）人。南朝梁、陈间诗人。少年时即赋博雅吐纳之才，甚得梁简文帝萧纲赞赏。入陈后，累官通直散骑侍郎。其五言诗尤善，大行于世。明张溥辑有《张散骑集》，今存一卷。　③ 金堤：亦作"金隄"。《史记·河渠书》："孝文时河决酸枣，东溃金隄。"张守节正义引《括地志》："金隄，一名千里隄，在白马县东五里。"故址在今河南省滑县东。　④ 白马：白马津。址在今河南滑县北。　⑤ 涌：《文苑英华》卷二一〇注"一作急"。

相和曲

度 关 山①

张正见②

　　关山度晓月，剑客远从征。云中出迥阵，天外落奇兵。轮摧偃去节，树倒碍悬旌。沙扬折坂暗，云积榆溪明。马倦时衔草，人疲屡看城。塞陇胡笳涩，空林汉鼓鸣。还听呜咽水，并切断肠声。

① 此首录自《乐府诗集》卷二七。郭茂倩解引《乐府解题》曰："魏乐奏武帝辞，言人君当自勤苦，省方黜陟，省刑薄赋也。"今按：此后拟作多叙征人行役之思，与此有异也。 ② 张正见：《文苑英华》卷一九八作"王训"。

对 酒①

张正见

当歌对玉酒，匡坐酌金罍。竹叶三清泛，蒲萄百味开。风移兰气入，月逐桂香来。独有刘将阮②，忘情寄羽杯。

① 此首录自《乐府诗集》卷二七。今按：此题始见于魏曹操《对酒歌》，言王者德泽广被，政理人和，万物咸遂。此后拟作则言但当为乐，勿徇名自欺也。② 刘将阮：疑为"刘与阮"，即刘伶与阮籍，皆魏晋时人，以纵酒放达著称于时。

晨鸡高树鸣①

张正见

晨鸡振翮鸣，出迥擅奇声。蜀郡随金马，天津应玉衡。摧冠验远石，击火出连营。争栖斜揭暮，解翼横飞度。试饮淮南药，翻上仙都树。枝低且候潮，叶浅还承露。承露触严霜，叶浅伺朝阳。不见猜群怯宝剑，勇战出花场。当②损黄金距，谁论白玉珰。岂知长鸣逢晋帝，恃气遇周王。流名说鲁国，分影入陈仓。不复愁符朗，犹能感孟尝。

① 此首录自《乐府诗集》卷二八。古辞《鸡鸣》曰"鸡鸣高树巅，狗吠深宫中"，题即出于此。 ② 当：《文苑英华》卷二〇六作"尚"。

采 桑①

张正见

春楼曙鸟惊，蚕妾候初晴。迎风金珥落，向日玉钗明。徙顾移笼影，攀钩动钏声。叶高知手弱，枝软觉身轻。人多羞借问，年少怯逢迎。恐疑夫婿远，聊复答专城②。

① 此首录自《乐府诗集》卷二八。今按：题出于古辞《陌上桑》。　② 专城：古指州牧、太守等地方长官。

艳 歌 行①

张正见

城隅上朝日，斜晖照杏梁。并卷茱萸帐，争移翡翠床。萦鬟聊向牖，拂镜且调妆。裁金作小靥，散麝起微黄。二八秦楼妇，三十侍中郎。执戟超②丹地，丰貂入建章。未安文史阁，独结少年场。弯弧贯叶影，学剑动星芒。翠盖飞城曲，金鞍横道旁。调鹰向新市，弹雀往睢阳。行行稍有极，暮暮归兰房。前瞻富罗绮，左顾足鸳鸯。莲舒千叶气，灯吐百枝光。满酌胡姬③酒，多烧荀令香。不学幽闺妾，生离怨采桑。

① 此首录自《乐府诗集》卷二八。今按：题属古辞《陌上桑》一脉。　② 超：《汉魏六朝百三名家集》作"趋"。　③ 胡姬：原指胡人酒店的卖酒女，后泛指酒店中卖酒女子。汉辛延年《羽林郎》诗："依倚将军势，调笑酒家胡。胡姬年十五，春日独当垆。"

罗 敷 行①

顾野王②

东隅丽春日，南陌采桑时。楼中结梳罢，提筐候早期。风轻莺韵缓，霜③洒落花迟。五马光长陌，千骑络青丝。使君徒遣信，贱妾畏蚕饥。

① 此首录自《乐府诗集》卷二八。今按：题属古辞《陌上桑》一脉。　② 顾野王(519—581)：南朝梁、陈间文字训诂学家、作家及画家。字希冯，吴郡吴(今江苏苏州)人。初仕梁为太学博士。陈时官至光禄卿。著述甚丰，多佚。有《玉篇》三十卷尚存，又存诗十首，多为乐府。　③ 霜：疑当为"露"。

采　桑①

傅　绰②

罗敷试采桑，出入城南傍。绮裙映珠珥，丝绳提玉筐。度身攀叶聚，耸腕及枝长。空劳使君问，自有侍中郎。

① 此首录自《乐府诗集》卷二八。今按：题属古辞《陌上桑》一脉。　② 傅绰(532—584)：南朝陈学者、文人。字宜事，灵州(今宁夏灵武一带)人。官至秘书监、右卫将军，兼中书通事舍人，掌诏诰。为文典丽，下笔立成。今存文四篇，诗三首。

对　酒①

岑之敬②

色映临池竹，香浮满砌兰。舒文泛玉碗，漾蚁溢金盘。箫曲随鸾易，笳声出塞难。惟有将军酒，川上可除寒。

① 此首录自《乐府诗集》卷二七。　② 岑之敬(519—579)：南朝梁、陈间诗人。字思礼，棘阳(今河南南阳)人。十六岁擢高第，仕梁为晋安王方智记室参军。入陈，累迁征南府谘议参军。博涉文史，雅有词章，有集十卷，已佚。今存诗四首。

采 桑[①]

贺 彻[②]

蚕妾出房栊，结伴类花丛。度水春山绿，映日晚
妆红。钏声时动树，衣香自入风。钩长从枝曲，叶尽
细条空。竞采须盈手，争归欲满笼。自怜公府步，谁
与少年同。

① 此首录自《乐府诗集》卷二八。今按：此题属古辞《陌上桑》一脉。
② 贺彻（生卒年不详）：南朝陈文人。生平里籍不详。陈宣帝建中年间，与徐伯
阳、张正见、阮卓等为文会之友。官左民郎。今存诗三首。

采 桑[①]

陈叔宝[②]

春楼髻梳罢，南陌竞相随。去后花丛散，风来香
处移。广袖承朝日，长鬟碍聚枝。柯新攀易断，叶嫩
摘前萎。采繁[③]钩手弱，微汗杂妆垂。不应归独早，堪
为使君知。

① 此首录自《乐府诗集》卷二八。今按：题属古辞《陌上桑》一脉。　② 陈叔
宝（553—604）：即陈后主，南朝陈皇帝。字元秀。在位七年，大造宫室，生活奢
侈。隋兵入建康（今江苏南京）被俘，病死于洛阳。明人辑有《陈后主集》。今存
诗九十余首。　③ 繁：《汉魏六朝百三名家集》作"蘩"。

日出东南隅行[①]

陈叔宝

重轮上瑞晖，西北照南威[②]。南威年二八，开牖敞
重闱。当垆送客去，上苑逐春归。鬓下珠胜月，窗前
云带衣。红裙结未解，绿绮自[③]难徽。

① 此首录自《乐府诗集》卷二八。今按：古辞《陌上桑》曰"日出东南隅，照我

秦氏楼”，题出于此也。　②南威：亦称“南之威”，春秋时晋国的美女。《战国策·魏策二》：“晋文公得南之威，三日不听朝，遂推南之威而远之，曰：‘后世必有以色亡其国者。’”后因泛指美女。　③自：《乐府诗集》作“白”，据《汉魏六朝百三名家集》改。

吟叹曲

明 君 词①

张正见

　　寒②树暗胡尘，霜楼明汉月。泪染上春衣，忧变华年发。

　　①此首录自《乐府诗集》卷二九。　②寒：《文苑英华》卷二〇四及《古乐府》卷四作“塞”。

平调曲

铜 雀 台①

张正见

　　凄②凉铜雀晚，摇落墓田通。云惨当歌日，松吟欲舞风。人疏瑶席冷，曲罢缥帷空。可惜年将③泪，俱尽望陵中。

　　①此首录自《乐府诗集》卷三一。郭茂倩解云，一曰《铜雀妓》。《邺都故事》曰：“魏武帝遗命诸子曰：‘吾死之后，葬于邺之西岗上，与西门豹祠相近，无藏金玉珠宝。余香可分诸夫人，不命祭吾。妾与伎人，皆著铜雀台，台上施六尺床，下缥帐，朝晡上酒脯粓糒之属。每月朝十五，辄向帐前作伎。汝等时登台，望吾西陵墓田。’故陆机《弔魏武帝文》曰：‘挥清弦而独奏，荐脯糒而谁尝？悼缥帐之冥漠，怨西陵之茫茫。登雀台而群悲，仾美目其何望。’”按铜雀台在邺城，建安十五

年筑。其台最高,上有屋一百二十间,连接榱栋,侵彻云汉。铸大铜雀置于楼颠,舒翼奋尾,势若飞动,因名为铜雀台。《乐府解题》曰:"后人悲其意,而为之咏也。"　②凄:《文苑英华》卷二○四作"荒"。　③将:《文苑英华》卷二○四作"年"。

从 军 行①（二首）

张正见

其 一

胡兵屯蓟北,汉将起山西。故人轻百战,聊②欲定三齐。风前喷画角,云上舞飞梯。雁塞秋声远,龙沙云路迷。燕然自可勒,函谷讵须泥?

①此诗录自《乐府诗集》卷三二。今按:此题《诗纪》卷一○三作《星名从军诗》。　②聊:《乐府诗集》作"卿",据《文苑英华》卷一九九改。

其 二

将军定朔边,刁斗出祁连。高柳横长①塞,榆关接远②天。井泉含阵竭,风火映山然。欲知客心断,旌③旌万里悬。

①长:《文苑英华》作"绝",《诗纪》作"遥"。　②远:《乐府诗集》作"连",据《文苑英华》及《诗纪》改。　③旌:《文苑英华》及《诗纪》作"危"。

从军五更转①（五首）

伏知道②

其 一

一更刁斗鸣,校尉逴连城。遥闻射雕骑,悬惮将军名。

①此五首录自《乐府诗集》卷三三。郭茂倩解引《乐苑》曰:"《五更转》,商调曲。"按伏知道已有《从军辞》,则《五更转》盖陈以前曲也。"　②伏知道(生卒

年不详):南朝陈诗人。平昌安丘(今属山东)人。生平事迹不详。今存诗除《从军五更转》外,还有《咏人聘妾仍逐琴心诗》、《赋得招隐》,皆见于《艺文类聚》。

其　二

二更愁未央,高城寒夜长。试将弓学月,聊持剑比霜。

其　三

三更夜警新,横吹独吟春。强听梅花落①,误忆柳园人。

① 梅花落:汉乐府横吹曲名。郭茂倩题解:"《梅花落》本笛中曲也。"

其　四

四更星汉低,落月与云齐。依稀北风里,胡笳杂马嘶。

其　五

五更催送筹,晓色映山头。城乌初起蝶,更人悄①下楼。

① 悄:《乐府诗集》注"一作笑"。

清调曲

长安有狭斜行①

张正见

少年重游侠,长安有狭斜②。路窄时容马,枝高易度车。檐高同落照,巷小共飞花。相逢夹绣毂,借问是谁家?

① 此首录自《乐府诗集》卷三五。　② 狭斜:旧时称娼妓居处为狭斜。

三妇艳诗①

张正见

　　大妇织残丝，中妇妒蛾眉。小妇独无事，歌罢咏新诗。上客何须起，为待绝缨时。

　　① 此首录自《乐府诗集》卷三五。今按：古辞《长安有狭斜行》言大妇、中妇、小妇如何，题出于此。

中妇织流黄①

徐　陵②

　　落花还③井上，春机当户前。带衫行障口，觅钏枕檀④边。数镊经无乱，新浆纬易牵。蜘蛛夜伴织，百舌晓惊眠。封用黎阳土，书因计吏船。欲知夫婿处，今督水衡钱⑤。

　　① 此首录自《乐府诗集》卷三五。今按：此题属《长安有狭斜行》一脉。
② 徐陵（507—583）：南朝陈诗人、骈文家。字孝穆，祖籍东海郯（今山东郯城）人。梁时任通直散骑常侍。陈受禅，任尚书左丞，后加散骑常侍。其文辞藻绮丽，与庾信齐名，世号"徐庾体"。有《徐孝穆集》及《玉台新咏》。　③ 还：《诗纪》卷一〇〇注"一作飞"。　④ 枕檀：《诗纪》注"一作入檀"。　⑤ 水衡钱：汉代皇帝私藏的钱，由水衡都尉、水衡丞掌管、铸造。此泛指国帑。

中妇织流黄①

卢　询②

　　别人心已怨，愁空日复斜。然香望韩寿③，磨镜待秦嘉④。残丝愁绩烂，余织恐缣⑤赊。支机一片石，缓转独轮车。下帘还忆月，挑灯更惜花。似天河上景，春时织女家。

　　① 此首录自《乐府诗集》卷三五。今按：此题属《长安有狭斜行》一脉。

② 卢询(生卒年不详):《诗纪》卷一一〇注:"名见《颜氏家训》,云'范阳卢询,疑即卢询祖也'。《乐府》作陈人。"今从《乐府诗集》作陈人待考。今按:卢询祖,北齐人,袭祖爵大夏男。有术学,文章华美。天保末出为筑长城子使。历太子舍人、司徒记室。　③ 韩寿:南朝宋刘义庆《世说新语·惑溺》:"韩寿美姿容,贾充辟以为椽。充每聚会,贾女于青璅中看,见寿,说之。"后因以"韩寿"借指美男子。④ 秦嘉:东汉诗人。《玉台新咏》有嘉《赠妇诗》三首,嘉妻徐淑答诗一首,叙夫妇惜别互矢忠诚之情,为历代所传诵。　⑤ 缣:《乐府诗集》作"嫌",据《诗纪》改。

三妇艳诗①(十一首)

陈叔宝

其　一

大妇避秋风,中妇夜床空。小妇初两髻,含娇新脸红。得意非霭日,可怜那可同。

① 此十一首录自《乐府诗集》卷三五。

其　二

大妇西北楼,中妇南陌头。小妇初妆点,回眉对月钩。可怜还自觉,人看反更羞。

其　三

大妇主①缣机,中妇裁春衣。小妇新妆冶,拂匣动琴徽。长夜理清曲,余娇且未归。

① 主:《乐府诗集》注"一作弄"。

其　四

大妇妒蛾眉,中妇逐春时。小妇最年①少,相望卷罗帷。罗帷夜寒卷,相望人来迟。

① 年:《乐府诗集》作"季",据《诗纪》卷九八改。

其　五

大妇上高楼,中妇荡莲舟。小妇独无事,拨帐掩娇羞。丈夫应自解,更深难道留。

其 六

大妇初调筝，中妇敛①歌声。小妇春妆罢，弄月当宵楹。季子时将意，相看不用争。

① 敛:《乐府诗集》作"饮"，据《诗纪》改。

其 七

大妇爱恒偏，中妇意长坚。小妇独娇笑，新来华烛前。新来诚可惑，为许得新怜。

其 八

大妇酌金杯，中妇照妆台。小妇偏妖冶，下砌折新梅。众中何假问，人今最后来。

其 九

大妇怨空闺，中妇夜偷啼。小妇独含笑，正柱作乌栖。河低帐未掩，夜夜画①眉齐。

① 画:《乐府诗集》作"尽"，据《诗纪》改。

其 十

大妇正当垆，中妇裁罗襦。小妇独无事，淇上待吴姝。鸟归花复落，欲去却踟蹰。

其 十一

大妇年十五，中妇当春户。小妇正横陈，含娇情未吐。所愁晓漏促，不恨灯销炷。

瑟调曲

饮马长城窟行①

张正见

秋草朔风惊，饮马出长城。群惊还怯饮，地险更宜行。伤冰敛冻足，畏冷急寒声。无因度吴坂，方复入羌城。

①　此首录自《乐府诗集》卷三八。今按：此题一曰《饮马行》。长城下有窟，可以饮马。古辞云："青青河畔草，绵绵思远道。"言征戍之客，至于长城而饮其马，妇人思念其勤劳，故作是曲也。

泛舟横大江①

张正见

大江修且阔，扬舲度回矶。波②中画鹢涌，帆上锦花飞。舟移历浦月，棹举湿春衣。王孙客若③远，讵待送将归。

①　此首录自《乐府诗集》卷三八。郭茂倩解云，魏文帝《饮马长城窟行》曰"泛舟横大江"，因以为题也。　②　波：《文苑英华》卷一九三作"渡"。　③　客若：《文苑英华》作"若定"；《汉魏六朝百三名家集》作"定若"。

置酒高殿上①

张正见

陈王开甲第，粉壁丽椒涂。高窗侍玉女，飞闼敞金铺。名香散绮幕，石墨雕金炉。清醪称玉馈②，浮蚁擅苍梧。邹、严恒接武，申、白日相趋。容与升阶玉，差池曳履珠。千金一巧笑，百万两鬟姝。赵姬未鼓瑟，齐客罢吹竽。歌喧桃与李，琴挑《凤将雏》③。魏君惭举白，晋主愧投壶。风云更代序，人事有荣枯。长卿病消渴，壁立还成都。

①　此首录自《乐府诗集》卷三九。　②　玉馈：传说中的仙酒名。《神异经·西北荒经》："西北荒中，有玉馈之酒，酒泉注焉……酒美如肉，澄清如镜。"
③　凤将雏：古曲名。三国魏应璩《百一诗》："为作《陌上桑》，反言《凤将雏》。"

煌煌京洛行①

张正见

千门俨西汉，万户擅东京。凌云霞上起，鹑鹊月中生。风尘暮不息，箫管夜恒鸣。唯当卖药处，不入长安城。

① 此首录自《乐府诗集》卷三九。

门有车马客行①

张正见

飞观霞光启，重门平旦开。北阙高辀②过，东方连骑来。红尘扬翠毂，赭汗染龙媒。桃花夹迳聚，流水傍池回。捎鞭聊静电③，接轸暂停雷。非关万里客，自有六奇才。琴和朝雉操，酒泛夜光杯。舞袖飘金谷，歌声绕凤台。良时不可再，骈驭④郁相催。安知太行道，失路车轮摧。

① 此首录自《乐府诗集》卷四〇。　② 辀：《乐府诗集》作"箱"，据《文苑英华》卷一九五改。辀，轻车。　③ "捎鞭"句：《汉魏六朝百三名家集》作"挥鞭聊接电"。　④ 骈驭：驾驭车马的侍从。

妇 病 行①

江 总②

窈窕怀贞室，风流挟琴妇。唯将角枕卧，自影啼妆久。羞开翡翠帷，懒对蒲萄酒。深悲在缣素，托意忘箕帚。夫婿府中趋，谁能大垂手③。

① 此首录自《乐府诗集》卷三八。　② 江总(519—594)：南朝陈文学家。字总持，济阳考城(今河南兰考)人。仕梁、陈、隋三朝。陈时官至尚书令，世称"江令"。不理政务，日与孔范等人陪侍陈后主游宴后宫，制作艳诗，荒嬉无度，

时号狎客。原有集,已散佚,明人张溥辑有《江令君集》。 ③ 大垂手:古舞名,又为乐府杂曲歌辞名。《乐府解题》曰:"《大垂手》、《小垂手》,皆言舞而垂其手也。"

置酒高殿上①

江 总

三清传旨酒,柏梁②奉欢宴。霜云动玉叶,冻水疏金箭③。羽籥响钟石,流泉灌金殿。盛时不再得,光景驰如电。

① 此首录自《乐府诗集》卷三九。今按:此题《艺文类聚》卷三九作"赋得殿上诗"。 ② 柏梁:指柏梁台,汉代台名。汉武帝时建,以香柏为梁,帝尝置酒其上,诏群臣和诗,能七言者乃得上。这里借指宫廷。 ③ 金箭:对漏箭的美称。

今日乐相乐①

江 总

绮殿文雅遒,玳筵欢趣密。郑态逶迤舞,齐弦窈窕瑟。金罍送缥觞,玉井沉朱实。愿以北堂宴,长奉南山日。

① 此首录自《乐府诗集》卷三九。

艳 歌 行①(三首)

顾野王

其 一

燕姬妍,赵女丽,出入王宫公主第。倚鸣瑟,歌未央,调弦八九弄,度曲两三章。唯欣春日永,讵愁秋夜长。歌未央，倚鸣瑟，轻风飘落蕊，乳燕②巢兰室。结罗帷，玩朝日，窗开翠幔卷，妆罢金星出。争攀四照花，竞戏三条术。

① 此三首录自《乐府诗集》卷三九。　② 乳燕：《乐府诗集》阙，据《诗纪》一〇六补。

其　二

夕台行雨度，朝梁照日辉。东城采桑返，南市数钱归。长歌挑碧玉，罗尘笑洛妃。欲知欢未尽，栖乌已夜飞①。

① "栖乌"句：《乐府诗集》作"栖夜已乌飞"，据《诗纪》改。

其　三

齐倡赵女尽妖妍，珠帘玉砌并神仙。莫笑人来最落后，能使君恩得度前。岂知洛渚罗尘步，讵减天河①秋夕渡。妖姿巧笑能倾城，那思他人不憎妒。莲花藻井推芰荷，采菱妙曲胜阳阿②。

① 天河：《乐府诗集》作"河天"，据《诗纪》改。　② 阳阿：古乐曲名。

蜀　道　难①

阴　铿②

王尊奉汉朝，灵关不惮遥。高岷长有雪，阴栈屡经烧。轮摧九折路，骑阻七星桥。蜀道难如此，功名讵可要。

① 此首录自《乐府诗集》卷四〇。　② 阴铿（生卒年不详）：南朝陈文学家。字子坚，武威姑臧（今甘肃武威）人。梁时官湘东王萧绎法曹行参军。入陈，官至晋陵太守、员外散骑常侍。其诗长于写山水，善炼字造句，刻苦与何逊相似，故杜甫赞曰"颇学阴何苦用心"。原有集，已失传。今存诗三十余首。

新城安乐宫①

阴 铿

新宫实壮哉，云里望楼台。迢递翔鹍仰，联翩贺燕来。重寒露檐宿②，返景夏莲开。砌石披新锦，花梁画早梅。欲知安乐盛，歌管杂尘埃。

① 此首录自《乐府诗集》卷三八。 ②"重寒"句:《文苑英华》卷一九二及《艺文类聚》卷六九均作"重檐寒露宿"。

饮马长城窟行①

陈叔宝

征马入他乡，山花此夜光。离群嘶向影，因风屡动香。月色含城暗，秋声杂塞长。何以酬天子②，马革③报疆场。

① 此首录自《乐府诗集》卷三八。 ② 天子:《乐府诗集》作"君子"，据《文苑英华》卷二〇九改。 ③ 革:《乐府诗集》作"草"，据《文苑英华》改。

飞来双白鹤①

陈叔宝

朔吹已萧瑟，愁云屡合开。玄冬辛苦地，白鹤从风催。音响已清切，毛羽复残摧。飞未②进□□③，但为失双回。傥逢唅参德④，当共衔珠⑤来。

① 此首录自《乐府诗集》卷三九。 ② 未:《诗纪》卷九八作"来"。
③ □□:此处各版本均阙二字。 ④"傥逢"句:《乐府诗集》作"傥逢□唅德"，据《汉魏六朝百三名家集》补。 ⑤ 衔珠:相传有鹤为猎人所射，唅参医鹤疮，愈而放之。后鹤夜到门外，参执烛视之，见鹤雌雄至，各衔明珠以报参。

楚调曲

白头吟①

张正见

平生怀直道,松桂②比真风。语默妍蚩际,沉浮毁誉中。谗新恩易尽,情去宠难终。弹珠金市侧,抵玉春③山东。含香老颜驷,执戟异扬雄。惆怅崔亭伯,幽忧冯敬通。王嫱没胡④塞,班女弃深宫。春苔封履迹,秋叶夺妆红。颜如花落槿,鬓似雪飘蓬。此时积⑤长叹,伤⑥年谁复同。

① 此首录自《乐府诗集》卷四一。 ② 松桂:《乐府诗集》作"桂松",据《古乐府》卷五、《文苑英华》卷二〇七改。 ③ 春:《文苑英华》作"泰",《古乐府》作"昆"。 ④ 胡:《乐府诗集》作"故",据《汉魏六朝百三名家集》改。 ⑤ 积:《乐府诗集》注"一作即"。 ⑥ 伤:《文苑英华》作"少"。

怨诗①

张正见

新丰妖冶地,游侠竞娇奢。池台间罗绮,桃李杂烟霞。盖影分连骑,衣香合并车。艳粉惊飞蝶,红妆映落花。舞衫飘冶袖,歌扇掩团纱。玉床珠帐卷,金楼镜月斜。还疑萧史凤,不及季伦家。

① 此首录自《乐府诗集》卷四一。今按:此题《汉魏六朝百三名家集》作"情诗"。

怨 诗①（二首）

江 总

其 一

采桑归路河流深，忆昔相期柏树林。奈许新缣伤
妾意，无由故剑动君心。

① 此二首录自《乐府诗集》卷四一。

其 二

新梅嫩柳未障羞，情去恩移①那可留。团扇箧中
言不分，纤腰掌上讵胜愁。

① 恩移：《乐府诗集》作"思移"，据《汉魏六朝百三名家集》改。

梁 甫 吟①

陆 琼②

临淄佳丽地，年少习名倡。似笑唇朱动，非愁眉
翠扬。掩抑随竽转，和柔会瑟张。轻扇屡回指，飞尘
亟绕梁。寄言诸葛相，此曲作难忘。

① 此首录自《乐府诗集》卷四一。今按：谢希逸《琴论》曰："诸葛亮作《梁甫
吟》。"《蜀志》曰："诸葛亮好为《梁甫吟》，然则不起于亮矣。李勉《琴说》曰：'《梁
甫吟》，曾子撰。'"梁甫，山名，在泰山下。《梁甫吟》，盖言人死葬此山，亦葬歌也。
② 陆琼(537—586)：南朝陈诗人。字伯玉。六岁能五言诗，京师号为"神童"。
天嘉中以文学迁尚书殿中郎，深为文帝赏识，后为给事黄门侍郎，转中庶子。至
德初累迁吏部尚书。今存诗六首，文三篇。

班 婕妤①

阴 铿

柏梁新宠盛，长信昔恩倾。谁为诗书巧，翻谓②歌
舞轻。花月分窗进，苔草共阶生。妾泪衫前满，单眠

梦里惊。可惜逢秋扇,何用合欢名。

① 此首录自《乐府诗集》卷四三。 ② 谓:《乐府诗集》作"为",据《艺文类聚》卷三〇改。

班 婕 妤①

何 楫②

齐纨既逐箧③,赵舞即凌人。履迹随恩故,阶苔逐恨新。独卧销香炷,长啼费锦④巾。庭草何聊赖,也持秋⑤当春。

① 此首录自《乐府诗集》卷四三。 ② 何楫(生卒年不详):南朝陈文人。生平事迹不详。今存诗一首。 ③ 箧:《乐府诗集》作"筐",据《诗纪》卷一〇七改。 ④ 锦:《乐府诗集》作"手",据《诗纪》改。 ⑤ 秋:《乐府诗集》作"春",据《诗纪》改。

清商曲辞

乌 栖 曲①（二首）

徐 陵

其 一

卓女红妆②期此夜，胡姬沽酒谁论价。风流荀令好儿郎，偏能传粉复薰香。

① 此二首录自《乐府诗集》卷四八。今按：此题属《西曲歌》。　② 妆：《乐府诗集》作"粉"，据《汉魏六朝百三名家集》改，《乐府诗集》亦注"一作妆"。

其 二

绣帐罗帏隐灯烛，一夜千年犹不足。唯憎无赖汝南鸡，天河未落犹争啼。

乌 栖 曲①

岑之敬

骢②马直去没浮云，河渡冰开两岸分。乌③藏日暗行人息，空栖只影长相忆。明月二八照花新，当垆十五晚留宾。

① 此首录自《乐府诗集》卷四八。今按：此题属《西曲歌》。　② 骢：《乐府诗集》作"总"，据《诗纪》一〇六改。　③ 乌：《乐府诗集》作"乌"，据《诗纪》改。

阳 春 歌[①]

顾野王

春草正芳菲,重楼启曙扉。银鞍侠客至,柘弹婉童[②]归。池前竹叶满,井上桃花飞。蓟门寒未歇,为断流黄机。

① 此首录自《乐府诗集》卷五一。今按:此题属《江南弄》。　② 婉童:中华书局本校《全齐诗》作"宛童"。

乌 栖 曲[①]

江 总

桃花春水木兰桡,金羁翠盖聚河桥。陇西上计应行去,城南美人啼著曙。

① 此首录自《乐府诗集》卷四八。今按:此题属《西曲歌》。

箫 史 曲[①]

江 总

弄玉秦家女,箫史仙处童。来时兔月照[②],去后凤楼空。密笑开还敛,浮声咽更通。相期红粉色,飞向紫烟中。

① 此首录自《乐府诗集》卷五一。今按:此题属《江南弄》。　② 照:《诗纪》卷一〇四及《全陈诗》作"满"。

玉树后庭花[①]

陈叔宝

丽宇芳林对高阁,新妆艳质本倾城。映户凝娇乍不进,出帷含态笑相迎。妖姬脸似花含露,玉树流光照后庭。

① 此首录自《乐府诗集》卷四七。郭茂倩解引《隋书·乐志》曰："陈后主于清乐中造《黄骊留》及《玉树后庭花》、《金钗两鬓垂》等曲，与幸臣等制其歌词，绮艳相高，极于轻薄(今按:《乐府诗集》作'轻荡'，据《隋书》改)，男女唱和，其音甚哀。"《五行志》曰："祯明初，后主作新歌，辞甚哀怨，令后宫美人习而歌之。其辞曰:'玉树后庭花，花开不复久。'时人以歌谶，此其不久兆也。"《南史》曰："后主张贵妃名丽华，与龚孔二贵嫔，王李二美人，张薛二淑媛，袁昭仪、何婕妤、江修容等，并有宠，又以宫人袁大舍等为女学士。每引宾客游宴，则使诸贵人女学士与狎客共赋新诗，采其尤艳丽者，以为曲调，被以新声，选宫女千数歌之。其曲有《玉树后庭花》、《临春乐》等。其略云:'璧月夜夜满，琼树朝朝新。'大抵皆美张贵妃、孔贵嫔之容色。"按《大业拾遗记》，"璧月"句，盖江总辞也。今按:此题属《吴声歌曲》。

乌 栖 曲①(三首)

陈叔宝

其 一

陌头新花历乱生，叶里春②鸟送春情。长安游侠无数伴，白马骊珂路中满。

① 此三首录自《乐府诗集》卷四八。今按:此题属《西曲歌》。　② 春:中华书局本校《古乐府》卷七作"啼"。

其 二

金鞍向暝欲相连，玉面俱要来帐前。含态眼语悬相解，翠带罗裙入为解。

其 三

合欢襦薰百合香，床中被织两鸳鸯。乌啼汉没天应曙，只持怀抱送郎去。

估 客 乐①

陈叔宝

三江结俦侣，万里不辞遥。恒随鹢首舫，屡逐鸡鸣潮。

① 此首录自《乐府诗集》卷四八。《古今乐录》曰："《估客乐》者，齐武帝之所制也。帝布衣时，尝游樊、邓。登祚以后，追忆往事而作歌。"今按：此题属《西曲歌》。

三 洲 歌①

陈叔宝

春江聊一望，细草遍长洲。沙汀时起伏，画舸屡淹留。

① 此首录自《乐府诗集》卷四八。今按：此题属《西曲歌》。

杨 叛 儿①

陈叔宝②

青春上阳月，结伴戏京华。龙媒玉珂马，凤轸绣香车。水映临桥树，风吹夹路花。日昏欢宴罢，相将归狭斜。

① 此首录自《乐府诗集》卷四九。今按：此题《诗纪》卷九八作《杨叛儿曲》，题属《西曲歌》。　②《乐府诗集》作"隋后主"，据《诗纪》改。《诗纪》题下注"拾遗作隋越王《京洛行》"。

采 莲 曲①

陈叔宝

相催暗中起，妆前日已光。随宜巧注口，薄落点花黄。风住疑衫密，船小畏裾长。波文散动楫，茭花拂度航。低荷乱翠影，彩袖新莲香。归时会被唤，且试入兰房。

① 此首录自《乐府诗集》卷五〇。今按：此题属《江南弄》。

杂歌谣辞

歌辞

齐云观歌①

齐云观，寇来无际畔。

① 此首录自《乐府诗集》卷八七。郭茂倩解引《隋书·五行志》曰："陈后主造齐云观，国人歌之，功未毕而为隋师所虏。"

谣辞

陈初童谣①

黄班青骢马，发自寿阳浕。来时冬气末，去日春风始。

① 此首录自《乐府诗集》卷八九。郭茂倩解引《隋书·五行志》曰："陈初有童谣。其后陈主果为韩擒所败。擒本名擒虎，黄班之谓也。破建康之始，复乘青骢马，往反时节皆应。"今按：寿阳，在淮水南岸，即今之寿县，属安徽省。

陈初童谣①

御路种竹筱，萧萧已复起。合盘贮蓬块，无复扬尘已。

① 此首录自《乐府诗集》卷八九。

陈初时谣①

日西夜乌飞，拔剑倚梁柱。归去来，归山下。

① 此首录自《乐府诗集》卷八九。

独 酌 谣①（四首）

陈叔宝

其 一

独酌谣，独酌且独谣。一酌岂陶暑，二酌断风飚，
三酌意不畅，四酌情无聊，五酌盂易覆，六酌欢欲调，
七酌累心去，八酌高志②超，九酌忘物我，十酌忽凌霄。
凌霄异羽翼，任致得飘飘。宁学世人醉，扬波去我遥。
尔非浮丘伯，安见王子乔。

① 此四首录自《乐府诗集》卷八七。郭茂情解引陈后主自序曰："齐人淳于
髡善为十酒，偶效之作《独酌谣》。" ② 志:《乐府诗集》注"一作德"。

其 二

独酌谣，独酌起中宵。中宵照春月，初花发春朝。
春花春月正徘徊，一樽一弦当夜开。聊奏孙登曲，仍
斟毕卓杯。罗绮徒纷乱，金翠转迟回。中心本①如水，
凝志更②同灰。逍遥自可乐，世语世情哉。

① 本:《乐府诗集》作"更"，据《汉魏六朝百三名家集》改。 ② 更:《乐府诗
集》作"本"，据《汉魏六朝百三名家集》改。

其 三

独酌谣，独酌酒难消。独酌三两碗，弄曲两三调。
调弦忽未毕，忽值出房朝。更似游春苑，还如逢丽谯。
衣香逐娇去，眼语送杯娇。余樽尽复益，自得是逍遥。

其 四

独酌谣，独酌一樽酒。樽酒倾未酌，明月正当牖。

是牖非圆瓮，吾乐非击缶。自任物外欢，更齐椿菌久。
卷舒乃一卷，忘情且十斗。宁复语绮罗，因情即山薮。

独 酌 谣①

陆 瑜②

独酌谣，芳气饶。一倾荡神虑，再酌动神飙。忽逢凤楼下，非待鸾弦招。窗明影乘入，人来香逆飘。杯随转态尽，钏逐画杯摇。桂宫非蜀郡，当垆也至宵。

① 此首录自《乐府诗集》卷八七。今按：陈叔宝有《独酌谣》，此为陈廷诸臣奉和之作。　② 陆瑜（约540—?）：南朝陈文人。字干玉，吴郡吴（今江苏苏州）人。仕陈为东宫学士，迁太子洗马、中舍人。以才学侍太子陈叔宝，其诗赋文辞华丽。今存诗三首。

独 酌 谣①

沈 炯②

独酌谣，独酌谣③，独酌独长谣。智者不我顾，愚夫余不④要。不愚复不智，谁当余见招。所以成独酌，一酌一倾瓢⑤。生涯本漫漫，神理暂超超。再酌矜许、史，三酌傲松、乔。频烦四五酌，不觉凌丹霄。倏尔厌五鼎，俄然贱《九韶》。彭、殇无异葬，夷、跖可同朝。龙蠖非不屈，鹏鷃本逍遥。寄语号呶侣，无乃太尘嚣。

① 此首录自《乐府诗集》卷八七。今按：陈叔宝有《独酌谣》，此为陈廷诸臣奉和之作。　② 沈炯（约502—约560）：南朝梁、陈作家。字礼明，吴兴武康（今属浙江）人。梁元帝时领尚书左丞。曾为西魏所掳，后放归。入陈，为散骑常侍，加明威将军。今存文十七篇、诗十九首。　③《诗纪》卷一〇一无第二个"独酌谣"三字。　④ 不：《诗纪》作"未"。　⑤ 一倾瓢：《诗纪》作"倾一瓢"。

羁　谣①

孔仲智②

芳杜筋春酒，彷彿伤山时。徒歌不成乐，空以羁自悲。羁伤怀土心，遽复还山路。迫及春复时，无使春光暮。

① 此首录自《乐府诗集》卷八七。　② 孔仲智(生卒年不详)：南朝陈文人。生平籍贯无考。今存诗一首。

箜　篌　谣①

结交在相得，骨肉何必亲。甘言无忠实，世薄多苏秦。从风暂靡草，富贵上升天。不见山巅树，摧扤下为薪。岂甘井中泥，上出作埃尘。

① 此首录自《乐府诗集》卷八七。今按：《乐府诗集》此首未署作者，列在唐前陈后，暂归陈辞待考。

史歌谣辞

谣辞

五 张 谣①

宋称敷演②,梁则卷充③。清虚学尚,种有其风。

① 此首录自《陈书·张种传》:张种字士苗,吴郡人也。祖辩,宋司空右长史、广州刺史。父略,梁太子中庶子、临海太守。种少恬静,居处雅正,不妄交游,旁无造请,时人为之语曰:"宋称敷演……" ② 敷演:指南朝宋的张敷和张演。③ 卷充:指南朝梁的张卷和张充。

琴曲歌辞

宛 转 歌①

江 总②

　　七③夕天河白露明，八月涛水秋风惊。楼中恒闻哀响曲④，塘上复有苦辛⑤行。不解何意悲秋气，直置⑥无秋悲自生。不怨前阶促织鸣，偏愁别⑦路捣衣声。别燕差池自有返，离蝉寂寞讵含情？云聚怀⑧情四望台，月冷相思九重观。欲题芍药诗不成，来采芙蓉花已散。金樽送曲韩娥起，玉柱调弦楚妃叹⑨。翠眉结恨不复开，宝鬘迎秋度⑩前乱。湘妃拭泪洒贞筠，箖药浣衣⑪何处人？步步香飞金薄履，盈盈扇掩珊瑚唇。已言采桑期陌上，复能解佩就江滨。竞入华堂要花枕，争开羽帐奉华茵。不惜独眼⑫前下钓，欲许便作后来薪⑬。后来暝暝同玉⑭床，可怜颜色无比方。谁能巧笑特⑮窥井，乍取新声学绕梁。宿处留娇坠黄珥，镜前含笑弄明珰。蓎菇⑯摘心心不尽，茱萸折叶叶更芳。已闻能歌《洞箫赋》，讵是故爱邯郸倡？

　　① 此首录自《乐府诗集》卷六○。今按：此题一曰《神女宛转歌》，初为晋刘妙容所作。　② 江总：《文苑英华》卷二○七作徐陵。　③ 七：《乐府诗集》作"九"，据《诗纪》卷一○四改。　④ 哀响曲：《文苑英华》作"哀曲响"。　⑤ 苦辛：《诗纪》作"辛苦"。　⑥ 置：《文苑英华》作"致"。　⑦ 别：《乐府诗集》作"便"，据《诗纪》及《汉魏六朝百三名家集》改。　⑧ 怀：《文苑英华》作"含"。　⑨ 楚妃叹：乐府吟叹曲之一。晋石崇作辞，内容咏叹春秋时楚庄王贤妃樊姬谏庄王狩猎及进贤事。叹，《文苑英华》作"劝"。　⑩ 度：《文苑英华》注"一作风"。　⑪ 箖

药浣衣:《文苑英华》作"行乐玩花"。　⑫眼:《诗纪》作"眠",《汉魏六朝百三名家集》作"眠"。　⑬薪:《乐府诗集》作"新",据《诗纪》改。　⑭玉:《文苑英华》作"匡"。　⑮特:《文苑英华》作"时"。　⑯菤葹:《乐府诗集》作"采葹",据《诗纪》改。菤葹,即卷施,草名。相传此草拔心不死。

天 马 引①

傅 缂

聪色表连钱,出冀复来燕。取用偏开地,为歌乃号天。权奇意欲远,躞蹀势难前。本珍白玉镫,因饰黄金鞭。愿酬刍秣宠,千里得千年。

① 此首录自《乐府诗集》卷五八。

荆 轲 歌①

阳 缙②

函谷路不通,燕将重深功。长虹贯白日,易水急寒风。壮发危冠下,匕首地图中。琴声不可识,遗恨没秦宫。

① 此首录自《乐府诗集》卷五八。　②阳缙(生卒年、籍贯不详):陈、隋间诗人。以辞学知名。今存诗三首。

昭 君 怨①

陈叔宝

图形汉宫里,遥聘单于庭。狼山聚云暗,龙沙飞雪轻。笳吟度陇咽,笛转出关鸣。啼妆寒②叶下,愁眉塞月生③。只余马上曲,犹作别时声。

① 此首录自《乐府诗集》卷五九。今按:《琴操》载,汉元帝遣王昭君远嫁匈

奴单于,昭君至匈奴,追恨帝始不见遇,乃作怨思之歌。后人题曰《昭君怨》。

② 寒:《文苑英华》卷二〇四作"塞"。　③ "愁眉"句:《文苑英华》作"初月愁眉生",注云:"一作愁眉初月生。"

杂曲歌辞

出自蓟北门行①

徐　陵

蓟北聊长望，黄昏心独愁。燕山②对古刹，代郡隐③城楼。屡战桥恒断，长冰堑不流。天云如蛇阵，汉月带胡愁④。渍土泥函谷，按绳缚凉州。平生燕颔相，会自得封侯。

①　此首录自《乐府诗集》卷六一。《乐府解题》曰："《出自蓟北门行》，其致与《从军行》同，而兼言燕蓟风物，及突骑勇悍之状。"　②　燕山：《诗纪》卷一〇〇、《文苑英华》卷一九八作"燕然"。　③　隐：《文苑英华》注"一作倚"。　④　愁：《文苑英华》作"秋"。

神　仙　篇①

张正见

瀛州分渤澥，阆宛隔虹霓。欲识三山路，须寻千仞溪。石梁云外立②，蓬丘雾里迷。年深毁丹灶，学久弃青泥。葛水留还杖，天衢鸣去鸡。六龙骧首起云阁，万里一别何寥廓。玄都府内驾青牛，紫盖山中乘白鹤。浔③阳杏花终难朽，武陵桃花未曾落。已见玉女笑投壶，复睹仙童欣六博。同甘玉文枣，俱饮流霞药。鸾歌凤舞集天台，金阙银宫相向开。西王已令青鸟去，东海还驭赤虬来。魏武还车逢汉女，荆王因梦识阳台。凤盖随云聊蔽日，霓裳杂雨复乘雷。神岳吹笙遥谢手,当知福地有神才。

① 此首录自《乐府诗集》卷六四。　② 立:《乐府诗集》作"去",据《诗纪》卷一〇二改。　③ 浔:《乐府诗集》作"寻",据《诗纪》改。

应 龙 篇①

张正见

应龙未起时,乃在渊底藏。非云足不蹋,举则冲天翔。譬彼野兰草,幽居常独香。清风播四远,万里望芬芳。隐居可颐志,自见焉得彰。

① 此首录自《乐府诗集》卷六四。郭茂倩解云,张正见《应龙篇》,言龙未起时,乃在渊底藏,以谕君子隐居养志,以待时也。《广雅》曰:"有鳞曰蛟龙,有翼曰应龙,有角曰虬龙,无角曰螭龙。"

前有一樽酒行①

张正见

前有一樽酒,主人行寿。今日合来,坐者当今②,皆富且寿。欲令主人三万岁,终岁不知老。为吏当高迁,贾市得万倍。桑蚕当大得,主人宜子孙③。

① 此首录自《乐府诗集》卷六五。　② 令:《乐府诗集》作"今",据《诗纪》卷一〇二改。　③ 子孙:疑当作"孙子"。

明 月 子①

谢 燮②

杪秋之遥夜,明月照高楼。登楼一回望,望见东③陌头。故人眇千里,言别历九秋。相思不相见,望望空离忧。

① 此首录自《乐府诗集》卷六五。　② 谢燮(生卒年不详)：生平事迹不详。《乐府诗集》作"陈·谢燮"。　③ 东：《乐府诗集》注"一作南"。

前有一樽酒行①

陈叔宝

殿高丝吹满，日落绮罗解。莫论朝漏促，倾卮待夕筵。

① 此首录自《乐府诗集》卷六五。

长安少年行①

沈　炯

长安好少年，骢马铁连钱。陈王装脑勒，晋后铸金鞭。步摇如飞燕，宝剑②似舒莲。去来新市侧，遨游大道边。道边一老翁，颜鬓如衰蓬。自言居③汉世，少小见豪雄。五侯俱拜爵，七贵各论功。建章通北阙，复道度南宫。太后居长乐，天子出回中。玉辇迎飞燕，金山赏邓通④。一朝复一日，忽见朝市空。扶桑无复海，昆山倒向东。少年何假问，颓龄值福终。子孙冥灭尽，乡间复不同。泪尽眼方暗，髀伤耳自聋。杖策寻遗老，歌啸咏悲翁。遭随各有遇，非敢访童蒙。

① 此首录自《乐府诗集》卷六六。　② 宝剑：《诗纪》卷一〇一注"一作剑锷"。　③ 居：《诗纪》注"一作生"。　④ 邓通：汉文帝时人，得文帝宠幸，赐蜀郡严道铜山，可自铸钱，因此邓氏钱满天下，后世遂以"邓通"称其钱。

长 相 思 ①（二首）

徐 陵

其 一

长相思，望归难，传闻奉诏戍皋兰②。龙城远，雁门寒，愁来瘦转剧，衣带自然宽。念君今不见③，谁为抱腰看。

① 此首录自《乐府诗集》卷六九。　② "传闻"句：《乐府诗集》注"一作传制戍皋兰"。　③ "念君"句：《乐府诗集》注"一作君今念不见"。

其 二

长相思，好春节，楚里恒啼悲不泄。帐中起，窗前咽①。柳絮飞还聚，游丝断复结。欲见洛阳花，如君陇头雪。

① 咽：《诗纪》卷九八作"髻"。

轻 薄 篇 ①

张正见

洛阳美年少，朝日正开霞。细蹀连钱②马，傍趋苜蓿花。扬鞭还却望③，春色满东家。井桃映水落，门柳杂风斜。绵蛮弄青绮，蛱蝶绕承华。欲往飞廉馆，遥驻季伦车。石榴传玛瑙，兰肴荐象牙。聊持自④娱乐，未是斗豪奢。莫嫌龙驭晚⑤，扶桑复浴鸦。

① 此首录自《乐府诗集》卷六七。《乐府解题》曰："《轻薄篇》，言乘肥马，衣轻裘，驰逐经过为乐，与《少年行》同意。何逊云'城东美少年'，张正见云'洛阳美少年'是也。"　② 连钱：《文苑英华》卷一九四作"连镳"，谓两马并行。　③ 还却望：《文苑英华》作"却还望"。　④ 持自：《文苑英华》作"自持"。　⑤ 晚：《文苑英华》作"晓"。

东飞伯劳歌①

江 总

南飞乌鹊北飞鸿,弄玉兰香时会同。谁家可怜出窗牖,春心百媚胜杨柳。银床金屋挂流苏,宝镜玉钗横珊瑚。年时二八新红脸,宜笑宜歌羞更敛。风花一去杳不归,只为无双惜舞衣。

① 此首录自《乐府诗集》卷六八。

长 相 思①（二首）

江 总

其 一

长相思,久离别,征夫去远芳音灭。湘水深,陇头咽,红罗斗帐里,绿绮清弦绝。逶迤百尺楼,愁思三秋结。

① 此二首录自《乐府诗集》卷六九。

其 二

长相思,久别离,春风送燕入檐窥。暗开脂粉弄花枝,红楼千愁色,玉箸两行垂。心心不相照,望望何由知。

长 相 思①

罢秋有余惨,还春不觉温。讵知玉筵侧,长挂销愁人。

① 此首录自《乐府诗集》卷六九。今按:此诗失作者名,《乐府诗集》将其列在江总诗后,暂归陈辞待考。

长 相 思[①]

陆 琼

长相思，久离别，一罢鸳文绮荐绝。鸿已去，柳堪结，室冷镜疑冰，庭幽花似雪。容貌朝朝改，书字看看灭。

① 此首录自《乐府诗集》卷六九。

长 相 思[①]

王 瑳[②]

长相思，久离别，两心同忆不相彻。悲风凄，愁云结，柳叶眉上销，菱花镜中灭。雁封归飞断，鲤素还流绝。

① 此首录自《乐府诗集》卷六九。　② 王瑳（生卒年不详）：南朝陈文人。祖籍琅琊（今属山东）。陈后主时，官至散骑常侍。为人刻薄贪鄙，忌害才能，终被隋文帝流放远裔。今存诗三首。

仙人览六著篇[①]

陆 瑜

九仙会欢赏，六著且娱神。戏谷闻余地，铭山忆归秦。避敌情思巧，论兵势重新。问取南皮夕，还笑拂棋人。

① 此首录自《乐府诗集》卷六四。今按：《乐府诗集》署"齐·陆瑜"，误。当归陈。

东飞伯劳歌[①]

陆 瑜

西王青鸟秦女鸾，姮娥婺女惯相看。谁家玉颜窥上路,粉色衣香杂风度。九重楼槛芙蓉华,四邻照镜菱荧花。新妆年几才三五,隐幔藏羞临网户。然香气歇不飞烟,空留可怜年一年。

① 此首录自《乐府诗集》卷六八。

长 相 思①

萧 淳②

长相思,久离别,新燕参差条可结。壶关远,雁书绝,对云恒忆阵,看花复愁雪。犹有望归心,流黄未剪截。

① 此首录自《乐府诗集》卷六九。　② 萧淳(生卒年、生平事迹不详):南朝陈文人。今存诗一首。

自君之出矣①

贾冯吉②

自君之出矣,红颜转憔悴。思君如明烛,煎心且衔泪。

① 此首录自《乐府诗集》卷六九。　② 贾冯吉(生卒年不详):陈、隋间文人。生平事迹不详。今存诗一首。

东飞伯劳歌①

陈叔宝

池侧鸳鸯春日莺,绿珠绛树②相逢迎。谁家佳丽过淇上,翠钗绮袖波中漾。雕轩绣户花恒发,珠帘玉砌移明月。年时二七犹未笄,转顾流眄鬓鬟低。风飞蕊落将③何故,可惜可怜空掷度。

① 此首录自《乐府诗集》卷六八。　② 绿珠绛树:绿珠为西晋石崇宠妾,绛树为古代歌女名,两人均为古代美女。　③ 将:《诗纪》卷九八注"一作时"。

自君之出矣①(六首)

陈叔宝

其 一

自君之出矣,霜晖当夜明。思君若凤影,来去不曾停。

① 此六首录自《乐府诗集》卷六九。

其 二

自君之出矣,房空帷帐轻。思君如昼烛,怀心不见明。

其 三

自君之出矣,不分道无情。思君若寒草,零落故心生。

其 四

自君之出矣,尘网暗罗帷。思君如落日,无有暂还时。

其 五

自君之出矣,绿草遍阶生。思君如夜烛,垂泪著鸡鸣。

其 六

自君之出矣,愁颜难复睹。思君如蘖条,夜夜只交苦。

长 相 思①（二首）

陈叔宝

其 一

长相思，久相忆，关山征戍何时极。望风云，绝音息，上林书不归，回文徒自织。羞将别后面，还似初相识。

① 此二首录自《乐府诗集》卷六九。

其 二

长相思，怨成悲。蝶萦草，树连丝。庭花飘散飞入帷。帷中看只影，对镜敛双眉。两见同见月，两别共春时。

杂 曲①

徐 陵

倾城得意已无俦，洞房连阁未消愁。宫中本造鸳鸯殿，为谁新起②凤皇楼。绿黛红颜两相发，千娇百念③情无歇。舞衫回袖胜春风，歌扇当窗似秋月。碧玉宫妓自翩妍，绛树新声自④可怜。张星旧在天河上，从⑤来张姓本连天。二八年时不忧度，傍边得宠谁应⑥妒。立春历日自当新，正月春幡底须⑦故。流苏锦帐挂香囊，织成罗幌隐灯光。只应私将琥珀枕，暝暝⑧来上珊瑚床。

① 此首录自《乐府诗集》卷七七。　② 为谁新起：《文苑英华》卷二一一注"一作为起新妆"。　③ 念：《文苑英华》作"态"。　④ 自：《乐府诗集》注"一作最"。《文苑英华》作"最"。　⑤ 从：《乐府诗集》作"犹"，据《汉魏六朝百三名家集》改。　⑥ 应：《乐府诗集》注"一作相"。《文苑英华》作"相"。　⑦ 须：《乐府诗集》作"头"，据文义改。　⑧ 暝暝：《乐府诗集》作"瞑瞑"，据《文苑英华》改。

内殿赋新诗①

江 总

兔影脉脉照金铺，虬水滴滴写玉壶。绮翼雕甍迩清汉，虹梁紫②柱丽黄图。风高暗绿凋残柳，雨驶芳红湿晚芙。三五二八佳年少，百万千金买歌笑。偏羞③故人织素诗，愿奉④秦声采莲⑤调。织女今夕渡银河，当见清秋停玉梭。

① 此首录自《乐府诗集》卷七四。　② 紫：《乐府诗集》注"一作桂"。③ 羞：《诗纪》卷一〇五作"著"。　④ 奉：《诗纪》作"奏"。　⑤ 莲：《乐府诗集》注"一作菱"。

济 黄 河①

江 总

葱山沦外域②，盐泽隐退方。两京③分际远，九道派流长。未殚所闻见，无待验词章。留连嗟太史，惆怅践黎阳。导波萦地节④，疏气耿天潢。悯周沉⑤用宝，嘉晋肇为梁。

① 此首录自《乐府诗集》卷七四。　② 域：《乐府诗集》作"城"，据《文苑英华》卷一六三改。　③ 京：《诗纪》卷一〇四作"源"。　④ 节：《诗纪》注"一作脉"。　⑤ 沉：《乐府诗集》脱，据《文苑英华》及《诗纪》补。

燕燕于飞①

江 总

二月春晖晖，双燕理毛衣。衔花弄蘼芜，拂叶隐芳菲。或在堂间戏，多从幕上飞。若作仙人履，终②向日南归。

① 此首录自《乐府诗集》卷七七。郭茂倩解引《燕燕》诗曰："燕燕于飞，差池

其羽。之子于归,远送于野。"《燕燕于飞》盖出于此。按《燕燕》,本卫庄姜送归妾之诗也。若江总辞,咏双燕而已。　② 终:《文苑英华》卷二○六作"应"。

杂 曲[①](三首)

江 总

其 一

行行春迳蘼芜绿,织素那复解琴心。乍悒南阶悲绿草,谁堪东陌怨黄金。红颜素月俱三五,夫婿何在今追虏。关山陇月春雪冰[②],谁见人啼花照户。

① 此三首录自《乐府诗集》卷七七。　② 冰:《文苑英华》卷二一一作"深"。

其 二

殿内一处起金房,并胜余人白玉堂。珊瑚挂镜临网户,芙蓉作帐照雕梁。房栊宛转垂翠幕,佳丽逶迤隐珠箔。风前花管飔难留,舞处花钿低不落。阳台通梦太非真,洛浦凌波复不新。曲中唯闻张女曲[①],定有同姓可怜人。但愿私情赐斜领,不愿傍人相比并。妾门逢春自可荣,君面未秋何意冷。

① 曲:《诗纪》卷一○四作"调"。

其 三

泰山言应可转移,新宠不信更参差。合欢锦带鸳鸯鸟,同心绮袖连理枝。皎皎新秋明月开,早露飞萤暗里来。鲸灯落花殊未尽,虬水银箭莫相催。非是神女期河汉,别有仙姬入吹台。未眠解着同心结,欲醉那堪连理杯。后宫不惬茉萸芳,夜夜争开苏合房。宝钗翠鬟还相似,朱唇玉面非一行。新人未语言如涩,新宠无前判不臧。愿奉更衣兰麝气,恐君马到自惊香。

还台乐①

陆 琼

蒲萄四时芳醇，琉璃千钟旧宾。夜饮舞迟销烛，朝醒弦促催人。春风秋月恒好，欢醉日月言新。

① 此首录自《乐府诗集》卷七七。

杂 曲①

傅 绎

新人新宠住兰堂，翠帐金屏玳瑁床。丛星不如珠帘色，度月还如②粉壁光。从来著名推赵子，复有丹唇发皓齿。一娇一态本难逢，如画如花定相似。楼台宛转曲皆通，弦管逶迤彻下风。此殿笑语恒长共，傍省欢娱不复同。讶许人情太厚薄，分恩赋念能斟酌。多作绣被如鸳鸯③，长弄绮琴憎别鹤。人今投宠要须坚，会使岁寒恒度前。共取辰星④作心抱，无转无移千万年。

① 此首录自《乐府诗集》卷七七。　② 如:《乐府诗集》注"一作似"。《文苑英华》卷二一一作"同"。　③ 鸳鸯:《文苑英华》作"双鸳"。　④ 辰星:《文苑英华》作"星辰"。

舞媚娘①（三首）

陈叔宝

其 一

楼上多娇艳，当窗并三五。争弄游春陌，相邀开绣户。转态结红裙，含娇拾翠羽。留宾乍拂弦，托意时移柱。

① 此三首录自《乐府诗集》卷七三。郭茂倩解引《乐苑》曰:"《舞媚娘》、《大

舞媚娘》,并羽调曲也。《唐书》曰：'高宗永徽末,天下歌《舞媚娘》。未几,立武氏为皇后。'按陈后主已有此歌,是永徽所歌,盖旧曲云。"

淇水变新台,春炉当夏开。玉面含羞出,金鞍排夜①来。

① 夜:《乐府诗集》注"一作暗"。

其 三

春日多①风光,寻观向②市傍。转身移佩响,牵袖起衣香。

① 多:《乐府诗集》注"一作好"。　② 向:《乐府诗集》注"一作戏"。

古　曲①

陈叔宝

桂钩影,桂枝开。紫绮袖,逐风回。日明珠,色偏亮。叶尽衫,香更来。

① 此首录自《乐府诗集》卷七七。

全乐府

〇四七

鼓吹曲辞

朱 鹭①

张正见

　　金堤有朱鹭,刷羽望沧瀛。周诗振雅曲,汉鼓发奇声。时将赤雁并,乍逐彩鸾行。别有翻潮处,异色不相惊。

　　① 此首录自《乐府诗集》卷一六。

上 之 回①

张正见

　　林光称避暑,回中乃吉行。龙媒蹑影驮②,玉辇御云轻。风乌绕鸡鹊,彩鹢照昆明。欲知钟箭远,遥听宝鸡声。

　　① 此首录自《乐府诗集》卷一六。　② 驮:《汉魏六朝百三名家集》作"驶"。

战 城 南①

张正见

　　蓟北驰胡骑,城南接短兵。云屯两阵合,剑聚七星明。旗交无复影,角愤有余声。战罢披军策,还嗟李少卿。

　　① 此首录自《乐府诗集》卷一六。

君 马 黄[①]（二首）

张正见

其 一

幽并重骑射，征马正[②]盘桓。风去长嘶[③]远，冰坚
度足寒。出关聊变色，上坂屡停鞍。即今[④]随御史，非
复在楼兰。

① 此二首录自《乐府诗集》卷一七。　② 正：《文苑英华》卷二〇九注"一作
自"。　③ 长嘶：《诗纪》卷一〇二作"嘶声"。　④ 今：中华书局本校记《全汉三
国晋南北朝诗·全陈诗》卷二作"令"。

其 二

五色乘马黄，追风时灭没。血汗染龙花，胡鞍抱
秋月。唯腾渥洼水，不饮长城窟[①]。讵待燕昭王，千金
市骏骨。

① 长城窟：汉乐府有《饮马长城窟行》。

芳 树[①]

张正见

奇树舒春苑，流芳入绮钱。合欢分四照，同心彰
万年。香浮佳气里，叶映彩云前。欲识扬雄赋，金玉
满甘泉。

① 此首录自《乐府诗集》卷一七。

有 所 思[①]

张正见

深闺久离别，积怨转生愁。徒思裂帛雁，空上望
归楼。看花忆塞草，对月想边秋。相思日日度[②]，泪脸
年年流。

① 此首录自《乐府诗集》卷一七。　② 度:《文苑英华》卷二〇二作"夜"。

雉 子 斑①

张正见

陈仓雉未飞,敛翮依芳甸。朱冠色尚浅,锦臆毛初变。雉麦且专场,排花聊勇战。唯当渡弱水,不怯如皋箭。

① 此首录自《乐府诗集》卷一八。

临 高 台①

张正见

曾台迳清汉,出迥架重梦。飞栋临黄鹤,高窗度白云。风前朱幌②色,霞处绮疏分。此中多怨曲,地远讵能闻。

① 此首录自《乐府诗集》卷一八。　② 幌:《乐府诗集》注"一作幔"。《文苑英华》卷二一〇亦作"幔"。

钓 竿 篇①

张正见

结宇长江侧,垂钓广川②浔。竹竿横翡翠,桂髓掷黄金。人来水鸟没,楫渡岸花沉。莲遥见鱼近,纶尽觉潭深。渭水终须卜,沧浪徒自吟。空嗟③芳饵下,独见有贪心。

① 此首录自《乐府诗集》卷一八。　② 钓广川:《文苑英华》卷二一〇作"钓渡川。"　③ 嗟:《文苑英华》作"明"。

芳 树①

顾野王

上林通建章,杂树遍林芳。日影桃蹊色,风吹梅径香。幽山桂叶落,驰道柳条长。折荣疑路远,用表莫相忘。

① 此首录自《乐府诗集》卷一七。

有 所 思①

顾野王

贱妾有所思,良人久征戍。笳鸣胡塞表②,花开③落芳树。白登澄月色,黄龙起烟雾。还闻《雉子斑》④,非复长征赋。

① 此首录自《乐府诗集》卷一七。 ② 胡塞表:《文苑英华》卷二〇二作"故塞表",《诗纪》卷一〇六作"塞城表"。《乐府诗集》注"一作笳鸣明塞表","明"疑作"胡",据改。 ③ 开:《文苑英华》作"闲"。 ④《雉子斑》:乐府鼓吹曲辞之一。

朱 鹭①

苏子卿②

玉山一朱鹭,容与入王畿。欲向天池饮,还绕上林飞。金堤晒羽翮,丹水浴毛衣。非贪葭下食,怀恩自远归。

① 此首录自《乐府诗集》卷一六。 ② 苏子卿(生卒年不详):南朝陈诗人。生平事迹不详。今存诗五首。

艾 如 张①

苏子卿

谁在闲门外，罗家诸少年。张机蓬艾侧，结网槿篱边。若能飞自勉，岂为缯所缠。黄雀傥为诚，朱丝犹可延。

① 此首录自《乐府诗集》卷一六。

君 马 黄①

蔡君知②

君马经③西极，臣马出东方。策举④浮云影，珂连明月光。水冻恒伤骨，蹄寒为践霜。踌躇嗟伏枥，空想欲从良。

① 此首录自《乐府诗集》卷一七。　② 蔡君知(生卒年不详)：南朝陈、隋间文人。祖籍济阳考城(今河南兰考)，蔡凝子。陈亡入隋，曾为蜀王秀属官。今存诗一首。《乐府诗集》作"蔡知君"。　③ 经：《乐府诗集》作"径"，据《文苑英华》卷二〇九改。　④ 策举：《乐府诗集》作"足策"，据《文苑英华》改。

芳 树①

李 爽②

芳树千株发，摇荡三阳时。气软来风易，枝繁度鸟迟。春至花如锦，夏近叶成帷。欲寄边城客，路远谁能持③。

① 此首录自《乐府诗集》卷一七。　② 李爽(生卒年不详)：南朝陈诗人。里籍不详。与徐伯阳、张正见、阮卓等为文友，官至中记室。今存诗二首。③ "路远"句：《乐府诗集》注"一作路远讵难持"。

巫 山 高①

萧 诠②

巫山映巫峡,高高殊未穷。猿声不辨处,雨色讵分空。悬崖下桂月,深涧响松风。别有仙云起,时向楚王宫。

① 此首录自《乐府诗集》卷一七。　② 萧诠(生卒年不详):南朝陈文人。陈宣帝太建初,与李爽、张正见等为文友。官至黄门郎。今存诗五首。

有 所 思①

陆 系②

别念限③城阇,还思楼上人。泪想离④前落,愁闻⑤别后新。月来疑舞扇,花度忆歌尘。只看今夜⑥里,那似隔河津。

① 此首录自《乐府诗集》卷一七。　② 陆系(生卒年不详):南朝陈文人。生平事迹不详。今存诗一首。　③ 限:《乐府诗集》作"恨",据《诗纪》卷一〇七改。④ 离:《文苑英华》卷二〇二作"愁"。　⑤ 闻:《文苑英华》作"开"。　⑥ 今夜:《文苑英华》作"月彩"。

雉 子 斑①

毛处约②

春物始芳菲,春雉正相追。涧响连朝雏,花光带锦衣。窜迹时移影,惊媒或乱飞。能使如皋路,相逢巧笑归。

① 此首录自《乐府诗集》卷一八。　② 毛处约(生卒年不详):南朝陈文人。生平事迹不详。今存诗一首。

雉 子 斑 ①

江 总

麦垄新秋来,泽雉屡徘徊。依花似协妒,拂草乍惊媒。三春桃照李,二月柳争梅。暂往如皋路,当令巧笑开。

① 此首录自《乐府诗集》卷一八。

朱 鹭 ①

陈叔宝

参差蒲未齐,沉漾苦②浮绿。朱鹭戏苹藻,徘徊留涧曲。涧曲多岩树,逶迤复断续。振振虽以明,汤汤今又瞩。

① 此首录自《乐府诗集》卷一六。　② 苦:《汉魏六朝百三名家集》作"若"。

巫 山 高 ①

陈叔宝

巫山巫峡深,峭壁耸春林。风岩朝蕊落,雾岭晚猿吟。云来足荐枕,雨过非感琴。仙姬将夜月,度影自浮沉。

① 此首录自《乐府诗集》卷一七。

有 所 思 ①(三首)

陈叔宝

其 一

荡子好兰期,留人独自思。落花同泪脸,初月似愁眉。阶前看草蔓,窗中对网丝。不言千里望②,复是三春时。

其 二

杳杳①与人期,遥遥有所思。山川千里间,风月两边时。相待②春那剧,相望景③偏迟。当由分别久,梦来还自疑。

其 三

佳人在北燕,相望渭桥边。团团落日树,耿耿曙河天。愁多明月下,泪尽雁行前。别心不可寄,唯余琴上弦。

雉 子 斑①

陈叔宝

四野秋原暗,十步啄方前。雉声风处远,翅影云间连。箭射妖姬笑,裘值盛明然。已足南皮赏,复会北宫篇。

临 高 台①

陈叔宝

晚景登高台,迥望春光来。雾浓山后暗,日落云傍开。烟里看鸿小,风来望叶回。临窗已响吹,极眺且倾杯。

横吹曲辞

长 安 道①

萧 贲

前登灞陵道,还瞻渭水流。城形类北斗,桥势似牵牛。飞轩驾良驹,宝剑杂轻裘。经过狭斜里,日暮与淹留。

① 此首录自《乐府诗集》卷二三。

陇 头 水①

徐 陵

别涂耸千仞,离川悬百丈。攒荆夏不通,积雪冬难上。枝交陇底暗,石碍波②前响。回首咸阳中,惟言梦时往③。

① 此首录自《乐府诗集》卷二一。 ② 波:《乐府诗集》作"坡",据《文苑英华》卷一九八及《汉魏六朝百三名家集》改。 ③ 梦时往:《文苑英华》作"往时梦"。

折 杨 柳①

徐 陵

袅袅河堤树,依依魏主营。江陵有旧曲,洛下作新声。妾对长杨苑,君登高柳城。春还应共见,荡子太无情。

① 此首录自《乐府诗集》卷二二。

关 山 月^①（二首）

徐 陵

其 一

关山三五月，客子忆秦川。思妇高楼上，当窗应未眠。星旗映疏勒，雪阵上祁连。战气今如此，从军复几年。

① 此二首录自《乐府诗集》卷二三。

其 二

月出柳城东，微云掩复通。苍茫萦白晕，萧瑟带长风。羌兵烧上郡，胡骑猎云中。将军拥节起，战士夜鸣弓。

洛 阳 道^①（二首）

徐 陵

其 一

绿柳三春暗，红尘百戏多。东门向金马，南陌接铜驼。华轩翼葆吹，飞盖响鸣珂。潘郎车欲满，无奈掷花何！

① 此二首录自《乐府诗集》卷二三。

其 二

洛阳驰道上，春日起尘埃。濯龙望如雾^①，河桥度似雷。闻珂知马蹀，傍幰见莺开。相看不得语，密意眼中来。

① 雾:《乐府诗集》注"一作水"。

长 安 道①

徐 陵

辇道乘双阙，豪雄被五都。横桥象天汉，法驾应坤图。韩康卖良药，董偃鬻明珠。喧喧拥车骑，非但执金吾。

① 此首录自《乐府诗集》卷二三。

梅 花 落①

徐 陵

对户一株梅，新花落故栽②。燕拾还莲井，风吹上镜台。倡家怨思妾，楼上独徘徊。啼看竹叶锦，篸罢未成裁。

① 此首录自《乐府诗集》卷二四。　② 落故栽：《文苑英华》卷二〇八作"屡发材"。

紫 骝 马①

徐 陵

玉镫绣缠鬃，金鞍锦覆幪。风惊尘未起，草浅圻犹空。角弓穿两兔，珠弹落双鸿。日斜驰逐罢，连翩还上东。

① 此首录自《乐府诗集》卷二四。

骢 马 驱①

徐 陵

白马号龙驹，雕鞍名镂渠②。诸兄二千石，小妇字罗敷。倚端轻扫吏③，召募击休屠④。塞外多风雪，城中绝诏书。空忆长楸下,连蹀复连踟。

① 此首录自《乐府诗集》卷二四。　② 渠:《乐府诗集》注"一作衢"。
③ 吏:《乐府诗集》作"史",据《文苑英华》卷二〇九及《汉魏六朝百三名家集》注改。　④ 休屠:即"休著屠各"的简称,是古代活动于中国北部边疆,与乌桓勾结的少数部族。《后汉书·乌桓鲜卑列传》:"桓帝永寿中,朔方乌桓与休著屠各并畔。中郎将张奂击平之。"

刘　生①

徐　陵

刘生殊倜傥,任侠遍京华。戚里惊鸣筑,平阳吹怨笳。俗儒排左氏,新室忌汉家②。高才被摈压,自古共怜嗟。

① 此首录自《乐府诗集》卷二四。　② 忌汉家:《文苑英华》卷一九六作"是谁家"。

陇 头 水①(二首)

张正见

其　一

陇头鸣四注,征人逐贰师。羌笛含②流咽,胡笳杂水悲。湍高飞转驶,涧浅荡还迟。前旌③去不见,上路杳无期。

① 此二首录自《乐府诗集》卷二一。　② 含:《文苑英华》卷一九八作"合"。
③ 旌:《文苑英华》作"旗"。

其　二

陇头流水急,流急行难渡。远入隗嚣①营,傍侵酒泉路。心交赐宝刀,小妇成纨袴。欲知别家久,戎衣今已故。

① 隗嚣:字季孟。新莽末,据天水一带地区称雄割据,自号西州上将军。

折 杨 柳^①

张正见

杨柳半垂空,袅袅上春中。枝疏董泽箭^②,叶碎楚臣弓^③。色映长河水,花飞高树风。莫言限宫掖,不闭长杨宫。

① 此首录自《乐府诗集》卷二二。　② 董泽箭:典出《左传·宣公十二年》:"厨子怒曰:'非子之求,而蒲之爱,董泽之蒲,可胜既乎?'"杜予注曰:"蒲,杨柳,可以为箭。董泽,泽名。既,尽也。"　③ "叶碎"句:典出《战国策·西周策》:"楚有养由基者,善射,去柳叶百步而射之,百发百中。"

关 山 月^①

张正见

岩间度月华,流彩映山斜。晕逐连城璧,轮随出塞车。唐冀遥合影,秦桂远分花。欲验盈虚理,方知道路赊。

① 此首录自《乐府诗集》卷二三。

洛 阳 道^①

张正见

曾城启旦扉,上洛满春晖。柳影缘沟合,槐花夹路^②飞。苏合弹珠罢,黄间负翳归。红尘暮不息,相看连骑稀。

① 此首录自《乐府诗集》卷二三。　② 夹路:《诗纪》卷一○二及《汉魏六朝百三名家集》均作"夹岸"。

梅花落①

张正见

芳树②映红③野，发早觉寒侵。落远香风急，飞多花径深。周人叹初摽④，魏帝指前林⑤。边城少灌木，折此自悲吟。

① 此首录自《乐府诗集》卷二四。　② 树：中华书局本校记"毛刻本作梅"。③ 红：《诗纪》卷一〇二作"雪"。《乐府诗集》注"一作云"。　④ "周人"句：《诗经·召南·摽有梅》以"摽有梅"发端。摽，坠落之意。　⑤ "魏帝"句：《世说新语·假谲》："魏武行役失汲道，军皆渴，乃令曰：'前有大梅林，饶子，甘酸可以解渴。'士卒闻之，口皆出水，乘此得及前源。"

紫骝马①

张正见

将军入大宛，善马出从戎。影绝乾河上，声流冰②窟中。似鹿犹依草，如龙欲向空。须还十③万里，试为一追风。

① 此首录自《乐府诗集》卷二四。　② 冰：《乐府诗集》作"水"，据《汉魏六朝百三名家集》注改。　③ 十：《乐府诗集》作"千"，据《诗纪》卷一〇二改。

雨雪曲①

张正见

胡关辛苦地，雪②路远漫漫。含冰踏马足，杂雨冻旗竿。沙漠飞恒暗，天山积转寒。无因辞日逐，团扇掩齐纨。

① 此首录自《乐府诗集》卷二四。　② 雪：《乐府诗集》作"云"，据《文苑英华》卷一九三改。

刘　生①

张正见

刘生绝名价，豪侠恣游陪。金门四姓聚，绣毂五侯②来。尘飞玛瑙③勒，酒映砗磲杯。别有追游夜，秋窗向月开。

　　① 此首录自《乐府诗集》卷二四。　　②"绣毂"句:《文苑英华》卷一九六作"箫鼓"。五侯,《乐府诗集》作"五香",据《文苑英华》注"集作侯"改。　　③ 玛瑙:《乐府诗集》作"马脑",据《文苑英华》改。

陇 头 水①

顾野王

陇头②望秦川，迢递隔风烟。萧条落野树，幽咽响流泉。瀚海波难③息，交河冰未坚。宁知盖山水，逐节赴危弦。

　　① 此首录自《乐府诗集》卷二一。　　② 头:《乐府诗集》作"底",据《文苑英华》卷一九八改。　　③ 难:《文苑英华》作"将"。

陇 头 水①

谢燮

陇阪望咸阳，征人惨思肠。咽流喧断岸，游沫聚飞梁。凫分敛冰彩，虹饮照旗光。试听铙歌曲，唯吟《君马黄》②。

　　① 此首录自《乐府诗集》卷二一。　　②《君马黄》:汉乐府古题。有汉代古辞及以后多家以此为题的诗篇,属《鼓吹曲辞》类。

长 安 道①

顾野王

凤楼临广路，仙掌入烟霞。章台京兆马，逸陌富平车。东门疏广②饯，北阙董贤家。渭桥纵观罢，安能访狭斜。

① 此首录自《乐府诗集》卷二三。　② 疏广：字仲翁，汉时东海兰陵人。少好学，明《春秋》。宣帝时为太傅，颇受器重。后辞官归隐，"公卿大夫故人邑子设祖道，供张东都门外，送者车数百两。"（《汉书》本传）

陇 头 水①（二首）

江 总

其 一

陇头万里外，天涯②四面绝。人将蓬共转，水与啼俱咽。惊湍自涌沸，古树多摧折。传闻博望侯③，苦辛提④汉节。

① 此二首录自《乐府诗集》卷二一。　② 涯：《乐府诗集》作"崖"，据《汉魏六朝百三名家集》改。　③ 博望侯：张骞，西汉城固（今陕西城固）人。封博望侯。④ 提：《文苑英华》卷一九八作"持"，又注"一作题"。

其 二

雾暗山①中日，风惊陇上秋。徒伤幽②咽响，不见东西流。无期从此别，更度几年幽。遥闻玉关道，望入③杳悠悠。

① 山：《文苑英华》作"川"。　② 幽：《文苑英华》作"悲"。　③ 入：《文苑英华》作"人"。

折 杨 柳①

江　总

　　万里音尘绝，千条杨柳结。不悟倡园花，遥同天岭②雪。春心自浩荡，春树聊攀折。共此依依情，无奈年年别。

　　① 此首录自《乐府诗集》卷二二。　　② 天岭:《文苑英华》卷二〇八作"故里"。《汉魏六朝百三名家集》作"羌岭"。

关 山 月①

江　总

　　兔月半轮明，狐②关一路平。无期从此别，复欲几年行。映光书汉奏，分影照胡兵。流落今如此，长戍受降城。

　　① 此首录自《乐府诗集》卷二三。　　② 狐:《乐府诗集》作"孤"，据《诗纪》卷一〇四改。

洛 阳 道①（二首）

江　总

其　一

　　德阳穿洛水，伊阙迩河桥。仙舟李膺棹，小马王戎镳。杏堂歌吹合，槐路风尘饶。绿珠含泪舞，孙秀强相邀。

　　① 此二首录自《乐府诗集》卷二三。

其　二

　　小平路①四达，长楸②听五钟。玉节迎司隶，锦车归濯龙。弦歌声不息，环佩响相从。花障荡舟笑，日映下山逢③。

① 路:《文苑英华》卷一九二作"临"。　② 长楸:《乐府诗集》作"长秋",据《汉魏六朝百三名家集》改。　③ 逢:《文苑英华》作"蓬"。

长 安 道①

江 总

翠盖乘轻露,金羁照落晖。五侯②新拜罢,七贵③早朝归。轰轰紫陌上,蔼蔼红尘飞。日暮延平客,风花拂舞衣。

① 此首录自《乐府诗集》卷二三。　② 五侯:汉成帝封其舅王谭等五人各为侯,事见《汉书·元后传》。　③ 七贵:西汉时七个以外戚关系把持朝政的家族,为吕氏、窦氏、卫氏、霍氏等。

梅 花 落①（三首）

江 总

其 一

缥色动风香,罗生枝已长。妖姬坠马髻,未插江南珰。转袖花纷落,春衣共有芳。著作②秋胡妇,独采城南桑。

① 此三首录自《乐府诗集》卷二四。　② 著作:为秋胡的官职。

其 二

胡地少春来,三年惊落梅。偏疑粉蝶散,乍似雪花开。可怜香气歇,可惜风相摧。金铙且莫顾①,玉笛幸徘徊。

① 顾:《乐府诗集》作"韵",据《文苑英华》卷二〇八改。

其 三①

腊月正月早惊春,众花未发梅花新。可怜芬芳临玉台,朝攀晚折还复开。长安少年②多轻薄,两两常唱

梅花落。满酌金卮催玉柱，落梅树下宜歌舞。金谷万
株连绮甍，梅花密处藏娇莺。桃李佳人欲相照，摘叶
牵花来并笑。杨柳条青楼上轻，梅花色白雪③中明。
横笛短箫凄复切，谁知柏梁声不绝。

① 此首《徐孝穆集》卷一、《文苑英华》卷二〇八作徐陵作。兹按《乐府诗集》
录入待考。　② 少年：《文苑英华》作"年少"。　③ 雪：《乐府诗集》作"云"，据
《文苑英华》及《徐孝穆集》改。

紫骝马①

江 总

春草正萋萋，荡妇出空闺②。识是东方骑，犹带北
风嘶。扬鞭向柳市，细蹀上金堤。愿君怜织素，残妆
尚有啼。

① 此首录自《乐府诗集》卷二四。　② 空闺：《乐府诗集》注"一作金闺"。

骢马驱①

江 总

长城兵气寒，饮马讵为难。暂解青丝辔，行歌镂
衢鞍。白登围转急，黄河冻不干。万里朝飞电，论功
易走丸。

① 此首录自《乐府诗集》卷二四。

雨雪曲①

江 总

雨雪隔②榆溪，从军度陇西。绕阵③看狐迹，依山
见马蹄。天寒旗彩坏，地暗鼓声低。漫漫愁云④起，苍

苍别路迷。

① 此首录自《乐府诗集》卷二四。　② 隔:《文苑英华》卷一九三作"阻"。
③ 阵:疑为"障"之误。　④ 云:《乐府诗集》作"寒",据《文苑英华》改。

刘　生①

江　总

刘生负意气,长啸且徘徊。高论明秋水,命赏陟
春台。干戈傥偶用,笔砚纵横才。置驿无年限,游侠
四方来。

① 此首录自《乐府诗集》卷二四。

横 吹 曲①

江　总

箫声《凤台曲》②,洞吹龙钟管。镗䦆《渔阳掺》③,
怨抑胡笳断。

① 此首录自《乐府诗集》卷二五。　②《凤台曲》:乐府《上云乐》七曲之一。
南朝梁武帝作,取首句"凤台上,两悠悠"为名。《乐府诗集·清商曲辞八·上云
乐》郭茂倩引《古今乐录》曰:"《上云乐》七曲,梁武帝制,以代西曲。一曰《凤台
曲》。"　③《渔阳掺》:即《渔阳参挝》,鼓曲名。

折 杨 柳①

岑之敬②

将军始见知,细柳绕营垂。悬丝拂城转,飞絮上
宫吹。塞门交度叶,谷口暗横③枝。曲成攀折处,唯言
怨别离。

① 此首录自《乐府诗集》卷二二。　② 岑之敬:《乐府诗集》作"岑敬之",据

《陈书》卷三四及《诗纪》卷一〇六改。　　③ 横:《乐府诗集》作"还",中华书局本据毛刻本注及《诗纪》改。

洛 阳 道①

岑之敬②

喧喧洛水滨,郁郁小平津。路傍桃李节,陌上采桑春。聚车看卫玠,连手望安仁。复有能留客,莫愁娇态新。

① 此首录自《乐府诗集》卷二三。　　② 岑之敬:《乐府诗集》作"岑敬之",据《陈书》卷三四及《诗纪》卷一〇六改。

关 山 月①

阮 卓②

关山陵汉开,霜月正徘徊。映林如璧碎,侵塞似轮摧。楚师随晦尽,胡兵逐暖来。寒笳将夜鹊,相乱晚声哀。

① 此首录自《乐府诗集》卷二三。　　② 阮卓(531—589):南朝陈诗人。陈留尉氏(今河南开封东南)人。陈宣帝时,为衡阳王伯信府中录事参军,入为尚书祠部郎,累迁德教殿学士,寻兼通直散骑常侍。后以目疾退居乡里。今存诗六首。

长 安 道①

阮 卓

长安驰道上,钟鸣宫寺开。残云销凤阙,宿雾敛章台。骑转金吾度,车鸣丞相来。蔼蔼东都晚,群公骖御回。

① 此首录自《乐府诗集》卷二三。

关 山 月①

陆 琼

边城与明月，俱在关山头。焚烽望别垒，击斗宿危楼。团团婕妤扇，纤纤秦女钩。乡园谁共此，愁人屡益愁。

① 此首录自《乐府诗集》卷二三。

梅 花 落①

苏子卿

中庭一树梅，寒多叶未开。只言花是雪②，不悟有香来。上郡春恒晚，高楼年易催。织书偏有意，教逐锦文回。

① 此首录自《乐府诗集》卷二四。　② 是雪：《乐府诗集》注"一作似雪"。

洛 阳 道①

陈 暄②

洛阳九逵③上，罗绮四时春。路傍避骢马，车中看玉人。镇西歌艳曲，临淄逢丽神。欲知双璧价，潘夏正连茵④。

① 此首录自《乐府诗集》卷二三。　② 陈暄(生卒年不详)：南朝陈文人。义兴国山(今江苏宜兴)人。陈后主在东宫，引以为学士，及即位，与江总、孔范等，时侍宴禁中，号为狎客。官至司农。今存诗四首。　③ 九逵：逵，《乐府诗集》作"达"，据《诗纪》卷一〇六改。又《乐府诗集》注"一作衢"。　④ "欲知"二句：《世说新语·容止》："潘安仁、夏侯湛并有美容，喜同行，时人谓之'连璧'。"《晋书·夏侯湛传》："与潘岳友善，每行止，同舆接茵，京都谓之'连璧。'"

长安道[①]

陈 暄

长安开绣陌,三条向绮门。张敞车单马,韩嫣乘副轩。宠深来借殿,功多竞买园。将军夜夜返,弦歌著曙喧。

① 此首录自《乐府诗集》卷二三。

紫骝马[①]

陈 暄

天马汗如红,鸣鞭度九崚。饮伤城下冻,嘶依北地风。笳寒芳树歇,笛怨柳枝空。横行意未已,羞往[②]毂车中。

① 此首录自《乐府诗集》卷二四。　② 往:《乐府诗集》注"一作住"。

雨雪曲[①]

陈 暄

都尉出祁连,雨雪满鸡田。雕陵持抵鹊,属国用和毡。冰合军应渡,楼寒烽未然[②]。花迷差未著,疏勒复经年。

① 此首录自《乐府诗集》卷二四。　② 然:《文苑英华》卷一九三作"燔"。

折杨柳[①]

王 瑳

塞外无春色,上林柳已黄。枝影侵宫暗,叶彩乱星光。陌头藏戏鸟,楼上掩新妆。攀折思为赠,心期别路长。

洛 阳 道[1]

王 瑳

洛阳夜漏尽,九重平旦开。日照苍龙阙,烟绕凤凰台。浮云翻似盖,流水到成雷。曹王斗鸡返,潘仁载果来。

① 此首录自《乐府诗集》卷二三。

雨 雪 曲[1]

江 晖[2]

边城风雪至,客子自心悲。风哀笳弄断,雪暗马行迟。轻生本为国,重气不关私。恐君犹不信,抚剑一扬眉。

① 此首录自《乐府诗集》卷二四。今按:此首作者,《文苑英华》卷一九三作"王筠",《诗纪》卷一〇七作"江晖"。　② 江晖(生卒年不详):南朝陈文人。生平事迹不详。今存诗二首。

刘 生[1]

江 晖

五陵多美选,六郡尽良家。刘生代豪荡,标举独荣华。宝剑长三尺,金樽满百花。唯当重意气,何处有骄奢。

① 此首录自《乐府诗集》卷二四。

雨 雪 曲[①]

谢 燮

朔边昔离别，寒风复凄切。峨峨六尺冰，飘飘千里雪。未塞[②]袁安户，行封苏武节。应随陇水流，几过空[③]鸣咽。

① 此首录自《乐府诗集》卷二四。　② 未塞:《文苑英华》卷一九三作"深闭"。　③ 空:《乐府诗集》注"一作疑"。《文苑英华》作"凝"。

紫 骝 马[①]

李 爕[②]

紫燕忽跮躇，红尘起路隅。园人移苜蓿，骑士逐蘼芜。三边追黠虏，一鼓定强胡。安用珂为玉，自有汗成珠。

① 此首录自《乐府诗集》卷二四。　② 李爕(生卒年不详):南朝陈文人。生平事迹不详。今存诗一首。

关 山 月[①]

贺力牧[②]

重关敛暮烟，明月下秋前。照石疑分镜，临弓似引弦。雾[③]暗迷旗影，霜浓湿剑莲。此处离乡客，遥心万里悬。

① 此首录自《乐府诗集》卷二三。　② 贺力牧(生卒年不详):南朝陈诗人。生平事迹不详。今存诗二首。　③ 雾:《乐府诗集》注"一作雷"。

刘　生①

柳　庄②

　　座惊称字孟③，豪雄道姓刘。广陌通朱邸，大路起青楼。要贤驿已置，留宾辖且投④。光斜日下雾，庭阴月上勾。

　　① 此首录自《乐府诗集》卷二四。　② 柳庄(生卒年不详)：陈高宗柳皇后宗亲。清警有鉴识，历任显职，卒于官。　③ "座惊"句：《文苑英华》卷一九六作"四座惊称字"。　④ 且投：《乐府诗集》注"一作仍投"。

紫骝马①

独孤嗣宗②

　　倡楼望早春，宝马度城闉。照耀桃花径，蹀躞采桑津。金羁丽初景，玉勒染轻尘。远听珂惊急，犹是画眉人。

　　① 此首录自《乐府诗集》卷二四。　② 独孤嗣宗(生卒年不详)：南朝陈文人。生平事迹不详。一说或为隋人。今存诗一首。

紫骝马①

祖孙登②

　　候骑指③楼兰，长城迥路难。嘶从风处断，骨住水中寒。飞尘暗金勒，落泪洒银鞍。抽鞭上关路，谁念客衣单。

　　① 此首录自《乐府诗集》卷二四。今按：作者祖孙登，《文苑英华》卷二〇九作"苏子卿"。　② 祖孙登(生卒年不详)：南朝陈诗人。陈文帝天嘉初，尝居京口。宣帝太建中，与张正见、阮卓等为文会。今存诗九首。　③ 指：《乐府诗集》作"陌"，据《文苑英华》及《诗纪》卷一〇六改。

陇 头①

陈叔宝

陇头征戍客，寒多不识春。惊风起嘶马，苦雾杂飞尘。投钱积石水，敛辔交河津。四面夕冰合，万里望佳人。

① 此首录自《乐府诗集》卷二一。郭茂倩解云，一曰《陇头水》。《通典》曰："天水郡有大阪，名曰陇坻，亦曰陇山，即汉陇关也。"《三秦纪》曰："其坂九回，上者七日乃越，上有清水四注下，所谓陇头水也。"

陇 头 水①（二首）

陈叔宝

其 一

塞外飞蓬征，陇头流水鸣。漠处扬沙暗，波中燥叶轻。地风冰易厚，寒深溜转清。登山一回顾，幽咽动边情。

① 此二首录自《乐府诗集》卷二一。

其 二

高陇多悲风，寒声起夜丛。禽飞暗识路，鸟转逐征蓬。落叶时惊沫，移沙屡拥空。回头不见望，流水玉门东。

折 杨 柳①（二首）

陈叔宝

其 一

杨柳动春情，倡园妾屡惊。入楼含粉色，依风杂管声。武昌识新种，官渡有残生。还将出塞曲，仍共胡笳鸣。

① 此二首录自《乐府诗集》卷二二。

其 二

长条黄复绿，垂丝密且繁。花落幽人径，步隐将军屯。谷暗宵钲响，风高夜笛喧。聊持暂攀折，空足忆中园。

关 山 月①（二首）

陈叔宝

其 一

秋月上中天，迥照关城前。晕缺随灰减，光满应珠圆。带树还添桂，衔峰乍似弦。复教征戍客，长怨久连翩。

① 此二首录自《乐府诗集》卷二三。

其 二

戍边岁月久，恒悲望舒耀。城遥接晕高，涧风连影摇。寒光带岫徙，冷色含山峭。看时使人忆，为似娇娥照。

洛 阳 道①（五首）

陈叔宝

其 一

喧哗照邑里，遨游出洛京。霜枝嫩②柳发，水堑薄苔生。停鞭回去影，驻轴敛前蘙。台上经相识，城下屡逢迎。踟蹰还借问，只重未知名。

① 此五首录自《乐府诗集》卷二三。今按：《乐府诗集》作"四首"，第五首则列郑渥之后，据《诗纪》卷九八及《汉魏六朝百三名家集》改。　② 嫩：《乐府诗集》作"嬾"，据《诗纪》及《汉魏六朝百三名家集》改。

其　二

日光朝杲杲，照耀东京道。雾带城楼开，啼侵曙色早。佳丽娇南陌，香气含风好。自怜钗上缨，不叹河边草。

其　三

建都开洛汭，中地乃城阳。纵横肆八达，左右辟康庄。铜沟飞柳絮，金谷落花光。忘情伊水侧，税驾河桥傍。

其　四

百尺瞰金垎，九衢通玉堂。柳花尘里暗，槐色露中光。游侠幽并客，当垆京兆妆。向夕风烟晚，金羁满洛阳。

其　五

青槐夹驰道，御水映铜沟。远望陵霄阙，遥看井幹楼①。黄金弹侠少，朱轮盛彻②侯。桃花杂③渡马，纷披聚陌头。

① 井幹楼：楼台名。汉武帝时建，毗邻建章宫，亦名"井幹台"。《史记·孝武本纪》："乃立神明台，井幹楼，度五十余丈，辇道相属焉。"　② 盛彻：《乐府诗集》作"彻盛"，据《诗纪》卷九八及《汉魏六朝百三名家集》改。　③ 杂：《乐府诗集》作"离"，据《诗纪》改。

长　安　道①

陈叔宝

建章通未央，长乐属明光。大道移甲第，甲第玉为堂。游荡新丰里，戏马渭桥傍。当垆晚留客，夜夜苦红妆。

① 此首录自《乐府诗集》卷二三。

梅 花 落①（二首）

陈叔宝

其 一

金②砌落芳梅，飘零③上凤台。拂妆疑粉散，逐溜似萍开。映日花光动，迎风香气来。佳人早插髻，试立且徘徊。

① 此二首录自《乐府诗集》卷二四。　② 金：《乐府诗集》注"一作春"。③ 飘零：《文苑英华》卷二〇八作"飘飘"，毛刻本作"飘飖"。

其 二

杨柳春楼边，车马飞风烟。连娉乌孙伎，属客单于毡。雁声不见书，蚕丝欲断弦。欲持塞上蕊，试立将军前。

紫 骝 马①（二首）

陈叔宝

其 一

嫖姚紫塞②归，蹀躞红尘飞。玉珂鸣广路，金络耀晨辉。盖转时移影，香动屡惊衣。禁门犹未闭，连骑恣③相追。

① 此二首录自《乐府诗集》卷二四。　② 紫塞：北方边塞。崔豹《古今注·都邑》："秦筑长城，土色皆紫，汉塞亦然，故称'紫塞'焉。"　③ 恣：《乐府诗集》注"一作莫"。

其 二

蹀躞紫骝马，照耀白银鞍。直去黄龙外，斜趋玄菟端。垂鞚还细柳，扬尘归上兰。红脸桃花色，客别重羞看。

雨 雪①

陈叔宝

长城飞雪下，边关地籁吟。曚曚九天暗，霏霏千里深。树冷月恒少，山雾日偏沉。况听南归雁，切思朝笳音。

① 此首录自《乐府诗集》卷二四。郭茂倩解引《采薇》诗曰："昔我往矣，杨柳依依。今我来思，雨雪霏霏。"《穆天子传》曰："天子游于黄室之曲，筮猎苹泽，天子乃休。日中大寒，北风雨雪，有冻人，天子作诗三章以哀之，曰：'我徂黄竹'是也。"《雨雪曲》盖取诸此。

刘 生①

陈叔宝

游侠长安中，置驿过新丰。击钟蒲璧磬，鸣弦杨叶弓。孟公正惊客，朱家始卖僮。羞作荆卿笑，捧剑出辽东。

① 此首录自《乐府诗集》卷二四。

郊庙歌辞

陈太庙舞辞[①]（七首）

凯 容 舞

於赫皇祖，宫墙高巚。迈彼厥初，成兹峻极。缦乐简简，閟寝翼翼。祼飨若存，惟灵靡测。

[①] 此七首录自《乐府诗集》卷九。郭茂倩解引《隋书·乐志》曰："陈初并用梁乐，唯改七室舞辞。皇祖步兵府君、正员府君、怀安府君、皇高祖安成府君、皇曾祖太常府君五室，并奏《凯容舞》，皇祖景皇帝室奏《景德凯容舞》，皇考高祖武皇帝室奏《武德舞》。"

凯 容 舞

昭哉上德，浚彼洪源。道光前训，庆流后昆。神猷缅邈，清庙斯存。以享以祀，惟祖惟尊。

凯 容 舞

选辰崇飨，饰礼严敬。靡爱牲牢，兼馨粢盛。明明列祖，龙光远映。肇我王风，形斯舞咏。

凯 容 舞

道遥积庆，德远昌基。永言祖武，致享从思。九章停列，八舞回墀。灵其降止，百福来绥。

凯 容 舞

肇迹缔基，义摽鸿篆。恭惟载德，琼源方阐。享荐三清，筵陈四珪。增我堂构，式敷帝典。

景德凯容舞

皇祖执德，长发其祥。显仁藏用，怀道韬光。宁斯閟寝,合此萧芗。永昭贻厥,还符翯商。

武 德 舞

烝哉圣祖,抚运升离。道周经纬,功格玄祇。方
轩迈戺,比舜陵妫。缉熙是咏,钦明在斯。云雷遘屯,
图南共举。大定扬越,震威衡楚。四奥宅心,九畴还
叙。景星出翼,非云入吕。德畅容辞,庆昭羽缀。於
穆清庙,载扬徽烈。嘉玉既陈,丰盛斯洁。是将是享,
鸿猷无绝。

一

第十卷　北朝乐府

北魏乐府

相和歌辞

　　北魏乐府始于道武帝开国之世。其相和歌辞,《乐府诗集》仅收录二首,即高允的相和曲《罗敷行》和吟叹曲《王子乔》。

相和曲

罗 敷 行①

高 允②

　　邑中有好女,姓秦字罗敷。巧笑美回盼,鬤发复凝肤。脚著花文履,耳穿明月珠。头作堕马髻,倒枕象牙梳。姌姌善趋步,襜襜曳长裙。王侯为之顾,驷马自踟蹰。

　　① 此首录自《乐府诗集》卷二八。今按:题属《陌上桑》、《艳歌行》一脉。
　　② 高允(390—487):北魏学者、作家。字伯恭,渤海蓨(今河北景县)人。初被征为中书博士,迁侍郎。授太子经书,颇受礼遇。文成帝时,位至中书令。文明太后临朝,引他参决大政。曾历五帝,任要职五十余年。著述甚丰,已佚。今存文十二篇,诗四首。

吟叹曲

王子乔①

高 允

王少卿，王少卿，超升飞龙翔天庭。遗仪景，云汉酬，光鹜电逝忽若浮。骑日月，从列星，跨腾太②廓逾窅冥。寻元气，出天门，穷览有无究道根。

① 此首录自《乐府诗集》卷二九。 ② 太:《汉魏六朝百三名家集》作"八"。

杂歌谣辞

歌辞

北 军 歌①

不畏萧娘与吕姥,但畏合肥有韦武②。

① 此首录自《乐府诗集》卷八六。郭茂倩解引《南史》曰:"梁临川靖(今按:《乐府诗集》作'静',据《南史》卷五一改)惠王宏为扬州刺史。天监中,武帝诏都督诸军侵魏。宏以帝之介弟,所领皆器甲精新,军容甚盛,北人以为百数十年所未之有。军次洛口,前军尅梁城。诸将欲乘胜深入,宏闻魏援近,畏懦不敢进,召诸将欲议旋师。吕僧珍曰:'知难而退,不亦善乎!'停军不进。魏人知其不武,遗以巾帼。北军乃歌之,歌云韦武,谓韦睿也。" ② 韦武:韦睿,字怀文,梁杜陵人,幼以孝闻。曾仕宋、齐,齐末起兵响应梁武帝,多建功业,世称名将。

咸阳王歌①

可怜咸阳王,奈何作事误? 金床玉几不能眠,夜起踏霜露②。洛水湛湛弥岸长,行人那得度?

① 此首录自《乐府诗集》卷八六。郭茂倩解引《北史》曰:"后魏咸阳王禧谋逆,伏诛。后宫人为之歌,其歌遂流于江表。" ②"夜起"句:《北史》卷一九作"夜踏霜与露"。

郑 公 歌①

大郑公,小郑公,相去五十载,风教尚犹同②。

① 此首录自《乐府诗集》卷八六。郭茂倩解引《北史》曰:"后魏郑述祖为光(今按:《乐府诗集》作'兖',据《北史·裴侠传》改)州刺史,有人入市盗布,其父执之以归述祖,述祖特原之,自是境内无盗。先是述祖之父道昭亦尝为光(今按:《乐府诗集》作'兖',据同上改)州刺史,故百姓歌之。"今按:光州或作兖州。郑道昭之父郑羲曾为兖州刺史。　② 尚犹同:《北史·裴侠传》作"犹尚同"。

裴　公　歌①

肥鲜不食,丁庸不取。裴公贞惠,为世规矩。

① 此首录自《乐府诗集》卷八六。郭茂倩解引《北史》曰:"裴侠为河北郡守,躬履俭素,爱民如子。郡旧有渔猎夫三十人,以供郡守,侠曰:'以口腹役人,吾所不为也。'悉罢之。又有丁三十人,供郡守役,侠亦罢之,不以入私,并收庸为市官马。岁时既积,马遂成群。去职之日,一无所取。民歌之云。"今按:裴公,即裴侠,字嵩和,北周解(今属山西)人,幼聪慧。从魏孝武帝西迁,以武功进侯爵,后为郡守,累进公爵。

谣辞

曲　堤　谣①

曲堤虽险贼何益,但有宋公②自屏迹。

① 此首录自《乐府诗集》卷八七。郭茂倩解引《北史》曰:"宋世良为清河太守,才识闲明,尤善政术。郡东南有曲堤,群盗所萃。世良施八条之制,盗奔它境,而民为此谣。"　② 宋公:即宋世良。字元友,广平人。

赵　郡　谣①

诈作赵郡鹿,犹胜常山粟。

① 此首录自《乐府诗集》卷八七。郭茂倩解引《北史》曰:"后魏李孝伯,父

曾,道武时为赵郡太守,令行禁止。并州丁零数为山东害,知曾能得百姓死力,不敢入境。贼于常山界得一死鹿,贼长为赵郡地也,责之,还令送鹿故处。其见惮如此,郡人为之谣。"今按:这首歌谣是北魏时百姓对赵郡太守李孝伯的赞誉。

后魏宣武孝明时谣[①]

狐非狐,貉非貉。焦梨狗子啮断索。

① 此首录自《乐府诗集》卷八九。郭茂倩解引《北史·魏本纪》曰:"宣武孝明间谣。识者以为索谓魏本索发,'焦梨狗子'指宇文泰,俗谓之黑獭也。"

后魏末童谣[①]

一束藁,两头然,河边羖䍽飞上天。

① 此首录自《乐府诗集》卷八九。郭茂倩解引《北史·齐本纪》曰:"后魏末,文宣未受禅时有童谣。按藁然两头,于文为高。'河边羖䍽'为水边羊,指帝名也。于是徐之才劝帝受禅。"今按:高欢(496—547),北魏渤海蓨(今河北景县)人。鲜卑族。专权北魏,初拥立孝武帝元修,后立孝静帝元善见,在位十六年,是为东魏。其子高洋废东魏,自立为北齐文宣帝,追尊高欢为神武帝。

东魏童谣[①]

可怜青雀子,飞来邺城里。羽翮垂欲成,化作鹦鹉子。

① 此首录自《乐府诗集》卷八九。郭茂倩解引《北史》曰:"东魏孝静帝之将立也,时有童谣。按'青雀子'谓静帝实清河王之世子。'鹦鹉'谓齐神武也。后竟为齐所灭。"今按:齐神武,高欢也。

史歌谣辞

兹从《魏书》中搜得歌谣五篇,归入《史歌谣辞》一类。

歌辞

李波小妹歌①

李波小妹字雍容,褰裙逐马如卷蓬,左射右射必
叠双。妇女尚如此,男子那可逢!

① 此首录自《魏书·李安世传》:(安世)出为安平将军、相州刺史、假节、赵郡
公。敦劝农桑,禁断淫祀。西门豹、史起,有功于民者,为之修饰庙堂。表荐广平
宋翻,阳平路恃庆,皆为朝廷善士。初,广平人李波,宗族强盛,残掠生民。南刺史
薛道攒亲往讨之,波率其宗族拒战,大破攒军。遂为逋逃之薮,公私成患。百姓为之
语曰:"李波小妹……"安世设方略诱波及诸子侄三十余人,斩于邺市,境内肃然。今
按:这首民歌,描绘了一个巾帼英雄的形象,先说她的英勇善战,后说其宗族豪强。

谣辞

遥望建康谣①

遥望建康城,小江逆流萦,前见子杀父②,后见弟杀兄③。

① 此首录自《魏书·刘骏传》:骏乃僭即大位于新亭。于是擒劭、休明,并枭
首大桁,暴尸于市,经日坏烂,投之水中,男女妃妾一皆从戮。时人为之语曰:"遥
望建康城……"兴光元年,骏改年曰孝建。今按:420 年,刘裕代晋,是为宋武帝。
424 年,刘裕第三子义隆从他哥哥少帝义符手中取得王位,是为宋文帝。453
年,太子刘劭杀死父亲宋文帝而自立,改元太初。刘劭之弟武陵王刘骏起兵讨

劭,兵至新亭,即皇帝位,杀劭。这一系列事件,发生在建康城,远在北魏的人编出此谣,为《遥望建康谣》。　②子杀父:指刘劭杀死其父宋文帝。　③弟杀兄:指刘骏杀死其兄刘劭。

负 布 谣①

陈留、章武,伤腰折股,贪人败类,秽我明主。

　①此首录自《魏书·皇后列传·宣武灵皇后胡氏传》:后幸左藏,王公、嫔、主已下从者百余人,皆令任力负布绢,即以赐之,多者过二百匹,少者百余匹。唯长乐公主手持绢二十匹而出,示不异众而无劳也。世称其廉。仪同、陈留公李崇、章武王融并以所负过多,颠仆于地。崇乃伤腰,融至损脚。时人为之语曰:"陈留、章武……"今按:此谣对贪财好利之人进行了辛辣的讽刺。

智 廉 谣①

智如崔浩,廉如道生。

　①此首录自《魏书·长孙道生传》:道生廉约,身为三司,而衣不华饰,食不兼味。一熊皮鄣泥,数十年不易,时人比之晏婴。第宅卑陋,出镇后,其子弟颇更修缮,起堂庑。道生还,叹曰:"昔霍去病以匈奴未灭,无用家为,今强寇尚游魂漠北,吾岂可安坐华美也!"乃切责子弟,令毁宅。其恭慎如此。世祖世,所在著绩,每建大议,多合时机。为将有权略,善待士众。帝命歌工历颂群臣,曰:"智如……"今按:长孙道生与崔浩,在北魏太武帝拓跋焘时任职。

拜 师 谣①

青成蓝,蓝谢青,师何常,在明经。

　①此首录自《魏书·李谧传》:李谧,字永和,赵涿人,相州刺史安世之子。少好学,博通诸经,周览百氏。初师事小学博士孔璠。数年后,璠还就谧请业。同门生为之语曰:"青成蓝……"

杂曲歌辞

空 城 雀①

高孝纬②

百雉何寥廓，四面风云上。纨素久为尘，池台尚可仰。啾啾雀噪城，郁郁无欢赏。日暮萦心曲，横琴聊自奖。

① 此首录自《乐府诗集》卷六八。　② 高孝纬(生卒年不详)：北魏文人。生平事迹不详。《乐府诗集》目录作后汉人，误。正文作后魏人。今存诗一首。

千 里 思①

祖叔辨②

细君辞汉宇，王嫱即虏衢。寂寂人径阻，迢迢天路殊。忧来似悬旆，泪下若连珠。无因上林雁，但见边城芜。

① 此首录自《乐府诗集》卷六九。　② 祖叔辨(生卒年不详)：北魏文人。生平事迹不详。今存诗一首。

杨 白 花①

阳春二三月，杨柳齐作花。春风一夜入闺闼，杨花飘荡落南家。含情出户脚无力，拾得杨花泪沾臆。秋去春还双燕子，愿衔杨花入窠里。

① 此首录自《乐府诗集》卷七三。郭茂倩解引《梁书》曰："杨华，武都仇池人

也。少有勇力，容貌雄伟，魏胡太后逼通之。华惧及祸，乃率其部曲来降。胡太后追思之不能已，为作《杨白华》歌辞，使宫人昼夜连臂蹋足歌之，声甚凄惋。"故《南史》曰："杨华本名白花，奔梁后名华，魏名将杨大眼之子也。"今按：《乐府诗集》目录此首署"无名氏"，据《梁书》魏胡太后有《杨白华》辞，当属北魏辞待考。

敦 煌 乐[1]

温子升[2]

客从远方来，相随歌且笑。自有敦煌乐，不减安陵调。

① 此首录自《乐府诗集》卷七八。郭茂倩解引《通典》曰："敦煌古流沙地，黑水之所经焉。秦及汉初为月支、匈奴之境。武帝开其地，后分酒泉置敦煌郡。敦，大；煌，盛也。" ② 温子升（495—547）：北魏诗人、骈文家。字鹏举，自称太原人。曾为侍读兼舍人。东魏末年，元瑾等作乱，高澄疑子升参与阴谋，遂将其下狱死。其诗文颇有名，原有集，已佚。明人辑有《温侍读集》，今存诗十一首。

结 袜 子[1]

温子升

谁能访故剑，会自逐前鱼。裁纨终委箧，织素空有余。

① 此首录自《乐府诗集》卷七四。郭茂倩解引《帝王世纪》曰："文王伐崇侯虎，至五凤墟。袜系解，顾左右无可使者，乃俯而结之。武王至商郊牧野，誓众，左仗黄钺，右秉白旄。王袜解，莫肯与王结，王乃释旄，俯而结之。"《汉书》曰："王生者，善为黄老言，处士。尝召居廷中，公卿尽会立。王生老人曰：'吾袜解。'顾谓张释之：'为我结袜。'释之跪而结之。既已，人或让王生：'独奈何廷辱张廷尉如此！'王生曰：'吾老且贱，自度终亡益于张廷尉。廷尉方天下名臣，吾故聊使结袜，欲以重之。'诸公闻之，贤王生而重释之。"唐李白辞，大抵言感恩之重，而以命相许也。今按：上海古籍出版社《李白集校注》引萧士赟云："《乐府遗声》游侠二

十一曲有《结袜子》。"又引王琦云:"北魏温子升有《结袜子》诗,疑是当时曲名。《乐府诗集》引文王、张释之结袜事为解,非也。"

安定侯曲①

温子升

封疆在上地,钟鼓自相和。美人当窗舞,妖姬掩扇歌。

① 此首录自《乐府诗集》卷七四。

泽　雉①

擅场延绣颈,朝飞弄绮翼。饮啄常自在,惊雄恒不息。

① 此首录自《乐府诗集》卷七四。郭茂倩解引《庄子》曰:"泽雉十步一啄,百步一饮,不期畜乎樊中。"《泽雉曲》盖取此也。《古今乐录》曰:"《凤将雏》以《泽雉》送曲。今按:此首《诗纪》卷一三〇列入"乐府失载名氏"。《乐府诗集》将此首列在北魏温子升《安定侯曲》之后,兹列归北魏待考。

阿那瑰①

闻有匈奴主,杂骑起尘埃。列观长平坂,驱马渭桥来。

① 此首录自《乐府诗集》卷七八。郭茂倩解引《北史》曰:"阿那瑰,蠕蠕国主也。蠕蠕之为国,冬则徙渡漠南,夏则还居漠北。"《通典》曰:"蠕蠕自拓跋初徙云中,即有种落。后魏太武神麚中强盛,尽有匈奴故地。阿那瑰,孝明帝时蠕蠕国主。"辞云匈奴主也。今按:检《通典》卷一九六不言"徙云中",亦无"神麚中强盛"事,但称"后魏神麚二年,太武率兵十余万袭之,于是国落四散"。此首《乐府诗集》缺作者,中华书局本校据《古乐府》卷一〇补"古辞"。兹暂列北魏待考。

横吹曲辞

　　北魏乐府横吹曲辞,本册收录了《白鼻騧》和《木兰诗》二首,取自《乐府诗集》。《木兰诗》二首之第一首("唧唧复唧唧")可谓千古杰作,然而第二首却相去甚远,故论家多不置于辞也。

　　今所指《木兰诗》,乃《乐府诗集》所收之《木兰诗》第一首。此篇之时代与作者,自北宋以来,说法不一:有主唐人作者,主此说者不多;主非唐人作者,主此说者甚多,今从林庚、冯沅君主编《中国历代诗歌选》说法:"《木兰诗》,《乐府诗集》收入《横吹曲辞·梁鼓角横吹曲》。据郭茂倩《乐府诗集》说,这诗最早著录于陈智匠《古今乐录》,而唐人韦元甫已有拟作,则知诗作年代约在后魏,而入唐已传诵较著。至于木兰其人其事,文献记载都属后出,众说附益,未可深究。"据此,本编将《木兰诗》列入北魏待考。

白 鼻 騧①

温子升

　　少年多好事,揽辔向西都。相逢狭斜路,驻马诣当垆。

　　① 此首录自《乐府诗集》卷二五。今按:騧,乃黑嘴的黄马。《诗·秦风·小戎》:"騧骊是骖。"毛传:"黄马黑喙曰騧。"

木 兰 诗①(二首)

其 一

　　唧唧②复唧唧,木兰当户织,不闻机杼声,唯闻女叹息。问女何所思,问女何所忆? 女亦无所思,女亦无所忆。昨夜见军帖,可汗大点兵。军书十二卷,卷卷有爷名。阿爷无大儿,木兰无长兄,愿为市鞍马,从此替爷征。东市买骏马,西市买鞍鞯,南市买辔头,北市买长鞭。旦③辞爷娘去,暮宿黄河边。不闻爷娘唤女声,但闻黄河流水鸣溅溅。旦辞黄河去,暮至④黑山头,不闻爷娘唤女声,但闻燕山胡骑鸣⑤啾啾。万里赴戎机,关山度若飞。朔气传金柝,寒光照铁衣。将军百战死,壮士十年归。归来见天子,天子坐明堂。策勋十二转,赏赐⑥百千强。可汗问所欲,"木兰不用尚书郎⑦。愿驰千里足⑧,送儿还故乡。"爷娘闻女来,出郭相扶将。阿姊闻妹来⑨,当户理红妆。小弟闻姊来,磨刀霍霍向猪羊。开我东阁门,坐我西间床。脱我战时袍,著我旧时裳。当窗理云鬓,挂⑩镜帖花黄。出门看火伴,火伴皆惊惶⑪。同行十二年,不知木兰是女郎。雄兔脚扑朔,雌兔眼迷离。双⑫兔傍地走,安能辨我是雄雌。

① 此二首录自《乐府诗集》卷二五。郭茂倩解引《古今乐录》曰:"木兰不知名,浙江西道观察使兼御史中丞韦元甫续附入。"今按:《乐府诗集》作"古辞"。《诗纪》卷九六题注:"《古文苑》作唐人《木兰诗》。"一说为北朝民歌。其篇目曾收入南朝陈光大二年僧智匠所编之《古今乐录》中,故《乐府诗集》将其列在南朝陈江总《横吹曲》之前。今按通常说法,列入北朝(魏)民歌。　② "唧唧"句:《乐府诗集》注一作"促织何唧唧"。唧唧,叹息声。　③ 旦:《诗纪》作"朝"。《乐府诗集》注"一作朝"。　④ 至:《乐府诗集》注"一作宿"。　⑤ 鸣:《诗纪》作"声"。⑥ 赏赐:《乐府诗集》注"一作赐物"。　⑦ "木兰"句:《乐府诗集》注"一作欲与木兰赏,不愿尚书郎"。　⑧ 千里足:《乐府诗集》注"段成式《酉阳杂俎》云:'愿借明驼千里足'"。　⑨ "阿姊"句:《古乐府》卷三作"阿妹闻姊来"。　⑩ 挂:《乐府诗集》注"一作对"。《诗纪》作"对"。　⑪"火伴"句:皆,《诗纪》作"始"。《乐府诗集》注"一作始"。惶,《乐府诗集》作"忙",据《诗纪》改。　⑫ 双:《诗纪》作"两"。《乐府诗集》注"一作两"。

其 二

木兰抱杼嗟,借问复为谁?欲闻所慽慽,感激强其颜。老父隶兵籍,气力日衰耗。岂足万里行,有子复尚少。胡沙没马足,朔风裂人肤。老父旧羸病,何以强自扶。木兰代父去,秣马备戎行。易却纨绮裳,洗却铅粉妆。驰马赴军幕,慷慨携干将。朝屯雪山下,暮宿青海傍。夜袭燕支①虏,更携于阗羌。将军得胜归,士卒还故乡。父母见木兰,喜极成悲伤。木兰能承父母颜,却卸②巾鞲理丝簧。昔为烈士雄,今复娇子容。亲戚持酒贺,父母始知生女与男同。门前旧军都,十年共崎岖。本结兄弟交,死战誓不渝。今也见木兰,言声虽是颜貌殊。惊愕不敢前,叹重徒嘻吁。世有臣子心,能如木兰节。忠孝两不渝,千古之名焉可灭。

① 燕支:《古乐府》与《诗纪》均作"月支"。月支即月氏。　② 卸:《乐府诗集》作"御",据《诗纪》卷九六改。

琴曲歌辞

四　皓　歌①

崔　鸿②

漠漠③商洛④，深谷威夷⑤。晔晔紫芝，可以疗饥。皇农邈远⑥，余将安归⑦？驷马高盖，其忧甚大。富贵而畏人⑧，不如⑨贫贱而轻⑩世。

① 此首录自《乐府诗集》卷五八。今按：《诗纪》卷二题作《紫芝歌》。今按：《乐府诗集》卷五八此诗作者为"唐崔鸿"，兹改为北魏。　② 崔鸿(？—约526)：北魏文学家、史学家。字彦鸾，清河(今山东)人。累官中散大夫、给事黄门侍郎、齐州大中正等。著有《十六国春秋》，凡百卷。　③ 漠漠：《诗纪》作"莫莫"。④ 商洛：《诗纪》作"高山"。　⑤ 威夷：《诗纪》作"逶迤"。　⑥ 邈远：《诗纪》作"世远"。　⑦ 余将安归：《诗纪》作"吾将何归"。　⑧ 而畏人：《诗纪》作"之畏人兮"。　⑨ 如：《诗纪》作"若"。　⑩ 而轻：《诗纪》作"之肆"。

北齐乐府

相和歌辞

相和曲

挽　歌①

祖孝徵②

昔日驱驷马，谒帝长杨宫。旌悬白云外，骑猎红尘中。今来向漳浦，素盖转悲风。荣华与歌笑，万事尽成空。

① 此首录自《乐府诗集》卷二七。今按：此题属《薤露》、《蒿里》一脉。
② 祖孝徵（生卒年不详）：生平事迹不详。《乐府诗集》作"北齐祖孝徵。"

平调曲

铜雀台①

荀仲举②

高台秋色晚，直望③已凄然。况复归风便，松声入断④弦。泪逐梁尘下，心随团扇捐⑤。谁堪三五夜，空对月光圆。

① 此首录自《乐府诗集》卷三一。　② 荀仲举（生卒年不详）：北朝齐诗人。

字士高。祖籍颍川(今河南许昌)。仕梁为南沙令。从贞阳侯萧渊明伐魏被执。为齐长乐王尉粲所礼。后主时,入文林馆,除符玺郎。后出为义宁太守。仲举与赵郡李概相交甚好。概死,仲举至其宅,为五言诗十六韵以伤之。词甚悲切,世称其美。　③ 直望:《文苑英华》卷二〇四作"铜雀"。　④ 断:《文苑英华》作"管"。　⑤ 团扇:乐府歌曲名。汉班婕妤《怨歌行》:"新裂齐纨素,鲜洁如霜雪。裁为合欢扇,团团似明月。"故名。南朝梁钟嵘《诗品·汉婕妤班姬》:"《团扇》短章,词旨清捷,怨深文绮。"亦指《团扇郎歌》。

瑟调曲

棹 歌 行①

魏　收②

雪溜添春浦,花水足新流。桃发武陵岸,柳拂武昌楼③。

① 此首录自《乐府诗集》卷四〇。　② 魏收(约506—572):北齐史学家。字伯起,小字佛助,下曲阳(今属河北)人。北魏时任散骑常侍,编修国史。北齐时任中书令兼著作郎,奉诏编撰《魏书》,后累官至尚书右仆射,监修国史。③"柳拂"句:《晋书·陶侃传》:"(侃)尝课诸营种柳,都尉夏施盗官柳植之于己门。侃后见,驻车问曰:'此是武昌西门前柳,何因盗来此种?'施惶怖谢罪。"后泛称杨柳为"武昌柳"。

杂歌谣辞

北齐乐府之杂歌谣辞，《乐府诗集》收有歌辞三首，谣辞八首。著名的《敕勒歌》至今为世人传诵。

歌辞

挟 瑟 歌①

魏 收

春风宛转入曲房，兼送小苑百花香。白马金鞍去未返，红妆玉箸下成行。

① 此首录自《乐府诗集》卷八六。今按：梁范静妻沈氏有《挟瑟歌》。《挟瑟歌》大概源于此。

敕 勒 歌①

敕勒川，阴山下。天似穹庐，笼盖四野。天苍苍，野茫茫，风吹草低见牛羊。

① 此首录自《乐府诗集》卷八六。郭茂倩解引《乐府广题》曰："北齐神武攻周玉壁，士卒死者十四五。神武恚愤，疾发。周王下令曰：'高欢鼠子，亲犯玉壁，剑弩一发，元凶自毙。'神武闻之，勉坐以安士众。悉引诸贵，使斛律金唱《敕勒》，神武自和之。"其歌本鲜卑语，易为齐言，故其句长短不齐。今按：玉壁即玉壁城。西魏（后改为北周）大统四年（538）筑城以御东魏，故址在今山西稷山西南部，东魏高欢屡攻不克。又，斛律金，东魏（后改为北齐）朔州敕勒部族（今山西北部）人，字阿六敦。善骑射，能用兵。仕北魏为第二领民酋长，累封咸阳郡王。

邯郸郭公歌①

邯郸郭公九十九，技两渐尽入滕口。大儿缘高冈，雉子东南走。不信吾言时，当看岁在酉②。

① 此首录自《乐府诗集》卷八七。郭茂倩解引《乐府广题》曰："北齐后主高纬，雅好傀儡，谓之郭公。时人戏为《郭公歌》。及将败，果营邯郸。高郭声相近，九十九，末数也。滕口，邓林也。大儿，谓周帝，太祖子也。高冈，后主姓也。雉鸡类，武成小字也。后败于邓林，尽如歌言，盖语妖也。"今按：滕口，夸口也。邓林，夸父逐日，道渴而死，其杖化为邓林。大儿周帝，指建立北周的宇文觉，是宇文泰的儿子。北齐后主高纬，是武成帝高湛之子。武成帝小名雉，雉子败走谓北齐为北周所灭也。　②"当看"句：高洋废东魏王朝，自称帝，史称北齐（550—577）。后为北周所灭，灭齐之年，正逢丁酉。

谣辞

北齐太上时童谣①

千金买药②园，中有芙蓉树。破家③不分明，莲子随它去。

① 此首录自《乐府诗集》卷八七。今按：550 年，高欢子高洋代东魏称帝，国号齐，建都邺（今河北临漳西南），史称北齐，有今洛阳以东的晋、冀、鲁、豫及内蒙古一部分。共历六帝，二十八年。　②药：《全北齐诗》作"果"。　③家：《全北齐诗》注"一作券"。

北齐邺都童谣①

可怜青雀子，飞入邺城里。作窠犹未成，举头失乡里。寄书②与父母，好看新妇子。

① 此首录自《乐府诗集》卷八九。郭茂倩解引《隋书·五行志》曰："齐神武

始移都于邺,时有童谣。按魏孝静帝者,清河王之子也;后则神武之女。邺都宫室未备,即逢禅代,作窠未成之效也。孝静寻崩,文宣以后为太原长公主,降于杨愔。时娄后尚在,故言寄书于父母。新妇子,斥后也。" ② 书:《乐府诗集》作"言",据《隋书》改。

北齐武定中童谣①

百尺高竿摧折,水底然灯澄灭。

① 此首录自《乐府诗集》卷八九。郭茂倩解引《隋书·五行志》曰:"武定中有童谣。按高者,齐姓也。澄,文襄名。五年神武崩,摧折之应。七年文襄遇盗所害,澄灭之征也。"

北齐文宣时谣①

马子入石室,三千六百日。

① 此首录自《乐府诗集》卷八九。郭茂倩解引《北史·齐本纪》曰:"文宣时谣。按帝以午年生,故曰'马子'。三台,石季龙旧居,故曰'石室'。三千六百日,十年也。文宣在位十年,果如谣言。"今按:文宣,高洋也,在位十年。石季龙即石虎,十六国时期后赵国君。石勒侄。勒死,废勒子石弘自立,迁都于邺(今河北临漳)。

北齐后主武平初童谣①

狐截尾,你欲除我我除你。

① 此首录自《乐府诗集》卷八九。郭茂倩解引《隋书·五行志》曰:"武平元年童谣。按其年四月,陇东王胡长仁谋遣刺客杀和士开。事露,反为士开所谮而死。"今按:和士开,字彦通,北齐武成帝高湛幸臣。后主高纬立,除尚书令,封淮阳王,益放恣不轨。翌年为琅琊王俨所诛。

北齐后主武平中童谣（二首）

其 一①

和士开，七月三十日，将你向南台。

① 此二首录自《乐府诗集》卷八九。郭茂倩解引《隋书·五行志》曰："武平二年童谣，小儿唱讫，一时拍手，云'杀却'。至七月二十五日，御史中丞琅邪王俨执士开，送于南台而斩之。"

其 二①

七月刈禾伤早，九月吃糕正好，十月洗荡饭瓮，十一月出却赵老②。

① 郭茂倩解引《隋书·五行志》曰："……是岁又有童谣，而七月士开被诛。九月，琅邪王遇害。十一月，赵彦深出为西兖州刺史。" ② 此首《北史·綦连猛传》作"七月刈禾太早，九月噉糕未好，本欲寻山射虎，激箭旁中赵老"。

北齐后主武平末童谣①

黄花势欲落，清尊但满酌。

① 此首录自《乐府诗集》卷八九。郭茂倩解引《隋书·五行志》曰："武平末有童谣。时穆后母子淫辟，干预朝政，时人患之。穆后小字黄花，寻逢齐亡，欲落之应也。"

北齐末邺中童谣①

金作扫帚玉作把，净扫殿屋迎西家。

① 此首录自《乐府诗集》卷八九。郭茂倩解引《隋书·五行志》曰："北齐末邺中有童谣。未几，周师入邺。"今按：北齐来源于东魏，北周则由西魏，故谣云西家。576 年，周师伐邺，纬奔晋阳。明年而周灭北齐，统一中原矣。

琴曲歌辞

飞 龙 引①

萧 悫②

河曲衔图出，江上负舟归。欲因作雨去，还逐景云飞。引商吹细管，下徵泛长徽。持此凄清引，春夜舞罗衣。

① 此首录自《乐府诗集》卷六〇。　② 萧悫(生卒年不详)：北齐与隋间文学家。字仁祖，南兰陵(今江苏常州)人。本南朝梁宗室，后入北齐，任太子洗马，待诏文林馆。入隋，为记室参军。工诗，原有集九卷，已佚。今存诗十七首。

杂曲歌辞

美 女 篇①（二首）

魏 收

其 一

　　楚襄游梦去，陈思朝洛归。参差结旌旆，掩霭顿骖騑。变化看台曲，骇散属川沂。仍令赋神女，俄闻要虙妃。照梁何足艳，升霞反奋飞。可言不可见，言是复言非。

　　① 此二首录自《乐府诗集》卷六三。郭茂倩解云："美女者，以喻君子。言君子有美行，愿得明君而事之。若不遇时，虽见征求，终不屈也。"

其 二

　　□□□□□①，我帝更朝衣。擅宠无论贱，入忧②不嫌微。智琼非俗物，罗敷本自稀。居然陋西子，定可比南威。新吴何为误，旧郑果难依。甘言诚易污，得失定因机。无憎药英妒，心赏易侵违。

　　① 各刊本此处均阙五字。　② 忧：疑当作"爱"。

思 公 子①

邢 劭②

　　绮罗日减带，桃李无颜色。思君君未归，归来岂相识。

　　① 此首录自《乐府诗集》卷七四。　② 邢劭（496—?）：北齐诗人、骈文家。字子才。河间鄚（今河北任丘北）人。为魏宣武帝挽郎，迁著作佐郎。后累中书

侍郎、骠骑大将军等，出为兖州刺史。在魏、齐文人中享有盛名，今存诗九首。

永 世 乐[①]

魏 收

绮窗斜影入，上客酒须添。翠羽方开美，铅华汗不沾。关门今可下，落珥不相嫌。

① 此首录自《乐府诗集》卷七五。郭茂倩解引《隋书·乐志》曰："后魏太武平河西，得西凉乐，其歌曲有《永世乐》。"

济 黄 河[①]

萧 悫

大蕃连帝室，骖驾奉皇猷。未明驱羽骑，凌晨方画舟。津城度维锦，岸柳夹缇油。钟声扬别岛，旗影照苍流。早光生剑服，朝风起节楼。滔滔细波动，裔裔轻舷浮。回桡避近碛，放舳下前洲。全疑上天汉，不异谒蓬丘。望知云气合，听识水声秋。从军何等乐，喜从神仙游。

① 此首录自《乐府诗集》卷七四。今按：此题《诗纪》卷一一〇作《奉和济黄河应教》。

鼓吹曲辞

有 所 思①

裴让之②

梦中虽暂见,及觉始知非。展转不能寐,徙倚独披衣。凄凄晓风急,晻晻月光微。室空常达旦,所思终不归。

① 此首录自《乐府诗集》卷一七。今按:作者裴让之,《乐府诗集》作北魏人。《北齐书·裴让之传》作北齐人。　② 裴让之(生卒年不详):北朝齐文人。字士礼,河东闻喜(今属山西)人。北魏时,累迁屯田、主客郎中。又历齐文襄帝高澄大将军主簿兼中书舍人。齐文宣帝代魏,以为清河太守,有善政。今存诗三首。

上 之 回①

萧 悫

发轫城西时,回舆事北游。山寒石道冻,叶下故宫秋。朔路传清警,边风卷画旒。岁余巡省毕,拥仗②返皇州。

① 此首录自《乐府诗集》卷一六。今按:《北齐书》卷四五将萧悫列入北齐。(见《北齐书·萧悫传》)逯钦立《先秦汉魏晋南北朝诗》将其列入北齐。　② 拥仗:《诗纪》卷一一〇注"一作按节"。

临 高 台①

萧 悫

崇台高百尺,迥出望仙宫。画栱浮朝②气,飞梁照晚虹。小衫飘雾縠,艳粉拂轻红。笙吹汶阳筱,琴奏峄山桐。舞逐飞龙引,花随少女风。临春今若此,极宴岂无穷。

① 此首录自《乐府诗集》卷一八。 　② 朝:《乐府诗集》注"一作云"。

舞曲歌辞

雅舞

北齐文武舞歌①（四首）

文舞阶步辞

我后降德，肇峻皇基。摇铃大号，振铎命期。云行雨洽，天临地持。茫茫区宇，万代一时。文来武肃，成定于兹。象容则舞，歌德言诗。锵锵金石，列列匏丝。凤仪龙至，乐我雍熙。

① 此四首录自《乐府诗集》卷五二。郭茂倩解引《隋书·乐志》曰："北齐元会大飨奏文武二舞。二舞将作，并先设阶步（今按：《隋书》作"阶步辞"）焉。"

文舞辞

皇天有命，归我大齐。受兹华玉，爰锡玄圭，奄家环海，实子蒸黎。图开宝匣，检封芝泥。无思不顺，自东徂西。教南暨朔，罔敢或携。比日之明，如天之大。神化之洽①，率土无外。眇眇舟车，华戎毕会。祠我春秋，服我冠带。仪协震象，乐均天籁。蹈武在庭，其容蔼蔼。

① 之洽：《隋书》作"斯洽"。

武舞阶步辞

大齐统历，天鉴孔昭。金人降泛，火凤来巢。眇均虞德，干戚降苗。夙沙攻主，归我轩朝。礼符揖让，乐契《咸》、《韶》①。蹈扬惟序，律度时调。

① 《咸》、《韶》：《咸》，指尧乐《咸池》。《韶》，指虞舜乐《箫韶》。《书·益稷》：

"《箫韶》九成，凤凰来仪。"孔传："《韶》，舜乐名。"

武舞辞

天眷横流，宅心玄圣。祖功宗德，重光袭映。我皇恭己，诞膺灵命。宇外斯烛，域中咸镜。悠悠率土，时惟保定。微微动植，莫违其性。仁丰庶物，施洽群生。海宁洛变，契此休明。雅宣茂烈，颂纪英声。铿锽钟鼓，掩抑箫笙。歌之不足，舞以礼成。铄矣王度，缅迈千龄。

郊庙歌辞

北齐南郊乐歌①（十三首）

肆 夏 乐②

肇应灵序，奄字黎人。乃朝万国，爰征百神。祇
展方望，幽显咸臻。礼崇声协，贽列圭陈。翼差鳞次，
端笏垂绅。来趋动色，式赞天人。

① 此十三首录自《乐府诗集》卷三。郭茂倩解引《隋书·乐志》曰："齐武成
时，始定四郊、宗庙、三朝之乐。大禘圜丘及北郊、夕牲、群臣入门奏《肆夏乐》；迎
神奏《高明乐》，登歌辞同；牲出入、荐毛血并奏《昭夏》；群臣出、进熟、群臣入并奏
《肆夏》，辞同初入；进熟、皇帝入门奏《皇夏》，升丘奏《皇夏》，坛上登歌辞同；初献
奏《高明乐》，奠爵讫奏《高明之乐》、《覆焘之舞》，献太祖配飨神座奏《武德之乐》、
《昭烈之舞》；皇帝小退，当昊天上帝神座前奏《皇夏》，辞同上；饮福酒奏《皇夏》，
诣东陛、还便坐奏《皇夏》，辞同初入门；送神降丘南陛奏《高明乐》，之望燎位奏
《皇夏》，辞同上；紫坛既燎奏《昭夏乐》，自望燎还本位奏《皇夏》，辞同上；还便殿
奏《皇夏》，群臣出奏《肆夏》，辞同上；祠感帝用圜丘乐。" ②《乐府诗集》目录此
题下注"群臣入门"。

高 明 乐①

惟神监矣，皇灵肃止。圆璧展事，成文即始。士
备八能，乐合六变。风凑伊雅，光华袭荐。宸卫腾景，
灵驾霏烟。严坛生白，绮席凝玄。

①《乐府诗集》目录此题下注"迎神"。

昭 夏 乐①

刚柔设位，惟皇配之。言肃其礼，念畅在兹。饰
牲举兽，载歌且舞。既舍伊脤，致精灵府。物色惟典，

斋沐加恭。宗族咸暨，罔不率从。

①《乐府诗集》目录此题下注"牲出入"。

昭 夏 乐①

展礼上月，肃事应时。茧栗为用，交畅有期。弓矢斯发，盆簝将事。圆神致祀，率由先志。和以鸾刀，臭以血膋。至哉敬矣，厥义孔高。

①《乐府诗集》目录此题下注"荐毛血"。

皇 夏 乐①

帝敬昭宣，皇诚肃致。玉帛齐轨，屏摄咸次，三垓上列，四陛旁升。龙陈万骑，凤动千乘。神仪天蔼，睟容离曜。金根停轸，奉光先导。

①《乐府诗集》目录此题下注"皇帝入门"。

皇 夏 乐①

紫坛云暖，绀幄霞襄。我其陟止，载致其虔。百灵竦听，万国咸仰。人神咫尺，玄应胗虿。

①《乐府诗集》目录此题下注"升丘"。

高 明 乐①

上下眷，旁午从，爵以质，献以恭。咸斯畅，乐惟雍。孝敬阐，临万邦。

①《乐府诗集》目录此题下注"初献"。

高 明 乐①

自天子之，会昌神道。丘陵肃事，克光天保。九关洞开，百灵环列。八樽呈备，五声投节。

①《乐府诗集》目录此题下注"奠爵"。

武 德 乐①

配神登圣，主极尊灵。敬宣昭烛，咸达窅冥。礼弘化定，乐赞功成。穰穰介福，下被群生。

①《乐府诗集》目录此题下注"太祖配飨"。

皇 夏 乐[①]

皇心缅且感,吉蠲奉至诚。赫哉光盛德,乾巛[②]诏
百灵。报福归昌运,承祐播休明。风云驰九域,龙蛟
跃四溟。浮幕呈光气,俪象烛华精。《濩》[③]、《武》方知
耻,《韶》、《夏》[④]仅同声。

①《乐府诗集》目录此题下注"饮福酒"。　②乾巛:即"乾坤"。　③《濩》:
商汤乐名。《周礼·春官·大司乐》:"以乐舞教国子……《大夏》、《大濩》、《大
武》。"　④《夏》:禹乐名。《礼记·乐记》:"《韶》,继也;《夏》,大也;殷周之乐尽
矣。"郑玄注:"《夏》,禹乐名也。"

高 明 乐[①]

献享毕,悬佾周。神之驾,将上游。超斗极,绝河流。
怀万国,宁九州。欣帝道,心顾留。匝上下,荷皇休。

①《乐府诗集》目录此题下注"送神"。

昭 夏 乐[①]

玄黄覆载,元首照临。合德致礼,有契其心。敬
申事阕,洁诚云报。玉帛载升,械朴斯燎。寥廓幽暧,
播以馨香。皇灵惟监,降福无疆。

①《乐府诗集》目录此题下注"既燎"。

皇 夏 乐[①]

天大亲严,匪敬伊孝。永言肆绘,宸明增耀。阳
丘既畅,大典逾光。乃安斯息,钦若旧章。天回地旋,
鸣銮引警。且万且亿,皇历惟永。

①《乐府诗集》目录此题下注"还便殿"。

北齐北郊乐歌[①](八首)

高 明 乐[②]

惟祗监矣,皇灵肃止。方琮展事,即阴成理。士

备八能,乐合八变。风凑伊雅,光华袭荐。宸卫腾景,灵驾霏烟。严坛生白,绮席凝玄。

① 此八首录自《乐府诗集》卷三。郭茂倩解引《隋书·乐志》曰:"齐北郊迎神奏《高明乐》,登歌辞同;荐毛血奏《昭夏》,进熟、皇帝入门、皇帝升丘并奏《皇夏》,奠爵讫奏《高明乐》、《覆焘之舞》,送神、降丘、南陛奏《高明乐》,既瘗奏《昭夏乐》,还便殿奏《皇夏》,余并同南郊乐。" ②《乐府诗集》目录此题下注"迎神"。

昭 夏 乐①

展礼上月,肃事应时。茞栗为用,交畅有期。弓矢斯发,盆簝将事。方②祇致祀,率由先志。和以銮刀③,臭以血膋。至哉敬矣,厥义孔高。

①《乐府诗集》目录此题下注"荐毛血"。 ② 方:《乐府诗集》卷三作"万",据《隋书·乐志》改。 ③ 銮刀:《诗·信南山》作"鸾刀"。

皇 夏 乐①

帝敬昭宣,皇诚肃致。玉帛齐轨,屏摄咸次。重垓上列,分陛旁升。龙陈万骑,凤动千乘。神仪天蔼,睟容离曜。金根停轸,奉光先导。

①《乐府诗集》目录此题下注"皇帝入门"。

皇 夏 乐①

层坛云暧,严幄霞襄。我其陟止,载致其虔。百灵竦听,万国咸仰。人神咫尺,玄应胗蚤。

①《乐府诗集》目录此题下注"升丘"。

高 明 乐①

自天子之,会昌神道。方泽祇事,克光天保。九关洞开,百灵环列。八樽呈备,五声投节。

①《乐府诗集》目录此题下注"奠爵"。

高 明 乐①

献享毕,悬佾周。神之驾,将下游。超荒极,憩崐丘。怀万国,宁九州。欣帝道,心顾留。匝上下,荷皇休。

①《乐府诗集》目录此题下注"送神"。

昭夏乐①

玄黄覆载，元首照临。合德致礼，有契其心。敬申事阕，洁诚云报。牲玉载陈，栻朴斯燎。寥廓幽暧，播以馨香。皇灵惟监，降福无疆。

①《乐府诗集》目录此题下注"既瘗"。

皇夏乐①

天大亲严，匪敬伊孝。永言肆飨，宸明增耀。阴泽云畅，大典逾光。乃安斯息，钦若旧章。天回地旋，鸣銮引警。且万且亿，皇历惟永。

①《乐府诗集》目录此题下注"还便殿"。

北齐五郊乐歌①（五首）

青帝高明乐

岁云献，谷风②归。斗东指，雁北飞。电鞭激，雷车遽。虹旌靡，青龙驭。和气洽，具物滋。翻降止，应帝期。

① 此五首录自《乐府诗集》卷三。郭茂倩解引《隋书·乐志》曰："齐五郊迎气降神并奏《高明乐》。"又曰："礼五方上帝并奏《高明之乐》，为《覆焘之舞》。"
② 谷风：东风。《尔雅·释天》："东风谓之谷风。"

赤帝高明乐

婺女①司旦，中吕宣。朱精御节，离景延。根荄俊茂，温风发。柘火风水，应炎月。执衡长物，德孔昭。赤旂霞曳，会今朝。

① 婺女：即女宿，二十八宿之一。

黄帝高明乐

居中厎五运，乘衡毕四时。含养资群物，协德固皇基。啴缓契王风，持载符君德。良辰动灵驾，承祀昌邦国。

白帝高明乐

风凉露降，驰景扬寒精。山川摇落，平秩在西成。盖藏成积，烝人被嘉祉。从享来仪，鸿休溢千祀。

黑帝高明乐

虹藏雉化，告寒。冰①壮地坼，年殚。日次月纪，方极。九州万邦，献力。叶光是纪，岁穷。微阳潜兆，方融。天子赫赫，明圣。享神降福，惟敬。

① 冰:《乐府诗集》作"水"，据《隋书》改。

北齐明堂乐歌①（十一首）

肆 夏 乐②

国阳崇祀，严恭有闻。荒华昏暨，乐我大君。冕瑞有列，禽帛载③叙。群后师师，威仪容与。执礼辨物，司乐考章。率由靡坠，休有烈光。

① 此十一首录自《乐府诗集》卷三。郭茂倩解引《隋书·乐志》曰："齐祀五帝于明堂。先祀一日，夕牲，群臣入自门奏《肆夏》，太祝令迎神奏《高明乐》、《覆焘舞》，太祖配飨奏《武德乐》、《昭烈舞》，五方天帝并奏《高明乐》、《覆焘舞》，辞同迎气，牲出入、荐毛血并奏《昭夏乐》，群臣出、进熟、群臣入并奏《肆夏》，辞同初入；进熟、皇帝入门及升坛并奏《皇夏》，辞同用；初献、裸献并奏《高明乐》、《覆焘舞》，饮福酒奏《皇夏》，太祝送神奏《高明乐》、《覆焘舞》，还便殿奏《皇夏》。"
②《乐府诗集》目录此题下注"群臣入门"。　③ 载:《隋书·乐志》作"恭"。

高 明 乐①

祖德光，国图昌。祇上帝，礼四方。辟紫宫，洞华阙。龙兽奋，风云发。飞朱雀，从玄武。携日月，带雷雨。耀宇内，溢区中。眷帝道，感皇风。帝道康，皇风扇。粢盛列，椒糈荐。神且宁，会五精。归福禄，幸闾亭。

①《乐府诗集》目录此题下注"迎神"。

武德乐①

我惟我祖，自天之命。道被归仁，时屯启圣。运钟千祀，授手万姓。夷凶掩虐，匡颓翼正。载经载营，庶土②咸宁，九功以洽，七德兼盈。丹书入告，玄玉来呈。露甘泉白，云郁河清。声教咸往，舟车毕会。仁加有形，化洽无外。严亲惟重，陟配惟大。既祐斯歌，率土攸赖。

①《乐府诗集》目录此题下注"太祖配飨"。　②土：《隋书·乐志》作"土"。

昭夏乐①

孝飨不匮，精洁临年。涤牢委溢，形色博牷。于以用之，言承歆祀。肃肃威仪，敢不敬止。载饰载省，维牛维羊。明神有察，保兹万方。

①《乐府诗集》目录此题下注"牷出入"。

昭夏乐①

我将宗祀，黍献厥诚。鞠躬如在，侧听无声。荐色斯纯，呈气斯臭。有涤有濯，惟神其祐。五方来格，一人多祉。明德惟馨，於穆不已。

①《乐府诗集》目录此题下注"荐毛血"。

皇夏乐①

象乾上构，仪巛下基。集灵崇祖，永言孝思。室陈笾豆，庭罗悬佾。夙夜畏威，保兹贞吉。舞贵其夜，歌重其升。降斯百禄，惟飨惟应。

①《乐府诗集》目录此题下注"皇帝入门"。

高明乐①

度几筵，辟牖户。礼上帝，感皇祖。酌惟洁，涤以清。荐心款，达神明。

① 《乐府诗集》目录此题下注"初献"。

高 明 乐①

帝精来降,应我明德。礼殚义展,流祉邦国。既受多祉,实资孝敬。祀竭其诚,荷天休命。

① 《乐府诗集》目录此题下注"裸献"。

皇 夏 乐①

恭祀洽,盛礼宣。英献烂层景,广泽同深泉。上灵钟百福,群神归万年。月轨咸梯岫,日域尽浮川。瑞鸟飞玄扈,潜鳞跃翠涟。皇家膺宝历,两地复参天。

① 《乐府诗集》目录此题下注"饮福酒"。

高 明 乐①

青阳奏,发朱明。歌西皓,唱玄冥。大礼馨,广乐成。神心怿,将远征。饰龙驾,矫凤旐。指阊阖,憩层城。出温谷,迈炎庭。跨西汜,过北溟。忽万亿,耀光精。比电骛,与雷行。嗟皇道,怀万灵。固王业,震天声。

① 《乐府诗集》目录此题下注"送神"。

皇 夏 乐①

文物备矣,声明有章。登荐惟肃,礼邈前王。鼙齐云终,折旋告罄。穆穆旒冕,蕴诚毕敬。屯卫按部,銮辂回途。暂留紫殿,将及清都。

① 《乐府诗集》目录此题下注"还便殿"。

北齐享庙乐辞①(十八首)

肆 夏 乐②

霜凄雨畅,烝哉帝心。有敬其祀,肃事惟歆。昭昭车服,济济衣簪。鞠躬贡酌,磬折奉琛。差以五列,和以八音。式祗王度,如玉如金。

① 此十八首录自《乐府诗集》卷九。郭茂倩解引《隋书·乐志》曰："齐享庙乐，先祀一日，夕牲、群臣入奏《肆夏》，迎神奏《高明》登歌乐，牲出入、荐毛血并奏《昭夏乐》，三公出、进熟、群臣入并奏《肆夏》，辞同；皇帝入北门奏《皇夏乐》，太祝祼地奏《登歌乐》，皇帝诣东陛及升殿并奏《皇夏》，辞同；皇帝既升殿，殿上作《登歌乐》，皇帝初献六世祖司空公、五世祖吏部尚书、高祖秦州刺史、曾祖太尉武贞公、祖文穆皇帝五室，并奏《始基乐》、《恢祚舞》，献高祖神武皇帝室，奏《武德乐》、《昭烈舞》，献文襄皇帝室，奏《文德乐》、《宣政舞》，献显祖文宣皇帝室奏《文正乐》、《光大舞》，皇帝还东壁、饮福酒奏《皇夏乐》，送神奏《高明乐》，皇帝诣便殿奏《皇夏乐》，群臣出奏《肆夏》，辞同。"　②《乐府诗集》目录此题下注"群臣出入"。

高明登歌乐①

日卜惟吉，辰择其良。奕奕清庙，黼黻周张。大吕为角，应钟为羽。路鼗阴竹，德歌昭舞。祀事孔明，百神允穆。神心乃顾，保兹介福。

①《乐府诗集》目录此题下注"迎神"。

昭 夏 乐①

大祀云事，献奠有仪。既歌既展，赞顾迎牺。执从伊竦，勺饰惟慄。俟用于庭，将升于室。且握且辁，以至其诚。惠我贻颂，降祉千龄。

①《乐府诗集》目录此题下注"牲出入"。

昭 夏 乐①

缅彼遐慨，悠然永思。留连七享，缠绵四时。神升魄沉，靡闻靡见。阴阳载俟，臭声兼荐。祖考其鉴，言萃王休。降神敷锡，百福是由。

①《乐府诗集》目录此题下注"荐毛血"。

皇 夏 乐①

齐居严殿，夙驾层闱。车辂垂彩，旒旐腾辉。耸诚载仰，翘心有慕。洞洞自形，斤斤表步。闷宫有邃，神道依希。孝心缅邈，爰属爰依。

登 歌 乐①

太室窅窅,神居宿设。郁邑惟芬,圭璋惟洁。彝斝应时,龙蒲代用。藉茅无咎,福禄攸降。端感会事,俨思修礼。齐齐勿勿,俄俄济济。

登 歌 乐

我祠我祖,永惟厥先。炎农肇圣,灵祉蝉联。霸图中造,帝业方宣。道昌基构,抚运承天。奄家六合,爰光八埏。尊神致礼,孝思惟缠。寒来暑反,惕荐在年。匪敬伊慕,备物不愆。设虡设业,鞉鼓填填。辟公在位,有容伊虔。登歌启俏,下管应悬。厥容无爽,幽明肃然。诚匝厚地,和达穹玄。既调风雨,载协山川。周庭有列,汤孙永延。教声惟被,迈后光前。

始基乐恢祚舞①

克明克俊,祖武惟昌。业弘营土,声被海方。有流厥德,终耀其光。明神幽赞,景祚攸长。

始基乐恢祚舞①

显允盛德,隆我前构。瑶源弥泻,琼根愈秀。诞惟有族,丕绪克茂。大业崇新,洪基增旧。

始基乐恢祚舞①

祖德丕显,明哲知几。豹变东国,鹊起西归。礼申官次,命改朝衣。敬思孝享,多福无违。

始基乐恢祚舞①

兆灵有业,潜德无声。韬光戢耀,贯幽洞冥。道弘舒卷,旋博藏行。缅追岁事,夜遽不宁。

①《乐府诗集》目录此题下注"太尉司贞公室"。

始基乐恢祚舞①

皇皇祖德,穆穆其风。语默自已,明睿在躬。荷天之锡,圣表克隆。高山作矣,宝祚其崇。离光旦旦,载焕载融。感荐惟永,神保无穷。

①《乐府诗集》目录此题下注"文穆帝室"。

武德乐昭烈舞①

天造草昧,时难纠纷。孰拯斯溺,靡救其焚。大人利见,纬武经文。顾指维极,吐吸风云。开天辟地,峻岳夷海。冥工掩迹,上德不宰。神心有应,龙化无待。义征九服,仁兵告凯。上平下成,靡或不宁。匪王伊帝,偶极崇灵。享亲则孝,洁祀惟诚。礼备乐序,肃赞神明。

①《乐府诗集》目录此题下注"神武帝室"。

文德乐宣政舞①

圣武丕基,睿文显统。眇哉神启,郁矣天纵。道则人弘,德云迈种。昭冥咸叙,崇深毕综。自中徂外,经朝庇野。政反沦风,威还缺雅。旁作穆穆,格于上下。维享维宗,来鉴来假。

①《乐府诗集》目录此题下注"文襄帝室"。

文正乐光大舞①

玄历已谢,苍灵告期。图玺有属,揖让惟时。龙升兽变,弘我帝基。对扬穹昊,实启雍熙。钦若皇猷,永怀王度。欣赏斯穆,威刑允措。轨物俱宣,宪章咸布。俗无邪指,下归正路。茫茫九域,振以乾纲。混通华裔,配括天壤。作礼视德,列乐传响。荐祀惟虔,衣冠载仰。

皇 夏 乐①

　　孝心翼翼,率礼竞竞。时洗时荐,或降或升。在
堂在户,载湛载凝。多品斯奠,备物攸膺。兰芬敬挹,
玉俎恭承。受祭之祜②,如彼冈陵。

　　①《乐府诗集》目录此题下注"饮福酒"。　②祜:《乐府诗集》卷九作"祐",
据《隋书·乐志》改。

高 明 乐①

　　仰榱桷,慕衣冠。礼云馨,祀将阑。神之驾,纷奕
奕。乘白云,无不适。穷昭域,极幽涂。归帝祉,眷
皇都。

　　①《乐府诗集》目录此题下注"送神"。

皇 夏 乐①

　　礼行斯毕,乐奏以终。受嘏先退,载畅其衷。銮
轩循辙,麾旌复路。光景徘徊,弦歌顾慕。灵之相矣,
有锡无疆。国图日竞②,家历天长。

　　①《乐府诗集》目录此题下注"皇帝诣便殿"。　②竞:《乐府诗集》作"镜",
据《隋书》改。

燕射歌辞

北齐乐府之燕射歌辞,有《元会大飨歌》十题二十一首。

燕射本指宴饮之射,是古代射礼之一。《周礼·春官·乐师》:"燕射,帅射夫以弓矢舞。"孙诒让正义:"燕射者,王与诸侯、诸臣因燕而射。《梓人》注云'燕谓劳使臣,若与群臣饮酒而射'是也。"后泛指宴饮作乐。燕射歌是古代帝王于宴会时所用的乐章。一是用于天子的《食举乐》,二是用于射礼中的"大射",三是天子大会群臣、宾客时的"燕飨"。古代乐章已佚,传世者皆晋宋以后作品。

北齐元会大飨歌①(十首)

肆　夏②

昊苍眷命,兴王统天。业高帝始,道邈皇先。礼成化穆,乐合风宣。宾朝皇③夏,扬对穹玄。

① 此"元会大飨歌"十题二十首,均录自《乐府诗集》卷一四。郭茂倩解引《隋书·乐志》曰:"北齐元会大飨,协律不得升陛,黄门举麾于殿上。宾入门,四厢奏《肆夏》;皇帝出阁奏《皇夏》;皇帝当宸,群臣奉贺,奏《皇夏》;皇帝入宁变服,黄钟、太蔟二厢奏《皇夏》;皇帝变服,移幄坐于西厢,帝出升御坐,沽洗厢奏《皇夏》;王公奠璧奏《肆夏》;上寿,黄钟厢奏上寿曲;皇太子入,至坐位,酒至御,殿上奏登歌,食至御前奏食举乐;文武将作,先设阶步,次奏文舞;武舞将作,先设阶步,次奏武舞;皇帝入,钟鼓奏《皇夏》。"　②《乐府诗集》目录此题下注"宾入门"。　③ 皇:《乐府诗集》作"荒",据《隋书》改。

皇　夏①

夏正肇旦,周物充庭。具像在位,俯伏无声。大君穆穆,宸仪动畔。日煦天回,万灵胥萃。

①《乐府诗集》目录此题下注"皇帝出阁"。

皇　夏①

天子南面，乾覆离明。三千咸列，万国填并。犹从禹会，如次汤庭。奉兹一德，上下和平。

①《乐府诗集》目录此题下注"当宸群臣贺"。

皇　夏①

我应天历，四海为家。协同内外，混一戎华。鹤盖龙马，风乘云车。夏章夷服，其会如麻。九宾有仪，八音有节。肃肃于位，饮和在列。四序氤氲，三光昭晰。君哉大矣，轩、唐比辙。

①《乐府诗集》目录此题下注"入宁变服"。

皇　夏①

皇运应箓，廓定区宇。受终以文，构业以武。尧昔命舜，舜亦命禹。大人驭历，重规沓矩。钦明在上，昭纳八夤。从灵体极，诞圣穷神。化生群品，陶育烝人。展礼肆乐，协此元春。

①《乐府诗集》目录此题下注"帝出升坐"。

肆　夏①

万方咸暨，三揖以申。垂旒冯玉，五瑞交陈。拜稽有章，升降有节。圣皇负扆，虞、唐比烈。

①《乐府诗集》目录此题下注"王公奠璧"。

上　寿　曲

仰三光，奏万寿。人皇御六气，天地同长久。

登　歌（三首）

其　一

大齐统历，道化光明。马图呈宝，龟箓告灵。百蛮非众，八荒非逖。同作尧人，俱包禹迹。

其　二

天覆地载，成以四时。惟皇是则，比大于兹。群星拱极,众川赴海。万宇骏奔,一朝咸在。

其 三

齐之以礼,相趋帝庭。应规蹈矩,玉色金声。动之以乐,和风四布。龙申凤舞,鸾歌麟步。

食举乐(十首)

其 一

三端正启,万方观礼。具物充庭,二仪合体。百华照晓,千门洞晨。或华或裔,奏贽惟新。悠悠亘六合,圆首莫不臣。仰施如雨,晞和犹日①。风化表笙镛,歌讴被琴瑟。谁言文轨异,今朝混为一。

① 日:《隋书》作"春"。

其 二

彤庭烂景,丹陛流光。怀黄绾白,鹓鹭成行。文赞百揆,武镇四方。折冲鼓雷电,献替协阴阳。大矣哉,道迈上皇,陋五帝,狭三皇。穷礼物,该乐章。序冠带,垂衣裳。

其 三

天壤和,家国穆。悠悠万类,咸孕育。契冥化,侔大造。灵效珍,神归宝。兴云气,飞龙苍。麟一角,凤五光。朱雀降,黄玉表。九尾驯,三足扰。化之定,至矣哉。瑞感德,四方来。

其 四

图圄空,水火菽粟。求贤振滞,弃珠玉。衣不靡,宫以卑。当阳端嘿,垂拱无为。云云万有,其乐不訾。

其 五

嗟此举,时逢至道。肖形咸自持,赋命无伤夭。行气进皇舆。游龙服帝皂。圣主宁区宇,乾坤永相保。

其 六

牧野征,鸣条战。大齐家万国,拱揖应终禅。奥主廓清都,大君临赤县。高居深视,当宸正殿。旦暮之期今一见。

其 七

两仪分,牧以君。陶有象,化无垠。大齐德,邈谁群。超凤火,冠龙云。露以洁,风以薰。荣光至,气氤氲。

其 八

神化远,人灵协。寒暑调,风雨燮。披泥检,受图谍。图谍启,期运昌。分四序,缀三光。延宝祚,眇无疆。

其 九

惟皇道,升平日。河水清,海不溢。云干吕,风入律。驱黔首,入仁寿。与天高,并地厚。

其 十

刑以厝,颂声扬。皇情邈,眷汾、襄。岱山高,配林壮。亭亭耸,云云望。斾葳蕤,驾骙骙。刊金阙,奠玉龟。

皇 夏①

礼终三爵,乐奏九成。允也天子,穹壤和平。载色载笑,反寝宴息。一人有祉,百神奉职。

①《乐府诗集》目录此题下注"皇帝入"。

北周乐府

相和歌辞

相和曲

对　酒①

庚　信②

春水望桃花，春洲藉芳杜。琴从绿珠借，酒就文君取。牵马向渭桥，日曝山头脯。山简接䍠倒，王戎如意舞。筝鸣金谷园，笛韵平阳坞。人生一百年，欢笑唯三五。何处觅钱刀，求为洛阳贾。

　　① 此首录自《乐府诗集》卷二七。今按：此首作者，《文苑英华》卷一九五作"范云"。《诗纪》卷七七范云诗中无此首，而《庚子山集》有载。　② 庚信（513—581）：北周文学家。字子山，南阳新野（今属河南）人。初仕梁，后出使西魏，值西魏灭梁，被留。历仕西魏、北周，官至骠骑大将军、开府仪同三司，世称"庚开府"。善诗赋、骈文，与徐陵为当时宫廷文学之代表，时称"徐庚体"。原有集，已散佚，后人辑有《庚子山集》。

日出东南隅行①

王　褒②

晓星西北没，朝日东南隅。阳窗临玉女，莲帐照金铺。凤楼称独立，绝世良所无。镜悬四龙网，枕画七星图。银镂明光带，金地织成襦。调弦《大垂手》，歌曲《凤将雏》。采桑三市路，卖酒七条衢。道逢五马客，夹毂来相趋。将军多事势，夫婿好形模。高箱照云母，壮马饰当颅。单衣火浣布，利剑水精珠。自知心所爱，仕宦执金吾。飞氅雕翡翠，绣槵画屠苏。银烛附蝉映鸡羽，黄金步摇③动襜褕。兄弟五日时来归，高车竟道生光辉。名倡两行堂上起，鸳鸯七十阶前飞。少年任侠轻年月，珠丸出弹遂难追。

① 此首录自《乐府诗集》卷二八。　② 王褒(约511—约574)：北周文学家。字子渊，琅琊临沂(今属山东)人。梁元帝时官吏部尚书、左仆射。江陵被陷后入北朝。北周时官小司空，出为宜州刺史卒。原为梁的宫廷诗人，在北朝文名甚高。原有集，已散佚，明人辑有《王司空集》。　③ 步摇：《乐府诗集》作"摇步"，据《诗纪》卷一一三改。

日 出 行①

萧 捴②

昏昏隐远雾，团团乘阵云。正值秦楼女，含娇酬使君。

① 此首录自《乐府诗集》卷二八。今按：此题《乐府诗集》作《日出东南隅行》，据目录及《文苑英华》卷一九三改。　② 萧捴(515—573)：北周作家。字智遐。祖籍东海兰陵(今属山东)。初仕梁，历益州刺史，守成都。西魏文帝遣兵至成都，捴请降，并以城归魏。北周孝闵帝践祚，又出为上州刺史，又为少傅。其名亚于王褒，诗赋杂文甚丰。今存诗五首。

吟叹曲

王昭君①

庾 信

拭②啼辞戚里，回顾望昭阳。镜失菱花影，钗除却月梁。围腰无一尺，垂泪有千行。绿衫③承马汗，红袖拂秋霜。别曲真多恨，哀弦须更张。

① 此首录自《乐府诗集》卷二九。郭茂倩解引《唐书·乐志》曰："《明君》，汉曲也。元帝时，匈奴单于入朝，诏以王嫱配之，即昭君也。及将去，入辞，光彩射人，悚动左右，天子悔焉。汉人怜其远嫁，为作此歌。"今按：此首《文苑英华》卷二〇四作《昭君怨》。　② 拭：《乐府诗集》作"试"，据《诗纪》卷一一四改。　③ 绿衫：《乐府诗集》作"衫身"，据《庾子山集》卷二改。

明 君 词①

庾 信

敛眉光禄塞，遥望夫人城。片片红颜落，双双泪眼生。冰河牵马渡，雪路抱鞍行。胡风入②骨冷，夜月照心明。方调琴上曲，变入胡笳声。

① 此首录自《乐府诗集》卷二九。题属《王昭君》一脉。今按：此题《庾子山集》卷二作《昭君辞应诏》。　② 入：《乐府诗集》注"一作作"。

明 君 词①

王 褒

兰殿辞新宠，椒房余故情。鸿飞渐南陆，马首倦西征。寄书参汉使，衔涕望秦城。唯余马上曲，犹作出关声。

① 此首录自《乐府诗集》卷二九。今按:题同《王昭君》。

王昭君①

　　猗②兰恩宠歇,昭阳幸御稀。朝辞汉阙去,夕见胡尘飞。寄信秦楼下,因书秋雁归。

① 此首录自《乐府诗集》卷二九。今按:此首《乐府诗集》未载作者,将其列于北周庾信《王昭君》之后。兹归北周待考。　② 猗:《乐府诗集》作"倚",中华书局本校据毛刻本改。

平调曲

从军行①

赵 王②

　　辽东烽火照甘泉,蓟北亭障接燕然。水冻菖蒲未生节,关寒榆荚③不成钱。

① 此首录自《乐府诗集》卷三二。　② 赵王:《乐府诗集》署"北周赵王",并注"一作周赵"。《乐府诗集》目录与《文苑英华》卷一九九作"周赵王"。《古乐府》卷四作"周赵王招"。赵王生平事迹未详。兹依《乐府诗集》录入待考。　③ 榆荚:《乐府诗集》作"榆叶",据《文苑英华》改。

燕歌行①

庾 信

　　代北云气昼昏昏,千里飞蓬无复根。寒雁丁丁②渡辽水,桑叶纷纷落蓟门。晋阳山头无箭竹,疏勒城中乏水源。属国征戍久离居,阳关音信绝能疏。愿得鲁连飞一箭,持寄思归燕将书。渡辽本自有将军,寒风萧萧生水纹③。妾惊甘泉足④烽火,君讶渔阳少⑤阵云。自从将军出细柳,荡子空床难独守⑥。盘龙明镜饷秦嘉,辟恶生香寄韩寿。春分燕来能几日,二月蚕眠不复久。洛阳游丝百丈连,黄河春冰千片穿。桃花颜色好如⑦马,榆英新开巧似钱⑧。蒲桃一杯千日醉,无事九转学神仙。定取金丹作几服,能令华表得千年。

① 此首录自《乐府诗集》卷三二。　② 丁丁:《乐府诗集》注"一作嗈嗈"。《庾子山集》卷二作"嗈嗈"。《艺文类聚》卷四二作"一一"。　③ 纹:《艺文类聚》作"滨"。　④ 足:《艺文类聚》作"旦"。　⑤ 少:《艺文类聚》作"多"。　⑥ 难独守:《艺文类聚》作"定难守"。　⑦ 好如:《艺文类聚》作"如好"。　⑧ 巧似钱:《艺文类聚》作"似细钱"。

从 军 行①

庾 信

《河图》论阵气,金匮辨星文。地中鸣鼓角,天上下将军。函犀恒七属,络②铁本千群。飞梯聊度绛,合弩暂凌汾。寇阵先中断,妖营即两分。连烽对岭度,嘶马隔河闻。箭飞如疾雨,城崩似坏云。英王于此战,何用武安君。

① 此首录自《乐府诗集》卷三二。今按:此题《庾子山集》作"同卢记室从军"。　② 络:《乐府诗集》作"浴",据《庾子山集》卷二改。

从 军 行①（二首）

王 褒

其 一

兵书久闲习,征战数曾经。讲戎平乐观,学戏②羽林亭。西征度疏勒,东驱出井陉。牧马滨长渭,营军毒上泾。平云如阵色,半月类城形。羽书封信玺,诏使动流星。对岸流沙白,缘河柳色青。将幕恒临斗,旌门常背刑。勋封瀚海石,功勒燕然铭。兵势因麾下,军图送掖庭。谁怜下玉箸,向暮掩金屏。

① 此二首录自《乐府诗集》卷三二。　② 学戏:《诗纪》卷一一三注"一作览剑"。

其 二

黄河流水急,骢马送①征人。谷望河阳县,桥渡小平津。年②少多游侠,结客好轻身。代风愁枥马,胡霜宜角筋。羽书劳警急,边鞍倦苦辛。康居因汉使,卢龙称魏臣。荒戍唯看柳,边城不识春。男儿重意气,无为羞贱贫。

① 送:《诗纪》卷一一三作"远"。　② 年:《乐府诗集》注"一作恶"。

燕 歌 行①
王 褒

初春丽日②莺欲娇,桃花流水没河桥。蔷薇开花③百重叶,杨柳覆地数千条④。陇西将军号都护,楼兰校尉称嫖姚。自从昔别春燕分,经年一去不相闻。无复汉地长安⑤月,唯有漠北蓟城云。淮南桂⑥中明月影,流黄机上织成文。充国行军屡筑营,阳史讨虏陷平城。城下风多能却阵,沙中雪浅讵停兵。属国少妇⑦犹年少,羽林轻骑数⑧征行。遥闻陌头采桑曲,犹胜边地胡笳⑨声。胡笳向暮使人泣,还使⑩闺中空伫立。桃花落⑪,杏花舒⑫,桐生井底寒叶疏。试为来看上林雁,必⑬有遥寄陇头书。

① 此首录自《乐府诗集》卷三二。　② 日:《诗纪》卷一一三作"景"。
③ 开花:《乐府诗集》作"花开",据其注"一作开花"改。　④"杨柳"句:覆,《乐府

诗集》作"拂",据其注"一作覆"改。地,《文苑英华》卷一九六作池。数,《乐府诗集》作"散",据《诗纪》及《艺文类聚》卷四二改。　⑤ 长安:《艺文类聚》及《诗纪》皆作"关山"。　⑥ 桂:《文苑英华》作"镜"。　⑦ 少妇:《诗纪》作"小妇"。⑧ 数:《乐府诗集》作"散",据《艺文类聚》及《诗纪》改。　⑨ 边地胡笳:《艺文类聚》作"胡笳边地"。　⑩ 还使:《艺文类聚》及《诗纪》作"长望"。　⑪ 落:此字下《诗纪》有"地"字。　⑫ "桃花"句:《艺文类聚》作"桃抽覆地春花舒"。落,《诗纪》"落"字下有"地"字。　⑬ 必:《艺文类聚》及《诗纪》均作"应"。

短 歌 行①(二首)

徐 谦②

其 一

穷通皆是运,荣辱岂关身。不愿③门前客,看时逢故人。

① 此二首录自《乐府诗集》卷三〇。今按:此题为王僧虔《大明三年宴乐技录》平调七曲之二。　② 徐谦(生卒年不详):北周诗人。生平事迹不详。今存《短歌行》二首。　③ 愿:《文苑英华》卷二〇三作"顾"。

其 二①

意气青云里,爽朗烟霞外。不羡一囊钱,唯重心襟会。

① 此首与前首《乐府诗集》卷三〇作一首,据《文苑英华》及《诗纪》卷一一二改为二首。

清调曲

长安有狭斜行①

王 褒

威②纡狭邪道,车骑动相喧。博徒称剧孟,游侠号王孙。势倾魏侯府,交尽翟公门。路邪劳夹毂,涂艰倦折辕。日斜宣曲观,春还御宿园。涂歌杨柳曲,巷饮榴花樽。独有游梁客③,还守孝文园。

① 此首录自《乐府诗集》卷三五。今按:题同《相逢狭路间行》一脉。
② 威:《诗纪》卷一一三作"逶"。　③ 客:《乐府诗集》作"倦",据《诗纪》改。

瑟调曲

饮马长城窟行①

王　褒

北走长安道,征骑每经过。战垣临八阵,旌门对两和。屯兵戍陇北,饮马傍城阿。雪深无复道,冰合不生波。尘飞连阵聚,沙平骑迹多。昏昏陇坻月,耿耿雾中河。羽林犹角抵,将军尚雅歌。临戎常拔剑,蒙险屡提戈。秋风鸣马首,薄暮欲如何。

① 此首录自《乐府诗集》卷三八。

墙上难为趋①

王　褒

昔称梁孟子,兼闻鲁孔丘。访政聊为述,问陈岂相酬。末代多侥幸,卿相尽经由。台郎百金价,台司千万求。当朝少直笔,趋代皆曲钩。廷尉十年不得调,将军百战未封侯。夜伏拥门作常伯,自有蒲萄得凉州。白璧求善价,明珠难暗投。高墙不可践,井水自难浮。风胡有年岁,铦利比吴钩。

① 此首录自《乐府诗集》卷四〇。

饮马长城窟行[1]

尚法师[2]

长城征马度，横行且劳群。入冰穿冻水，饮浪聚流文。澄鞍如渍月，照影若流云。别有长松气，自解逐将军。

[1] 此首录自《乐府诗集》卷三八。　[2] 尚法师：生平里籍不详。《乐府诗集》将其列在北周王褒之后，隋炀帝之前，暂归北周待考。

楚调曲

怨 歌 行[1]

庾 信

家住金陵县前，嫁得长安[2]少年。回头望乡泪落，不知何处天边。胡尘几日应尽，汉月何时更圆？为君能歌此曲，不觉心随断弦。

[1] 此首录自《乐府诗集》卷四二。　[2] 长安：《乐府诗集》作"长干"，据《汉魏六朝百三名家集》改。

清商曲辞

西曲歌

乌　夜　啼①（二首）

庚　信

其　一

促柱繁弦非《子夜》②，歌声舞态异《前溪》③。御史府中何处宿？洛阳城头那得栖。弹琴蜀郡卓家女，织锦秦川窦氏妻。讵不自惊长泪落，到头④啼乌恒夜啼。

① 此二首录自《乐府诗集》卷四七。《唐书·乐志》曰:"《乌夜啼》者,宋临川王义庆所作也。元嘉十七年,徙彭城王义康于豫章。义庆时为江州,至镇,相见而哭。文帝闻而怪之,征还,庆大惧,伎妾夜闻乌夜啼声,扣斋阁云:'明日应有赦。'其年更为南兖州刺史,因此作歌。"　②、③《子夜》、《前溪》:皆晋曲名。④头:《玉台新咏》卷九作"道"。

其　二

桂树悬知远,风竿讵肯低。独怜①明月夜,孤飞犹未栖。虎贲谁见惜,御史讵相携。虽言入弦管,终是曲中啼。

① 怜:《艺文类聚》卷四二作"来"。

贾　客　词①

庚　信

五两开船头,长樯发新浦。悬知岸上人,遥振江中鼓。

① 此首录自《乐府诗集》卷四八。今按:题同《估客乐》。

杂歌谣辞

歌辞

劳　歌[①]

萧　扬

百年能几许，公事罢平生。寄言任立政，谁怜李少卿[②]？

① 此首录自《乐府诗集》卷八六。今按：《庄子》曰"劳我以生，佚我以老，息我以死"，《韩诗》曰"饥者歌食，劳者歌事"，题出于此。　② 李少卿：即李陵，字少卿。

周宣帝歌[①]

自知身命促，把烛夜行游。

① 此首录自《乐府诗集》卷八七。郭茂倩解引《隋书·五行志》曰："周宣帝与宫人夜中连臂踏蹀而歌。"今按：宣帝，北周宇文赟也，在位两年，遂为隋所代。

谣辞

周初童谣[①]

白杨树头金鸡鸣，只有阿舅无外甥。

① 此首录自《乐府诗集》卷八九。郭茂倩解引《隋书·五行志》曰："周初有童谣。按静帝，隋氏之甥，既逊位而崩，诸舅强盛。"今按：北周灭北齐后，统一中原。其末代静帝宇文阐逊位于大丞相杨坚，是为隋文帝，年号开皇。

史歌谣辞

谣辞

常 醉 谣①

朝亦醉，暮亦醉，日日恒常醉，政事日无次。

① 此首录自《隋书·刑法志》："帝既酣饮过度，尝中饮，有下士杨文祐白宫伯长孙览，求歌曰："朝亦醉……"郑译奏之，帝怒，命赐杖二百四十而致死。今按：北周宣帝宇文赟是个荒淫嗜酒的昏君，终日酒色，不理政事，大臣请见，皆由宦官传奏。这首歌谣揭露了昏君荒淫，也反映了作为大臣长孙览的忧虑。

白杨青杨谣①

世有两隽，白杨何妥，青杨萧吂。

① 此首录自《隋书·何妥传》："时兰陵萧吂亦有隽才，住青杨巷，妥住白杨头，时人为之语曰："世有两隽……""

横吹曲辞

出 塞①

王 褒

飞蓬似征客,千里自长驱。塞禽唯有雁,关树但生榆。背山看故垒,系马识余蒲。还因麾下骑,来送月支图。

① 此首录自《乐府诗集》卷二一。

入 塞①

王 褒

戍久风尘色,勋多意气豪。建章楼阁迥,长安陵树高。度冰伤马骨,经寒坠节旄。行当见天子,无假用钱刀。

① 此首录自《乐府诗集》卷二二。

长 安 道①

王 褒

槐衢回北第,驰道度西宫。树荫连袖色,尘影杂衣风。采桑逢五马,停车对两童。喧喧许史座,钟鸣宾未穷。

① 此首录自《乐府诗集》卷二三。

关山月①

王 褒

关山夜月明,秋色照孤城。影亏同汉阵,轮满逐胡兵。天寒光转白,风多晕欲生。寄言亭上吏,游客解鸡鸣。

① 此首录自《乐府诗集》卷二三。

杂曲歌辞

北周乐府之杂曲歌辞,计二十一首,主要作者为庾信、王褒、萧㧑等。

苦 热 行①

庾 信

火井沉荧散,炎洲高焰通。鞭石未成雨,鸣鸢不起风。思为鸾翼扇,愿借②明光宫。临淄迎子礼,中散就安丰。美酒含兰气,甘瓜开蜜筒。寂寥人事屏,还得隐墙东③。

① 此首录自《乐府诗集》卷六五。 ② 借:《乐府诗集》作"备",据《汉魏六朝百三名家集》改。 ③ 墙东:东汉王君公,遭乱而自隐。时人曰"避世墙东王君公",后以墙东为避世不仕的典故。

出自蓟北门行①

庾 信

蓟门还北望,役役尽伤情。关山连汉月,陇水向秦城。笳寒芦叶脆,弓冻纻弦鸣。梅林能止渴,复姓可防兵。将军连转战②,都护③夜巡营。燕山犹有石,须勒几人名。

① 此首录自《乐府诗集》卷六一。 ② 连转战:《汉魏六朝百三名家集》作"朝挑战"。 ③ 护:《汉魏六朝百三名家集》作"尉"。

结客少年场行①

庾 信

结客少年场，春风满路②香。歌撩③李都尉，果掷潘河阳。折④花遥劝酒，就水更⑤移床。今年喜夫婿，新拜羽林郎。定知刘碧玉，偷嫁汝南王。

① 此首录自《乐府诗集》卷六六。　② 满路：《文苑英华》卷一九五作"路满"。　③ 撩：《文苑英华》注"一作嫌"。　④ 折：《文苑英华》作"隔"，《乐府诗集》亦作"一作隔"。　⑤ 更：《文苑英华》注"一作便"。

舞 媚 娘①

庾 信

朝来户前照镜，含笑盈盈自看。眉心浓黛直点，额角轻黄细安。只疑落花谩去，复道春风不还。少年唯有欢乐，饮酒那得留残。

① 此首录自《乐府诗集》卷七三。

步 虚 词①（十首）

庾 信

其 一

浑成空教立，元始正涂开。赤玉灵文下，朱陵真气来。中天九龙馆，倒景八风台。云度弦歌响，星移空②殿回。青衣上少室，童子向蓬莱。逍遥闻四会，倏忽度三灾。

① 此首录自《乐府诗集》卷七八。郭茂倩解引《乐府解题》曰："《步虚词》，道家曲也，备言众仙缥缈轻举之美。"今按：此题《庾子山集》卷五作《道士步虚词》。② 空：疑当为"宫"。

其 二

无名万物始,有道百灵初。寂绝乘丹气,玄冥上玉虚。三元随建节,八景逐回舆。赤凤来衔玺,青鸟入献书。坏机仍成机,枯鱼还作鱼。栖心浴日馆,行乐止云墟。

其 三

凝真天地表,绝想寂廖前。有象犹虚豁,忘形本自然。开经壬子岁,值道甲申年。回云随舞曲,流水逐歌弦①。石髓香如饭,芝房脆似莲。停鸾谯瑶水,归路上鸿②天。

① 弦:《庾子山集》卷五作"筵"。　② 鸿:《乐府诗集》作"鸣",据《庾子山集》改。

其 四

道生乃太一,守静即玄根。中和练九气,甲子谢三元。居心受善水,教学重香园。兔留报关吏,鹤去画城门。更以欣无迹,还来寄绝言。

其 五

洞灵尊上德,虞石会明真。要妙思玄牝①,虚无养谷神。丹丘乘翠凤,玄圃驭斑麟。移梨付苑吏,种杏乞山人。自此逢何世,从今复几春。海无三尺水,山成数寸尘。

① 牝:《乐府诗集》作"纪",并注"一作绝",据《庾子山集》改。

其 六

东明九芝盖,北属①五云车。飘飖入倒景,出没上烟霞。春泉下玉溜②,青鸟向金华。汉帝看桃核,齐侯向枣花。上元应送酒,来向蔡经家。

① 属:《乐府诗集》注"一作烛"。《庾子山集》作"烛"。　② 溜:《乐府诗集》注"一作雷"。

其 七

归心游太极,回向入无名。五香芬紫府,千灯照赤城。凤林采珠实,春①山种玉荣。夏笛三山响②,春钟九乳鸣。绛河应远别,黄鹄来相迎。

① 春:《乐府诗集》作"春",《庾子山集》作"龙",据其注"一作春"改。
② "夏笛"句:《庾子山集》作"夏簧三舌响"。

其 八

北阁①临玄水,南宫坐②绛云。龙泥印玉策,天火练真文。上元风雨散,中天歌吹分。灵驾千寻上,空香万里闻。

① 阁:《庾子山集》作"阙"。　② 坐:《庾子山集》作"生"。

其 九

地镜阶基远,天窗影迹深。碧玉成双树,空青为一①林。鹊巢堪炼石,蜂房得煮金。汉武多骄慢,淮南不小心。蓬莱入海底,何处可追寻。

① 一:《乐府诗集》注"一作迥"。

其 十

麟洲一海阔,玄圃半天高。浮丘迎子晋,若士避卢敖。经餐林虑李,旧食绥山桃。成丹须竹节,刻髓用芦刀。无妨隐士去,即是贤人逃。

轻 举 篇①

王 褒

天地能长久,神仙寿不穷。白玉东华检,方诸西岳童。我②瞻少海北,暂别扶桑东。俯观云似盖,低望月如弓。看棋城邑改,辞家墟巷空。流珠余旧灶,种杏发新丛。酒酿瀛洲玉,剑铸昆吾铜。谁能揽六博,还当访井公。

① 此首录自《乐府诗集》卷六四。　② 我:《诗纪》卷一一三作"俄"。

游侠篇①

王　褒

京洛出名讴,豪侠竞交游。河南期②四姓,关西谒五侯。斗鸡横大道,走马出长楸③。桑阴徒④将夕,槐路转淹留。

① 此首录自《乐府诗集》卷六七。　② 期:《乐府诗集》作"朝",据《文苑英华》卷一九六改。　③ 楸:《文苑英华》作"秋"。　④ 徒:《文苑英华》作"徙"。

陵云台①

王　褒

高台悬百尺,中夕殊未穷。北临酸枣寺,西眺明光宫。城旁抵双府,林里对相风。书题鹿卢榜,观写飞廉铜。窗开神女电,梁映美人虹。虞捐滥天宠,郑督特怀忠。庄生垂翠钓,昭仪抵②斗熊。驰轮有盈缺,人道亦汙隆。还念西陵舞,非复邺城中。

① 此首录自《乐府诗集》卷七五。　② 抵:《诗纪》卷一一三作"拒"。

古　曲①

王　褒

青楼临大道,游侠尽②淹留。陈王金被马,秦女桂为钩。驰轮洛阳③巷,斗鸡南陌头。薄暮风尘起,聊为清夜游。

① 此首录自《乐府诗集》卷七七。今按:此题《诗纪》卷一一三注"一作杂曲"。② 尽:《诗纪》注"一作任"。　③ 阳:《汉魏六朝百三名家集》作"城"。

高 句 丽①

王 褒

萧萧易水生波,燕赵佳人自多。倾杯覆碗潅潅,垂手奋袖娑娑②。不惜黄金散尽,只畏白日蹉跎。

① 此首录自《乐府诗集》卷七八。郭茂倩解引《通典》曰:"高句丽,东夷之国也。其先曰朱蒙,本出于夫余。朱蒙善射,国人欲杀之,遂弃夫余,东南走,渡普述水,至纥升骨城居焉。号曰句丽,以高为氏。"按唐亦有《高丽曲》,李勣破高丽所进,后改《夷宾引》者是也。 ② 娑娑:《汉魏六朝百三名家集》作"婆婆"。

霜 妇 吟①

萧 捴

寒夜静房枕,孤妾思偏丛。悲生聚绀黛,泪下浸妆红。蓄恨萦心里,含啼归帐中。会须明月落,那忍见床空。

① 此首录自《乐府诗集》卷七六。

于 阗 采 花①

无名氏②

山川虽异所,草木尚同春。亦如溱洧地,自有采花人。

① 此首录自《乐府诗集》卷七三。今按:于阗,古西域国名。在今新疆和田一带。 ② 无名氏:据《乐府诗集》目录补。《乐府诗集》将其列在北周庾信之后,唐以前,暂归北周辞待考。

郊庙歌辞

周祀圆丘歌①（十二首）

庚　信

昭　夏②

　　重阳禋祀大报天，丙③午封坛肃且圜。孤竹之管云和弦，神光来④下风肃然。王城七里通天台，紫微斜照影徘徊。连珠合璧重光来，天策暂转钩陈开。

　　① 此十二首录自《乐府诗集》卷四。郭茂倩解引《隋书·乐志》曰："周祀圆丘乐，降神奏《昭夏》，皇帝将入门奏《皇夏》，俎入、奠玉帛并奏《昭夏》，皇帝升坛奏《皇夏》，初献及初献配帝并作《云门之舞》，献毕奏登歌，饮福酒奏《皇夏》，撤奠奏《雍乐》，帝就望燎位、还便坐并奏《皇夏》。"　②《乐府诗集》目录此题下注"降神"。　③ 丙：《乐府诗集》作"景"，据《庾子山集》卷七改。　④ 来：《庾子山集》作"未"。

皇　夏①

　　旌回外壝②，跸静郊门。千乘按辔，万骑云屯。藉茅无咎，扫地惟尊。揖让展礼，衡璜节步。星汉就列，风云相顾。取法于天，降其永祚。

　　①《乐府诗集》目录此题下注"皇帝入门"。　② 壝：坛、墠之外的矮土围墙。

昭　夏①

　　日至大礼，丰牺上辰。牲牢修牧，茧栗毛纯。俎豆斯立，陶匏以陈。大报反命，居阳兆日。六变鼓钟，三和琴瑟。俎奇豆偶，惟诚惟质。

　　①《乐府诗集》目录此题下注"俎入"。

昭　夏[①]

圆玉已奠，苍币斯陈。瑞形成象，璧气含春。礼从天数，智总圆神。为祈为祀，至敬咸遵。

①《乐府诗集》目录此题下注"奠玉帛"。

皇　夏[①]

七里是仰，八陛有凭。就阳之位，如日之升。思虔肃肃，施敬绳绳。祝史陈信，玄象斯格。惟类之典，惟灵之泽。幽显对扬，人神咫尺。

①《乐府诗集》目录此题下注"升坛"。

云　门　舞[①]（二首）

其　一

献以诚，郁以清，山罍举，沉齐倾。惟尚飨，洽皇情。降景福，通神明。

①《乐府诗集》目录此题下注"献配帝"。

其　二

长丘远历，大电遥源。弓藏高陇，鼎没寒门。人生于祖，物本于天。奠神配德，迄用康年。

登　歌

岁之祥，国之阳。苍灵敬，翠云长。象为饰，龙为章。乘长日，坏蛰户。列[①]云汉，迎风雨。大吕[②]歌，《云门》[③]舞。省涤濯，奠牲牷。郁金酒，凤皇樽。回天眷，顾中原。

① 列：《乐府诗集》作"烈"，据《隋书·乐志》改。　② 大吕：《乐府诗集》作"六吕"，中华书局本校据《隋书》引《周礼·大司乐》"乃奏黄钟，歌大吕，舞《云门》，以祀天神"改。　③《云门》：周六乐舞之一，用于祭祀天神。《周礼·春官·大司乐》："以乐舞教国子。舞《云门》、《大卷》、《大咸》、《大磬》、《大夏》、《大濩》、《大武》。"

皇　夏①

国命在礼，君命在天。陈诚惟肃，饮福惟虔。洽斯百礼，福以千年。钩陈掩映，天驷徘徊。雕禾饰斝，翠羽承罍。受斯茂祉，从天之来。

①《乐府诗集》目录此题下注"饮福酒"。

雍　乐①

礼将毕，乐将阑。回日辔，动天关。翠凤摇，和銮响。五云飞，三步上。凤为驭，雷为车。无辙迹，有烟霞。畅皇情，休灵命。雨留甘，云余庆。

①《乐府诗集》目录此题下注"抑奠"。

皇　夏①

六典联事，九司咸则。率由旧章，于焉允塞。掌礼移次，燔柴在焉。烟升玉帛，气敛牲牷。休气馨香，胥芳昭晰。翼翼虔心，明明上彻。

①《乐府诗集》目录此题下注"望燎位"。

皇　夏①

玉帛礼毕，人神事分。严承乃眷，瞻仰回云。辇路千门，王城九轨。式道移候，司方指回。得一惟清，于万斯宁。受兹景命，于天告成。

①《乐府诗集》目录此题下注"还便殿"。

周祀方泽歌①（四首）

庾　信

昭　夏②

报功阴泽，展礼玄郊。平琮镇瑞，方鼎升庖。调歌丝③竹，缩酒江茅。声舒钟鼓，器质陶匏。列荔秀华，凝芳都荔。川泽茂祉，丘陵容卫。云饰山罍，兰浮泛齐。日至之礼，歆兹大祭。

① 此四首录自《乐府诗集》卷四。郭茂倩解引《隋书·乐志》曰："周祀方泽乐，降神及奠玉帛并奏《昭夏》，初献奏登歌，舞词同圆丘，望坎位奏《皇夏》。" ②《乐府诗集》目录此题下注"降神"。 ③ 丝：《乐府诗集》作"孙"，据《隋书·乐志》及《庚子山集》卷七改。

昭 夏①

曰若厚载，钦明方泽。敢以敬恭，陈之玉帛。德包含养，功藏灵迹。斯箱既千，子孙则百。

①《乐府诗集》目录此题下注"奠玉帛"。

登 歌①

质明孝敬，求阴顺阳。坛有四陛，琼为八方。牲牷荡涤，萧合馨香。和銮戾止，振鹭来翔。威仪简简，钟鼓喤喤。声和孤竹，韵入空桑。封中云气，坎上神光。下元之主，功深盖藏。

①《乐府诗集》目录此题下注"初献"。

皇 夏①

司筵撤席，掌礼移次。回顾封坛，恭临坎位。瘗玉埋俎，藏芬敛气。是曰就幽，成斯地意。

①《乐府诗集》目录此题下注"望坎位"。

周祀五帝歌①（十二首）

庚 信

皇 夏②

嘉玉惟芳，嘉币惟量。成形依礼，禀色随方。神班其次，岁礼惟常。威仪抑抑，率由旧章。

① 此十二首录自《乐府诗集》卷四。郭茂倩解引《隋书·乐志》曰："周祀五帝，奠玉帛及初献并奏《皇夏》，皇帝初献五帝及初献配帝并奏《云门》舞。" ②《乐府诗集》目录此题下注"奠玉帛"。

皇 夏①

惟令之月,惟嘉之辰。司坛宿设,掌史诚陈。敢用明礼,言功上神。钩陈旦辟,阊阖朝分。旒垂象冕,乐奏山云。将回霆策,暂转天文。五运周环,四时代序。鳞次玉帛,循回樽俎。神其降之,介福斯许。

①《乐府诗集》目录此题下注"初献"。

青帝云门舞

甲在日,鸟中星。礼东后,奠苍灵。树春旗,命青史。候雁还,东风起。歌木德,舞震宫。泗滨石,龙门桐。孟之月,阳之天。亿斯庆,兆斯年。

配帝舞

帝出于震,苍德于神。其明在日,其位居春。劳以定国,功以施人。言从配祀,近取诸身。

赤帝云门舞

招摇指午对①南宫,日月相会实沉中。离光布政动温风,纯阳之月乐炎精,赤雀丹书飞送迎。朱弦绛鼓馨虔诚,万物含养各长生。

① 对:《隋书·乐志》作"树"。

配帝舞

以炎为政,以火为官。位司南陆,享配离坛。三和实俎,百味浮兰。神其茂豫,天步艰难。

黄帝云门舞

三光仪表正,四气风云同。戊己行初历,黄钟始变宫。平琮礼内镇,阴管奏司中。齐坛芝晔晔,清野桂冯冯。夕牢芬六鼎,安歌韵八风。神光乃超忽,佳气恒葱葱。

配帝舞

四时咸一德,五气或同论。犹吹凤皇管,尚对梧桐园。器圜居土厚,位总配神尊。始知今奏乐,还用我《云门》。

白帝云门舞

肃灵兑景,承配秋坛。云高火落,露白蝉寒。帝律登年,金精行令。瑞兽霜耀,祥禽雪映。司藏肃杀,万保咸宜。厥田上上,收功在斯。

配帝舞

金行秋令,白帝朱宣。司正五雉,歌庸九川。执文之德,对越彼天。介以福祉,君子万年。

黑帝云门舞

北辰为政玄坛,北陆之祀员官。宿设玄圭①浴兰,坎德阴风御寒。次律将回穷纪,微阳欲动细泉。管犹调于阴竹,声未入于春弦。待归余于送历,方履庆于斯年。

① 圭:《庾子山集》卷七作"璜"。

配帝舞

地始坼,虹始藏。服玄玉,居玄堂。沐蕙气,浴兰汤。匏器洁,水泉香。陟配彼,福无疆。君欣欣,此乐康。

周宗庙歌①（十二首）

庾信

皇 夏②

肃肃清庙,岩岩寝门。敬器防满,金人戒言。应棘悬鼓,崇牙树羽。阶变升歌,庭纷象舞。闲安象设,缉熙清奠。春鲔初登,新蒋先荐。偃然入室,俨乎其③位。凄怆履之,非寒之谓。

① 此十二首录自《乐府诗集》卷九。郭茂倩解引《隋书·乐志》曰:"周宗庙乐,皇帝入庙门奏《皇夏》,降神奏《昭夏》,俎入、皇帝升阶、献皇高祖、皇曾祖德皇帝、皇祖太祖文皇帝、文宣皇太后、闵皇帝、明皇帝、高祖武皇帝七室,皇帝还东壁饮福酒、还便坐,并奏《皇夏》。" ②《乐府诗集》目录此题下注"皇帝入门"。
③ 其:《庾子山集》卷七作"在"。

昭 夏①

永惟祖武,潜庆灵长。龙图革命,凤历归昌。功移上埝,德耀中阳。清庙肃肃,猛虡煌煌。曲高大夏,声和盛唐。牲牷荡涤,萧合馨香。和銮戾止,振鹭来翔。永敷万国,是则四方。

①《乐府诗集》目录此题下注"降神"。

皇 夏①

年祥辨日,上协龟言。奉酬承列,来庭骏奔。雕禾饰弆,翠羽承樽。敬殚如此,恭惟执燔。

①《乐府诗集》目录此题下注"皇帝升"。

皇 夏①

庆绪千重秀,鸿源万里长。无时犹戢翼,有道故韬光。盛德必有后,仁义终克昌。明星初肇庆,大电久呈祥。

①《乐府诗集》目录此题下注"献皇帝祖"。

皇 夏①

克昌光上烈,基圣穆西藩。崇仁高涉渭,积德被居原。帝图张往迹,王业茂前尊。重芬德阳庙,叠庆寿陵园。百灵光祖武,千年福孝孙。

①《乐府诗集》目录此题下注"献德皇帝"。

皇 夏①

雄图属天造,宏略遇群飞。风云犹听命,龙跃遂乘机。百二当天险,三分拒乐推。函谷风尘散,河阳氛雾晞。济弱沦风起,扶危颓运归。地纽崩还正,天枢落更追。原祠乍超忽,毕陇或绵微。终封三尺剑,长卷一戎衣。

① 《乐府诗集》目录此题下注"献文皇帝"。

皇 夏①

月灵兴庆,沙祥发源。功参禹迹,德赞尧门。言容典礼,榆狄徽章。仪形温德,令问昭阳。日月不居,岁时晼晚。瑞云缠心,闵宫惟远。

① 《乐府诗集》目录此题下注"献文宣太后"。

皇 夏①

龙图基代德,天步属艰难。讴歌还受瑞,揖让乃登坛。升舆芒刺重,入位据关寒。卷舒云泛滥,游扬日浸微。出郑终无反,居桐竟不归。祀夏今惟旧,尊灵谥更追。

① 《乐府诗集》目录此题下注"献闵皇帝"。

皇 夏①

若水逢降君,穷桑属惟政。丕哉驭帝箓,郁矣当天命。方定五云官,先齐八风令。文昌气似珠,太史河如镜。南宫学已开,东观书还聚。文辞金石韵,毫翰风飙竖。清室桂冯冯,齐房芝诩诩。宁思玉管笛,空见灵衣舞。

① 《乐府诗集》目录此题下注"献明皇帝"。

皇 夏①

南河吐云气,北斗降星辰。百灵咸仰德,千年一圣人。书成紫微动,律定凤皇驯。六军命西土,甲子陈东邻。戎衣此一定,万里更无尘。烟云同五色,日月并重轮。流沙既西静,蟠木又东臣。凯乐闻朱雁,铙歌见白麟。今为六代祀,还得九疑宾。

① 《乐府诗集》目录此题下注"献武皇帝"。

皇　夏①

礼殚祼献，乐极休成。长离前掞，宗祀文明。缩酌浮兰，澄罍合鬯。磬折礼容，旋回灵贶。受厘撤俎，饮福移樽。惟光惟烈，文子文孙。

① 《乐府诗集》目录此题下注"饮福酒"。

皇　夏①

庭阒四始，筵终三荐。顾步阶墀，徘徊余奠。六龙矫首，七萃警途。鼓移行漏，风转相乌。翼翼从事，绵绵四时。惟神降娭，永言保之。

① 《乐府诗集》目录此题下注"还便殿"。

周大祫歌①（二首）

庾　信

昭　夏

律在夹钟，服居苍衮。杳杳清思，绵绵长远。就祭于合，班神于本。来庭有序，助祭有章。乐舞六代，宾歌二王。和铃以节，锋革斯锵。齐宫馔玉，郁鬯浮金。洞庭钟鼓，龙门瑟琴。其乐已变，惟神是临。

① 此二首录自《乐府诗集》卷九。郭茂倩解题云："周宗庙大祫乐，降神奏《昭夏》，奠玉帛奏登歌，余同宗庙时享。"

登　歌

神维显思，不言而令。玉帛之礼，敢陈庄敬。奉如弗胜，荐如受命。交于神明，恧于言行。

燕射歌辞

周五声调曲[①]（二十四首）

庾 信

宫 调 曲（五首）

其 一

气离清浊割，元开天地分。三才初辨正，六位始成文。继天爱立长，安民乃树君。其明广如日，其泽厚如云。惟昔我文祖，拨乱拒讴歌。三分未抚运，八百不陵河。礼敷天下信，乐正神人和。风尘行息警，江海欲无波。

① 此二十四首录自《乐府诗集》卷一五。郭茂倩解引《曲序》曰："元正飨会大礼，宾至食举，称觞荐玉。六律既从，八风斯畅。以歌大业，以舞成功。"

其 二

我皇承下武，革命在君临。膺图当舜玉，嗣德受尧琴。沉首多推运，阳城有让心。就日先知远，观渊早见深。玄精实委御，苍正乃皆平。履端朝万国，年祥[①]庆百灵。玉帛咸观礼，华戎各在庭。凤响中夷则，天文正玉衡。皇基自天保，万物乃由庚。

① 祥：《乐府诗集》注"一作期"。

其 三

握衡平地纪，观象正天枢。祺祥钟赤县，零瑞炳皇都。更受昭华玉，还披兰叶图。金波来白兔，弱木下苍乌。玉斗调元[①]协，金沙富国租。青丘还扰圃，丹穴更巢梧。安乐新咸[②]庆，长生百福符。

① 元:《乐府诗集》缺,据《诗纪》卷一一九补。　② 咸:《诗纪》及《汉魏六朝百三名家集》作"成"。

其　四

明明九族序,穆穆四门宾。阴陵朝北附,蟠木引东臣。涧途求板筑,溪源取钓纶。多士归贤戚,维城属茂亲。贵位连南斗,高荣据北辰。迎时乃推策,司职且班神。日月之所照,霜露之所均。永从文轨一,长无外户人。

其　五

郁盘舒栋宇,峥嵘侔大壮。拱木诏林衡,全模征梓匠。千栌绮翼浮,百栱长虹抗。北去邯郸道,南来偃师望。龙首载文槐,云楣承武帐。居者非求隘,卑宫岂难尚。壮丽天下观,是以从萧相。

变宫调曲(二首)

其　一

帝游光出震,君明擅在离。岩廊惟眷顾,饮若尚无为。龙穴非难附,鸾巢欲可窥。具茨应不远,汾阳宁足随。烝民播殖重,沟洫劬劳多。桑林还注雨,积石遂开河。明征逢永命,平秩值年和。更有《薰风曲》①,方闻《晨露歌》②。

①《薰风曲》:指《南风歌》。相传舜唱《南风歌》,歌中有"南风之薰兮"句,见《孔子家语·辩乐》。后因以"薰风"指《南风歌》。　②《晨露歌》:商汤时乐歌名,见《吕氏春秋·古乐》。

其　二

移风广轩历,崇德盛唐年。成文兴大雅,出豫动钧天。黄钟六律正,阊阖八风宣。孤竹调阳管,空桑节雅弦。舞林鸾更下,歌山凤欲前。闻音能辨俗,听曲乃思贤。感物观治乱,治心防未然。君子得其道,太平何有焉。

商 调 曲（四首）

其 一

　　君以宫唱，宽大而谟明；臣以商应，闻义则可行。有熊为政，访道于容成；殷汤受命，委任于阿衡。忠其敬事，有罪不逃刑；诵其箴谏，言之无隐情。有刚有断，四方可以宁；既颂既雅，天下乃升平。专精一致，金石为之开；动有两心，妻子恩情乖。苟利社稷，无有不尽怀；昊天降祐，元首惟康哉。

其 二

　　百川俱会，大海所以深；群材既聚，故能成邓林。猛虎在山，百兽莫敢侵；忠臣处国，天下无异心。昔我文祖，执心且危虑；驱蟛豺狼，经营此天步。今我受命，又无敢逸豫；惟尔弼谐，各可知竞惧。

其 三

　　礼乐既正，人神所以和。玉帛有序，志欲静干戈。各分符瑞，俱誓裂山河。今日相乐，对酒且当歌。道德以喻，听撞钟之声；神奸不若，观铸鼎之形。酆宫既朝，诸侯于是穆；岐阳或狩，淮夷自此平。若涉大川，言凭于舟楫；如和鼎实，有寄于盐梅。君臣一体，可以静氛埃。得人则治，何世无奇才。

其 四

　　风力是举，而台阶序平。重黎既登，而天地位成。功无与让，铭太常之旌；世不失职，受骍毛之盟。辑瑞班瑞，穆穆于尧门；惟翰惟屏，肫肫于周原。功成而治定，礼乐斯存。复子而明辟，姬旦何言。

角 调 曲(二首)

其 一

止戈见于绝辔之野,称伐闻于丹水之征。信义俱存,乃先忘食;五材并用,谁能去兵。虽圣人之大宝曰位,实天地之大德曰生。泾渭同流,清浊异能;琴瑟并御,雅郑殊声。扰扰烝人,声教不一;茫茫禹迹,车轨未并。志在四海而尚恭俭,心包宇宙而无骄盈。言而无文,行之不远;义而无立,勤则无成。恻隐其心,训以慈惠;流宥其过,哀矜典刑。

其 二

匡赞之士,或从渔钓;云雨之才,乍叹幽谷。寻芳者追深径之兰,识韵者探穷山之竹。克明其德,贡以三事;树之风声,言于九牧。协用五纪,风若从时;农用八政,甘作其谷。殊风共轨,见之周南;异亩同颖,闻之康叔。祁寒暑雨,是无胥怨;天覆云油,滋焉渗漉。幸无谢上古之淳人,庶可以封之于比屋。

徵 调 曲(六首)

其 一

乾坤以含养覆载,日月以贞明照临。达人以四海为务,明君以百姓为心。水波澜者源必远,树扶疏者根必深。云雨取施无不洽,廊庙求才多所任。

其 二

淳风布政常无欲,至道防人能变俗。求仁义急于水火,用礼让多于菽粟。屈轶无佞人可指,獬豸无繁刑可触。王道荡荡用无为,天下四人谁不足。

其 三

圣人千年始一生,黄河千年始一清。摄提以之而从纪,玉烛于是而文明。东南可以补地缺,西北可以正天倾。浮鼋则东海可厉,运锸则南山可平。众仙就朝于瑶水,群帝受享于明庭。怀和则轵任并奏,功烈则钟鼎俱铭。

其 四

三光以记物呈形,四时以裁成正位。雷风大山岳之响,寒暑通阴阳之气。武功则六合攸同,文教则二仪经纬。有道则咸浴其德,好生则各繁其类。白日经天中则移,明月横汉满而亏。能亏能缺既无为,虽盈虽满则不危。开信义以为苑囿,立道德以为城池。周监二代所损益,郁郁乎文其可知。庖牺之亲临佃渔,神农之躬秉耕稼。汤则救旱而忧勤,禹则正冠而无暇。草上之风无不偃,君子之眊知可化。将欲比德于三皇,未始追踪于五霸。

其 五

纤纤不绝林薄成,涓涓不止江河生。事之毫发无谓轻,虑远防微乃不倾。云官乃垂拱大君,凤历惟钦明元首。类上帝而禋六宗,望山川而朝群后。地镜则山泽俱开,河图则鱼龙合负。我之天网①莫不该,阊阖九关天门开。卿相则风云玄感,匡赞则星辰下来。既兴周室之三圣,乃举唐朝之八才。莘臣参谋于左相,天②老教政于中台。其宜作则于明哲,故无崇信于奸回。

① 网:《乐府诗集》作"纲",据《庾子山集》卷七改。　② 天:《乐府诗集》作"大",据《庾子山集》改。

其 六

正阳和气万类繁,君王道合天地尊。黎人耕植于义圃,君子翱翔于礼园。落其实者思其树,饮其流者怀其源。咎繇为谋不仁远,士会为政群盗奔。克宽则昆虫内向,彰信则殊俗宅心。浮桥有月支抱马,上苑有乌孙学琴。赤玉则南海输赆,白环则西山献琛。无劳凿空于大夏,不待蹶角于蹄林。

羽 调 曲(五首)

其 一

树君所以牧人,立法所以静乱。首恶既其南巢,元凶于是北窜。居休气而四塞,在光华而两旦。是以雨施作解,是以风行惟涣。周之文武洪基,光宅天下文思。千载克圣咸熙,七百在我应期。实昊天有成命,惟四方其训之。

其 二

运平后亲之俗,时乱先疏之雄。逾桂林而驱象,济弱水而承鸿。既浮干吕之气,还吹入律之风。钱则都内贯朽,仓则常平粟红。火中乃寒乃暑,年和一风一雨。听钟磬,念封疆;闻笙竽,思畜聚。瑶琨筱荡既从,怪石铅松即序。长乐善马成厩,水衡黄金为府。

其 三

百川乃宗巨海,众星是仰北辰。九州攸同禹迹,四海合德尧臣。朝阳栖于鸣凤,灵畤牧于般麟。云玉叶而五色,月金波而两轮。凉风迎时北狩,小暑戒节南巡。山无藏于紫玉,地不爱①于黄银。虽南征而北怨,实西略而东宾。既永清于四海,终有庆于一人。

① 爱:《乐府诗集》作"受",据《庾子山集》卷七改。

其 四

定律零陵玉管,调钟始平铜尺。龙门之下孤桐,泗水之滨鸣石。河灵于是让圭,山精所以奉璧。涤九川而赋税,刊三危而纳锡。北里之禾六穗,江淮之茅三脊。可以玉检封禅,可以金绳探册。终永保于鸿名,足扬光于载籍。

其 五

太上之有立德,其次之谓立言。树善滋于务本,除恶穷于塞源。冲深其智则厚,昭明其道乃尊。仁义之财不匮,忠信之礼无繁。动天无有不届,惟时无幽不彻。作德心逸日休,作伪心劳日拙,自非刚克掩义,无所离于剿绝。

六

第十一卷 隋乐府

相和歌辞

相和曲

日出东南隅行①

卢思道②

初月正如钩,悬光入绮楼。中有③可怜妾,如恨亦如羞。深情出艳语,密意满横眸。楚腰宁且细,孙眉本未愁。青玉勿当取,双银讵可④留。会待东方骑,遥居最上头。

① 此首录自《乐府诗集》卷二八。今按:此题属《陌上桑》、《艳歌行》一脉。② 卢思道(535—586):隋诗人。字子行,范阳(今河北涿州)人。曾仕北齐为给事黄门侍郎。北周时授仪同三司,后为武阳太守。隋初官至散骑侍郎。其诗纤艳,多酬赠之作。原有集,已散佚,明人辑有《卢武阳集》。 ③ 中有:《文苑英华》卷一九三作“楼中”。 ④ 可:《乐府诗集》注“一作肯”。

吟叹曲

明 君 词①

何 妥②

昔闻别鹤弄③,已自轸离情。今来昭君曲,还悲秋草并。

① 此首录自《乐府诗集》卷二九。今按:题同《王昭君》。 ② 何妥:(约523—约593)。隋代学者、诗人。字栖凤。祖籍西域(一说西城,今陕西安康)。

隋文帝时累官国子祭酒,出为龙州刺史。有《周易讲疏》、《孝经义疏》等。今存诗六首,文五篇。 ③ 别鹤弄:即《别鹤操》,乐府琴曲名。晋崔豹《古今注》曰:"《别鹤操》,商陵牧子所作也。娶妻五年而无子,父兄将为之改娶。妻闻之,中夜起,倚户而悲啸。牧子闻之,怆然而悲,乃歌曰……后人因为乐章焉。"

明 君 词①

薛道衡②

我本良家子,充选入椒庭。不蒙女史进,更失③画师情。蛾眉非本质,蝉鬟改真形。专由④妾命薄⑤,误使君恩轻。啼落⑥渭桥路,叹别长安城。今夜⑦寒草宿,明朝⑧转蓬征。却望关山迥,前瞻沙漠平。胡风带秋月,嘶马杂笳声。毛裘易罗绮,毡帐代帷⑨屏。自知莲脸歇,羞看菱镜明。钗落终应弃,髻解不须萦。何用单于重,讵假阏氏名。䭴骥聊强食,挏酒⑩未能倾。心随故乡断,愁逐塞⑪云生。汉宫如有忆,为视旄头星。

① 此首录自《乐府诗集》卷二九。今按:题同《王昭君》。 ② 薛道衡(540—609):隋诗人。字玄卿,河东汾阴(今山西万荣)人。历仕北齐、北周。隋时官内史侍郎,加开府仪同三司,又拜司隶大夫,后为炀帝所害。其诗词藻华艳,少数边塞诗较为雄健。原有集,已散佚,明人辑有《薛司隶集》。今存诗二十一首。 ③ 失:《乐府诗集》作"无",据《文苑英华》卷二〇四改。 ④ 由:《乐府诗集》作"犹",据《文苑英华》改。 ⑤ 薄:《文苑英华》作"舛"。 ⑥ 落:《汉魏六朝百三名家集》作"沾"。 ⑦ 今夜:《汉魏六朝百三名家集》作"夜依"。 ⑧ 明朝:《汉魏六朝百三名家集》作"朝逐"。 ⑨ 帷:《汉魏六朝百三名家集》作"金"。 ⑩ 挏酒:《全隋诗》作"筒酒"。 ⑪ 塞:《乐府诗集》作"寒",据《文苑英华》及毛刻本改。

四弦曲

蜀 国 弦[①]

卢思道

西蜀称天府,由来擅沃饶。雪[②]浮玉垒夕,日映锦城朝。南寻九折路,东上七星桥。琴心若易解,令客岂难要。

① 此首录自《乐府诗集》卷三〇。　② 雪:《乐府诗集》注"一作云"。

平调曲

从 军 行[①]

卢思道

朔方烽火照甘泉,长安飞将出祁连。犀[②]渠玉剑良家子,白马金羁侠少年。平明偃月屯右地,薄暮鱼丽逐左贤。谷中石虎经衔箭,山上金人曾祭天。天涯一去无穷已,蓟门迢递三千里。朝见马岭黄沙合,夕望龙城阵云起。庭中奇树已堪攀,塞外征人殊未还。白云初下天山外,浮云直向[③]五原间。关山万里不可越,谁能坐对芳菲月。流水本自断人肠,坚冰旧来伤马骨。边庭节物与华异,冬霰秋霜春不歇。长风萧萧渡水来,归雁连连映天没。从军行,军行万里出龙庭。单于渭桥今已拜,将军何处觅功名?

① 此首录自《乐府诗集》卷三二。　② 犀:《乐府诗集》作"群",据《文苑英华》卷一九九改。　③ 向:《汉魏六朝百三名家集》作"上"。

短 歌 行①

辛德源②

　　驰射罢金沟，戏笑上云楼。少妻鸣赵瑟，侍妓啭
吴讴。杯度浮香满，扇举细尘浮。星河耿凉夜，飞月
艳新秋。忽念奔驹促，弥欣执烛游。

　　① 此首录自《乐府诗集》卷三〇。　　② 辛德源:(生卒年不详):隋文人。字
孝基。博览书籍，小有重名。仕齐累官中书舍人，入周为宣纳上士。入隋后，隐
林虑山，著《幽居赋》以自寄。秘书监牛弘奏与著作郎王劭同修国史。后为蜀王
秀谘议参军。

从 军 行①

明余庆②

　　三边烽乱惊，十万且横行。风卷常山阵，笳喧细
柳营。剑花寒不落，弓月晓逾明。会取淮南地，持作
朔方城。

　　① 此首录自《乐府诗集》卷三二。　　② 明余庆:生平里籍不详。《乐府诗集》
将其列在隋卢思道之后，兹归隋待考。

清调曲

豫 章 行①

薛道衡

　　江南地远接闽瓯，东山②英妙屡经游。前瞻叠障
千重阻，却带惊湍万里流。枫叶朝飞向京洛，文鱼夜
过历吴洲。君行远度茱萸岭，妾住长依明月楼。楼中
愁思不开噷，始复临窗望早春。鸳鸯水上萍初合，鸣
鹤园中花并新。空忆常时角枕处，无复前日画眉人。

照骨金环谁用许，见胆明镜自生尘。荡子从来好留滞，况复关山远迢递。当学织女嫁牵牛，莫作③姮娥叛夫婿。偏讶思君无限极，欲罢欲忘还复忆。愿做王母三青鸟，飞来飞去④传消息。丰城双剑昔曾离，经年累月复相随。不畏将军成久别，只恐封侯心更移。

① 此首录自《乐府诗集》卷三四。今按：此题为王僧虔《大明三年宴乐技录》清调六曲之二。　② 东山：《诗纪》卷一二三作"山东"。　③ 作：《乐府诗集》作"学"，据《诗纪》改。　④ 飞来飞去：《诗纪》作"飞去飞来"。

相逢狭路间①

李德林②

天衢号九经，冠盖恒纵横。忽逢怀刺客，相寻欲逐名。我住河阳浦，开门望帝城。金台远犹出，玉观夜恒明。筵羞太官膳，酒酿步兵营。悬床接高士，隔帐授诸生。流水琴前韵，飞尘歌后轻。大子难为弟，中子难为兄。小子轻财利，实见陶朱情。龙轩照人转，骥马嘘天鸣③。入门俱有说，至道胜金籝。出门会亲友，天官奏德星。大妇训端木，中妇诲刘灵。小妇南山下，击缶和秦筝。群宾莫有戏，灯来告绝缨。

① 此首录自《乐府诗集》卷三四。今按：此题为王僧虔《大明三年宴乐技录》清调六曲之四。　② 李德林（约531—约591）：隋代政治家兼史学家、文学家。字公辅，安平（今属河北）人。博通善文，辞核理畅，北齐天保中举秀才，累官通直散骑侍郎。周武帝克齐，授内史上士。后佐高祖定大计，及即位，授内史令。又授柱国，爵郡公。被谮，出为怀州刺史。有文集，已佚。今存诗六首。　③ 鸣：《诗纪》卷一二一作"明"。《乐府诗集》作"门"，据诗意改。

棹歌行①

卢思道

秋江见底清,越女复倾城。方舟共采摘,最得可怜名。落花流宝珥,微吹动香缨。带垂连理湿,棹举木兰轻。顺风②传细语,因波寄远情。谁能结锦缆,薄暮隐长汀。

① 此首录自《乐府诗集》卷四〇。　② 顺风:《乐府诗集》注"一作避人"。

棹歌行①

萧岑②

桂酒既潺湲,轻舟亦乘驾。鼓枻何所③吟,吟我皇唐化。容与沧浪中,淹留明月夜。

① 此首录自《乐府诗集》卷四〇。今按:此首《乐府诗集》列于北齐魏收之前,今据《诗纪》卷一二一列归隋。　② 萧岑(生卒年不详):周隋间文人。字智远,祖籍兰陵(今属山东)。仕后梁,位至太尉。后隋文帝征入朝,拜大将军,封怀义郡公。今存诗一首。　③ 所:《乐府诗集》作"吟",据《文苑英华》卷二〇三改。

门有车马客行①

何妥②

门前车马客,言是故乡来。故乡有书信,纵横印检开。开书看未极,行客屡相识。借问故乡人,潺湲泪不息。上言离别久,下道望应归。寸心将夜鹊,相逐向南飞。

① 此首录自《乐府诗集》卷四〇。　② 何妥:《乐府诗集》作"何晏",据《诗纪》卷一二一改。

饮马长城窟行①

杨 广②

　　肃肃秋风起,悠悠行万里。万里何所行,横漠筑长城。岂台小子智,先圣之所营。树兹万世策,安此亿兆生。讵敢惮焦思,高枕于上京。两③河秉武节,千里卷戎旌。山川互出没,原野穷超忽。拟金止行阵,鸣鼓兴士卒。千乘万骑动,饮马长城窟。秋昏塞外云,雾暗关山月。缘岩驿马上,乘空烽火发。借问长安候,单于入朝谒。浊气静天山,晨光照高关。释兵仍振旅,要荒事方举。饮至告言旋,功归清庙前。

　　① 此首录自《乐府诗集》卷三八。　 ② 杨广(569—618):即隋炀帝。即位后营建东都洛阳,开掘运河,营造宫苑,开辟驰道,生产受到严重破坏,征敛苛虐,兵役繁重,人民受到深重灾难,导致农民起义,隋朝覆灭。　 ③ 两:《乐府诗集》作"北",据《文苑英华》卷二○九改。

野田黄雀行①

萧 毅②

　　弱躯愧③彩饰,轻毛非锦文。不知鸿鹄志,非是凤凰群。作风随浊雨,入曲应玄云。空城旧侣绝,沧海故交分。宁死明珠弹,且避鹰将军。

　　① 此首录自《乐府诗集》卷三九。　 ② 萧毅(生卒年不详):北齐、隋间文人。生平事迹不详。今存诗一首。　 ③ 愧:《乐府诗集》注"一作惭"。

清商曲辞

吴声歌曲

春江花月夜①（二首）

杨 广

其 一

暮江平不动，春花满正开。流波将月去，潮水带②星来。

① 此二首录自《乐府诗集》卷四十七。郭茂倩解引《唐（今按：《乐府诗集》作"晋"，据《旧唐书》改）书·乐志》曰："《春江花月夜》、《玉树后庭花》、《堂堂》并陈后主所作。后主常与宫中女学士及朝臣相和为诗，太常令何胥又善于文咏，采其尤艳丽者，以为此曲。" ② 带：《古乐苑》卷二四注"《玉台》作'共'"。

其 二

夜露含花气，春潭漾月晖。汉水逢游女，湘川值两妃。

泛 龙 舟①

杨 广

舳舻千里泛归舟，言旋旧镇下扬州。借问扬州在何处，淮南江北海西头。六辔聊停御百丈，暂罢开山歌棹讴。讵似江东掌间地，独自称言鉴里游。

① 此首录自《乐府诗集》卷四七。郭茂倩解引《隋书·乐志》曰："炀帝大制艳篇，辞极淫绮。令乐正白明达造新声，创《万岁乐》、《藏钩乐》、《七夕相逢乐》、

《投壶乐》(今按:《乐府诗集》阙,据《隋书·乐志》补)、《舞席同心髻》、《玉女行觞》、《神仙留客》、《掷砖续命》、《斗(今按:《乐府诗集》阙,据《隋书·乐志》补)鸡子》、《斗百草》、《泛龙舟》、《还旧宫》、《长乐花》、《十二时》等曲,掩抑摧藏,哀音断绝。"《唐书·乐志》曰:"《泛龙舟》,隋炀帝江都宫作。"

春江花月夜[1]

诸葛颖[2]

　　张[3]帆渡柳浦,结缆隐梅洲。月色含江树,花影覆船楼。

　　[1] 此首录自《乐府诗集》卷四七。今按:此题《诗纪》卷一二〇作《春江花月夜和炀帝》。　　[2] 诸葛颖(535—611):隋代文人。建康(今江苏南京)人,字汉丹。八岁能属文,初仕梁,隋炀帝即位,甚见亲幸,迁著作郎,授朝请大夫。后从驾北行,卒于道。有《銮驾北巡记》、《幸江都道里记》、《洛阳古今记》、《马名录》及其《文集》等,已佚。今存诗六首。　　[3] 张:《乐府诗集》作"花",据《诗纪》卷一二〇改。

江南弄

采莲曲[1]

卢思道

　　曲浦戏妖姬,轻盈不自持。擎荷爱圆水,折藕弄长丝。珮动裙风入,妆销粉汗滋。菱歌惜不唱,须待暝归时。

　　[1] 此首录自《乐府诗集》卷五〇。《古今乐录》载,梁武帝改西曲,制《江西弄》七曲,《采莲曲》乃其三。

采 莲 曲[①]

殷英童[②]

荡舟无数伴,解缆自相催。汗粉无庸拭,风裾随意开。棹移浮荇乱,船进倚荷来。藕丝牵作缕,莲叶捧成杯。

① 此首录自《乐府诗集》卷五〇。《江南弄》七曲之三。　② 殷英童(生卒年不详):隋代文人,善画,兼工楷隶。今存诗一首。

阳 春 歌[①]

柳 䛒[②]

春鸟一啭有千声,春花一丛千种名。旅人无语坐檐楹,思乡怀土志难平。唯当文共酒,暂与兴相迎。

① 此首录自《乐府诗集》卷五一。　② 柳䛒(542—610):北朝周、隋间诗人。字顾言(今按:《乐府诗集》作"柳顾言")。本河东人,永嘉之乱,徙家襄阳。梁时任著作佐郎,萧詧据荆州,以为侍中,领国子祭酒,迁吏部尚书。梁亡入隋,为晋王杨广谘议参军,仁寿初为东宫学士,后拜秘书监。有文集十卷,已佚。今存诗五首。

杂歌谣辞

歌辞

长白山歌①

长白山头百战场，十十五五把长枪。不畏官军千万众，只怕荣公第六郎②。

① 此首录自《乐府诗集》卷八六。郭茂倩解引《北史》曰："来整，荣国公护之子也。尤骁勇，善抚御，讨击群贼，所向皆捷。诸贼歌之。" ② 荣公第六郎：指来护儿、来整父子，隋江都人，以平陈战功封为荣国公。其子来整亦骁勇善战，仕至虎贲郎将、右光禄大夫。宇文化及杀炀帝，来氏父子亦同遇害。

东 征 歌①

王 通②

我思国家兮远游京畿，忽逢帝王兮降礼布衣。遂怀古人之心兮，将兴太平之基。时异事变兮志乖愿违，吁嗟道之不行兮垂翅东归。皇之不断兮将身西飞。

① 此首录自《乐府诗集》卷八六。郭茂倩解引杜淹《文中子世家》曰："隋仁寿中，文中子西游长安，见文帝，奏太平十有二策。帝下其议于公卿，公卿不悦。文中子知谋之不用，作《东征之歌》而归。帝闻而再征之，不至。" ② 王通(？—618)：隋代思想家。绛州龙门(今山西河津)人，字仲淹。隋文帝时，任蜀郡司户书佐、蜀王侍郎等职，后归里著书讲学为业。著作有《元经》、《中说》。门人私谥为"文中子"。

谣辞

玉浆泉谣[①]

我有丹阳,山出玉浆。济我人夷,神乌来翔。

①　此首录自《乐府诗集》卷八七。郭茂倩解引《隋书》曰:"豆卢勣为渭州刺史,甚有惠政,华夷悦服,大致祥瑞。鸟鼠山俗呼为高武陇,其下渭水所出。其山绝壁千寻,由来乏水,诸羌苦之。勣马足所践,忽飞泉涌出。有白乌翔止厅前,乳子而后去。民为之谣,后因号其泉曰玉浆泉。"今按:豆卢,鲜卑族,本姓慕容,晋末归附北魏,改姓豆卢。豆卢勣,字定东,北周人,入隋,开皇初爵南陈郡公。拜夏州总管。

隋炀帝大业中童谣[①]

桃李子,鸿鹄绕阳山[②],宛转花林里。莫浪语,谁道许。

①　此首录自《乐府诗集》卷八九。郭茂倩解引《隋书·五行志》曰:"炀帝大业中童谣。其后李密坐杨玄感之逆,为吏所拘,在路逃叛。潜结群盗,自阳城山而来,袭破洛口仓,后复屯兵苑内。'莫浪语',密也。宇文化及自号许国,寻亦破灭。'谁道许'者,盖惊疑之辞也。"　②　鸿鹄绕阳山:《旧唐书·五行志》作"洪水绕杨山"。

琴曲歌辞

霹 雳 引[①]

辛德源

出地声初奋,乘乾威更作。云衔天笑明,雨带星精落。碎枕神无扰[②],震楹书自若。侧[③]闻吟白虎,远见飞[④]玄鹤。

① 此首录自《乐府诗集》卷五七。郭茂倩解引谢希逸《琴论》曰:"夏禹作《霹雳引》。"《乐府解题》曰:"楚商梁游于雷泽,霹雳下,乃援琴而作之,名《霹雳引》。"未知孰是。　② 扰:《乐府诗集》作"绕",据《全隋诗》卷二改。　③ 侧:《乐府诗集》注"一作时"。　④ 飞:《乐府诗集》注"一作舞"。

猗 兰 操[①]

辛德源

奏事传青阁,拂除乃陶嘉。散条凝露彩,含芳映日华。已知香若麝,无怨直如麻。不学芙蓉草,空作眼中花。

① 此首录自《乐府诗集》卷五八。今按:此题一曰《幽兰操》。《古今乐录》曰:"孔子自卫返鲁,见香兰而作此歌。"《猗兰操》乃出于此也。

成 连[①]

辛德源

征夫从远役,归望绝云端。襄笠城逾坏,桑落梅

初寒。雪夜然②烽湿,冰朝饮马难。寂寂长安信,谁念
客衣单?

① 此首录自《乐府诗集》卷六〇。　　② 然:《诗纪》卷一二三作"愁"。

杂曲歌辞

美 女 篇①

卢思道

京洛多妖艳，余香爱物华。恒②临邓渠③水，共采邺园花。时摇五明扇，聊驻七香车。情疏看笑浅，娇深眄欲斜。微津染长黛，新溜湿轻纱。莫言人未解，随君独问家。

① 此首录自《乐府诗集》卷六三。　② 恒：《文苑英华》卷一九三作"俱"。
③ 邓渠：《文苑英华》注"一作梁渠"。

升 天 行①

卢思道

寻师得道诀，轻举厌人群。玉山候王母，珠庭谒老君。煎为返魂药，刻作长生文。飞策乘流电，雕轩曳白②云。玄洲望不极，赤野眺③无垠。金楼日巉嵯，玉树晓氛氲。拥琴遥可望④，吹笙远讵闻。不觉⑤蜉蝣子，生死⑥何纷纷。

① 此首录自《乐府诗集》卷六三。今按：内容与曹植《神游》、《龙欲升天》等同，伤人世不永，俗情险艰，当求神仙，翱翔六合之外。　② 白：《文苑英华》卷一九三作"彩"，注"一作紫"。　③ 眺：《乐府诗集》作"晓"，据《文苑英华》改。
④ 望：《文苑英华》作"听"。　⑤ 觉：《文苑英华》作"学"。　⑥ 生死：《乐府诗集》作"葬"，据《汉魏六朝百三名家集》补改。《文苑英华》作"干侣"，"侣"下注"一作迢，一作葬"。

神 仙 篇①

卢思道

　　浮生厌危促，名岳共招携。云轩游紫府，风驱上丹梯。时见辽东鹤，屡听淮南鸡。玉英持作宝，琼实采成蹊。飞策扬轻电，悬旌耀彩霓。瑞银光似烛，灵石髓如泥。寥廓鸾山右，超越②凤洲西。一丸应五色，持此救人③迷。

　　① 此首录自《乐府诗集》卷六四。　② 越:《文苑英华》卷一九三作"遥"。③ 人:《文苑英华》作"行"。

河 曲 游①

卢思道

　　邺下盛风流，河曲有名游。应徐托后乘，车马践芳洲。丰茸鸡树密，遥裔鹤烟稠。日上疑高盖，云起类重楼。金羁自沃若，兰棹成夷犹。悬匏动清吹，采菱转艳讴。远珂响金埒，归袂拂铜沟。惟畏三春晚，勿言千载忧。

　　① 此首录自《乐府诗集》卷七七。

城南隅谶①

卢思道

　　城南气初新，才王邀故人。轻盈云映日，流乱鸟啼春。花飞北寺道，弦散南漳滨。舞动淮南袖，歌扬齐后尘。骈镳歇夜马，接轸限归轮。公孙饮弥月，平原谶浃旬。即是消声地，何须远避秦。

　　① 此首录自《乐府诗集》卷七七。

白 马 篇①

辛德源

　　任侠重芳辰，相从竞逐春。金羁络赭汗，紫缕应红尘②。宝剑提③三尺，雕弓韬六钧。鸣珂蹀细柳，飞盖出宜春。遥见浮光④发，悬知上头人⑤。

① 此首录自《乐府诗集》卷六三。今按：郭茂倩解题曰："白马者，见乘白马而为此曲。言人当立功立事，尽力为国不可念私也。"　② "紫缕"句：《乐府诗集》注"一作紫陌映红尘"。《文苑英华》卷二〇九"紫缕应"亦作"紫陌映"。③ 提：《乐府诗集》注"一作横"。　④ 光：《文苑英华》作"云"。《乐府诗集》注"一作云"。　⑤ "悬知"句：《文苑英华》作"悬识陇头人"。

东飞伯劳歌①

辛德源

　　合欢芳树连理枝，荆王神女乍相随。谁家妖艳荡轻舟，含娇转盼骋风流。犀柂兰桡翠羽盖，云罗雾縠莲花带。女儿年几十六七，玉面新妆映朝日。落花从风俄度春，空留可怜何处新。

① 此首录自《乐府诗集》卷六八。

芙 蓉 花①

辛德源

　　洛神挺凝素，文君拂艳红。丽质徒相比，鲜彩②两难同。光临照波日，香随出岸风。涉江良自远，托意在无穷。

① 此首录自《乐府诗集》卷七七。今按：此题《文苑英华》卷三二二作《芙蓉》。　② 彩：《文苑英华》作"姿"。

浮　游　花[①]

辛德源[②]

窗中斜日照，池上落花浮。若畏春风晚，当思秉烛游。

① 此首录自《乐府诗集》卷七七。　② 辛德源：《乐府诗集》阙，据《古乐府》卷一〇补。

锦石抟流黄[①]

杨　广

汉使出燕然，愁闺夜不眠。易制残灯下，鸣砧秋月前。今夜长城下，雪昏月应暗。谁见倡楼前，心悲不成惨。

① 此首录自《乐府诗集》卷七七。今按：此诗《诗纪》卷一二〇作二首，其"今夜长城下"起为另一首。

喜春游歌[①]（二首）

杨　广

其　一

禁苑百花新，佳期游上春。轻身赵皇后，歌曲李夫人。

① 此二首录自《乐府诗集》卷七七。

其　二

步缓知无力，脸曼[①]动余娇。锦袖淮南舞，宝袜楚宫腰。

① 曼：《乐府诗集》作"慢"，据《诗纪》卷一二〇改。

步虚词①(二首)

杨 广

其 一

洞府凝玄液,灵山体自然。俯临沧海岛,回出大罗天。八行分宝树,十丈散芳莲。悬居烛日月,天步役风烟。蹑记书金简,乘空诵玉篇。冠法二仪立,佩带五星连。琼轩解甘露,瑶井挹膏泉。南巢息云马,东海戏桑田。回旗游八极,飞轮入九玄。高蹈虚无外,天地乃齐年。

① 此二首录自《乐府诗集》卷七八。

其 二

总辔行无极,相推凌太虚。翠霞承凤辇,碧雾翼龙舆。轻举金台上,高会玉林墟。朝游度圆海,夕宴下方诸。

白 马 篇①

王 胄②

白马黄金鞍,蹀躞柳城前。问此何乡客,长安恶少年。结发从戎事,驰名振朔边。良弓控繁弱,利剑挥龙泉。披林扼雕虎,仰手接飞鸢。前年破沙漠,昔岁取祈连。折冲摧右校,搴旗殪左贤。虏弥还谢力,庆忌本推偿。海外平退险,来庭识负襄。三韩劳薄伐,六事指幽燕。良家选河右,猛将征西山。浮云屯羽骑,蔽日引长旃。自矜有余勇,应募忽争先。王师已得俊,夷首失求全。鼓行徇玉检,乘胜荡朝鲜。志勇期功立,宁惮微躯捐。不羡山河赏,唯希竹素传。

① 此首录自《乐府诗集》卷六三。　② 王胄(558—613):陈、隋间诗人。

字承基,琅琊临沂(今属山东)人。少有逸才,初仕陈,入隋,晋王杨广引为学士。大业初为著作佐郎,以文词见重,诗作与虞绰齐名,时人视为楷模。今存诗二十首。

枣下何纂纂[①]（二首）

王　胄

其　一

柳黄知节变,草绿识春归。复道含云影,重檐照日辉。

[①] 此二首录自《乐府诗集》卷七四。郭茂倩解引《古咄喑歌》曰:"枣下何攒攒,荣华各有时。枣欲初赤时,人从四边来。枣适今日赐,谁当仰视之。"纂纂,枣花也。枣之纂纂盛貌,实之离离将衰,言荣谢之各有时也。

其　二

御柳长条翠,宫槐细叶开。还得闻春曲,便逐鸟声来。

西园游上才[①]

西园游上才,清夜可徘徊。月桂临樽上,山云影盖来。飞花随烛度,疏叶向帷开。当轩顾应阮,还觉贱邹枚。

[①] 此首录自《乐府诗集》卷七四。郭茂倩解引沈约《咏月》诗曰:"月华临静夜,夜静灭氛埃。方晖竟户入,圆影隙中来。高楼切思妇,西园游上才。"因以为题也。今按:《诗纪》卷一二五作王胄诗,题下注"乐府无名,在王胄后",据此暂归隋辞待考。

敦　煌　乐①（二首）

王　胄

其　一

长途望无已，高山断还续。意欲此念时，气绝不成曲。

① 此二首录自《乐府诗集》卷七八。

其　二

极目眺修涂，平原忽超远。心期在何处，望望崦嵫晚。

神　仙　篇①

鲁　范②

王远寻仙至，栾巴访术回。乘空向紫府，控鹤下蓬莱。霜分白鹿驾，日映流霞杯。煎金丹未熟，醒③酒药初开。乍应观海变，谁肯畏年颓。

① 此首录自《乐府诗集》卷六四。　② 鲁范（生卒年不详）：隋代诗人。生平事迹不详。今存诗二首。《文苑英华》卷一九三作"鲁杞"。　③ 醒：《文苑英华》作"醞"。

结客少年场行①

孔绍安②

结客佩吴钩，横行度陇头。雁在弓前落，云从阵后浮。吴师惊燧象③，燕将警奔牛。转蓬飞不息，冰河结未流。若使三边定，当封万里侯。

① 此首录自《乐府诗集》卷六六。《乐府解题》曰："《结客少年场行》，言轻生重义，慷慨以立功名也。"　② 孔绍安（约577—622）：隋文学家。山阴（今浙江绍兴）人。炀帝末任监察御史，入唐任内史舍人，秘书监。奉诏撰《梁史》，未成而

卒。有集,已佚。今存诗近十首。　③ 燧象:古代战术,燃火炬系于象尾,使冲入敌阵。《左传·定公四年》杜预注:"烧火燧系象尾,使赴吴师,惊却之。"

游 侠 篇①

陈 良②

洛阳丽春色③,游侠骋轻肥。水逐车轮转,尘随马足飞。云影遥临盖,花气近熏衣。东郊斗鸡罢,南皮④射雉归。日暮河桥上,扬鞭惜晚晖。

① 此首录自《乐府诗集》卷六七。今按:此题《文苑英华》卷一九六作《侠客行》。　② 陈良(生卒年不详):生平事迹不详。《乐府诗集》作隋人。　③ 丽春色:《文苑英华》作"春色丽"。　④ 皮:《文苑英华》作"坡"。

鸣 雁 行①

李元操②

听琴旋蔡子,张罗避翟公。夕宿寒林上,朝飞空井中。既并玄云曲,复变海鱼风。一报黄苑惠,还游万岁宫。

① 此首录自《乐府诗集》卷六八。　② 李元操(生卒年不详):生平事迹不详。《乐府诗集》作隋人。

自君之出矣①

陈叔达②

自君之出矣,明镜罢红妆。思君如夜烛,煎泪几千行。

① 此首录自《乐府诗集》卷六九。郭茂倩解云,汉徐干有《室思诗》五章,其第三章曰:"自君之出矣,明镜暗不治。思君如流水,无有穷已时。"是题盖起于

此。　②陈叔达（生卒年不详）：生平事迹不详。《乐府诗集》作隋人。

爱妾换马①

法　宣②

　　朱鬣饰金镳，红妆束素腰。似云来蹩躞，如云去飘飘。桃花含浅汗，柳叶带余娇。骋先将独立，双绝不俱标。

　　① 此首录自《乐府诗集》卷七三。郭茂倩解引《乐府解题》曰："《爱妾换马》，旧说淮南王所作，疑淮南王即刘安也。"古辞今不传。　② 法宣（生卒年不详）：隋唐间僧人。居常州弘业寺。隋文帝仁寿初，释慧隆卒，法宣尝为作碑文。今存诗二首。

近代曲辞

《乐府诗集》设有"近代曲辞"一类,所辑录者皆为隋唐杂曲,故称近代曲辞。近代曲辞之由来,郭茂倩已有解说,兹录如下。

《荀子》曰"久则论略,近则论详",言世近而易知也。两汉声诗著于史者,唯《郊祀》《安世》之歌而已。班固以巡狩福应之事,不序郊庙,故余皆弗论。由是汉之杂曲,所见者少,而相和、铙歌,或至不可晓解。非无传也,久故也。魏、晋已后,讫于梁、陈,虽略可考,犹不若隋、唐之为详。非独传者加多也,近故也。

近代曲者,亦杂曲也,以其出于隋、唐之世,故曰近代曲也。隋自开皇初,文帝置七部乐:一曰西凉伎,二曰清商伎,三曰高丽伎,四曰天竺伎,五曰安国伎,六曰龟兹伎,七曰文康伎。至大业中,炀帝乃立清乐、西凉、龟兹、天竺、康国、疏勒、安国、高丽、礼毕,以为九部,乐器工衣于是大备。

唐武德初,因隋旧制,用九部乐。太宗增高昌乐,又造谦乐,而去礼毕曲。其著令者十部:一曰谦乐,二曰清商,三曰西凉,四曰天竺,五曰高丽,六曰龟兹,七曰安国,八曰疏勒,九曰高昌,十曰康国,而总谓之燕乐。声辞繁杂,不可胜纪。凡燕乐诸曲,始于武德、贞观,盛于开元、天宝。其著录者十四调二百二十二曲。又有梨园,别教院法歌乐十一曲,云韶乐二十曲。肃、代以降,亦有因造。僖、昭之乱,典章亡缺,其所存者,概可见矣。

昔 昔 盐①

薛道衡

垂柳覆金堤,蘼芜叶复②齐。水溢芙蓉沼,花飞桃李蹊。采桑秦氏女,织锦窦家妻。关山别荡子,风月守空闺。恒敛千金笑,长垂双玉啼。盘龙随镜隐,彩凤逐帷低。飞魂同夜鹊③,倦寝忆晨鸡。暗牖悬蛛网,空梁落燕泥。前年过代北,今岁往辽西。一去无消息④,那能惜马蹄。

① 此首录自《乐府诗集》卷七九。郭茂倩解云,隋薛吏部有《昔昔盐》,唐赵嘏广之为二十章。《乐苑》曰:"《昔昔盐》,羽调曲,唐亦为舞曲"。"昔"一作"析"。
② 复:《文苑英华》卷二八七作"正"。　③ "飞魂"句:《文苑英华》作"惊魂同野雀"。　④ 消息:《文苑英华》作"还意"。

昔 昔 盐①

碧落风烟外,瑶台道路赊。何如连御苑,别自有仙家。此地回鸾驾,缘溪满翠华。洞中明月夜,窗下发烟霞。

① 此首录自《乐府诗集》卷七九。今按:《乐府诗集》此诗未署作者。《全隋诗》及《先秦汉魏晋南北朝诗·隋诗》卷四薛道衡诗中无此首。《乐府诗集》将此首列在隋薛道衡《昔昔盐》之后,唐赵嘏《昔昔盐》之前,当为隋诗待考。

纪 辽 东①(二首)

杨　广

其　一

辽东海北翦长鲸,风云万里清。方当销锋散马牛,旋师宴镐京。前歌后舞振军威,饮至解戎衣。判不徒行万里去,空道五原归。

① 此二首录自《乐府诗集》卷七九。郭茂倩解云,《纪辽东》,隋炀帝所作也。《通典》曰:"高句丽自东晋以后,居平壤城,亦曰长安城。随山屈曲,南临浿水,在辽东南。复有辽东、玄菟等数十城。"《隋书》曰"大业八年,炀帝伐高丽,度辽水,大战于於东岸,击贼破之,进围辽东"是也。王建又有《渡辽水》,亦出于此。

其　二

秉旄仗节定辽东,俘馘变夷风。清歌凯捷九都水,归宴洛阳宫。策功行赏不淹留,全军藉智谋。讵似南宫复道上,先封雍齿侯①。

① 雍齿侯:雍齿,汉初沛人,从刘邦起兵,虽从战有功,因曾窘辱刘邦,为刘邦所不喜。及刘邦即位,诸将未行封,人怀怨言。刘邦听从张良之言,先封雍齿为什邡侯,于是众将皆喜:"雍齿尚侯,吾属无患矣。"(见《史记·留侯世家》)

江都宫乐歌①

杨 广

扬州旧处可淹留,台榭高明复好游。风亭芳树迎早夏,长皋麦陇送余秋。渌潭桂楫浮青雀,果下金鞍驾②紫骝。绿觞素蚁流霞饮,长袖清歌乐戏州。

① 此首录自《乐府诗集》卷七九。今按:江都宫,隋炀帝置,在今江苏扬州。
② 驾:《汉魏六朝百三名家集》及《诗纪》作"跃"。

纪 辽 东①（二首）

王 胄

其 一

辽东浿水事龚行,俯拾信神兵。欲知振旅旋归乐,为听凯歌声。十乘元戎②才渡辽,扶涉已冰消。讵似百万临江水,桉辔空回镳。

① 此二首录自《乐府诗集》卷七九。 ② 元戎:大的兵车。《诗·小雅·六月》:"元戎十乘,以先启行。"朱熹注曰:"元,大也;戎,戎车也。"

其 二

天威电迈举朝鲜,信次①即言旋。还笑魏家司马懿,迢迢用一年。鸣銮诏跸发浯潼,合爵及畴庸。何必丰沛多相识,比屋降尧封。

① 信次:连宿三夜或以上时间。《左传·庄公三年》:"凡师一宿为舍,再宿为信,过信为次。"

十　索①（四首）

丁六娘②

其　一

裙裁孔雀罗，红绿相参对。映以蛟龙锦，分明奇可爱。粗细君自知，从郎索衣带。

① 此四首录自《乐府诗集》卷七九。郭茂倩解引《乐苑》曰："《十索》，羽调曲也。"　② 丁六娘（生卒年不详）：生平事迹不详。《乐府诗集》及《先秦汉魏晋南北朝诗》皆以为隋人。《乐府诗集》将其列在杨广《江都宫乐歌》之后，《水调》（隋辞）之前，故以为隋唐间女诗人。

其　二

为性爱风光，偏憎良夜促。曼眼腕中娇，相看无厌足。欢情不耐眠，从郎索花烛。

其　三

君言花胜人，人今去花近。寄语落花风，莫吹花落尽。欲作胜花妆，从郎索红粉。

其　四

二八好容颜，非意得相关。逢桑欲采折，寻枝倒懒攀。欲呈纤纤手，从郎索指镮。

十　索①（二首）

其　一

含娇不自转，送眼劳相望。无那关情伴，共入同心帐。欲防人眼多，从郎索锦障。

① 此二首录自《乐府诗集》卷七九。今按：《乐府诗集》此首与下首皆未署作者。《诗纪》卷一二八注："《乐府》作无名氏，《选诗拾遗》并作丁六娘。"

其 二

兰房下翠帷,莲帐舒鸳锦。欢情宜早畅,密态^①须同寝。欲共作缠绵,从郎索花枕。

① 密态:《诗纪》卷一二八"态"作"意"。

鼓吹曲辞

有 所 思①

卢思道

长门与长信,忧思并难任。洞房明月下,空庭绿草深。怨歌裁洁②素,能赋受黄金。复闻隔湘水,犹言限桂林。凄凄日已暮,谁见此时心。

① 此首录自《乐府诗集》卷一七。　② 洁:《乐府诗集》注"一作纨"。

钓 竿①

李巨仁②

潺湲面江海,混濛瞩波澜。不惜黄金饵,唯怜翡翠竿。斜纶控急水,定楫下飞湍。潭迥风来易,川长雾歇难。寄言朝市客,沧浪徒③自安。

① 此首录自《乐府诗集》卷一八。　② 李巨仁(生卒年不详):隋代诗人。生平事迹不详。今存诗五首。　③ 徒:《诗纪》卷一二七作"余"。

上 之 回①

陈子良②

承平重游乐,诏跸上之回。属车响流水,清笳转落梅。岭云盖道转,岩花映绶开。下辇便高宴,何如在瑶台。

① 此首录自《乐府诗集》卷一六。　② 陈子良(生卒年不详):生平事迹不

详。《乐府诗集》将其列于萧悫之后,兹归隋待考。

隋凯乐歌辞① (三首)

述帝德

於穆我后,睿哲钦明。膺天之命,载育群生。开元
创历,迈德垂声。朝宗万宇,祇事百灵。焕乎皇道,昭哉
帝则。惠政滂流,仁风四塞。淮海未宾,江湖背德。运筹
必胜,濯征斯克。八荒雾卷,四表云褰。雄图盛略,迈后
光前。寰区已泰,福祚方延。长歌凯乐,天子万年。

① 此三首录自《乐府诗集》卷二〇。

述诸军用命

帝德远覃,天维宏布。功高云天,声隆《韶》、
《濩》。惟彼海隅,未从王度。皇赫斯怒,元戎启路。
桓桓猛将,赳赳英谟。攻如燎发,战似摧枯。救兹涂
炭,克彼妖逋。尘清两越,气静三吴。鲸鲵已夷,封疆
载辟。班马萧萧,归旌奕奕。云台表效,司勋纪绩。
业并山河,道固金石。

述天下太平

阪泉轩德,丹浦尧勋。始实以武,终乃以文。嘉
乐圣主,大哉为君。出师命将,廓定重氛。书轨既并,
干戈是戢。弘风设教,政成人立。礼乐聿兴,衣裳载
缉。风云自美,嘉祥爰集。皇皇圣政,穆穆神猷。牢
笼虞夏,度越姬刘。日月比耀,天地同休。永清四海,
长帝九州。

横吹曲辞

出　塞①

杨　素②

漠南胡未空,汉将复临戎。飞狐出塞北,碣石指辽东。冠军临瀚海,长平翼大风。云横虎落阵,气抱龙城虹③。横行万里外,胡运百年穷。兵寝星芒落,战解月轮空。严镳息夜斗,骍角罢鸣弓。北风嘶朔马,胡霜切塞鸿。休明大道暨,幽荒日用同。方就长安邸,来谒建章官。

① 此首录自《乐府诗集》卷二一。　② 杨素(? —606):隋代大臣,文学家。字处道,弘农华阴(陕西华阴)人。出身士族,仕于北周,后仕隋朝,以灭陈功封越国公。后执掌朝政,并拥立炀帝,封楚国公。有集已佚,今存诗十九首,文七篇。③ "云横"二句:《文苑英华》卷一九七作"横虎落阵气,抱龙绕城虹"。

出　塞①（二首）

薛道衡

其　一

高秋白露团,上将出长安。尘沙塞下暗,风月陇头寒。转蓬随马足,飞霜落剑端。凝云迷代郡,流水冻桑干。烽微桔槔远,桥峻辘轳难。从军多恶少,召募尽材官。伏堤②时卧鼓,疑兵作解鞍。柳城③擒冒顿,长坂纳呼韩。受降今更筑,燕然已重刊。还嗤傅介子,辛苦刺楼兰。

① 此二首录自《乐府诗集》卷二一。　② 伏堤:《文苑英华》卷一九七作"伏波"。　③ 柳城:《文苑英华》作"龙城"。

其　二

边庭烽火惊①,插羽夜征兵。少昊腾金气,文昌动将星。长驱鞬汗北,直指夫人城。绝漠三秋暮,穷阴万里生。寒夜哀笳曲,霜天断雁声。连旗下鹿塞②,叠鼓向龙庭。妖云坠虏阵,晕月绕胡营。左贤皆顿颡,单于已系缨。綀马登玄关③,钩鲲临北溟。当如霍骠骑,高第起西京。

① 惊:《文苑英华》作"警"。　② 下鹿塞:《文苑英华》作"连下鹿"。③ 关:《文苑英华》作"阙"。

入　塞①

何　妥

桃林千里险,候骑乱纷纷。问此将何事?嫖姚封冠军。回旌引流电,归盖转行云。待任苍龙杰,方当论次勋。

① 此首录自《乐府诗集》卷二二。

长 安 道①

何　妥

长安狭斜路,纵横四达分。车轮鸣凤辖,箭服耀鱼文。五陵多任侠,轻骑自连群。少年皆重气,谁识故将军?

① 此首录自《乐府诗集》卷二三。

郊庙歌辞

隋圜丘歌[①]（八首）

昭　夏[②]

肃祭典，协良辰。具嘉荐，俟皇臻。礼方成，乐已
变。感灵心，回天眷。辟华阙，下乾宫。乘精气，御祥
风。望燎火，通田烛。膺介圭，受瑄玉。神之临，庆阴
阴。烟衢洞，宸路深。善既福，德斯辅。流鸿祚，遍
区宇。

① 此八首录自《乐府诗集》卷四。郭茂倩解引《隋书·乐志》曰："仁寿元年，
诏牛弘、柳顾言、许善心、虞世基、蔡徵等创制雅乐歌辞。其祠圜丘、降神奏《昭
夏》，皇帝升坛奏《皇夏》，次奏《登歌》，初献奏《诚夏》，既献奏文舞，饮福酒奏《需
夏》，次奏《武舞》，送神奏《昭夏》，皇帝就燎位、还大次并奏《皇夏》，辞同升坛。"
②《乐府诗集》卷四目录此题下注"降神"。

皇　夏[①]

於穆我君，昭明有融。道济区域，功格玄穹。百
神警卫，万国承风。仁深德厚，信洽义丰。明发思政，
勤忧在躬。鸿基惟永，福祚长隆。

①《乐府诗集》卷四目录此题下注"皇帝升坛"。

登　歌

德深礼大，道高缩穆。就阳斯恭，陟配惟肃。血
菅升气，冕裘标服。诚感青玄，信陈史祝。祇承灵贶，
载膺多福。

诚　夏[①]

肇禋崇祀，大报尊灵。因高尽敬，扫地推诚。六

宗随兆,五纬陪营。云和发韵,孤竹扬清。我粢既洁,我酌惟明。元神是鉴,百禄来成。

①《乐府诗集》卷四目录此题下注"初献"。

文 舞

皇矣上帝,受命自天。睿图作极,文教遐宣。四方监观,万品陶甄。有苗斯格,无得称焉。天地之经,和乐具举。休征咸萃,要荒式序。正位履端,秋霜春雨。

需 夏①

礼以恭事,荐以飨时。载清玄酒,备洁芗萁。回旒分爵,思媚轩墀。惠均撤俎,祥降受厘。十伦以具,百福斯滋。克昌厥德,永祚鸿基。

①《乐府诗集》卷四目录此题下注"饮福"。

武 舞

御历膺期,乘乾表则。成功戡乱,顺时经国。兵畅五材,武弘七德。憬彼遐裔,化行充塞。三道备举,二仪交泰。情发自中,义均莫大。祀敬恭肃,钟鼓繁会。万国斯欢,兆人斯赖。享兹介福,康哉元首。惠我无疆,天长地久。

昭 夏①

享序洽,祀礼施。神之驾,严将驰。奔精驱,长离耀。牲烟达,洁诚照。腾日驭,鼓电鞭。辞下土,升上玄。瞻寥廓,杳无际。澹群心,留余惠。

①《乐府诗集》卷四目录此题下注"送神"。

隋五郊歌①(五首)

角 音

震宫初动,木德惟仁。龙精戒旦,鸟历司春。阳光煦物,温风先导。岩处载惊,膏田已冒。牺牲丰洁,金石和声。怀柔备礼,是德惟馨。

① 此五首录自《乐府诗集》卷四。郭茂倩解引《隋书·乐志》曰:"五郊歌辞,青帝奏角音,赤帝奏徵音,黄帝奏宫音,白帝奏商音,黑帝奏羽音。迎送神登歌与圆丘同。"

徵 音

长嬴开序,炎上为德。执礼司萌,持衡御国。重离得位,芒种在时。含樱荐实,木槿垂葵。庆赏既行,高明可处。顺时立祭,事昭福举。

宫 音

爰稼作土,顺位称坤。孕金成德,履艮为尊。黄本内色,宫实声始。万物资生,四时咸纪。灵坛汛扫,盛乐高张。威仪孔备,福履无疆。

商 音

西成肇节,盛德在秋。三农稍已,九谷行收。金气肃杀,商威飂戾。严风鼓茎,繁霜殒蒂。厉兵诘暴,敕法慎刑。明神降嘏,国步惟宁。

羽 音

玄英启候,冥陵初起。虹藏于天,雉化于水。严关重闭,星回日穷。黄钟动律,广莫生风。玄樽示本,天产惟质。恩覃外区,福流京室。

隋感帝歌①

諴 夏

禘祖垂典,郊天有章。以春之孟,于国之阳。茧栗惟诚,陶匏斯尚。人神接礼,明幽交畅。火灵降祚,火历载隆。烝哉帝道,赫矣皇风。

① 此首录自《乐府诗集》卷四。郭茂倩解引《隋书·乐志》曰："祀感帝奏《诚夏》，迎送神、登歌与圆丘同。"

隋雩祭歌①

诚 夏

朱明启候时载阳，肃若旧典延五方。嘉荐以陈盛乐奏，气序和平资灵祐。公田既雨私亦濡，人殷俗富政化敷。

① 此首录自《乐府诗集》卷四。郭茂倩解引《隋书·乐志》曰："雩祭奏《诚夏》，迎送神、登歌与圆丘同。"

隋蜡祭歌①

诚 夏

四方有祀，八蜡酬功。收藏既毕，榛葛送终。使之必报，祭之斯索。三时告劳，一日为泽。神祇必来，鳞羽咸致。惟义之尽，惟仁之至。年成物阜，罢役息人。皇恩已洽，灵庆无垠。

① 此首录自《乐府诗集》卷四。郭茂倩解引《隋书·乐志》曰："蜡祭奏《诚夏》，迎送神、登歌与圆丘同。"

隋朝日夕月歌①（二首）

朝日诚夏

扶木上朝暾，嵫山沉暮景。寒来游晷促，暑至驰辉永。时和合璧耀，俗泰重轮明。执圭尽昭事，服冕馨虔诚。

① 此二首录自《乐府诗集》卷四。郭茂倩解引《隋书·乐志》曰："朝日夕月并奏《诚夏》，迎送神、登歌与圆丘同。"

夕月誠夏

澄辉烛地域,流耀镜天仪。历草随弦长,珠胎逐望亏。成形表蟾兔,窃药资王母。西郊礼既成,幽坛福惟厚。

隋方丘歌[①]（四首）

昭 夏

柔功畅,阴德昭。陈瘗典,盛玄郊。筐幂[②]清,肯邕馥。皇情虔,具寮肃。笙颂合,鼓鼗会。出桂旗,屯孔盖。敬如在,肃有承。神胥乐,庆福膺。

① 此四首录自《乐府诗集》卷四。郭茂倩解引《隋书·乐志》曰："祭方丘迎神奏《昭夏》,奠玉帛奏登歌,献皇地祇奏《诚夏》,送神奏《昭夏》,余并同圆丘。"
② 幂:《乐府诗集》作"幕",据《隋书·乐志》改。

登 歌

道惟生育,器乃包藏。报功称范,殷荐有常。六瑚已馈,五齐流香。贵诚尚质,敬洽义章。神祚惟永,帝业增昌。

誠 夏

厚载垂德,昆丘主神。阴坛吉礼,北至良辰。鉴水呈洁,牲粟表纯。樽壶夕视,币玉朝陈。群望咸秩,精灵毕臻。祚流于国,祉被于人。

昭 夏

奠既彻,献已周。竦灵驾,逝远游。洞四极,匝九县。庆方流,祉恒遍。埋玉气,掩牲芬。晰神理,显国文。

隋神州歌[①]

諴 夏

四海之内，一和之壤。地曰神州，物赖生长。咸池既降，泰折斯飨。牲牷尚黑，圭玉实两。九宇载宁，神功克广。

① 此首录自《乐府诗集》卷四。郭茂倩解引《隋书·乐志》曰："祭神州奏《諴夏》，迎送神、登歌与方丘同。"

隋社稷歌[①]（四首）

春祈社諴夏

厚地开灵，方坛崇祀。达以风露，树之松梓。句萌既申，芟柞伊始。恭祈粢盛，载膺休祉。

① 此四首录自《乐府诗集》卷四。郭茂倩解引《隋书·乐志》曰："祭社稷奏《諴夏》，迎送神、登歌与方丘同。"

春祈稷諴夏

粒食兴教，播厥有先。尊神致洁，报本惟虔。瞻榆束耒，望杏开田。方凭戬福，伫咏丰年。

秋报社諴夏

北墉申礼，单出表诚。丰牺入荐，华乐在庭。原隰既平，泉流又清。如云已望，高廪斯盈。

秋报稷諴夏

人天务急，农亦勤止。或蓘或薦，惟䔺惟芑。凉风戒时，岁云秋矣。物成则报，功施必祀。

隋先农歌[①]

諴 夏

农祥晨晰，土膏初起。春原俶载，青坛致祀。敛踔长阡,回旌外堧。房俎饰荐,山罍沉滓。亲事朱弦,躬持黛耜。恭神务稽,受厘降祉。

① 此首录自《乐府诗集》卷四。郭茂倩解引《隋书·乐志》曰:"享先农奏《诚夏》,迎送神与方丘同。"

隋先圣先师歌

诚 夏

经国立训,学重教先。《三坟》肇册,《五典》留篇。开凿理著,陶铸功宣。东胶西序,春诵夏弦。芳尘载仰,祀典无骞。

隋太庙歌①(九首)

迎 神 歌

务本兴教,尊神体国。霜露感心,享祀陈则。官联式序,奔走在庭。几筵结慕,祼献惟诚。嘉乐载合,神其降止。永言保之,锡以繁祉。

① 此九首录自《乐府诗集》卷一〇。郭茂倩解引《隋书·乐志》曰:"文帝开皇中,诏牛弘、姚察、许善心、虞世基、刘臻等详定雅乐,并撰歌辞。其太庙歌辞,有迎神歌,登歌,俎入歌,皇高祖太原府君、皇曾祖康王、皇祖献王、皇考太祖武元皇帝四室歌,饮福酒歌,送神歌。其俎入歌、饮福酒歌,并郊丘社庙同用。"

登 歌

孝熙严祖,师象敬宗。惟皇肃事,有来雝雝。雕梁霞复,绣橑云重。观德自感,奉璋伊恭。彝斝尽饰,羽缀有容。升歌发藻,景福来从。

俎 入 歌

祭本用初,祀由功举。骏奔咸会,供神有序。明酌盈樽,丰牺实俎。幽金既荐,缋错维旅。享由明德,香非稷黍。载流嘉庆,克固鸿绪。

太原府君歌

缔基发祥,肇源兴庆。乃仁乃哲,克明克令。庸宣国图,善流人咏。开我皇业,七百同盛。

康 王 歌

皇条俊茂,帝系灵长。丰功叠轨,厚利重光。福由善积,代以德彰。严恭尽礼,永锡无疆。

献 王 歌

盛才必达,丕基增旧。涉渭同符,迁邠等构。弘风迈德,义高道富。神鉴孔昭,王猷克懋。

太 祖 歌

深仁冥著,至道潜敷。皇矣太祖,耀名天衢。翦商隆祚,奄宅隋区。有命既集,诞开灵符。

饮福酒歌

神道正直,祀事有融。肃雝备礼,庄敬在躬。羞燔已具,莫酹将终。降祥惟永,受福无穷。

送 神 歌

飨礼具,利事成。伫旒冕,肃簪缨。金奏终,玉俎撤。尽孝敬,穷严洁。人祇分,哀乐半。降景福,凭幽赞。

燕射歌辞

隋元会大飨歌^①（十一首）

皇 夏^②

深哉皇度，粹矣天仪。司陛整跸，式道先驰。八屯雾拥，七萃云披。退扬进揖，步矩行规。句陈乍转，华盖徐移。羽旗照耀，圭组陆离。居高念下，处安思危。照临有度，纪律无亏。

① 此十一首录自《乐府诗集》卷一五。郭茂倩解引《隋书·乐志》曰："元会，皇帝出入殿庭奏《皇夏》，郊丘、社、庙同用，皇太子出入奏《肆夏》，食举奏食举歌，上寿酒奏上寿歌。" ②《乐府诗集》目录此题下注"皇帝出入"。

肆 夏^①

惟熙帝载，式固王猷。体乾建本，是曰孟侯。驰道美汉，寝门称周。德心既广，道业惟优。傅保斯导，贤才与游。瑜玉发响，画轮停辀。皇基方峻，匕皆恒休。

①《乐府诗集》目录此题下注"皇太子出入"。

食 举 歌（八首）

其 一

燔黍设教礼之始，五味相资火为纪。平心和德在甘旨，牢羞既陈钟石俟，以斯而御扬盛轨。

其 二

养身必敬礼食昭，时和岁阜庶物饶。盐梅既济鼎铉调，特以肤腊加膗脁，威仪济济懋皇朝。

其 三

饔人进羞乐侑作,川潜之脍云飞臞。甘酸有宜芬勺药,金敦玉豆盛交错,御鼓既声安以乐。

其 四

玉食惟后膳必珍,芳菰既洁重秬新。是能安体又调神,荆包毕至海贡陈,用之有节德无垠。

其 五

嘉羞入馈犹化谧,沃土名滋帝台实。阳华之菜雕陵栗,鼎俎芬芳豆笾溢,通幽致远车书一。

其 六

道高物备食多方,山肤既善水豢良。桓蒲在位簨业①张,加笾折俎烂成行,恩风下济道化光。

① 簨业:悬挂钟鼓的架子。

其 七

礼以安国仁为政,具物必陈饔牢盛。罝罦①斤斧顺时令,怀生熙熙皆得性,于兹宴喜流嘉庆。

① 罝罦:泛指捕兽的网。

其 八

皇道四达礼乐成,临朝日举表时平。甘芳既饫醑以清,扬休玉卮正性情,隆我帝载永明明。

上 寿 歌

俗已乂,时又良。朝玉帛,会衣裳。基同北辰久,寿共南山长。黎元鼓腹乐未央。

隋宴群臣登歌①

皇明驭历,仁深海县。载择良辰,式陈高宴。颙颙卿士,昂昂侯甸。车旗煜爚,衣缨葱蒨。乐正展悬,司宫饰殿。三揖称礼,九宾为传。圆鼎临碑,方壶在面。《鹿鸣》成曲,《嘉鱼》入荐。筐筐相辉,献酬交遍。饮和饱德,恩风长扇。

① 此首录自《乐府诗集》卷一五。

隋皇后房内歌①

至顺垂典,正内弘风。母仪万国,训范六宫。求贤启化,进善宣功。家邦载序,道业斯融。

① 此首录自《乐府诗集》卷一五。郭茂倩解引《仪礼》曰:"燕歌,乡乐:《周南》、《关雎》、《葛覃》、《卷耳》;《召南》、《鹊巢》、《采蘩》、《采苹》。"郑康成云:"王后、国君、夫人房中之乐歌也。《周南》、《召南》风化之本,故谓之乡乐,用之房中以及朝庭飨燕、乡射、饮酒也。"《周官·磬师》:"掌教燕乐之钟磬。"《传》云:"燕乐,房中之乐,所谓阴声也。"《诗·传》曰:"国君有房中之乐,天子以《周南》,诸侯以《召南》。"《隋书·乐志》曰:"高祖龙潜时,颇好音乐,尝倚琵琶作歌二章,名曰《地厚》、《天高》,托言夫妇之义。牛弘修皇后房内之乐,因取之为房内曲。命妇入,并登歌上寿并用之。炀帝大业初,柳顾言议,以为房内乐者,主为王后弦歌讽诵以事君子,故以房室为名,其乐必有钟磬。乃益歌钟歌磬,土革丝竹副之,并升歌下管,总名房内之乐。女奴肄习,朝燕用焉。"

隋大射登歌①

道谧金科照,时乂玉条明。优贤绕礼洽,选德射仪成。鸾旗郁云动,宝轵严天行。巾车整三乏,司裘饰五正。鸣球响高殿,华钟震广庭。乌号传昔美,淇、卫著前名。揖让皆时杰,升降尽朝英。附枝观体定,杯水睹心平。丰觚既来去,燔炙复从横。欣看礼乐盛,喜遇黄河清。

① 此首录自《乐府诗集》卷一五。郭茂倩解引《周礼》曰:"射人掌以射法治

射仪：王以《驺虞》，九节；诸侯以《狸首》，七节；大夫以《采苹》，士以《采蘩》，皆五节。"《射义》曰："《驺虞》者，乐官备也；《狸首》者，乐会时也；《采苹》者，乐循法也；《采蘩》者，乐不失职也。是故天子以备官为节，诸侯以时会天子为节，大夫以循法为节，士以不失职为节。"《传》云："《驺虞》、《采苹》、《采蘩》，皆乐章名。《狸首》逸。"《唐书·乐志》曰："大射，皇帝奏《驺虞》之曲，皇太子奏《狸首》之曲。"《会要》曰："王公射亦奏《狸首》，其设悬奏乐，如元会之仪。"按《礼记》载《狸首》诗曰："曾孙侯氏，四正具举。大夫君子，凡以庶士，小大莫处，御于君所。以燕以射，则燕则誉。"盖逸诗云。

舞曲歌辞

雅舞

隋文武舞歌[①]（二首）

文 舞 歌

天眷有属，后德惟明。君临万宇，昭事百灵。濯以江汉，树之风声。馨地毕[②]归，穷天皆至。六戎行[③]朔，八蛮请吏。烟云献彩，龟龙表异。缉和礼乐，燮理阴阳。功由舞见，德以歌彰。两仪同大，日月齐光。

　① 此二首录自《乐府诗集》卷五二。郭茂倩解引《隋书·乐志》曰："隋有文舞武舞，舞各六十四人。文舞黑介帻，冠进贤冠，绛纱连裳，内单皂褾领，襈裾，革带，乌皮履。左手执籥，右手执翟。武舞服，武弁，朱褠衣，余同文舞。左执朱干，右执大戚。其舞六成，始而受命，再成而定山东，三成而平蜀道，四成而北狄是通，五成而江南是拓，六成复缀以阐太平。"　② 毕：《隋书》作"必"。　③ 行：《隋书》作"仰"。

武 舞 歌

惟皇御宇，惟帝乘乾[①]。五材[②]并用，七德兼宣。平暴夷险，拯溺救燔。九域载安，兆庶斯赖。续地之厚，补天之大。声隆有截，化覃无外。鼓钟既奋，干戚攸陈。功高德重，政谧化淳。鸿休永播，久而弥新。

　① 乘乾：指登极为帝。　② 五材：谓勇、智、仁、信、忠五种德性。

杂舞

四时白纻歌①（二首）

杨 广

东 宫 春

洛阳城边朝日晖，天渊池前春燕归。含露桃花开
未飞，临风杨柳自依依。小苑花红洛水绿，清歌宛转
繁弦促。长袖逶迤动珠玉，千年万岁阳春曲。

① 此二首录自《乐府诗集》卷五六。

江 都 夏

梅黄①雨细麦秋轻，枫树萧萧江水平。飞楼倚观
轩若惊，花簟罗帷当夏②清。菱潭落日双凫舫，绿水红
妆两摇漾。还似浮③桑碧海上，谁④肯空歌采莲唱。

① 梅黄：《诗纪》卷一二〇作"黄梅"。　② 夏：《诗纪》作"夜"。　③ 浮：《诗
纪》作"扶"。　④ 谁：《诗纪》作"讵"。

四时白纻歌①（二首）

虞 茂②

江 都 夏

长洲茂苑朝夕池，映日含风结细漪。坐堂③伏槛
红莲披④，雕轩洞户青苹吹。轻幌芳烟郁金馥，绮檐花
簟桃李枝。兰茗翡翠恒相逐，桂树鸳鸯恒并宿。

① 此二首录自《乐府诗集》卷五六。今按：《诗纪》卷一二〇题下有"和炀帝"三
字。　② 虞茂（生卒年不详）：生平事迹不详。《乐府诗集》将其列于杨广诗之后，
暂归隋待考。　③ 堂：《乐府诗集》作"当"，据《诗纪》改。　④ 披：《乐府诗集》作
"枝"，据《诗纪》改。

长 安 秋

露寒台前晓露清,昆明池水秋色明。摇环动佩出曾城,鹍弦凤管奏新声。上林蒲桃合缥缈,甘泉奇树上葱青。玉人当歌理清曲,婕妤恩情断还续。

第十二卷　唐五代乐府（一）

相和歌辞

《乐府诗集》所辑相和歌辞,计有相和六引、相和曲、吟叹曲、四弦曲、平调曲、清调曲、瑟调曲、楚调曲八种,每种都有唐代文人仿古题作品,可见唐代相和歌辞相当丰富多彩也。

相和六引

公无渡河①

李　白②

黄河西来决昆仑,咆哮③万里触龙门④。波滔天,尧咨嗟,大禹理百川,儿啼不窥家。杀湍湮⑤洪水⑥,九州始蚕麻。其害乃去,茫然风沙。被发之叟狂而痴,清晨径⑦流欲奚为?旁人不惜妻止之,公无渡河苦渡之。虎可搏,河难凭⑧,公果溺死流⑨海湄。有长鲸白齿若雪山,公乎公乎挂胃⑩于其间。箜篌所悲竟不还。

① 此首录自《乐府诗集》卷二六。今按:《公无渡河》,亦称《箜篌引》。参见李贺《箜篌引》注①。　② 李白(701—762):字太白,号青莲居士。出生于碎叶城,幼随父迁居绵州昌隆(今四川江油)青莲乡。少有才华,吟诗作赋,博学广览。二十五岁离川,长期在各地漫游。曾于天宝初供奉翰林,一年后离开长安,在洛阳与杜甫结交。"安史之乱"中,因永王李璘幕府牵连,被流放夜郎,中途遇赦东还。晚年漂泊困苦,卒于当涂。其诗风雄奇豪放,想象丰富,语言流转自然,音律和谐多变。他创作了许多乐府诗,如《蜀道难》、《行路难》等,为人传诵。③ 哮:《乐府诗集》作"吼"。据《文苑英华》卷二一〇及萧士赟本《李太白诗》卷三改。　④ 龙门:即禹门口。在山西河津县西北和陕西韩城市东北,黄河流经此,两岸峭壁对峙,形如门阙。《三秦记》云:"龙门水悬船而下,两旁有山,水陆不通,

龟鱼集龙门下数千，不得上，上则为龙。" ⑤湮：瞿蜕园、朱金城《李白集校注》卷三作"堙"。 ⑥水：《文苑英华》作"流"，注云"一作水"。 ⑦径：《李太白集》与《文苑英华》均作"临"。 ⑧河难凭：《李白集校注》作"沙难冯"。并注云《诗·小雅·小旻》："不敢暴虎，不敢冯河。"毛传："徒涉曰冯河。" ⑨流：《文苑英华》作"沉"。 ⑩胃：《乐府诗集》作"骨"，据《李白集校注》卷三改。李善注引《声类》曰："胃，系也。"

公无渡河①

王　建②

渡头恶天两岸远，波涛塞川如叠坂。幸无白刃驱向前，何用将身自弃捐。蛟龙啮尸鱼食血，黄泥直下无青天。男儿纵轻妇人语，惜君性命还须取。妇人无力挽断衣，舟沉身死悔难追，公无渡河公自为。

① 此首录自《乐府诗集》卷二六。 ② 王建（约767—约830）：唐代诗人。字仲初，颍川（今河南许昌）人。大历间进士，曾任陕州司马，又从军塞上。长于乐府诗，与张籍齐名。有《王司马集》。

箜　篌　引①

李　贺②

公乎，公乎，提壶将焉如？屈平沉湘不足慕，徐衍入海诚为愚。公乎，公乎，床有菅席，盘有鱼，北里有贤兄，东邻有小姑。陇亩油油黍与葫，瓦瓶浊醪蚁浮浮③，黍可食，醪可饮，公乎，公乎，其奈居。被发奔流竟何如？贤兄小姑哭呜呜。

① 此首录自《乐府诗集》卷二六。郭茂倩解云，一曰《公无渡河》，崔豹《古今注》曰："《箜篌引》者，朝鲜津卒霍里子高妻丽玉所作也。子高晨起刺船，有一白首狂夫，被发提壶，乱流而渡，其妻随而止之，不及，遂堕河而死。于是援箜篌而

歌曰:'公无渡河,公竟渡河,堕河而死,将奈公何!'声甚凄怆,曲终亦投河而死。子高还,以语丽玉。丽玉伤之,乃引箜篌而写其声,闻者莫不堕泪饮泣。丽玉以其曲传邻女丽容,名曰《箜篌引》。又有《箜篌谣》,不详所起,大略言结交当有始终,与此异也。"今按:题《箜篌引》,《文苑英华》卷二一〇作《公无渡河》。《李贺歌诗编》卷四作《箜篌引》,又曰《公无渡河》。　② 李贺(790—816):字长吉,福昌(今河南宜阳县)人。曾官奉礼郎,因避家讳,不得应进士科试。工诗,见知于韩愈、皇甫湜。其诗词采熔铸,想象丰赡,意境新奇瑰丽。有《昌谷集》。　③ "瓦瓯"句:《乐府诗集》注"一作瓦瓶浊酒醵蚁浮"。

公无渡河[①]

王叡[②]

　　浊波洋洋兮凝晓雾,公无渡河兮公苦渡。风号水激兮呼不闻,提壶看入兮中流去。浪摆衣裳兮随步没,沉尸深入兮蛟螭窟。蛟螭尽醉兮君血干,推出黄沙兮泛君骨。当时君死妾何适,遂就波涛合魂魄。愿持精卫衔石心,穷取河源塞泉脉。

　　① 此首录自《乐府诗集》卷二六。　② 王叡(生卒年不详):唐元和后诗人,一说其生活在大中年间。自号炙毂子。尝游燕中(今河北一带),不知所终。

公无渡河[①]

温庭筠[②]

　　黄河怒浪连天来,大响硆硆如殷雷。龙伯驱风不敢上,百川喷雪高崔嵬。二十五弦何太哀,请公勿渡立徘徊。下有狂蛟锯为尾,裂帆截棹磨霜齿。神锥凿石塞神潭,白马趁趋赤尘起。公乎跃马扬玉鞭,灭没高蹄日千里。

　　① 此首录自《乐府诗集》卷二六。　② 温庭筠(约812—约870):原名岐,字

飞卿,太原(今属山西)人。仕途不得意,咸通七年为国子助教。文思敏捷,精于音律,诗词华丽。原有集,已散佚,后人辑有《温庭筠诗集》、《金荃词》。

相和曲

《古今乐录》曰:"张永《元嘉技录》:相和有十五曲,一曰《气出唱》,二曰《精列》,三曰《江南》,四曰《度关山》,五曰《东光》,六曰《十五》,七曰《薤露》,八曰《蒿里》,九曰《觐歌》,十曰《对酒》,十一曰《鸡鸣》,十二曰《乌生》,十三曰《平陵乐》,十四曰《东门》,十五曰《陌上桑》。唐之相和曲均为文人拟作,多取《江南曲》、《对酒》等,亦有另仿新题者,如《换歌》、《日出行》等。

江南曲①(八首)

刘希夷②

其 一

暮宿南洲草,晨行北岸林。日悬沧海阔,水隔洞庭深。烟景无留意,风波有异浔。岁游难极目,春戏易为心。朝夕无荣遇,芳菲已满襟。

① 此八首录自《乐府诗集》卷二六。今按:此题为张永《元嘉正声技录》相和十五曲之三。 ② 刘希夷(约651—?):字延之(一作庭芝),汝州(今河南汝州)人。上元间进士。善弹琵琶,落魄不拘常格。其诗以歌行见长,柔婉华丽。《白头吟》(一作《代悲白头翁》)诗成后不久,即为人所害,时年未三十。

其 二

艳唱潮初落,江花露未晞。春洲惊翡翠,朱服弄芳菲。画舫烟中浅,青阳日际微。锦帆冲浪湿,罗袖拂行衣。含情罢所采,相叹惜流晖。

其 三

君为陇西客,妾遇江南春。朝游含灵果,夕采弄风苹。果气时不歇,苹花日自新。以此江南物,持赠陇西人。空盈万里怀,欲赠竟无因。

其　四

皓如楚江月,霭若吴岫云。波中自皎镜,山上亦氲①氲。明月留照妾,轻云持赠君。山川各离散,光气乃殊分。天涯一为别,江北自②相闻。

① 氲:毛刻本《乐府诗集》作"氛"。　② 自:《全唐诗》卷一九注"集作若"。

其　五

舣舟乘潮去,风帆振草①凉。潮平见楚甸,天际望维扬。洄沂经千里,烟波接两乡。云明江屿出,日照海流长。此中逢岁晏,浦树落花芳。

① 草:疑作"早"。

其　六

暮春三月晴,维扬吴楚城。城临大江汜,回映洞浦清。晴云曲金阁,珠楼碧烟里。月明芳树群鸟飞,风过长林杂花落。可怜离别谁家子,于此一至情何已。

其　七

北堂红草盛芊茸,南湖碧水照芙蓉。朝游暮起金花尽,渐觉罗裳珠露浓。自惜妍华三五岁,已叹关山千万重。人情一去无还日,欲赠怀芳怨不逢。

其　八

忆昔江南年盛时,平生怨在长洲曲。冠盖星繁江①水上,冲风摽落洞庭渌。落花舞袖红纷纷,朝霞高阁洗晴云。谁言此处婵娟子,珠玉为心以奉君。

① 江:《全唐诗》卷一九作"湘"。

采 桑①

刘希夷

杨柳送行人，青青西入秦。秦家采桑女，楼上不
胜春。盈盈灞水曲，步步春芳绿。红脸耀明珠，绛唇
含白玉。回首渭桥东，遥怜树色同②。青丝娇落日，缃
绮弄春风。携笼长叹息，逶迤恋春色。看花若有情，
倚树疑无力。薄暮思悠悠，使君南陌头。相逢不相
识，归去梦青楼。

① 此首录自《乐府诗集》卷二八。今按：张永《元嘉正声技录》相和十五曲之
十五曰《陌上桑》，南朝宋鲍照拟有《采桑》一曲，遂有后世文人《采桑》之题目。
② 树色同：《乐府诗集》注"一作春色同"。

江 南 曲①

宋之问②

妾住越城南，离居不自堪。采花惊曙鸟，摘叶饿
春蚕。懒结茱萸带，愁安玳瑁簪。侍臣③消瘦尽，日暮
碧江潭。

① 此首录自《乐府诗集》卷二六。今按：此题为张永《元嘉正声技录》相和十
五曲之三。　② 宋之问（约656—712）：字延清，汾州（今山西汾阳）人，一说虢州
弘农（今河南灵宝）人。上元间进士，官至考功员外郎。其诗华靡且律式完整，与
沈佺期齐名，并称"沈宋"。原有集，已散佚。明人辑有《宋之问集》。　③ 侍臣：
《全唐诗》卷一九注"集作待君"。

江 南 曲①

刘眘虚②

美人何荡漾，湖上风月③长。玉手欲有赠，徘徊双
鸣珰④。歌声随绿水，怨色起朝⑤阳。日暮还家望，云

波横洞房。

① 此首录自《乐府诗集》卷二六。今按：此题为张永《元嘉正声技录》相和十五曲之三。　② 刘眘虚（生卒年不详）：字全乙，洪州新吴（今江西奉新）人。开元间进士，官弘文馆校书郎，与孟浩然、王昌龄、高适交厚。《全唐诗》存其诗十五首，多写自然景物。　③ 月：《全唐诗》卷一九注"集作日"。　④ 鸣珰：《全唐诗》注"集作明珰"。　⑤ 朝：《全唐诗》及《文苑英华》卷二一○均作"青"。

陌 上 桑①

常　建②

翳翳陌上桑，南枝交北堂。美人金梯出，素手自提筐。非但畏蚕饥，盈盈娇路旁。

① 此首录自《乐府诗集》卷二八。今按：此题为张永《元嘉正声技录》相和十五曲之十五。　② 常建（生卒年不详）：一说长安（今属陕西）人。开元间进士，曾任盱眙尉。仕途失意，放浪琴酒，后隐居鄂渚，受时人推重。有《常建诗集》。

江 南 曲①

丁仙芝②

长干斜路北，近浦是儿家。有意来相访，明朝出浣沙。发向横塘口，船开值急流。知郎旧时意，且请拢船头。昨暝逗南陵，风声波浪阻。入浦不逢人，归家谁信汝。未晓已成妆，乘潮去茫茫。因从京口渡，使报邵陵王。始下芙蓉楼，言发瑯琊岸。急为打船开，恶许傍人见。

① 此首录自《乐府诗集》卷二六。今按：此题为张永《元嘉正声技录》相和十五曲之三。　② 丁仙芝（生卒年不详）：字元祯，曲阿（今江苏丹阳）人。开元间进士。任余杭尉，居官清谨。工于诗。

对 酒①

崔国辅②

行行日将夕,荒村古冢无人迹。朦胧荆棘一鸟飞,屡唱提壶沽酒吃。古人不达酒不足,遗恨精灵传此曲。寄言当代诸少年,平生且尽杯中渌③。

① 此首录自《乐府诗集》卷二七。今按:此题为张永《元嘉正声技录》相和十五曲之十。 ② 崔国辅(生卒年不详):山阴(今浙江绍兴)人,一说吴郡(今江苏苏州)人。开元间进士,历任集贤院直学士、礼部郎中。后贬为竟陵郡司马。其诗多拟南朝乐府,《全唐诗》辑存其诗一卷。 ③ 渌:同"漉"。滤过的酒。

对 酒①(二首)

李 白

其 一

松子②栖金华,安期入蓬海。此人古之仙,羽化竟何在?浮生速流电,倏忽变光彩。天地无凋换,容颜有迁改。对酒不肯饮,含情欲谁待。

① 此二首录自《乐府诗集》卷二七。今按:此题为张永《元嘉正声技录》相和十五曲之十。 ② 松子:即赤松子。传说中的神仙。

其 二

劝君莫拒杯,春风笑人来。桃李如旧识,倾花向我开。流莺啼碧树,明月窥金罍。昨来①朱颜子,今日白发催。棘生石虎②殿,鹿走姑苏台。自古帝王宅,城阙闭黄埃。君若不饮酒,昔人安在哉!

① 来:《李太白集》卷二三作"日"。 ② 石虎:《李白集校注》卷二三注引《晋书》卷九五《佛图澄传》:"石季龙大飨群臣于太武前殿,澄吟曰:'殿乎殿乎,棘子成林,将坏人衣。'季龙令发殿石,下视之,有棘生焉。"季龙,石虎字。

陌上桑[①]

李 白

　　美女渭桥东[②]，春还事蚕作。五马如飞龙[③]，青丝结金络。不知谁家子，调笑来相谑。妾本秦罗敷，玉颜艳名都。绿条映素手，采桑向城隅。使君且不顾，况复论秋胡[④]。寒螀[⑤]爱碧草，鸣凤栖青梧。托心自有处，但怪傍人愚。徒令[⑥]白日暮，高驾空踟蹰。

　　① 此首录自《乐府诗集》卷二八。今按:此题为张永《元嘉正声技录》相和十五曲之十五。　　② "美女"句:《乐府诗集》注"一作美女缃绮衣"。　　③ "五马"句:《乐府诗集》注"一作五马飞如花"。五马,《李白集校注》云:"五马事,古今说法不一……唯沈约《宋书》引《逸礼·王度记》曰:天子驾六,诸侯驾五,卿驾四,大夫三,士二,庶人一。后之太守,即古之诸侯,故有五马之称。庶几近之。"　　④ 秋胡:春秋鲁国人,曾悦路旁妇人,被指称为爱情不专一者。事见《列女传》。　　⑤ 寒螀:寒蝉。《尔雅·释虫》:"蜺,寒蜩。"郭璞注:"寒螀也。似蝉而小,青赤。"　　⑥ 令:《文苑英华》卷二〇八作"劳"。

登高丘而望远海[①]

李 白

　　登高丘而[②]望远海,六鳌[③]骨已霜,三山流安在?扶桑半摧折,白日沉光彩。银台金阙如梦中,秦皇汉武空相待。精卫费木石,鼋鼍无所凭。君不见骊山茂陵尽灰灭,牧羊之子来攀登。盗贼劫宝玉,精灵竟何能。穷兵黩武今[④]如此,鼎湖飞龙安可乘。

　　① 此首录自《乐府诗集》卷二七。今按:《乐府诗集》此题中无"海"字,据《李太白集》卷四补。《李白集校注》卷四:"王云:此题旧无传闻,郭茂倩《乐府诗集》编是诗于相和曲中魏文帝《登山而望远》一篇之后,疑太白拟此也,然文意却不类。"《乐府诗集》所载魏文帝曹丕"登山而望远"诗题目为《十五》,乃张永《元嘉正声技录》相和十五曲之六也。　　② 而:《李太白集》无此字。　　③ 六鳌:神话传

说中负载五座仙山的六只大龟。相传东海有一深壑，中有岱舆、员峤、方壶、瀛洲、蓬莱五山，乃仙圣所居之地。五山皆浮于海，常随潮波上下往还。帝乃命禺彊使巨鳌举首而载之，五山始峙而不动。（见《列子·汤问》）　④ 今：《李太白集》作"有"。

日出入行[①]

李　白

日出东方隈，似从地底来。历天又入海[②]，六龙所舍安在哉？其始与终古不息[③]，人非元气，安能与之久徘徊。草不谢荣于春风，木不怨落于秋天。谁挥鞭策驱四运，万物兴歇皆自然。羲和[④]，羲和，汝奚汩没于荒淫之波？鲁阳何德？驻景挥戈。逆道违天，矫诬实多。吾将囊括大块，浩然与溟涬同科。

① 此首录自《乐府诗集》卷二八。今按：此题《乐府诗集》作《日出东南隅行》，《文苑英华》卷一九三作《日出行》，《李太白集》卷三作《日出入行》，据此改。张永《元嘉正声技录》相和十五曲之十五曰《陌上桑》。古辞《陌上桑》首句为"日出东南隅"，疑当太白拟此也。又，西晋陆机有《日出东南隅行》。　② "历天"句：《文苑英华》作"历天又复入西海"。　③ "其始"句：《乐府诗集》注"一作其行终古不休息"。　④ 羲和：神话人物，一说为驾日车之神。《离骚》："吾令羲和弭节兮，望崦嵫而勿迫。"一说是太阳之母。《山海经·大荒南经》："东南海之外，甘水之间，有羲和之国，有女子名曰羲和……羲和者，帝俊之妻，生十日。"

挽　歌[①]

孟云卿[②]

草草[③]门巷喧，涂车俨成位。冥寞何所须[④]，尽[⑤]我生人意。北邙路非[⑥]远，此别终天地。临穴频抚棺，至哀反无泪。尔形未衰老，尔息犹[⑦]童稚。骨肉不[⑧]可离,皇天若容易。房帷即灵帐⑨,庭宇为哀次。《薤露》歌若斯,人生尽如寄。

① 此首录自《乐府诗集》卷二七。今按:张永《元嘉正声技录》相和十五曲有《薤露》、《蒿里》,魏缪袭拟此作有《挽歌》一曲,遂有后世文人仿此题作也。
② 孟云卿(约725—?):唐代诗人。平昌(今山东商河西北)人。永泰初进士及第,授校书郎。不久,客游南海、荆州、广陵,与杜甫、韦应物等人友善。其诗语言朴素,甚得杜甫、元结诸人推重。今存诗十七首。　③ 草:《乐府诗集》作"草",据《箧中集》改。　④ "冥寞"句:《箧中集》作"冥冥何得尽"。　⑤ 尽:《箧中集》作"戴"。　⑥ 非:《乐府诗集》注"一作不"。　⑦ 犹:《全唐诗》卷一九作"才"。⑧ 不:《乐府诗集》注"一作安"。《箧中集》作"安"。　⑨ 灵帐:《乐府诗集》作"虚张",据《全唐诗》及《箧中集》改。

江 南 曲①

韩 翃②

长乐花枝雨点销,江城日暮好相邀。春楼不闭葳蕤镔,绿水回③通宛转桥。

① 此首录自《乐府诗集》卷二六。今按:此题为张永《元嘉正声技录》相和十五曲之三。　② 韩翃(生卒年不详):字君平,南阳(今属河南)人。天宝间进士,官至中书舍人。大历十才子之一。原有集,已散佚。明人辑有《韩君平集》。《全唐诗》录其诗三卷。　③ 回:《乐府诗集》作"四",据《全唐诗》卷一九改。

江 南 曲①

李 益②

嫁得瞿塘贾,朝朝误妾期。早知潮有信,嫁与弄潮儿。

① 此首录自《乐府诗集》卷二六。今按:此题为张永《元嘉正声技录》相和十五曲之三。　② 李益(748—约827):字君虞,陇西姑臧(今甘肃武威)人。大历

间进士。初客游燕赵间，后官至礼部尚书。其诗长于七绝，以边塞诗知名，有《李益集》。《全唐诗》录其诗二卷。

江 南 曲①

于 鹄②

偶向江边采白苹，还随女伴赛江神。众中不敢分明语，暗掷金钱卜远人。

① 此首录自《乐府诗集》卷二六。今按：此题为张永《元嘉正声技录》相和十五曲之三。 ② 于鹄（生卒年不详）：大历、建中间居长安，应举未第，隐居于汉阳山中。尝为诸府从事。《全唐诗》录其诗一卷。

挽 歌①（二首）

于 鹄

其 一

阴风吹黄蒿，挽歌渡秋水。车马却归城，孤坟月明里。

① 此二首录自《乐府诗集》卷二七。

其 二

双辙出郭门，绵绵东西道。送死多于生，几人得终老。见人切肺肝，不如归山好。不闻哀哭声，默默安怀抱。时尽从物化，又免生忧扰。世间寿者稀，尽为悲伤恼。

度 关 山①

李 端②

雁塞日初晴，胡关雪复平。危关③缘广漠，古窦傍

长城。拔剑金星出，弯弧玉羽鸣。谁知系虏者，贾谊
是书生。

① 此首录自《乐府诗集》卷二七。今按：此题为张永《元嘉正声技录》相和十五曲之四。　② 李端（生卒年不详）：字正己，赵郡（今属河北）人。大历间进士，授秘书省校书郎，后为杭州司马。为大历十才子之一。后辞官隐居。有《李端诗集》。《全唐诗》录其诗三卷。　③ 关：《乐府诗集》作"竿"，据《文苑英华》卷一九八改。

江　南　曲①

张　籍②

江南人家多橘树，吴姬③舟上织白纻。土地卑湿饶虫蛇，连木为牌入江住。江村亥日常为市，落帆渡桥来浦里。青莎覆城竹为屋，无井家家饮潮水。长干④午日沽春酒，高高酒旗悬江口。倡楼两岸悬水栅，夜唱竹枝留北客。江南风土欢乐多，悠悠处处尽经过。

① 此首录自《乐府诗集》卷二六。今按：此题为张永《元嘉正声技录》相和十五曲之三。　② 张籍（约767—约830）：字文昌，原籍吴郡（今江苏苏州），少时侨居和州乌江（今安徽和县乌江镇）。贞元间进士，历任太常寺太祝、水部员外郎、国子司业等职。善乐府，甚受白居易推崇，与王建齐名，世称"张王"。有《张司业集》。　③ 吴姬：对吴地女子的美称。　④ 干：《全唐诗》卷一九作"江"。

采　桑①

王　建

鸟鸣桑叶间，叶绿条复柔。攀看去手近，放下长长钩。黄花盖野田，白马少年游。所念岂回顾，良人在高楼。

① 此首录自《乐府诗集》卷二八。

挽　歌[①]

白居易[②]

丹旐何飞扬，素骖亦悲鸣。晨光照闾巷，辒车[③]俨
欲行。萧条九月天，哀挽出重城。借问送者谁？妻子
与弟兄。苍苍上古原，峨峨开新茔。含酸一恸哭，异
口同哀声。旧垅转芜绝，新坟日罗列。春风草绿北邙
山，此地年年生死别。

① 此首录自《乐府诗集》卷二七。　② 白居易（772—846）：字乐天，号香山
居士。祖籍太原（今属山西），后迁居下邽（今陕西渭南）。贞元间进士，授秘书省
校书郎。历任左拾遗、左赞善大夫、江州司马、杭州刺史、苏州刺史，官至刑部尚
书。与元稹齐名，世称"元白"。与刘禹锡唱和甚多，人称"刘白"。有《白氏长庆
集》。　③ 辒车：载运棺柩的车子。辒，同辒。《释名·释丧制》："舆棺之车
曰辒。"

江　南　曲[①]

李　贺

汀洲白苹草，柳恽[②]乘马归。江头楮树香，岸上蝴
蝶飞。酒杯箬叶露，玉轸蜀桐虚。朱楼通水陌，沙暖
一双鱼。

① 此首录自《乐府诗集》卷二六。今按：此题为张永《元嘉正声技录》相和十
五曲之三。又，《李贺歌诗编》卷一作《追和柳恽》。　② 柳恽：南朝梁诗人。以
诗名世，又善弈棋、弹琴。

日　出　行[①]

李　贺

白日下昆仑，发光如舒丝。徒照葵藿心，不见游
子悲。折折黄河曲，日从中央转。旸谷[②]耳曾闻，若

木③眼不见④。奈何铄石，胡为销人。羿⑤弯弓属矢，那不中，足令久不得奔⑥，讵教晨光夕昏？

①此首录自《乐府诗集》卷二八。今按：此题《乐府诗集》作《日出东南隅行》，据《李长吉歌诗》卷四改。②旸谷：指日出之处。《书·尧典》："分命羲仲，宅嵎夷，曰旸谷，寅宾出日。"孔传："旸，明也。日出于谷而天下明，故称旸谷。"孔颖达疏："日所出处，名曰旸明之谷。"③若木：《文苑英华》卷一九三作"弱水"。若木，古代神话中的树名。《山海经·大荒北经》："大荒之中，有衡石山、九阴山、洞野之山，上有赤树，青叶，赤华，名曰若木。"④眼不见：《乐府诗集》注"一作不可见"。⑤羿：《文苑英华》于此字下有"能"字。⑥"足令"句：《文苑英华》作"足令鸟不得翔，火不得奔"。

江 南 曲①

温庭筠

妾家白苹浦，日上芙蓉楫。轧轧摇桨声，移舟入荇叶。溪长荇叶深，作底难相寻。避郎郎不见，鹓鶒自浮沉。拾萍萍无根，采莲莲有子。不作浮萍生，宁作藕花死。岸傍骑马郎，乌帽紫游缰。含愁复含笑，回首问横塘。妾住金陵步②，门前朱雀航。流苏持作帐，芙蓉待作梁。出入金犊幰③，兄弟侍中郎。前年学歌舞，定得郎相许。连娟眉绕山，依约腰如杵。凤管悲若咽，鸾弦娇欲语。扇薄露红铅，罗轻压金缕。明月西南楼，珠帘玳瑁钩。横波巧能笑，弯蛾不识愁。花开子留树，草长根依土。早闻金沟远，底事归郎许。不学杨白花，朝朝泪如雨。

①此首录自《乐府诗集》卷二六。今按：此题为张永《元嘉正声技录》相和十五曲之三。②步：《全唐诗》卷一九注"集作浦"。③幰：车帷。这里指有帘幔的车子。

江 南 曲^①

李商隐^②

郎船安两桨,侬舸动双桡。扫黛开宫额,裁裙约楚腰。乖期方积思,临醉欲挤娇^③。莫以采菱唱,欲羡秦^④台箫。

① 此首录自《乐府诗集》卷二六。今按:此题为张永《元嘉正声技录》相和十五曲之三。　② 李商隐(约813—858):字义山,号玉谿生,怀州河内(今河南沁阳)人。开成间进士,曾任县尉、秘书郎、东川节度使判官等职,其诗长于律、绝,构思精密,情致婉曲,富于文采。有《李义山诗集》。文集散佚,后人辑有《樊南文集》、《樊南文集补编》。　③ 娇:《乐府诗集》作"骄",据中华书局本校毛刻本改。④ 秦:《乐府诗集》作"奏",据《全唐诗》卷一九改。

蒿 里^①

贯 休^②

兔不迟,乌更急。但恐穆王八骏,著鞭不及。所以蒿里,坟出蕺蕺。气凌云天,龙腾凤集,尽为风消土吃,狐掇蚁拾。黄金不啼玉不泣,白杨骚屑,乱风愁月。折碑石人,莽秽榛没。牛羊窸窣,时见牧童儿,弄枯骨。

① 此首录自《乐府诗集》卷二七。今按:此题为张永《元嘉正声技录》相和十五曲之八。　② 贯休(832—912):五代前蜀画家、诗人。字德隐,一字德远,婺州兰溪(今属浙江)人。天复间入蜀,蜀主王建称其为"禅月大师"。善画罗汉,工草书,能诗,有《禅月集》。《全唐诗》录其诗十二卷。

江 南 曲^①

陆龟蒙^②

为爱江南春,涉江聊采苹。水深烟浩浩,空对双车轮。车轮明月团,车盖浮云盘。云月徒自好,水中行路难。遥遥洛阳道,夹道③生春草,寄语棹船郎,莫夸风浪好。

① 此首录自《乐府诗集》卷二六。今按:此题为张永《元嘉正声技录》相和十五曲之三。　② 陆龟蒙(?—约881):字鲁望,长洲(今江苏吴县)人。曾任苏、湖二郡从事,后隐居甫里,自号甫里先生、江湖散人。与皮日休齐名,时称"皮陆"。诗多写景咏物,有《甫里集》。《全唐诗》录其诗十四卷。　③ 道:《全唐诗》卷一九作"岸"。

江 南 曲①(五首)

陆龟蒙

其 一

鱼戏莲叶间,参差隐叶扇。鹨鹊鸍玛窥,潋滟无因见。

① 此五首录自《乐府诗集》卷二六。今按:《乐府诗集》正文作《江南曲五解》,目录作"五首",今从目录。

其 二

鱼戏莲叶东,初霞射红尾。傍临谢山侧,恰植清风起。

其 三

鱼戏莲叶西,盘盘舞波急。潜衣曲岸凉,正对斜光入。

其 四

鱼戏莲叶南,欹危午烟叠,光摇越鸟巢,影乱吴娃①楫。

① 吴娃:吴地美女。枚乘《七发》:"使先施、徵舒、阳文、段干、吴娃、闾娵、傅予之徒……嬿服而御。"李善注:"皆美女也。"

其 五

鱼戏莲叶北，澄阳动微涟。回看帝子渚，稍背鄂君船①。

① 鄂君船：楚王母弟鄂君子皙泛舟湖上，越女为之操舟，并作歌赞之。后因以鄂君船为与友人泛舟之典故。

陌 上 桑①

陆龟蒙

皓齿还如贝色②含，长眉亦似烟华贴③。邻娃尽著绣裆襦，独自提筐采蚕叶。

① 此首录自《乐府诗集》卷二八。今按：此题为张永《元嘉正声技录》相和十五曲之十五。 ② 色：《乐府诗集》注"一作光"。 ③ 贴：《乐府诗集》注"一作帖"。

江 南 曲①

罗 隐②

江烟湿雨鲛绡软，漠漠远山眉黛浅。水国多愁又有情，夜槽压酒银船满。绷丝采怨③凝晓空，吴王台榭春梦中。鸳鸯鸂鶒唤不起，平铺绿水眠东风。西陵路边月悄悄，油壁轻车嫁苏小④。

① 此首录自《乐府诗集》卷二六。今按：此题为张永《元嘉正声技录》相和十五曲之三。 ② 罗隐（833—910）：字昭谏，余杭（今属浙江）人，一作新城（今浙江富阳）人。初为镇海军节度使钱镠幕僚，后迁节度判官、给事中等职。有《罗隐集》。《全唐诗》录其诗十一卷。 ③ 绷丝采怨：《文苑英华》卷二一〇作"细丝摇柳"。《全唐诗》卷一九注"一作细柳摇烟"。 ④ 轻车嫁苏小：《全唐诗》注"集作香车苏小小"。

关山曲①（二首）

马　戴②

其　一

金锁耀兜鍪，黄云拂紫骝。叛羌旗下戮，陷壁夜中收。霜霰戎衣故③，关河碛气秋。箭疮殊未合，更遣击兰州。

① 此首录自《乐府诗集》卷二七。今按：此题《乐府诗集》正文作《度关山》，据其目录改。　② 马戴（生卒年不详）：字虞臣，华州（今陕西华县）人，一说定州曲阳（今河北曲阳）人。会昌间登进士第，大中初，太原李司空辟掌书记。以正言被斥为龙阳尉，咸通末佐大同军幕，以太学博士终。有《马戴集》。《全唐诗》录其诗二卷。　③ 故：《文苑英华》卷一九八作“月”。

其　二

火发龙山北，中宵易左贤。勒兵临汉水，惊雁散胡天。木落防河急，军孤受敌偏。犹闻汉皇怒，按剑待开边。

挽　歌①

赵微明②

寒日蒿上明，凄凄郭东路。素车谁家子，丹旐引将去。原下荆棘丛，丛边有新墓。人间痛伤别，此是长别处。旷野何③萧条，青松白杨树。

① 此首录自《乐府诗集》卷二七。　② 赵微明（生卒年不详）：天水（今甘肃）人。乐于苦学而淡于官爵，诗风质朴，近于元结。《全唐诗》存其诗三首。③ 何：《箧中集》作“多”。

采　桑①

郎大家宋氏②

春来南雁归，日去西蚕远。妾思纷何极，客游殊未返。

① 此首录自《乐府诗集》卷二八。　② 郎大家宋氏（生卒年不详）：唐代女诗人。天宝以前在世。善作乐府诗，其诗曾收入李康成《玉台后集》，列刘希夷前，可能为初唐时人。《全唐诗》录其诗五首。

采　桑①

李彦远②

采桑畏日高，不待春眠足。攀条有余愁③，那矜④貌如玉。千金岂不赠，五马空踯躅。何以变直性，幽篁雪中绿。

① 此首录自《乐府诗集》卷二八。　② 李彦远（生卒年不详）：《乐府诗集》作"李彦昉"，据《文苑英华》卷二〇八及《全唐诗》卷三一一改。其大致生活在大历至贞元间。《全唐诗》录其诗一首。　③ 愁：《全唐诗》作"态"。　④ 矜：《全唐诗》注"一作怜"。

吟叹曲

《古今乐录》曰，张永《元嘉正声技录》有吟叹四曲：一曰《大雅吟》，二曰《王明君》，三曰《楚妃叹》，四曰《王子乔》。唐乐府之吟叹曲，有《王明君》、《楚妃叹》、《王子乔》。

王　昭　君①

上官仪②

玉关春色晚，金河路几千。琴悲桂条上，笛怨柳花前。雾掩临妆月，风惊入鬓蝉。缄书待还使，泪尽白云天。

① 此首录自《乐府诗集》卷二九。今按：此题同张永《元嘉正声技录》吟叹四曲之二。　②上官仪（约608—664）：字游韶，陕州陕县（今属河南）人。贞观间进士。官弘文馆直学士、西台侍郎等职。后见恶于武则天，又被告发与废太子忠通谋，下狱死。其诗多应制、奉和之作，婉媚工整，时称"上官体"。又归纳六朝以来诗歌对仗方法，提出"六对"、"八对"之说，对律诗的形成颇有影响。《全唐诗》录其诗一卷。

王 昭 君①

卢照邻②

合殿恩中绝，交河使渐稀。肝肠辞③玉辇，形影向金微④。汉宫草应绿，胡庭沙正飞。愿逐三秋雁，年年一度归。

① 此首录自《乐府诗集》卷二九。　②卢照邻（约635—约689）：字升之，号幽忧子，幽州范阳（今河北涿县）人。曾任新都尉，后为风痹症所困，投颍水而死。与王勃、杨炯、骆宾王齐名，为"初唐四杰"之一。原有集，已散佚。后人辑有《幽忧子集》。　③辞：《文苑英华》卷二〇四作"随"。　④金微：中华书局本校记《搜玉小集》、《文粹》卷一二作"金徽"。金微，古山名。即今阿尔泰山。唐贞观年间，以铁勒卜骨部地置金微都督府，乃以此山得名。

王 昭 君①

骆宾王②

敛容辞豹尾③，缄怨度龙鳞。金钿明汉月，玉箸染胡尘。妆镜菱花暗，愁眉柳叶嚬。惟有清笳曲，时闻芳树春。

① 此首录自《乐府诗集》卷二九。　②骆宾王（约627—约684）：字观光，婺州义乌（今属浙江）人。曾任临海丞。后随徐敬业起兵反对武则天，兵败后下落不明。为"初唐四杰"之一。有《骆宾王文集》。　③豹尾：指豹尾车。用豹尾装

饰的车子,帝王属车之一。

王 昭 君①

沈佺期②

非君惜莺殿,非妾妒蛾眉。薄命由骄虏,无情是画师③。嫁来胡地恶④,不并汉宫时。心苦无聊赖,何堪上马辞。

① 此首录自《乐府诗集》卷二九。　② 沈佺期(约656—约713):字云卿,相州内黄(今属河南)人。上元间进士。官至太子少詹事。诗与宋之问齐名,并称"沈宋"。原有集,已散佚。明人辑有《沈佺期集》。《全唐诗》录其诗三卷。③ 画师:汉元帝时,后宫既多,不得常见,乃使画工图其形,案图召幸。宫人皆赂画师,昭君独不肯与。画师乃丑图之,遂不得见。后匈奴单于入朝,求美人为阏氏,帝按图以昭君行。及去召见,貌为后宫第一,帝悔之。(见《西京杂记》)④ 恶:《全唐诗》卷一九注"集作日"。

王 昭 君①(三首)

郭 震②

其 一

自嫁单于国,长衔汉掖悲。容颜日憔悴,有甚画图③时。

① 此三首录自《乐府诗集》卷二九。今按:此诗作者《乐府诗集》作"郭元振"。　② 郭震(656—713):字元振,魏州贵乡(今河北大名)人。咸亨进士。曾任凉州都督、安西大都护。工诗能文,不乏佳作,《全唐诗》录其诗一卷。　③ 画图:参见上首"画师"注。

其 二

厌践冰霜域,嗟为边塞人。思从漠①南猎,一见汉家尘。

① 漠:《乐府诗集》作"汉",据《全唐诗》卷六六改。

其　三

闻有南河信①，传闻杀画师②。始知君惠③重，更遣
画④峨眉。

① "闻有"句:《全唐诗》注"一作闻道河南使"。　② 杀画师:传说画师毛延
寿为帝所杀。　③ 惠:《全唐诗》及《搜玉小集》作"念"。　④ 遣画:《文苑英华》
卷二〇四作"复惜",《全唐诗》作"肯惜"。

王 子 乔①

宋之问

王子乔，爱神仙，七月七日上宾天，白虎摇瑟凤吹
笙，乘骑云气吸日精。吸日精，长不归，遗庙今在而人
非。空望山头草，草露湿君衣。

① 此首录自《乐府诗集》卷二九。今按:此题为张永《元嘉正声技录》吟叹四
曲之四。

明 君 词①

张文琮②

戒③途飞万里，回首望三秦。忽见天山雪，还疑上
苑春。玉痕垂泪粉④，罗袂拂胡尘。为得胡中曲，还悲
远嫁人。

① 此首录自《乐府诗集》卷二九。今按:题同吟叹曲之二《王明君》。
② 张文琮(生卒年不详):武城(今河北清河)人。贞观中为持书侍御史,出为建
州刺史。有集已佚。《全唐诗》录其诗六首。　③ 戒:《乐府诗集》作"我",据《全
唐诗》卷一九改。　④ 泪粉:《乐府诗集》注"一作粉泪"。

王昭君①

储光羲②

日暮惊沙乱雪飞，傍人③相劝易罗衣。强来前帐看歌舞，共待单于夜猎归。

① 此首录自《乐府诗集》卷二九。今按：题同吟叹曲之二《王明君》。
② 储光羲(707—约760)：兖州(今属山东)人，一说润州(今江苏镇江)人。开元间进士，官监察御史。曾在安禄山陷长安时受职，后被贬，死于岭南。原有集，已散佚。《全唐诗》录其诗四卷。　③ 傍人：指侍奉的人。

王昭君①

皎然②

自倚婵娟望主恩，谁知美恶忽相翻。黄金不买汉宫貌，青冢空埋胡地魂。

① 此首录自《乐府诗集》卷二九。今按：题同吟叹曲之二《王明君》。
② 皎然(生卒年不详)：唐诗僧。字清昼，本姓谢，为南朝宋谢灵运十世孙，湖州(今属浙江)人。诗多送别酬答之作，闲适简淡。有《皎然集》十卷，另有《诗式》、《诗议》、《诗评》等，《全唐诗》录其诗七卷。

王昭君①（三首）

东方虬②

其 一

汉道初③全盛，朝廷足武臣。何须薄命妾，辛苦远④和亲。

① 此首录自《乐府诗集》卷二九。今按：题同吟叹曲之二《王明君》。
② 东方虬(生卒年不详)：唐武后朝为左史、礼部员外郎。诗作多有风骨，《全唐诗》录其诗四首。　③ 初：《文苑英华》卷二〇四作"今"，《搜玉小集》作"方"。
④ 远：《搜玉小集》作"事"。

其 二

掩涕辞丹凤[①]，衔悲向白龙[②]。单于浪惊喜，无复旧时容。

① 丹凤：丹凤城、丹凤阙的省称，这里借指帝都、朝廷。 ② 白龙：白龙堆，又称"龙堆"，沙漠名，在新疆天山南路。这里借指胡地。

其 三

胡地无花草[①]，春来不似春。自然衣带缓，非是为腰身。

① "胡地"句：《文苑英华》作"塞外无青草"。

王 昭 君[①]

刘长卿[②]

自矜妖艳色，不顾丹青人。那知粉绘能相负，却使容华翻误身。上马辞君嫁骄虏，玉颜对人啼不语。北风雁急浮清[③]秋，万里独见黄河流。纤腰不复汉宫宠，双蛾长向胡天愁。琵琶弦中苦调多，萧萧羌笛声相和。可怜一曲传乐府，能使千秋伤绮罗。

① 此首录自《乐府诗集》卷二九。今按：题同吟叹曲之二《王明君》。
② 刘长卿（？—约785）：字文房，河间（今属河北）人。开元间进士，曾任长洲县尉，因事下狱，两遭贬谪，量移睦州司马，官终随州刺史。诗长于五言，善咏自然景物，有《刘随州诗集》。《全唐诗》录其诗五卷。 ③ 清：《乐府诗集》注"一作云"。《唐文粹》卷一二作"云"。

王 昭 君[①]

崔国辅

汉使南还尽，胡中妾独存。紫台[②]绵望绝，秋草不堪论。

① 此首录自《乐府诗集》卷二九。今按：题同吟叹曲之二《王明君》。

② 紫台：指帝王所居。

王 昭 君①

一回望月一回悲，望月月移人不移。何时②得见汉朝使，为妾传书斩画师。

① 此首录自《乐府诗集》卷二九。今按：《乐府诗集》此诗列于唐崔国辅诗之后、卢照邻诗之前，未载名氏，当为唐歌诗。　② 时：《乐府诗集》作"如"，据《全唐诗》卷一九改。

王 昭 君①（二首）

李 白

其 一

汉家秦地月，流影照②明妃。一上玉关道，天涯去不归。汉月还从东海出，明妃西嫁无来日。燕支长寒雪作花，蛾眉憔悴没胡沙。生乏黄金枉图画，死留青冢使人嗟。

① 此首录自《乐府诗集》卷二九。今按：此题《文苑英华》卷二〇四作《昭君怨》。　② 照：《乐府诗集》注"一作送"。

其 二

昭君拂玉鞍，上马啼红颊。今日汉宫人，明朝胡地妾。

明 君 词①

戴叔伦②

汉宫若远近，路在沙塞上。到死不得归，何人共南望。

① 此首录自《乐府诗集》卷二九。今按：题同吟叹曲之二《王明君》。　② 戴

叔伦(732—789):唐代诗人。字幼公,金坛(今属江苏)人。曾任抚州刺史、容州刺史,晚年上表自请为道士。明人辑有《戴叔伦集》。《全唐诗》录其诗二卷。

王 昭 君①(二首)

白居易

其 一

满面胡沙满鬓风,眉销残黛脸销红②。愁苦辛勤憔悴尽,如今却似画图中。

① 此二首录自《乐府诗集》卷二九。今按:题同吟叹曲之二《王明君》。
② 红:《乐府诗集》作"残",据《全唐诗》卷一九及毛刻本改。

其 二

汉使却回凭寄语,黄金何日赎娥眉。君王若问妾颜色,莫道不如宫里时。

明 君 词①

李 端

李陵初送子卿②回,汉月明明照帐来③。忆著长安旧游处,千门万户玉楼台。

① 此首录自《乐府诗集》卷二九。今按:题同吟叹曲之二《王明君》。此诗《全唐诗》卷二八六作《昭君词》。 ② 子卿:即苏武,字子卿。 ③ "汉月"句:《全唐诗》作"汉月明时惆怅来"。

楚 妃 叹①

张 籍

湘云初起江沉沉,君王遥在云梦林。江南雨多旌旗暗,台下朝朝春水深。章华殿前朝万②国,君心独自无终③极。楚兵满地能逐禽,谁用一身聘④筋力。西江若翻云梦中,麋鹿死尽应还宫。

① 此首录自《乐府诗集》卷二九。今按:此题为张永《元嘉正声技录》吟叹四曲之三。《张司业集》卷七作《楚妃怨》,《全唐诗》卷三八二作《楚妃叹》。② 万:《张司业集》作"下"。　③ 无终:《乐府诗集》作"终无",据《全唐诗》改。④ 聘:《乐府诗集》作"继",据《张司业集》改。

楚 妃 怨①

张　籍

梧桐叶下黄金井,横架辘轳牵素绠。美人初起天未明,手拂银瓶秋水冷。

① 此首录自《乐府诗集》卷二九。今按:此题为张永《元嘉正声技录》吟叹曲之三。

王 昭 君①

李商隐

毛延寿画欲通神,忍为黄金不为②人。马上琵琶行万里,汉宫长有隔生③春。

① 此首录自《乐府诗集》卷二九。今按:题同吟叹曲之二《王明君》。② 为:《全唐诗》卷五四〇作"顾"。　③ 生:《全唐诗》注"一作山"。

王 昭 君①（二首）

令狐楚②

其 一

锦车天外去,毳幕③云中开。魏阙苍龙远,萧关赤雁哀。

① 此二首录自《乐府诗集》卷二九。今按:题同吟叹曲之二《王明君》。
② 令狐楚(约766—837):唐代诗人。字殼士,敦煌(今属甘肃)人。贞元七年进士。唐宪宗时任中书舍人,敬宗时内为尚书仆射,外为诸镇节度。有《漆奁集》一三〇卷,已佚。   ③ 毳幕:亦作"毳幞"。游牧民族居住的毡帐。

其 二①

仙娥②今下嫁,骄子③自同和。剑戟归田尽,牛羊绕塞多。

① 此首《全唐诗》卷一九作张仲素诗。   ② 仙娥:指王昭君。   ③ 骄子:指单于。骄,《乐府诗集》作"嫡",据《全唐诗》改。

明 君 词①

陈 昭②

跨鞍今永诀,垂泪别亲宾。汉地行将远③,胡关逐望新。交河拥寒雾④,陇首暗沙尘。唯有孤明月,犹能远送人。

① 此首录自《乐府诗集》卷二九。今按:题同吟叹曲之二《王明君》。
② 陈昭(生卒年不详):生平事迹不详。《乐府诗集》将其列在唐张文琮之后,戴叔伦之前,当为唐人。又《文苑英华》卷二〇四作"阴铿"。   ③ 行将远:《文苑英华》作"随行尽"。   ④ 寒雾:《乐府诗集》作"塞路"。《诗纪》卷一〇六作"塞雾",据《文苑英华》改。

明 君 词①

王 偡②

北望单于日半斜,明君马上泣胡沙。一双泪滴黄河水,应得东流入汉家。

① 此首录自《乐府诗集》卷二九。今按:题同吟叹曲之二《王明君》。
② 王偡(生卒年不详):生活在天宝以前。其诗收入李康成《玉台后集》。《全唐

诗》录诗二首。

王 昭 君①

顾朝阳②

　　莫将铅粉匣，不用镜花光。一去边城路，何情③更画妆。影销胡地月，衣尽汉宫香。妾死非关命，只缘怨断肠。

　　① 此首录自《乐府诗集》卷二九。今按：题同吟叹曲之二《王明君》。② 顾朝阳(生卒年不详)：唐开元间诗人。《全唐诗》录其诗一首。　③ 情：《乐府诗集》作"清"，据毛刻本改。

王 昭 君①

董思恭②

　　琵琶马上弹，行路曲中难。汉月正南远，燕山直北寒。髻鬟风拂散③，眉黛雪沾残。斟酌红颜尽④，何⑤劳镜里看。

　　① 此首录自《乐府诗集》卷二九。今按：题同吟叹曲之二《王明君》。② 董思恭(生卒年不详)：唐代诗人。吴县(今苏州)人。初为右史，知考功举，后因预泄考题，配流岭表而死。其诗为时人所重，《全唐诗》录其诗十九首。③ 散：《乐府诗集》注"一作乱"。　④ 尽：《全唐诗》卷一九注"集作改"。⑤ 何：《文苑英华》卷二〇四作"徒"。

王 昭 君①

梁 献②

　　图画失天真，容华坐误人。君恩不可再，妾命在和亲。泪点关山月，衣销边塞尘。一闻阳鸟至，思绝汉宫春。

① 此首录自《乐府诗集》卷二九。今按：题同吟叹曲之二《王明君》。
② 梁献（生卒年不详）：唐代诗人。玄宗时，官仓部员外郎，能诗善赋，《全唐诗》存其诗一首。

四弦曲

蜀 国 弦①

李 贺

　　枫香晚华静，锦水南山影。惊石坠猿哀，竹云愁半岭。凉月生秋浦，玉沙鳞鳞②光。谁家红泪客，不忍过瞿塘。

① 此首录自《乐府诗集》卷三〇。　② 鳞鳞：《李贺集》卷一缺两字，明人补作"粼粼"。

平调曲

　　《古今乐录》曰："王僧虔《大明三年宴乐技录》，平调有七曲：一曰《长歌行》，二曰《短歌行》，三曰《猛虎行》，四曰《君子行》，五曰《燕歌行》，六曰《从军行》，七曰《鞠歌行》。"唐乐府相和歌辞之平调曲，《乐府诗集》辑录上列之外，又有《铜雀台》、《铜雀妓》、《铜雀怨》等新题。

从 军 行①（二首）

虞世南②

其 一

　　涂山烽候惊③，弭节度龙城。冀马楼兰将，燕犀上谷兵。剑寒花不落，弓晓月逾明。凛凛严霜节，冰壮黄河绝。蔽日卷征蓬，浮天散飞雪。全兵值月满，精骑乘胶折④。结发早驱驰，辛苦事旌麾。马冻重关冷，轮摧⑤九折危。独有西山将，年年属数奇。

① 此二首录自《乐府诗集》卷三三。今按：题为王僧虔《大明三年宴乐技录》平调七曲之六。　② 虞世南（558—638）：字伯施，越州余姚（今属浙江）人。官至秘书监，封永兴县子，人称"虞永兴"。善文辞，工书法，继承"二王"书法传统，外柔内刚，圆融遒丽。与欧阳询、褚遂良、薛稷并称唐初四大书法家。编有《北堂书钞》一百六十卷，为现存唐代著名类书。　③ 惊：《文苑英华》卷一九九作"警"。　④ 胶折：《汉书·晁错传》："欲立威者，始于折胶。"颜师古注引苏林曰："秋气至，胶可折，弓弩可用，匈奴常以为候而出军。"后因以"胶折"为宜于行军之时。　⑤ 摧：《乐府诗集》作"推"，据《文苑英华》及《全唐诗》卷三六改。

其　二

燋火①发金微，连营出武威。孤城寒云起，绝阵虏尘飞。侠客吸②龙剑，恶少缦胡衣。朝摩骨都③垒，夜解谷蠡④围。萧关远无极，蒲海⑤广难依。沙镫⑥离旌断，晴川候马归。交河梁已毕，燕山旆欲飞⑦。方知万里相，侯服有光辉。

① 燋火：报告敌情所举的烽火。燋，《全唐诗》作"烽"。　② 吸：疑当作"较"。　③ 骨都：汉时匈奴设官名骨都侯。冒顿单于设置，分左右，由异姓贵族担任，位在谷蠡王之下，是单于的辅政近臣。　④ 谷蠡：汉时匈奴设谷蠡王官职。《史记·匈奴列传》："置左右贤王，左右谷蠡王，左右大将，左右大都尉，左右大当户，左右骨都侯。"　⑤ 蒲海：即蒲类海。古湖泊，即今新疆东部巴里坤湖。⑥ 镫：疑为"磴"。　⑦ 飞：《全唐诗》作"挥"。

铜 雀 妓①（二首）

王 勃②

其 一

妾本深宫妓，曾城③闭九重。君王欢爱尽，歌舞为谁容。锦衾不复襞，罗衣谁再缝。高台西北望，流涕向青松。

① 此二首录自《乐府诗集》卷三一。今按：此题一曰《铜雀台》。　② 王勃（约650—约676）：字子安，绛州龙门（今属山西）人。曾任虢州参军。后往海南探父，因溺水受惊而死。与杨炯、卢照邻、骆宾王以文辞齐名，并称"初唐四杰"。其诗风格清新，其文《滕王阁序》最有名。原有集已佚，明人辑有《王子安集》。③ 曾城：指高大的城阙。唐·杜甫《成都府》诗："曾城填华屋，季冬树木苍。"

其 二

金凤邻铜雀，漳河望邺城。君王无处所，台榭若平生。舞筵纷可就，歌梁俨未顷。西陵松槚冷，谁见绮罗情。

从 军 行①

骆宾王

平生一顾念②，意气溢三军。野日分戈影，天星合剑文。弓弦抱汉月，马足践胡尘。不求生入塞，唯当死报君。

① 此首录自《乐府诗集》卷三三。今按：题为王僧虔《大明三年宴乐技录》平调七曲之六。　② 念：《乐府诗集》注"一作重"。

从 军 行①

刘希夷

秋来风瑟瑟，群胡马行疾。严城昼不开，伏兵暗相失。天子庙堂拜，将军玉门出。纷纷伊洛间，戎马数千②匹。军门压黄河，兵气冲白日。平生怀仗③剑，慷慨即④投笔。南登汉月孤，北走燕云密。近取韩彭计，早知孙吴术。丈夫清万里，谁能扫一室。

① 此首录自《乐府诗集》卷三三。今按：题为王僧虔《大明三年宴乐技录》平调七曲之六。　② 数千：《文苑英华》卷一九九作"几万"。　③ 仗：《乐府诗集》作"伏"，据《全唐诗》卷八二改。　④ 即：《乐府诗集》作"既"，据文义改。

铜 雀 妓①

沈佺期

昔年分鼎地，今日望陵台。一旦雄图尽，千秋遗令开。绮罗君不见，歌舞妾空来。恩共漳河水，东流无重回。

① 此首录自《乐府诗集》卷三一。

从 军 行①

李 颀②

白日登山望烽火，黄昏③饮马傍交河。行人刁斗风砂暗，公主瑟琶幽怨多。野营④万里无城郭，雨雪纷纷连大漠。胡雁哀鸣夜夜飞，胡儿眼泪双双落。闻道玉门犹被遮，应将性命逐轻车。年年战骨埋荒外，空见蒲萄入汉家。

① 此首录自《乐府诗集》卷三三。今按：题为王僧虔《大明三年宴乐技录》平调七曲之六。　② 李颀（690—751）：东川（今四川三台）人。开元间进士，曾任新乡县尉。所作边塞诗风格豪放，七言歌行尤具特色。有《李颀诗集》。　③ 黄昏：《乐府诗集》作"昏黄"，据《全唐诗》卷一三三改。　④ 营：《全唐诗》作"云"。

长 歌 行①

王昌龄②

旷野饶悲风，飕飕黄③蒿草。系马停④白杨，谁知我怀抱。所是同袍者，相逢尽衰⑤老。北⑥登汉家陵，南望长安道。下有枯树根，上有鼯鼠⑦窠。高皇子孙尽，千古无人过。宝玉频发掘，精灵其奈⑧何！人生须达命，有酒且长歌。

① 此首录自《乐府诗集》卷三〇。今按：题为王僧虔《大明三年宴乐技录》平调七曲之一。崔豹《古今注》曰："《长歌》、《短歌》，言人寿命长短，各有定分，不可妄求。"魏晋以降诗人此题则多为人生感慨也。　② 王昌龄（约690—约756）：字少伯，京兆长安（今属陕西）人。一作太原（今属山西）人。开元间进士，授汜水尉，出任江宁丞。晚年贬龙标尉。因世乱还乡，道出亳州，为刺史闾丘晓所杀。长于七绝，格调高昂，其《从军行》、《出塞》较有名。原有集，已佚。明人辑有《王昌龄集》。《全唐诗》录其诗四卷。　③ 黄：《乐府诗集》注"一作多"。《文苑英华》卷二〇三作"槁"。　④ 停：《文苑英华》作"依"。　⑤ 衰：《乐府诗集》注"一作哀"。　⑥ 北：《乐府诗集》作"况"，据《文苑英华》改。　⑦ 鼯鼠：《乐府诗集》作"鼹鼠"，据其注改。　⑧ 奈：《文苑英华》作"若"。

从 军 行①（四首）

王昌龄

其 一

向夕临大荒，朔风轸归虑。平沙万里余，飞鸟宿何处？虏骑猎长原，翩翩傍河去。边声摇白草，海气生黄雾。百战苦风尘，十年履霜露。虽投定远笔，未坐将军树。早知行路难，悔不理章句。

① 此四首录自《乐府诗集》卷三三。今按：题为王僧虔《大明三年宴乐技录》平调七曲之六。

其　二

烽火城西百尺楼，黄昏独上①海风秋。更吹横笛
关山月②，谁解③金闺万里愁！

　①　上：《河岳英灵集》卷中作"坐"。　②　关山月：汉乐府横吹曲名。　③　谁
解：《全唐诗》卷一四三作"无那"。

其　三

琵琶起舞换新声，总是关山旧别情。撩乱边愁弹
不尽，高高秋月照长城。

其　四

青海长云暗雪山，孤城遥望雁①门关。黄沙百战
穿金甲，不破楼兰终不还。

　①　雁：《乐府诗集》注"一作玉"。

猛 虎 行①

储光羲

寒亦不忧雪，饥亦不食人。人血②岂不甘，所恶伤
明神。太室为我宅，孟门为我邻。百兽为我膳，五龙
为我宾。蒙马一何威，浮江亦以仁。彩章耀朝日，牙
爪雄武臣。高云逐气浮，厚地随声振。君能贾余勇，
日夕长相③亲。

　①　此首录自《乐府诗集》卷三一。今按：题为王僧虔《大明三年宴乐技录》平
调七曲之三。　②　血：《文苑英华》卷二一〇作"肉"。　③　相：《乐府诗集》作
"于"，据《文苑英华》改。

从 军 行①

王 维②

吹角动行人，喧喧行人起。笳鸣马嘶乱，争渡金

河水。日暮沙漠垂,战声烟尘里。尽系名③王颈,归来报④天子。

　　① 此首录自《乐府诗集》卷三三。今按:题为王僧虔《大明三年宴乐技录》平调七曲之六。　　② 王维(701—761,一作698—759):字摩诘,原籍祁(今山西祁县),其父迁居于蒲州(今山西永济),遂为河东人。开元间进士,累官至给事中。安禄山军陷长安时曾受职,乱平后,降为太子中允。后官至尚书右丞,世称"王右丞"。晚年亦官亦隐。精绘画,兼通音乐。其诗描绘田园山水,极见功力,体物精细,状写传神,有独特成就。有《王右丞集》。《全唐诗》录其诗六卷。　　③ 名:《文苑英华》卷一九九作"番"。　　④ 报:《文苑英华》作"献"。

长 歌 行①

李　白

　　桃李得②日开,荣华照当年。东风动百物,草木尽欲言。枯枝无丑叶,涸水吐清泉。大力运天地,羲和无停鞭。功名不早著,竹帛将何宣。桃李务青春,谁能贯③白日。富贵与神仙,蹉跎成两失。金石犹销铄,风霜无久质。畏落日月后,强欢歌与酒。秋霜不惜人,倏忽侵蒲柳。

　　① 此首录自《乐府诗集》卷三〇。　　② 得:萧士赟本《李太白诗》卷六作"待"。　　③ 贯:王琦注《李太白文集》作"赍"。

短 歌 行①

李　白

　　白日何短短,百年苦已满。苍穹浩茫茫,万劫太极长。麻姑垂两鬓,一半已成霜。天公见玉女,大笑亿千场。吾欲揽六龙,回车挂扶桑。北斗酌美酒,劝龙各一觞。富贵非所愿,为人驻颓光②。

① 此首录自《乐府诗集》卷三〇。今按:题为王僧虔《大明三年宴乐技录》平调七曲之二。《文苑英华》卷二〇三作《短歌》。 ② "为人"句:《乐府诗集》注"一作与人驻流光"。《李太白诗》卷五作"与人驻颜光"。

猛 虎 行①

李 白

　　朝②作猛虎行,暮③作猛虎吟。肠断非关陇头水,泪下不为雍门④琴。旌旗⑤缤纷两河道,战鼓惊山欲倾倒。秦人半作燕地⑥囚,胡马翻衔洛阳草。一输一失关下兵,朝降夕叛幽蓟城。巨鳌未斩海水动,鱼龙奔走安得宁! 颇似楚、汉时,翻覆无定止。朝过博浪沙,暮入⑦淮阴市。张良未遇韩信贫,刘、项存亡在两臣。暂到下邳受兵略,来投漂母作主人。贤哲⑧栖栖⑨古如此,今时亦弃青云士。有策不敢犯龙鳞,窜身南国避胡尘。宝书长⑩剑挂⑪高阁,金鞍骏马散故人。昨日方为宣城客,掣铃交通二千石。有时六博快壮⑫心,绕床三匝呼一掷。楚人每道张旭奇,心藏风云世莫知。三吴邦伯多⑬顾眄,四海雄⑭侠皆相推⑮。萧、曹曾作沛中吏,攀龙附凤当⑯有时。溧阳酒楼三月春,杨花漠漠⑰愁杀人。胡人⑱绿眼吹玉笛,吴歌白纻飞梁尘。丈夫相见⑲且为乐,槌牛挝鼓会众宾。我从此去钓东海,得鱼笑寄情相亲。

① 此首录自《乐府诗集》卷三一。今按:题为王僧虔《大明三年宴乐技录》平调七曲之三。 ② 朝:《文苑英华》卷二一〇作"行"。 ③ 暮:《文苑英华》作"坐"。 ④ 雍门:指雍门子周,古之善琴者,亦称雍门子。《汉书·中山靖王刘胜传》:"雍门子壹微吟,孟尝君为之於邑。"颜师古注引张晏曰:"齐之贤者,居雍门,因以为号。" ⑤ 旌旗:《乐府诗集》注"一作旂旌"。 ⑥ 地:《乐府诗集》作"池",据《文苑英华》改。 ⑦ 入:《文苑英华》作"宿"。 ⑧ 哲:《文苑英华》作

"达"。　⑨ 栖栖:《文苑英华》作"凄凄"。宋本《李太白集》作"恓恓。"　⑩ 长:
《乐府诗集》注"一作玉"。　⑪ 挂:《文苑英华》作"束"。　⑫ 壮:《乐府诗集》注
"一作寸"。　⑬ 多:《乐府诗集》注"一作皆"。　⑭ 雄:《文苑英华》作"豪"。
⑮ 皆相推:《唐文粹》卷一三作"两追随"。　⑯ 当:《唐文粹》作"皆"。　⑰ 漠
漠:《唐文粹》及《文苑英华》均作"茫茫。"《乐府诗集》亦注"一作茫茫"。　⑱ 人:
《李太白诗》卷六作"雏"。　⑲ 相见:《乐府诗集》注"一作到处"。

从 军 行①（二首）

李 白

其 一

从军玉门道,逐虏金微山。笛奏《梅花曲》,刀开
明月环。鼓声鸣海上,兵气拥云间。愿斩单于首,长
驱静铁关②。

　① 此二首录自《乐府诗集》卷三三。今按:此题为王僧虔《大明三年宴乐技
录》平调七曲之六。　② 铁关:《唐书·地理志》:"自焉耆西五十里过铁门关。"
《释迦方志》:"铁门关左右石壁,其色如铁,铁固门扉悬铃尚在,即汉塞之西
门也。"

其 二

百战沙场碎铁衣,城南已合数重围。突营射杀呼
延将,独领残兵千骑归。

鞠 歌 行①

李 白

玉不自言如桃李,鱼目笑之卞和耻。楚国青蝇何
太多,连城白璧遭谗毁。荆山长号泣血人,忠臣死为
刖足鬼。听曲知宁戚,夷吾因小妻。秦穆五羊皮,买
死百里奚。洗拂青云上,当时贱如泥。朝歌鼓刀叟,

虎变蟠溪中。一举钓六合，遂荒营丘东。平生渭水曲，谁识②此老翁。奈何今之人，双目送飞③鸿。

① 此首录自《乐府诗集》卷三三。今按：题为王僧虔《大明三年宴乐技录》平调七曲之六。　② 识：《乐府诗集》注"一作数"。　③ 飞：《乐府诗集》作"征"，并注"一作飞"，据王琦注《李太白文集》卷四改。

从 军 行①（六首）

刘长卿

其 一

回看虏骑合，城下汉兵稀。白刃两相向，黄云愁不飞。手中无尺铁，徒欲突重围。

① 此六首录自《乐府诗集》卷三三。今按：题为王僧虔《大明三年宴乐技录》平调七曲之六。

其 二

落日更萧条，北风①动枯草。将军追虏骑，夜失阴山道。战败仍树勋，韩、彭但空老。

① 风：《乐府诗集》作"方"，据《唐文粹》卷一二及《全唐诗》卷一四八改。

其 三

草枯秋塞上，望见渔阳郭。胡马嘶一声，汉兵泪双落。谁为吮痈①者，此事今人薄。

① 吮痈：用嘴吸痈疽的脓血以祛毒。应劭《风俗通·正失·孝文帝》："及太中大夫邓通，以佞幸吮痈疡痕汁见爱，拟于至亲，赐以蜀郡铜山，令得铸钱。"后遂以"吮痈"为卑鄙媚上的典实。痈，《全唐诗》及《唐文粹》作"疮"。

其 四

目极雁门道，青青边草春。一身事征战，匹马同辛勤①。末路成白首，功归天下人。

① 辛勤：《全唐诗》及《唐文粹》作"苦辛"。

其 五

倚剑白日暮,望乡登戍楼。北风吹羌笛,此夜关山愁。回首不无意,滹河空自流。

其 六

黄沙一万里,白首无人怜。报国剑已折,归乡身幸全。单于古台下,边色寒苍然。

铜 雀 台①

刘长卿

娇爱更何日,高台空数层。含啼映双袖,不忍看西陵。漳河东流无复来,百花辇路为②苍苔。青楼月夜长寂寞,碧云日暮空徘徊。君不见邺中万事非昔时,古人何在今人悲。春风不逐君王去,草色年年旧宫路。宫中歌舞已浮云,空指行人往来处。

① 此首录自《乐府诗集》卷三一。　② 为:《唐文粹》卷一二作"唯"。

铜 雀 妓①

高 适②

日暮铜雀迥,幽声③玉座清。萧森松柏望,委④郁绮罗情。君恩不再重⑤,妾舞⑥为谁轻?

① 此首录自《乐府诗集》卷三一。　② 高适(约706—765):字达夫,沧州(今河北景县)人。少贫寒,客游河西,为哥舒翰书记。历任淮南节度使、彭州刺史,终散骑常侍。所作边塞诗较有名,《燕歌行》为其代表作。与岑参齐名,并称"高岑"。有《高常侍集》。《全唐诗》录其诗四卷。　③ 声:《乐府诗集》注"一作深"。　④ 委:《乐府诗集》作"姿",据《文苑英华》卷二〇四及《全唐诗》卷一九改。　⑤ 重:《文苑英华》作"得"。　⑥ 舞:《乐府诗集》作"无",据《文苑英华》及毛刻本改。

燕 歌 行①

高　适

　　汉家烟尘在东北，汉将辞家破残贼。男儿本自重横行，天子非常赐颜色。拟金伐鼓下榆关，旌旗②逶迤碣石间。校尉羽书飞瀚海，单于猎火照狼山。山③川萧条极边土，胡骑凭凌杂风雨。战士军前半死生，美人帐下犹歌舞！大漠穷秋塞草衰④，孤城落日斗兵稀。身当恩遇常轻敌，力尽关山未解围。铁衣远戍辛勤久，玉箸应啼别离后。少妇城南欲断肠，征人蓟北空回首。边风⑤飘飘那可度，绝域苍茫⑥更何⑦有。杀气三时⑧作阵云，寒声一夜传刁斗。相看白刃血⑨纷纷，死节从来岂顾勋。君不见沙场征战苦，至今犹忆李将军。

　　① 此首录自《乐府诗集》卷三二。今按：题为王僧虔《大明三年宴乐技录》平调七曲之五。《高常侍集》卷五："《燕歌行》并序：开元二十六年(738)，客有从元戎出塞而还者，作《燕歌行》以示适，感征戍之事，因而和焉。"　② 旗：《高常侍集》作"旆"。　③ 山：《乐府诗集》缺，据《高常侍集》补。　④ 衰：《高常侍集》作"腓"。　⑤ 风：《高常侍集》作"庭"。　⑥ 茫：《河岳英灵集》作"黄"。　⑦ 更何：《河岳英灵集》作"何所"。《高常侍集》作"无所"。《乐府诗集》注"一作无所"。⑧ 时：《乐府诗集》作"日"，据《高常侍集》改。　⑨ 血：《高常侍集》作"雪"。

燕 歌 行①

陶　翰②

　　请君留楚调，听我吟燕歌。家在辽水头，边风意气多。出身为汉将，正值戎未和。雪中凌天山，冰上渡交河。大小百余战，封侯竟蹉跎。归来霸陵下，故旧无相过。雄剑委尘匣，空门唯雀罗。玉簪还赵女③，宝瑟④付齐娥。昔日不为乐，时哉今奈何。

① 此首录自《乐府诗集》卷三二。今按：题为王僧虔《大明三年宴乐技录》平调七曲之五。　②陶翰（生卒年不详）：润州丹阳（今属江苏）人。开元间进士。以《冰壶赋》而得名。官礼部员外郎。诗笔两擅。今存诗十七首，载于《全唐诗》。③ 女：《河岳英灵集》卷上作"妹"。　④ 宝瑟：《河岳英灵集》卷上作"瑶琴"。

短　歌　行①（六首）

顾　况②

其　一

城边路，今人犁田昔人墓。岸上沙，昔时江水今人家。今人昔人共长叹，四气相催节回换。明月皎皎入华池，白云离离度清汉③。

① 此六首录自《乐府诗集》卷三〇。今按：《全唐诗》卷二六五作《悲歌》。有序云："情思发动，圣贤所不免也，故师乙陈其宜，延陵审其音，理乱之所经，王化之所兴，信无逃于声教，岂徒文采之丽耶，遂作歌以悲之。"是为六首。《唐文粹》卷十四作《悲歌》三首，以"城边"、"我欲"两首合为一首，又以"新系"、"何处"、"临春风"三首合为一首。又，此题为王僧虔《大明三年宴乐技录》平调七曲之二。
② 顾况（约725—约814）：字逋翁，海盐（今属浙江）人。至德间进士，曾官著作郎，以嘲诮当朝权贵，被劾贬饶州司户，后隐居茅山，自号华阳真逸。善画山水。其诗平易流畅，比较注意反映当时的社会矛盾。原有集，已散佚。明人辑有《华阳集》。《全唐诗》录其诗四卷。　③ 清汉：《全唐诗》作"霄汉"。指天河。

其　二

我欲升天天隔霄，我思渡水水无桥。我欲上山山路险，我欲汲井井泉遥。越人翠被今何夕，独立沙边江草碧。紫燕西飞欲寄书，白云何处逢来①客。

① 逢来：《全唐诗》注"一作蓬莱"。

其　三

新系青丝百尺绳，心在君家辘轳上。我心皎洁君不知，辘轳一转一惆怅。

其 四

何处春风吹晓幕，江南绿①水通朱阁。美人二八
面②如花，泣向东风③畏花落。

① 绿：《全唐诗》作"渌"。　② 面：《文苑英华》卷二〇三作"颜"。　③ 东：
《全唐诗》作"春"。

其 五

临春风，听春鸟，别时多，见时少。愁人夜永不得
眠①，瑶井②玉绳相向③晓。

①"愁人"句：《乐府诗集》注"一作愁人一夜不得眠"。　② 瑶井：星座名，即
玉井。　③ 向：《全唐诗》作"对"。

其 六

轩辕黄帝初得仙，鼎湖一去三千年。周流三十六
洞天，洞中日月星辰连。骑龙驾景游八极，轩辕弓剑
无人识，东海青童①寄消息。

① 青童：即青童君，亦称"青童大君"。我国神话传说中的仙人，居东海。

苦 哉 行①（五首）

戎　昱②

其 一

彼鼠侵我厨，纵狸授粱肉。鼠虽为君却，狸食自
须足。冀雪大国耻，翻是大国辱。膻腥逼绮罗，砖瓦
杂珠玉。登楼非骋望，目笑是心哭。何意天乐中，至
今奏胡曲。

① 此五首录自《乐府诗集》卷三三。今按：题同《从军行》。晋陆机《从军行》
有"苦哉远征人"句，盖苦天下征伐也。《苦哉行》题出于此也。　② 戎昱（744—
800）：荆南（今湖北江陵）人。早年试进士不第，漫游荆南及湘、黔间。卫伯玉镇
荆南，辟为从事。曾任辰州刺史、虔州刺史。后客居剑南、陇西。其部分作品能
反映社会生活，忧念时事，较为突出。有《戎昱诗集》。《全唐诗》录其诗一卷。

其 二

官军收洛阳，家住洛阳里。夫婿与兄弟，目前见伤死。吞声不许哭，还遣衣罗绮。上马随匈奴，数秋黄尘里。生为名家女，死作塞垣鬼。乡国无还期，天津哭流水。

其 三

登楼望天衢，目极泪盈睫。强笑无笑容，须妆旧花靥①。昔年买奴仆，奴仆来碎叶。岂意未死间，自为匈奴妾。一生忽至此，万事痛苦业。得出塞垣飞，不如彼蜂蝶。

① 靥:《乐府诗集》作"压"，据《全唐诗》卷一九改。

其 四

妾家青河边，七叶承貂蝉①。身为最小女，偏得浑家怜。亲戚不相识，幽闺十五年。有时最远出，祇到中门前。前年狂胡来，惧死翻生全。今秋官军至，岂意遭戈铤。匈奴为先锋，长鼻黄发拳。弯弓猎生人，百步牛羊羶。脱身落虎口，不及归黄泉。苦哉难重陈，暗哭苍苍天。

① 貂蝉:貂尾和附蝉，汉代侍中、常侍等贵近之臣的冠饰，这里代指侍中、常侍之类的显贵大臣。《汉书·刘向传》:"今王氏一姓乘朱轮华毂者二十三人，青紫貂蝉，充盈幄内。"

其 五

可汗奉亲诏，今月归燕山。忽如乱刀剑，揽妾心肠间。出户望北荒，迢迢玉门关。生人为死别，有去无时还。汉月割妾心，胡风凋妾颜。去去断绝魂，叫天天不闻。

从 军 行[①]

戎 昱

　　昔从李都尉，双鞬照马蹄。擒生黑山北，杀敌黄云西。太白沉虏地，边草复萋萋。归来邯郸市，百尺青楼梯。感激然诺重，平生胆力齐。芳筵暮歌发，艳纷轻鬢低。半醉秋风起，铁骑门前嘶。远戍报烽火，孤城严鼓鼙。挥鞭望尘去，少妇莫含啼。

　　① 此首录自《乐府诗集》卷三三。今按：题为王僧虔《大明三年宴乐技录》平调七曲之六。

铜 雀 妓[①]

刘 商[②]

　　魏主矜蛾眉，美人美于玉。高台无昼夜，歌舞竟未足。盛色如转圜，夕阳落深[③]谷。仍令身殁后，尚足平生欲。红粉横泪痕，调弦空向屋[④]。举头君不在，唯见西陵木。玉辇岂再来，娇鬢为谁绿[⑤]？那堪秋风里，更舞阳春曲！曲终[⑥]情不胜，阑干向西哭。台边生野草，来去胸罗縠。况复陵寝间，双双见麋鹿。

　　① 此首录自《乐府诗集》卷三一。　② 刘商（生卒年不详）：字子夏，彭城（今江苏徐州）人。大历间进士。曾任礼部郎中、汴州观察判官等职。工诗，长于歌行。性格高迈，好道术。有《刘虞部集》。《全唐诗》录其诗二卷。　③ 深：《乐府诗集》注“一作空”。　④ 空向屋：元刻本作“向空屋”。　⑤ 绿：乌黑发亮的颜色，一般用于形容鬢发。唐李商隐《戏题枢言草阁三十二韵》：“年颜各少壮，髪绿齿尚齐。”　⑥ 终：《乐府诗集》注“一作罢”。

铜雀台①

贾 至②

　　日暮铜雀静,西陵乌雀归。抚弦心断绝,听管泪霏霏③。灵机临朝奠,空床卷夜④衣。苍苍川上月,应照妾魂飞。

　　① 此首录自《乐府诗集》卷三一。　　② 贾至(718—772):字幼邻,洛阳(今属河南)人。玄宗时知制诰,历中书舍人。代宗时历官右散骑常侍。有《贾至集》,已佚。《全唐诗》录其诗一卷。　　③ 霏霏:《文苑英华》卷二〇四作"霏微"。④ 夜:《文苑英华》作"寝"。

燕 歌 行①

贾 至

　　国之重镇惟幽都,东威九夷北制胡②。五军③精卒三十万,百战百胜擒单于。前临滹沱后④沮⑤水,崇山沃野亘千里。昔时燕王重贤士,黄金筑台从隗始。倏忽兴王定蓟丘,汉家又以封王侯。萧条魏晋为横流,鲜卑窃据朝五州。我唐区夏余十纪,军容武备赫万祀。彤弓黄钺授元帅,垦耕大漠为内地。季秋胶折边草腓,治兵羽猎因出师。千营万队连旌旗,望之如火忽雷⑥驰。匈奴慑窜穷发北,大荒万里无尘飞。隋⑦家昔为天下宰,穷兵黩武征辽海。南风不竞多死声,鼓卧旗折黄云横。六军将士皆死尽,战马空鞍归故营。时迁道革天下平,白环入贡沧海清。自有农夫已高枕,无劳校尉重横行。

　　① 此首录自《乐府诗集》卷三二。今按:题为王僧虔《大明三年宴乐技录》平调七曲之五。　　② 北制胡:《乐府诗集》作"制北胡",据《全唐诗》卷二三五改。③ 五军:古代军制。春秋时晋有上军、中军、下军、新上军、新下军,共称五军。汉代有前、后、中、左、右五营军队之称。后泛指朝廷的军队。　　④ 后:《全唐诗》

注"一作阻"。　⑤沮：《全唐诗》作"易"。　⑥雷：《乐府诗集》注"一作电"。《全唐诗》作"电"。　⑦隋字前《全唐诗》有"君不见"三字。

短 歌 行①

张　籍

青天荡荡高且虚，上有白日无根株。流光暂出还入地，催我少年不须臾。与君相逢不②寂寞，衰老不复如今乐。玉卮盛酒置君前，再拜愿君千万年。

①此首录自《乐府诗集》卷三〇。今按：题为王僧虔《大明三年宴乐技录》平调七曲之二。　②不：《张司业集》卷七作"勿"。《乐府诗集》作"忽"，据《全唐诗》卷一九改。

猛 虎 行①

张　籍

南山北山树冥冥，猛虎白日绕村②行。向晚一身当道食，山中麋鹿尽无声。年年养子在深谷，雌雄上山③不相逐。谷中近窟有山村④，长向村家取黄犊。五陵年少不敢射，空来林下看行迹。

①此首录自《乐府诗集》卷三一。今按：题为王僧虔《大明三年宴乐技录》平调七曲之三。　②村：《乐府诗集》作"林"，据《文苑英华》卷二一〇改。　③山：《文苑英华》作"下"。　④村：《乐府诗集》作"林"，据《文苑英华》改。

置 酒 行①

李　益

置酒命所欢，凭觞遂为戚。日往不再来，兹辰坐成昔。百龄非长久，五十将半百。胡为劳我形，已须还复白。西山鸾鹤群②，矫矫烟雾翻。明霞③发金丹，阴洞潜水碧。安得凌风羽，崦嵫驻灵魄。兀④然坐衰老，惭叹东陵柏。

　　① 此首录自《乐府诗集》卷三一。今按：题同《置酒高堂上》。南朝宋孔欣《置酒高堂上》曰"置酒宴友生，高会临疏棋"，因以为题也。　　② 群：《乐府诗集》作"顾"，据《全唐诗》改。　　③ 霞：《全唐诗》注"一作诀"。　　④ 兀：《全唐诗》作"无"。

从军有苦乐行①

李　益

　　劳者且勿歌，我欲送君觞。从军有苦乐，此曲乐未央。仆本居②陇上，陇水断人肠。东过秦宫路，宫路入咸阳。时逢汉帝出，谏猎至长杨。讵驰游侠窟，非结少年场。一旦承嘉惠，轻命重恩光。秉笔参帷帘，从军至朔方。边地多阴风，草木自凄凉。断绝海云去，出没胡沙长。参差引雁翼，隐辚腾军装。剑文夜如水，马汗冻成霜。侠气五都少，矜功六郡良。山河起目前，睚眦死路傍。北逐驱獯虏，西临复旧疆。昔还赋余资，今出乃赢粮。一矢弢③夏服，我弓不再张。寄言丈夫雄，苦乐身自当。

　　① 此首录自《乐府诗集》卷三三。郭茂倩解引魏王粲《从军行》曰："从军有苦乐，但问所从谁。"因以为题也。　　② 居：《乐府诗集》注"一作起"。　　③ 弢：《乐府诗集》作"致"，据《文苑英华》卷一九九改。

从 军 行①（五首）

皎　然

其　一

　　侯骑出纷纷，元戎霍冠军。汉鞞秋聒地，羌火昼烧云。万里戍②城合，三边羽檄分。乌孙驱未尽，肯顾辽阳勋。

① 此五首录自《乐府诗集》卷三三。今按：题为王僧虔《大明三年宴乐技录》平调七曲之六。　② 戍：《乐府诗集》作"戎"，据《全唐诗》卷一九改。

其　二

汉斾拂丹霄，汉军新破辽。红尘驱卤簿，白羽拥嫖姚。战苦军犹乐，功高将不骄。至今丁令塞，朔吹空萧萧。

其　三

百万逐呼韩，频年不解鞍。兵屯绝漠①暗，马饮浊河干。破虏功未录，劳师力已殚。须防肘腋下，飞祸出无端。

① 漠：《乐府诗集》作"汉"，据《全唐诗》改。

其　四

飞将下天来，奇谋阃外裁。水心①龙剑动，地肺雁山开。望气燕师锐，当锋虏阵摧。从今射雕骑，不敢过云堆。

① 水心：即水心剑。传说中的宝剑名。南朝梁吴均《续齐谐记·曲水》："秦昭王三月上巳置酒河曲，见金人自河而出奉水心剑，曰：'令君制有西夏。'及秦霸诸侯，乃因此处立为曲水。"

其　五

黄纸君王诏，青泥校尉书。誓师张虎落，选将摲犀渠。雾①暗津蒲②失，天寒塞柳疏。横行十万骑，欲扫虏尘余。

① 雾：《乐府诗集》作"露"，据《全唐诗》改。　② 蒲：《乐府诗集》作"浦"，据《全唐诗》卷一九注改。

短 歌 行①

皎 然

古人若不死,吾亦有②所悲。萧萧烟雨九原上,白杨青松葬者谁。贵贱同一尘,死生同一指。人生在世③共如此,何异浮云与流水。短歌行,短歌无穷日已倾。邺宫梁苑徒有名,春草秋风伤我情。何为不学金仙④侣,一悟空王⑤无死生。

① 此首录自《乐府诗集》卷三〇。今按:题为王僧虔《大明三年宴乐技录》平调七曲之二。　② 有:疑当作"何"。　③ 在世:《文苑英华》卷二〇三作"万代"。④ 金仙:指佛。唐李白《与元丹丘方城寺谈玄作》诗:"朗悟前后际,始知金仙妙。"王琦注:"金仙,谓佛。"　⑤ 空王:佛的尊称。佛说世界一切皆空,故称"空王"。

铜 雀 妓①

皎 然

强开樽酒向陵看,忆得君王旧日欢。不觉余歌悲自断,非关艳曲转声难。

① 此首录自《乐府诗集》卷三一。今按:题同《铜雀台》。

从 军 行①

卢 纶②

二十在边城,军中得勇名。卷旗收败马,断碛拥残兵。覆阵乌鸢起,烧山草木明③。塞间思远猎,师老厌分营。雪岭无人迹,冰河足④雁声。李陵甘此没,惆怅汉公卿。

① 此首录自《乐府诗集》卷三三。今按:题为王僧虔《大明三年宴乐技录》平调七曲之六。　② 卢纶(约737—约799):字允言,河中蒲(今山西永济)人。为

"大历十才子"之一。曾在河中任元帅府判官,官至检校户部郎中。诗多送别酬答之作,也有反映军旅生活的作品,《塞下曲》较有名。有《卢纶集》,《全唐诗》录其诗五卷。　③ 明:《乐府诗集》注"一作鸣"。　④ 足:《乐府诗集》注"一作有"。

铜 雀 台①

郑 愔②

日斜漳浦望,风起邺台寒。玉座平生晚,金樽妓吹阑。舞余依帐泣,歌罢向陵看。萧索松风暮,愁烟入井栏。

① 此首录自《乐府诗集》卷三一。　② 郑愔(? —710):沧州(今属河北)人。字文靖,年十七擢进士第。武后时张易之兄弟荐为殿中侍御史。易之败,愔被贬宣州司户,继而附武三思,累迁吏部侍郎。后坐事谋逆,被诛。《全唐诗》录其诗一卷。

短 歌 行①

王 建

人初生,日初出,上山迟,下山疾。百年三万六千朝,夜里分将强半日。有歌有舞须②早为,昨日健于今日时。人家见生男女好,不知男女催人老。短歌行,无乐声。

① 此首录自《乐府诗集》卷三〇。今按:题为王僧虔《大明三年宴乐技录》平调七曲之二。　② 须:《乐府诗集》作"闻"。《全唐诗》卷一九作"闲",注"闲当作须",据此改。

从 军 行①

王 建

汉军逐单于,日没处②河曲。浮云道傍起,行子车下宿。枪城围鼓角，毡帐依山谷。马上悬壶浆，刀头分顿肉。来时高堂上，父母亲结束。回③首不见家，风吹破衣服。金疮生肢节，相与拔④箭镞。闻道西凉州，家家妇人哭。

① 此首录自《乐府诗集》卷三三。今按：题为王僧虔《大明三年宴乐技录》平调七曲之六。　② 处：疑当作"交"。　③ 回：《乐府诗集》注"一作面"。
④ 拔：《乐府诗集》注"一作取"。

猛 虎 行①

韩 愈②

猛虎虽云恶，亦各有匹俦。群行深谷间，百兽望风低。身食黄熊父，子食赤豹麛。择肉于熊罴，肯视兔与狸。正昼当谷眠，眼有百步威。自矜无当对，气性纵以乖。朝怒杀其子，暮还飧③其妃。匹俦四散走，猛虎还孤栖。狐鸣门四旁，乌鹊从噪之。出逐猴④入居，虎不知所归。谁云猛虎恶，中路正悲啼。豹来衔其尾，熊来攫其颐。猛虎死不辞，但惭前所为。虎坐⑤无助死，况如汝细微。故当结以信，亲当结以私。亲故且不保，人谁信汝为！

① 此首录自《乐府诗集》卷三一。今按：题为王僧虔《大明三年宴乐技录》平调七曲之三。　② 韩愈（768—824）：字退之，河阳（今河南孟县南）人。贞元间进士，任监察御史，以事贬为阳山令。赦还后，任国子博士、刑部侍郎等职，又因谏阻迎佛骨事，贬为潮州刺史，后官至吏部侍郎卒。其文章气势雄健，为"唐宋八大家"之首。其诗力求新奇，以文入诗，对宋诗影响颇大。与柳宗元倡导古文运动，改革文风，反对骈偶，提倡散体。有《昌黎先生集》，《全唐诗》录其诗十卷。
③ 飧：《乐府诗集》注"一作食"。　④ 猴：《乐府诗集》注"一作雅"。　⑤ 坐：《乐府诗集》作"咒"，据《全唐诗》卷一九改。

短 歌 行①（二首）

白居易

其 一

瞳瞳太阳如火色，上行千里下一刻。出为白昼入
为夜，圜转如珠住不得。住不得，可奈何！为君举酒
歌短歌。歌声苦，词亦苦，四座少年君听取。今夕未
竟明夕催，秋风才住春风回。人无根蒂时不驻，朱颜
白日相瀺颓。劝君且强笑一面，劝君复强饮一杯。人
生不得长欢乐，年少须臾老到来。

① 此二首录自《乐府诗集》卷三〇。今按：题为王僧虔《大明三年宴乐技录》
平调七曲之二。

其 二

世人求富贵，多为身①嗜欲。盛衰不自由，得失常
相逐。问君少年日，苦学将干禄。负笈尘中游，抱书
雪前读②。布衾不周体，藜茄才充腹。三十登宦途，五
十被朝服。奴温已③挟纩，马肥初食粟。未敢议欢游，
尚为名捡束。耳目聋暗后，堂上调丝竹。牙齿缺落
时，盘中堆酒肉。彼来此已去，外余中不足。少壮与
荣华，相避如寒燠。青云去地远，白日经④天速。从古
无奈何，短歌听一曲。

① 身：《全唐诗》卷一九注"一作奉"。 ② 读：《乐府诗集》作"宿"，据《文苑
英华》卷二〇三改。 ③ 已：《文苑英华》作"新"。 ④ 经：《乐府诗集》作"终"，
据《文苑英华》改。

长歌续短歌①

李 贺

长歌破衣襟，短歌断白发。秦王不可见，旦夕成
内热。渴饮壶中酒，饥拔陇头粟。凄凄四月阑②，千里

一时绿。夜峰何离离,明月落石底。徘徊沿石寻,照出高峰外。不得与之游,歌成鬓先改。

① 此首录自《乐府诗集》卷三一。今按:《乐府诗集》将此首列入平调曲。

② 阑:《乐府诗集》作"兰",据《全唐诗》卷三九一改。

猛 虎 行①

李 贺

长戈莫舂,强弩莫抨②,乳孙哺子,教得生狞。举头为城,掉尾为旌。东海黄公,愁见夜行。道逢驺虞,牛哀不平。何③用尺刀,壁上雷鸣。泰山之下,妇人哭声。官家有程,吏不敢听。

① 此首录自《乐府诗集》卷三一。今按:题为王僧虔《大明三年宴乐技录》平调七曲之三。　② 抨:《乐府诗集》作"烹",据《文苑英华》卷二一〇及《李贺歌诗编》卷四改。　③《乐府诗集》"何"之前有一"生"字,据《文苑英华》、《李贺歌诗编》及《唐文粹》卷一三删。

铜 雀 妓①

李 贺

佳人一壶酒,秋容满千里。石马卧新烟,忧来何所似②。歌声且潜弄,陵树风自起。长裙压高台,泪眼看花机。

① 此首录自《乐府诗集》卷三一。　② 似:《乐府诗集》作"歌",据《全唐诗》卷一九、元刻本、毛刻本改。

铜 雀 妓①

乔知之②

金阁惜分香,铅华不重妆。空余歌舞地,犹是为君王。哀弦调已绝，艳曲不须③长。共看西陵暮，秋烟生④白杨。

① 此首录自《乐府诗集》卷三一。　② 乔知之(?—约690)：唐代诗人。冯翊(今陕西大荔)人。有俊才。武后时累除右补阙，迁左司郎中。有侍婢曰窈娘，美丽善歌舞，为武承嗣所夺，知之怨惜，因作《绿珠篇》以寄情，密送与婢，婢感愤自杀，承嗣大怒，诛之。《全唐诗》录其诗十八首。　③ 不须：《全唐诗》卷八一注"一作亦何"。　④ 生：《全唐诗》作"起"。

从 军 行①

乔知之

南庭结白露，北风扫黄叶。此时鸿雁来，惊鸣催思妾。曲房理针线，平砧捣文练。鸳绮裁易成，龙乡信难见。窈窕九重闺，寂寞十年啼。纱窗白云宿，罗幌月光栖。云月晓微微，愁思②流黄机。玉霜冻珠履，金吹薄罗衣。汉家已得地，君去将何事？宛转结蚕书，寂寞无雁使。生平贺③恩信，本为容华进。况复落红颜，蝉声催绿鬓。

① 此首录自《乐府诗集》卷三三。今按：此题为王僧虔《大明三年宴乐技录》平调七曲之六。　② 愁思：《全唐诗》卷八一作"夜上"。　③ 贺：当作"荷"。

从 军 行①（五首）

令狐楚

其 一

荒鸡②隔水啼，汗马逐风嘶。终日随旌旆，何时罢鼓鼙？

① 此五首录自《乐府诗集》卷三三。今按：题为王僧虔《大明三年宴乐技录》平调七曲之六。　② 荒鸡：指三更前啼叫的鸡。古人以其鸣为恶声，主不祥。

其 二

孤心眠夜雪，满眼是秋沙。万里犹防塞，三年不见家。

其 三

却望冰河阔，前登雪岭高。征人几多在，又拟战临洮。

其 四

胡风千里惊，汉月五更明。纵有还家梦，犹闻出塞声①。

① 声：《乐府诗集》作"身"，并注"一作声"。《全唐诗》卷一九作"声"。据此改。

其 五

暮雪连青海，阴云覆白山。可怜班定远①，出入玉门关！

① 班定远：即班超。东汉名将，曾平定西域，任西域都护，后封定远侯。

铜 雀 妓①

朱 放②

恨唱歌声咽，愁翻舞袖迟。西陵日欲暮，是妾断肠时。

① 此首录自《乐府诗集》卷三一。 ② 朱放(？—约788)：字长通，襄阳(今属湖北)人。隐居剡溪，贞元初召为拾遗，弃任不就。《全唐诗》录其诗一卷。

从 军 行①(三首)

王 涯②

其 一

旌③甲从军久，风云识阵难。今朝韩信计，日下斩成安。

① 此三首录自《乐府诗集》卷三三。今按：题为王僧虔《大明三年宴乐技录》平调七曲之六。此首作者《乐府诗集》作"王维"，据《全唐诗》卷一九改。　② 王涯（约763—835）：字广津，太原（今属山西）人。贞元间进士。历仕德宗、顺宗、宪宗、穆宗、敬宗、文宗六朝，曾任宰相、盐铁转运使、江南榷茶使等职。甘露之变，被宦官仇士良等所杀。有《王涯集》，已佚。《全唐诗》录其诗一卷。　③ 旌：《全唐诗》注"集作戈"。

其　二

燕颔①多奇相，狼头敢犯边。寄言班定远，正是立功年。

① 燕颔：指有封侯之相。东汉名将班超自幼即有立功异域之志，相士说他"燕颔虎颈"，有封"万里侯"之相。后奉命出使西域，官至西域都护，封定远侯。

其　三

旌头夜落捷书飞，来奏金门著赐衣。白马将军频破敌①，黄龙戍卒几时归。

① 敌：《乐府诗集》作"镝"，据《全唐诗》改。

铜　雀　妓①

欧阳詹②

萧条登古台，回首黄金屋。落叶不归林，高陵永为谷。妆容徒自丽，舞态阅谁目。惆怅缥帷前③，歌声苦于哭。

① 此首录自《乐府诗集》卷三一。　② 欧阳詹（约757—802）：唐代诗人。字行周，泉州晋江（今属福建）人。贞元间与韩愈、李观等联第，对称龙虎榜。与韩愈同为博士。詹事父母孝，与朋友善，其文章切深，有《欧阳行周集》。《全唐诗》录其诗一卷。　③ "惆怅"句：《文苑英华》卷二〇四注"一作呜咽练帷前"。

从军行①

张祜②

少年金紫就光辉,直指边城虎翼飞。一卷旌③收千骑虏,万全身出百重围④。黄云断塞寻鹰去,白草连天射雁归。白首汉廷刀笔吏,丈夫功业本相依。

① 此首录自《乐府诗集》卷三三。今按:题为王僧虔《大明三年宴乐技录》平调七曲之六。　② 张祜(约792—约853):字承吉,清河(今属河北)人。以宫词得名。长庆中令狐楚表荐之,辟诸侯府,自劾去。尝游淮南,爱丹阳曲阿地,筑室卜隐。有《张祜诗集》。《全唐诗》录其诗二卷。　③ 旌:《乐府诗集》注"一作施"。　④ 重围:《乐府诗集》作"围重",据毛刻本改。

苦哉远征人①

鲍溶②

征人歌古曲,携手上河梁。李陵死别处,杳杳玄冥乡。忆昔从此路,连年征鬼方。久行迷汉历,三洗毡衣裳。百战身且在,微功信难忘。远承云台议,非势孰敢当。落日吊李广,白首③过河阳。闲弓失月影,劳剑无龙光。去日姑束发,今来发成霜。虚名乃闲事,生见父母乡。掩抑《大风歌》,徘徊少年场。诚哉古人言,鸟④尽良弓藏。

① 此首录自《乐府诗集》卷三三。郭茂倩解引晋陆机《从军行》曰:"苦哉远征人,飘飘穷四遐。"宋颜延年《从军行》曰:"苦哉远征人,毕力干时艰。"盖苦天下征伐也。又有《苦哉行》、《远征人》,皆出于《从军行》也。　② 鲍溶(生卒年不详):字德源,自称为楚人。元和间进士,仕宦不显。工诗,有《鲍溶诗集》。《全唐诗》录其诗三卷。　③ 首:《乐府诗集》作"身",《全唐诗》卷一九注"集作首",据此改。　④ 鸟:《乐府诗集》作"乌",据《全唐诗》改。

短 歌 行①

陆龟蒙

爪牙在身上，陷阱犹可制。爪牙在胸中，剑戟无所畏②。人言畏猛虎，谁是撩头毙。只见古来心，奸雄暗相噬。

① 此首录自《乐府诗集》卷三〇。今按:题为王僧虔《大明三年宴乐技录》平调七曲之二。　② 畏:《乐府诗集》作"谓"，据《全唐诗》卷一九改。

置 酒 行①

陆龟蒙

落尘花片排香痕，阑珊醉露栖愁魂。洞庭波色惜不得，东风领入黄金樽。千筠掷毫春谱大，碧舞红啼相唱和。安知寂寞西海头，青篎未垂孤凤饿。

① 此首录自《乐府诗集》卷三一。

雀 台 怨①

马　戴

魏宫歌舞地，蝶戏鸟还鸣。玉座人难到②，铜台雨滴平。西陵树不见，漳浦草空生。万恨尽埋此，徒悬千载名。

① 此首录自《乐府诗集》卷三一。今按:《文苑英华》卷二〇四作《铜雀台》。② 到:《文苑英华》作"想"。

短 歌 行①

聂夷中②

八月木荫薄，十叶三堕枝。人生过五十，亦已同此时。朝出东郭门,嘉树郁参差。暮出西郭门,原草已离披。南邻好台榭,北邻善歌吹。荣华忽消歇,四顾令人悲。生死与荣辱,四者乃常期。古人耻其名,没世无人知。无言鬓似霜,勿谓发如丝。耆年无一善,何殊食乳儿。

① 此首录自《乐府诗集》卷三〇。今按:题为王僧虔《大明三年宴乐技录》平调七曲之二。　② 聂夷中(生卒年不详):字坦之,河南中都(今河南沁阳)人。家境贫寒。曾任华阴县尉,仕途不得意。其诗多为五言,《伤田家》、《公子行》等较著名。有《聂夷中诗》,已佚。《全唐诗》录其诗一卷。

猛 虎 行①

齐 己②

　　磨尔牙,错尔爪,狐莫威,兔莫狡,饥来吞噬取肠饱。横行不怕日月明,皇天产尔为生狞③,前村半夜闻吼声,何人按剑灯荧荧!

① 此首录自《乐府诗集》卷三一。今按:题为王僧虔《大明三年宴乐技录》平调七曲之三。　② 齐己(约864—约943):唐末诗僧。本姓胡,名得生,益阳(今属湖南)人。少为浮屠学,戒律之外,留心书翰,尝住江陵之龙兴寺,自号衡岳沙门。好吟咏,与郑谷酬和,积以成编,号《白莲集》。《全唐诗》录其诗十卷。
③ 狞:《乐府诗集》作"宁",据《全唐诗》卷一九及毛刻本改。

君 子 行①

齐 己

　　圣人不生,麟龙何瑞?梧桐不高,凤凰何止?吾闻古之有君子,行藏以时,进退求己。荣必为天下荣,耻必为天下耻。苟进不如此,退不如此②,亦何必用虚伪之文章,取荣名而自美。

① 此首录自《乐府诗集》卷三二。今按：题为王僧虔《大明三年宴乐技录》平调七曲之四。　② 退不如此：《乐府诗集》阙，据《全唐诗》卷一九补。

从军行①

杜颛②

秋草马蹄轻，角弓持弦急。去为龙城侯，正值胡兵袭。军气横大荒，战酣日将入。长风金鼓动，白雾铁衣湿。四起愁边声，南辕时伫立。断蓬孤自转，寒雁飞相及。万里云沙涨，路平冰霰涩。夜闻汉使归，独向刀环泣。

① 此首录自《乐府诗集》卷三三。今按：题为王僧虔《大明三年宴乐技录》平调七曲之六。　② 杜颛（生卒年不详）：开元间进士。《全唐诗》存诗二首。

从军行①

厉玄②

边草早③不春，剑花增泞④尘。广⑤场收骥尾，清瀚怯龙鳞。帆色已⑥归越，松声厌避秦。几时逢范蠡，处处是通津。

① 此首录自《乐府诗集》卷三三。今按：题为王僧虔《大明三年宴乐技录》平调七曲之六。　② 厉玄（生卒年不详）：太和二年登进士第，历任监察御史、员外郎。出为万年令、睦州刺史。与姚合、顾非熊、贾岛、马戴等有交往。《全唐诗》录其诗六首。　③ 早：《全唐诗》卷五一六作"旱"。　④ 泞：《全唐诗》作"野"。　⑤ 广：《全唐诗》作"战"。　⑥ 已：《全唐诗》作"起"。

从 军 行①（三首）

李 约②

其 一

看图闲教阵，画地静论边。乌垒天西戍，鹰姿塞上川。路长须算日③，书远每题年。无复生还望，翻思④未别前。

① 此三首录自《乐府诗集》卷三三。今按：题为王僧虔《大明三年宴乐技录》平调七曲之六。　② 李约（生卒年不详）：字存博，号萧斋。陇西成纪（甘肃秦安）人。汧国公李勉之子。元和年间曾任兵部员外郎，后弃官归隐。博古探奇，收藏古物，精于茶道，长于七绝。《全唐诗》录其诗十首。　③ 须算日：《文苑英华》卷一九九及《全唐诗》卷三〇均作"唯算月"。　④ 翻思：《乐府诗集》作"思翻"，据毛刻本改。

其 二

栅高三面斗，箭尽举烽频。营柳和烟暮，关榆带雪春。边城多老将，碛路少归人。点尽三河①卒，年年添塞尘。

① 三河：汉代以河内、河东、河南三郡为三河。《史记·货殖列传》："昔唐人都河东，殷人都河内，周人都河南。夫三河，在天下之中，若鼎足，王者所更居也。"

其 三

候火起雕城，尘砂拥战声。游军藏汉帜，降骑说蕃情。霜降潞池①浅，秋深太白明。嫖姚方虎视，不觉请添兵。

① 降潞池：《全唐诗》作"落溥沱"。

铜 雀 妓①

朱光弼②

魏王铜雀妓，日暮管弦清。一见西陵树，悲心舞不成。

①此首录自《乐府诗集》卷三一。　②朱光弼(生卒事迹不详):《全唐诗》录其诗二首,一即此诗,另一首《宫词》为误收刘言史之《长信宫》诗。

铜 雀 妓①

吴 烛②

秋色西陵满绿芜,繁弦③急管强欢娱。长舒罗袖不成舞,却向风前承泪珠。

①此首录自《乐府诗集》卷三一。　②吴烛(生卒事迹不详):《全唐诗》录其诗一首,即此诗。　③弦:《乐府诗集》注"一作红"。

铜 雀 妓①

袁 晖②

君爱本相饶,从来事舞腰。那堪攀玉座,肠断望陵朝。怨著情无主,哀凝曲不调。况临松日暮,悲吹坐萧萧。

①此首录自《乐府诗集》卷三一。　②袁晖(生卒年不详):唐京兆(今陕西西安)人。景云二年登第,历任左补阙、荆州司户参军、河南府法曹参军、礼部员外郎,官至中书舍人。《全唐诗》录其诗八首。

铜 雀 台①

王无竞②

北登铜雀上,西望青松郭。缲帐空苍苍,陵田纷漠漠。平生事已变,歌吹宛犹昨。长袖拂玉尘,遗情结罗幕。妾怨在朝露,君恩岂中薄。高台奏曲终,曲终泪横落。

① 此首录自《乐府诗集》卷三一。题同《铜雀妓》。　② 王无竞(652—705)：唐代诗人。字仲烈,东莱(今山东掖县)人。家道富有,生活豪纵。仪凤二年及第,授栾城尉。迁监察御史,转殿中侍御史。神龙初年,因讥议权幸,出为苏州司马,后被仇人杖杀。《全唐诗》有诗五首。

雀 台 怨①

程长文②

君王去后行人绝,箫竽不响歌喉咽。雄剑无威光彩沉,宝瑟③零落金星灭。玉阶寂寂坠秋露,月照当时歌舞处。当时歌舞人不回,化为今日西陵灰。

① 此首录自《乐府诗集》卷三一。题同《铜雀台》。　② 程长文(生卒年不详)：《乐府诗集》作"程氏长文"。唐代女诗人。工诗,兼擅草隶。为强暴所诬系狱,乃于狱中作诗抒情,献刺史求雪冤。《全唐诗》录其诗三首。　③ 瑟：《文苑英华》卷二〇四作"琴"。

铜 雀 台①

罗 隐

强歌强舞竟难胜,花落花开泪满缯。祇合当年伴君死,免教憔悴望西陵。

① 此首录自《乐府诗集》卷三一。

铜 雀 台①

薛 能

魏帝当时铜雀台,黄花深映棘丛开。人生富贵须回首,此地岂无歌舞来。

① 此首录自《乐府诗集》卷三一。

铜 雀 台^①

张 琰^②

君王冥寞不可见,铜雀歌舞空徘徊。西陵啧啧悲宿鸟,空殿沉沉闭青苔。青苔无人迹,红粉空相哀。

① 此首录自《乐府诗集》卷三一。　② 张琰(生卒年不详):《文苑英华》卷二〇四作"女郎张琰"。生平事迹无考。

铜 雀 台^①

梁 琼^②

歌扇向陵开,齐行奠玉杯。舞时飞燕列,梦里片云来。月色空余恨,松声暮更哀。谁怜未死妾,掩袂下铜台。

① 此首录自《乐府诗集》卷三一。　② 梁琼(生卒年不详):唐代女诗人,生平事迹无考。

清调曲

《古今乐录》曰:"王僧虔《技录》清调有六曲:一《苦寒行》,二《豫章行》,三《董逃行》,四《相逢狭路间行》,五《塘上行》,六《秋胡行》。"唐乐府相和歌辞之清调曲,《乐府诗集》所辑录者,除以上六题外,尚有拟作新题者。

中妇织流黄^①

虞世南^②

寒闺织素锦,含怨敛双蛾。综新交缕涩,经脆断丝多。衣香逐举袖,钏动应鸣梭。还恐裁缝罢,无信达交河。

① 此首录自《乐府诗集》卷三五。今按：古辞有《相逢行》，又曰《相逢狭路间行》，亦曰《长安有狭斜行》。古辞《长安有狭斜行》曰"大妇织绮罗，中妇织流黄"，此题即出于此也。 ② 虞世南：《乐府诗集》卷三五正文署名阙，据其目录补。

相 逢 行①

崔 颢②

妾年初二八，家住洛桥头。玉户临驰道，朱门近御沟。使君何假问，夫婿大长秋。女弟新承宠，诸兄近拜侯。春生百子殿，花发③五城楼。出入千门里，年年乐未休。

① 此首录自《乐府诗集》卷三四。今按：题同《相逢狭路间行》，王僧虔《大明三年宴乐技录》清调六曲之四。 ② 崔颢（约704—754）：汴州（今河南开封）人。开元间进士。天宝初，任太仆寺丞，后改司勋员外郎。其诗早期流于浮艳，后期变为雄浑奔放。明人辑有《崔颢集》。《全唐诗》录其诗一卷。 ③ 发：《乐府诗集》注"一作开"。

相 逢 行①（二首）

李 白

其 一

朝②骑五花马，谒帝出银台③。秀色谁家子，云车④珠箔开。金鞭遥指点，玉勒近迟回⑤。夹毂相借问，疑⑥从天上来。怜肠愁欲断，斜日复相催。下车何轻盈，飘然似落梅⑦。邀⑧入青绮门，当歌共衔杯。⑨衔杯映歌扇，似月云中见。相见不相亲⑩，不如不相见。相见情已深，未语可知心。胡为守⑪空闺，孤眠愁锦衾。锦衾与⑫罗帏，缠绵会有时。春风正澹荡，暮雨来何迟⑬。愿因三青鸟，更报长相思。光景不待人，须臾发成丝。当年失行乐，老去徒伤悲。持此道密意，无令旷佳期⑭。

① 此二首录自《乐府诗集》卷三四。　② 朝:《李太白文集》王琦注"一作胡"。　③ 银台:《李白集校注》引王琦曰:"按《雍录》所载《六典大明宫图》:'紫辰殿侧有右银台门、左银台门。'李肇记曰:'学士下直出门,相谑谓之小三昧,出银台乘马谓之大三昧。三昧者,释氏语,言其去缠缚而得自在也。'"　④ 车:《乐府诗集》注"一作中"。　⑤ "金鞭"二句:《唐文粹》卷一三阙。　⑥ 疑:《唐文粹》与《才调集》均作"知"。《乐府诗集》注"一作知"。　⑦ "怜肠"以下四句:《李太白文集》与《唐文粹》均无。　⑧ 邀:《李太白文集》作"蘷"。　⑨ "邀入"二句:《乐府诗集》注"一作娇羞初解珮,语笑共衔杯"。　⑩ 相亲:《李太白文集》和《唐文粹》、《才调集》皆作"得亲"。　⑪ 守:《才调集》作"返"。　⑫ 与:《才调集》作"语"。　⑬ "春风"二句:《乐府诗集》注"一作春风正纠结,青鸟来何迟"。　⑭ "光景"以下六句:《唐文粹》阙。

其　二

相逢红尘内,高揖黄金鞭。万户垂杨里,君家阿那①边。

① 阿那:《李白集校注》曰:"阿那犹阿谁,即今口语之哪个。杜甫诗:'秋色凋春草,王孙若个边?'与此句语意正同。"

豫 章 行①

李　白

胡风吹代马②,北拥鲁阳关。吴兵照海雪,西讨何时还。半渡上辽津,黄云惨无颜。老母与子别,呼天野草间。白马③绕旌旗,悲鸣相追攀。白杨秋月苦,早落豫章山。本为休明人,斩虏素不闲。岂惜战斗死,为君扫凶顽。精感石④没羽,岂云⑤惮险艰。楼船若鲸飞,波荡落星湾⑥。此曲不可奏,三军发⑦成斑。

① 此首录自《乐府诗集》卷三四。今按:题为王僧虔《大明三年宴乐技录》清

调六曲之二。　②"胡风"句：《乐府诗集》注"一作燕人攒志羽"。　③白马：《乐府诗集》注"一作百鸟"。　④石：《乐府诗集》作"百"，据《李太白文集》卷六改。⑤云：《乐府诗集》作"亡"，据《李太白文集》改。　⑥落星湾：《李白集校注》引《图经》云："昔有星坠水，化为石，当彭蠡湾中，俗呼为落星湾。"　⑦发：《乐府诗集》作"鬓"，据《李太白文集》改。

北 上 行①

李 白

　　北上何所苦，北上缘太行。磴道盘且峻，巉岩凌穹苍。马足蹶侧石，车轮摧高岗。沙尘接幽州，烽火连朔方。杀气毒剑戟，严风裂衣裳。奔鲸夹黄河，凿齿屯洛阳。前行无归日，返顾思旧乡。惨戚冰雪里，悲号绝中肠。尺布不掩体，皮肤剧枯桑。汲水涧谷阻，采薪陇坂长。猛虎又掉尾，磨牙皓秋霜。草木不可餐，饥饮零露浆。叹此北上苦，停骖为之伤。何日王道平？开颜睹天光。

　　① 此首录自《乐府诗集》卷三三。今按：魏武帝《苦寒行》曰："北上太行山，艰哉何巍巍。"备言冰雪溪谷之苦。其后或谓之《北上行》，盖因武帝辞而拟之也。

秋 胡 行①

高 适

　　妾本邯郸未嫁时，容华倚翠人未知。一朝结发从君子，将妾迢迢东路陲。时逢大道无难阻，君方游宦从陈、汝。蕙楼独卧频度春，彩阁②辞君几徂暑。三月垂杨蚕未眠，携笼结侣南陌边。道逢行子不相识，赠妾黄金买少年。妾家夫婿轻离久，寸心誓与长相守。愿言行路莫多情，道③妾贞心在人口。日暮蚕饥相命归,携笼端饰来庭闱。劳心苦力终无恨,所冀君恩即④可依。闻说行人已归止,乃是向来赠金子。相看颜色不复言,相顾怀惭有何已。从来自隐无疑背,直为君情也相会。如何咫尺仍有情,况复迢迢千里外! 此时⑤顾恩不顾身,念君此日赴河津。莫道向来不得意,故欲留规诫后人。

　　① 此首录自《乐府诗集》卷三六。今按:题为王僧虔《大明三年宴乐技录》清调六曲之六。　　② 阁:《乐府诗集》作"落",据《全唐诗》卷二〇注"集作阁"改。③ 道:《乐府诗集》作"送",据《高常侍集》卷五改。　　④ 即:《乐府诗集》作"那",《全唐诗》注"集作即",据此改。　　⑤ 此时:《高常侍集》作"誓将"。

前苦寒行①（二首）

杜　甫②

其　一

　　汉时长安雪一丈,牛马毛寒缩如蝟。楚江巫峡冰入怀,虎豹哀号又堪记。秦城老翁荆扬客,惯习炎蒸岁绤綌③。玄冥祝融气或交,手持白羽未敢释。

　　① 此二首录自《乐府诗集》卷三三。今按:此《苦寒行》又分前后两题,篇韵相映,乃杜甫之匠心也。　　② 杜甫(712—770):字子美,自称少陵野老。其先祖由襄阳(今属湖北)迁居巩县(今属河南),杜审言之孙。自幼好学,知识渊博,甚有抱负。开元后期,举进士不第,漫游各地,寓居长安近十年,未有施展,生活陷入困顿。遭安史之乱,逃至凤翔,谒见肃宗,官左拾遗。后随肃宗还京,出为华州司功参军。不久弃官居秦州、同谷,又移家成都,一度在剑南节度使严武幕中任参谋,加检校工部员外郎,世称杜工部。晚年携家出蜀,病死湘江途中。其诗揭露社会矛盾,反映人民生活,揭示了唐代由盛至衰的过程,因有"诗史"之称。善用各种诗歌形式,风格沉郁顿挫,感情深挚,语言精炼,具有高度表现力,创造了我国古代诗歌现实主义高峰,有《杜工部集》。《全唐诗》录其诗十九卷。　　③ 绤綌:葛之细者曰绤,粗者曰綌。这里指葛服。

其　二

去年白帝雪在山，今年白帝雪在地。冻埋蛟龙南浦缩，寒刮肌肤北风利。楚人四时皆麻衣，楚天万里无晶辉。三足之乌足恐断，羲和送将安所归①？

① 送将安所归：《杜工部集》及《文苑英华》卷二一〇均作"送之将安归"。《分门集注杜工部集》卷二作"选送将安归"。

后苦寒行①（二首）

杜　甫

其　一

南纪巫庐瘴不绝，太古已来无尺雪。蛮夷长老怨苦寒，昆仑天关冻应折。玄猿口噤不能啸，白鹄翅垂眼流血。安得春泥补②地裂？

① 此二首录自《乐府诗集》卷三三。　② 补：《乐府诗集》作"浦"，据毛刻本及《文苑英华》卷二一〇改。

其　二

晚来江门失大木，猛风中夜吹白屋。天兵断斩青海①戎，杀气南行动坤轴。不尔苦寒何太酷，巴东之峡生凌澌。彼苍回斡②人得知。

① 海：《乐府诗集》注"一作梅"。　② 斡：《乐府诗集》作"轩"，据《文苑英华》改。

相　逢　行①

韦应物②

二十登汉朝，英声迈今古。适从东方来，又欲谒明主。犹酣新丰酒，尚带灞陵雨。邂逅两相逢，别来间③寒暑。宁知白日晚，暂向花间语。忽闻长乐钟，走马东西去。

① 此首录自《乐府诗集》卷三四。　② 韦应物(737—约792)：京兆长安(今属陕西)人。天宝十载为玄宗侍卫。后为滁州、江州、苏州刺史。其诗以写田园风物著名,语言风格简淡,有《韦苏州集》。《全唐诗》录其诗十卷。　③ 间:《韦苏州集》卷九作"问"。

三妇艳诗①

王绍宗②

大妇能调瑟,中妇咏新诗。小妇独无事,花庭曳履綦。上客且安坐,春日正迟迟。

① 此首录自《乐府诗集》卷三五。今按:古辞《长安有狭斜行》中,言大妇、中妇、小妇之所为,后人《三妇艳诗》盖出于此也。　② 王绍宗(生卒年不详)：字承烈,扬州人。少贫嗜学,客居僧坊,写书取佣自给。工草隶,又善画。武后时累进秘书少监。《全唐诗》录其诗十首。

苦 辛 行①

戎 昱

且莫奏《短歌》,听余苦辛词。如今刀笔士,不及屠沽儿。少年无事学诗赋,岂意文章复相误。东西南北少知音,终年竟岁悲行路。仰面诉天天不闻,低头告地地不言。天地生我尚如此,陌上他人何足论?谁谓西江深,涉之固无忧。谁谓南山高,可以登之游。险巇唯有世间路,一响令人堪白头。贵人立意不可测,等闲桃李成荆棘。风尘之士深可亲,心如鸡犬能依人。悲来却忆汉天子,不弃相如家旧贫。劝君且②饮酒,酒能散羁愁③,谁家有酒判一醉,万事从他江水流。

① 此首录自《乐府诗集》卷三五。今按:魏武帝曹操《塘上行》曰"蒲生我池中,其叶何离离",南朝梁刘孝威《塘上行苦辛篇》曰"蒲生伊何陈,曲中多苦辛",《苦辛行》当出于此也。　② 劝君且:《乐府诗集》阙,据《全唐诗》卷二七〇补。③ 愁:《乐府诗集》阙,据《全唐诗》补。

董 逃 行①

张 籍

洛阳城头火瞳瞳,乱兵烧我天子宫。宫城南面有深山,尽将老幼藏其间。重岩为屋橡为食,丁男夜行候消息。闻道官军犹掠人,旧里如今归未得。董逃行,汉家几时重太平?

① 此首录自《乐府诗集》卷三四。今按:题为王僧虔《大明三年宴乐技录》清调六曲之三。

难 忘 曲①

李 贺

夹道开洞门,弱杨低画戟。帘影竹华②起,箫声吹日色。蜂语绕妆镜,拂蛾学春碧。乱系丁香梢,满栏花向夕。

① 此首录自《乐府诗集》卷三五。今按:《乐府诗集》将此题列在《三妇艳诗》之后,当属《相逢狭路间行》一脉拟题也。　② 华:《乐府诗集》作"叶",据《李长吉歌诗汇解》卷三改。

塘 上 行①

李 贺

藕花凉露湿,花缺藕根涩。飞下雌鸳鸯,塘水声溘溘②。

　　① 此首录自《乐府诗集》卷三五。今按：题为王僧虔《大明三年宴乐技录》清调六曲之五。　　② 溘溘：《乐府诗集》作"溢溢"，据《李长吉歌诗汇解》改。

董 逃 行①

元 稹②

　　董逃董逃董卓逃，揩铿戈甲声劳嘈。剀剀深脐脂焰焰，人皆数③叹曰："尔独不忆年年取我身上膏？"膏销骨尽烟火死，长安城中贼毛起。城门四走公卿士，走劝刘虞作天子。刘虞不取④作天子，曹瞒篡乱从此始。董逃董逃人莫喜，胜负翻⑤环相枕倚。缝缀难成裁破易，何况曲针不能伸巧指，欲学裁缝须准拟。

　　① 此首录自《乐府诗集》卷三四。今按：题为王僧虔《大明三年宴乐技录》清调六曲之三。　　② 元稹（779—831）：字微之，河南洛阳（今属河南）人。曾任监察御史，入翰林，为中书舍人。暴卒于武昌军节度任所。与白居易友善唱和，世称"元白"。其《乐府古题序》一文阐明文学主张，为新乐府运动领导者之一。有传奇《莺莺传》、《元氏长庆集》。《全唐诗》录其诗二十八卷。　　③ 数：《全唐诗》卷四一八注"一无数字"。　　④ 取：《乐府诗集》作"敢"，《全唐诗》注"一作取"，据此改。　　⑤ 翻：《全唐诗》作"相"。《乐府诗集》注"一作相"。

三妇艳诗①

董思恭

　　大妇裁纨素，中妇弄明珰。小妇多姿态，登楼红粉妆。丈人且安坐，初日渐流光。

　　① 此首录自《乐府诗集》卷三五。

苦 寒 行①

刘 驾②

严寒动八荒,莉莉③无休时。阳乌不自暖,雪压扶桑枝。岁暮寒益壮,青春安得归? 朔雁到南海,越禽何处飞? 谁言贫士叹,不为身无衣?

① 此首录自《乐府诗集》卷三三。今按:题为王僧虔《大明三年宴乐技录》清调六曲之一。　② 刘驾(822—?):字司南,江东人。大中六年进士。曾任国子博士,与曹邺为诗友,擅长古风,时称"曹刘"。诗风淡朴自然,有《刘驾集》,《全唐诗》录其诗一卷。　③ 莉莉:《全唐诗》卷五八五作"剌剌"。

苦 寒 行①

齐 己

冰峰撑空寒矗矗,云凝水冻埋海陆。杀物之性,伤人之欲。既不能断绝蒺藜荆棘之根株,又不能展凤凰麒麟之拳蹄。如此则何如为和煦,为膏雨,自然天下之荣枯,融融于万户。

① 此首录自《乐府诗集》卷三三。今按:题为王僧虔《大明三年宴乐技录》清调六曲之一。

苦 寒 行①

贯 休

北风北风,职何严毒! 催壮士心,缩金乌足。冻云嚣嚣碍雪,一片下不得。声绕枯桑,根在沙塞。黄河彻底,顽直到海。一气抟束,万物无态。唯有吾庭前杉松树枝,枝枝健在。

① 此首录自《乐府诗集》卷三三。今按:题为王僧虔《大明三年宴乐技录》清调六曲之一。

瑟调曲

王僧虔《大明三年宴乐技录》瑟调有三十八曲之多，《乐府诗集》所收录唐乐府相和歌辞之瑟调曲，凡三十七首，均未超出三十八曲之名目。

饮马长城窟行[1]

李世民[2]

塞外悲风切，交河冰已结。瀚海百重波，阴山千里雪。迥戍危烽火，层峦引高节。悠悠卷旆旌，饮马出长城。寒沙连骑迹，朔吹断边声。胡尘清玉塞，羌笛韵金钲。绝漠干戈戢，车徒振原隰。都尉反龙堆，将军旋马邑。扬麾氛雾静，纪石功名立。荒裔一戎衣，云台凯歌入。

[1] 此首录自《乐府诗集》卷三八。今按：一曰《饮马行》。古辞云"青青河畔草，绵绵思远道"，言征戍之客，至于长城而饮其马，妇人思念其勤劳，故作是曲。

[2] 李世民（599—649）：即唐太宗。在位二十三年。其父李渊称帝时，封为秦王，任尚书令。武德九年（626）发动玄武门之变，得为太子，继帝位。推行均田制、租庸调法和府兵制度，加强对地方官吏的考核，修《氏族志》，推行科举制度，任贤纳谏，社会经济得到恢复，被史家誉为"贞观之治"。又击败突厥，发展西域交通，与吐蕃王松赞干布和亲，促进汉、藏经济文化交流。有《唐太宗集》，已佚。《全唐诗》录其诗一卷。

饮马长城窟行[1]

袁　朗[2]

朔风动秋草，清跸长安道。长城连不穷，所以隔华戎。规模唯圣作，荷负晓成功。鸟庭已向内，龙荒

更凿空。玉关尘卷静,金微路已通。汤征随北怨,舜
咏起南风。画野功初立,绥边事云集。朝服践狼居,
凯歌旋马邑。山响传凤吹,霜华藻琼钑③。属国拥节
归,单于款关入。日落寒云④起,惊河⑤被原隰。零
落叶已寒,河流清且急。四时徭役尽,千载干戈戢。
太平今若斯,汗马竟无施。唯当事笔砚,归去草
封禅。

① 此首录自《乐府诗集》卷三八。 ② 袁朗(生卒年不详):雍州长安(今陕
西西安)人。初仕陈为秘书郎,陈后主闻其才,诏为《月赋》及《芝草》、《嘉莲》二
颂,累迁德教殿学士。入隋历尚书仪曹郎。唐武德初为齐王府文学,转祠部郎
中,再转给事中。《全唐诗》录其诗四首。 ③ 琼钑:饰玉的矛戟,古时用作仪
仗。 ④ 云:《全唐诗》卷二〇作"风"。 ⑤ 河:《全唐诗》作"沙"。

饮马长城窟行①

虞世南

驰马渡河干,流深马渡难。前逢锦车使,都护在
楼兰。轻骑犹衔勒,疑兵尚解鞍。温池下绝涧,栈道
接危峦。拓地勋未②赏,亡城律讵宽。有月关犹暗,经
春陇尚寒。云昏无复影,冰合不闻湍。怀君不可遇,
聊持报一餐。

① 此首录自《乐府诗集》卷三八。 ② 未:《文苑英华》卷二〇九作"方"。

飞来双白鹤①

虞世南

飞来双白鹤,奋翼远凌烟。双栖集紫盖,一举背
青田。扬影过伊洛,流声入管弦。鸣群倒景外,刷羽
阆风前。映海疑浮雪,拂涧泻飞泉。燕雀宁知去,蜉

蝣不识还。何言别俦侣，从此间山川。顾步已相失，徘徊反②自怜。危心犹警③露，哀响讵闻天。无因振六翮，轻举复随仙。

① 此首录自《乐府诗集》卷三九。今按：王僧虔《大明三年宴乐技录》瑟调三十八曲有《艳歌何尝行》。古辞《艳歌何尝行》曰"飞来双白鹄，乃从西北来"，言雌病雄不能负之而去，徘徊反顾，虽遇新知，终伤别离也。《飞来双白鹄》依此所拟也。 ② 反：《全唐诗》卷二〇注"集作各"。 ③ 警：《乐府诗集》作"惊"，据《全唐诗》改。

门有车马客行①

虞世南

财雄②重交结，戚里③擅豪华。曲台临上路，高门④抵狭斜。赭汗千金⑤马，绣毂⑥五香车。白鹤随飞盖，朱路⑦入鸣笳。夏莲开剑水，春桃发露⑧花。轻裙染回雪，浮蚁泛流霞⑨。高谈辩飞兔，摛藻握灵蛇。逢恩借羽翼⑩，失路委泥沙。暖暖风烟晚，路长归骑远。日斜青琐第，尘飞金谷苑。危弦促柱奏巴渝⑪，遗簪堕珥解罗襦。如何守直道，翻使谷名愚。

① 此首录自《乐府诗集》卷四〇。今按：王僧虔《大明三年宴乐技录》瑟调三十八曲有《门有车马客行》。曹植等皆拟此曲，虞氏步其后也。 ② 财雄：《全唐诗》卷二〇注"集作陈遵"。 ③ 戚里：《全唐诗》卷三六作"田蚡"。 ④ 门：《全唐诗》作"轩"。 ⑤ 金：《文苑英华》卷一九五作"里"。 ⑥ 毂：《全唐诗》作"轴"。 ⑦ 路：《全唐诗》作"鹭"。 ⑧ 露：《全唐诗》作"绶"。 ⑨ "轻裙"二句：《全唐诗》、《文苑英华》无。 ⑩ 借羽翼：《全唐诗》作"出毛羽"。 ⑪巴渝：指巴渝歌。宋王灼《碧鸡漫志》："至唐武后时，旧曲存者，如《白雪》、《公莫》、《巴渝》、《白苎》、《子夜》、《团扇》等六十三曲。"

新城安乐宫①

陈子良②

春色照兰宫,秦女坐③窗中。柳叶来眉上,桃花落脸红。拂尘开扇匣,卷帐却薰笼。衫薄偏憎日,裙轻更畏风。

① 此首录自《乐府诗集》卷三八。今按:王僧虔《大明三年宴乐技录》瑟调三十八曲中有此题。　② 陈子良(约575—632):吴(今江苏)人。少好学,博通经史。在隋为杨素记室,唐武德时官右卫率府长史。工诗文,《全唐诗》录其诗十三首。　③ 坐:《乐府诗集》作"且",据《全唐诗》卷三九改。

蜀 道 难①

张文琮②

梁山镇地险,积石阻云端。深谷下寥廓,层岩上郁盘。飞梁驾绝岭,栈道接危峦。揽辔独长息,方知斯路难。

① 此首录自《乐府诗集》卷四〇。　今按:王僧虔《大明三年宴乐技录》瑟调三十八曲有《蜀道难行》。《乐府解题》曰:"《蜀道难》备言铜梁玉垒之阻,与《蜀国弦》颇同。"　② 张文琮(生卒年不详):《乐府诗集》作"张琮",据其目录及《全唐诗》卷二〇改补。贝州武城(今河北清河)人。好自书写,笔不离手。贞观中,为持书侍御史,迁复州刺史、亳州刺史。又征拜户部侍郎,出为建州刺史。《全唐诗》录其诗六首。

棹 歌 行①

骆宾王

写月涂②黄罢,凌波拾翠通。镜花摇荚日,衣麝入荷风。叶密舟难荡,莲疏浦易空。凤媒羞自托,鸳翼恨难穷。秋帐灯花③翠,倡楼粉色红。相思无别曲,并在棹歌中。

　　① 此首录自《乐府诗集》卷四〇。今按：王僧虔《大明三年宴乐技录》瑟调三十八曲有《棹歌行》。魏明帝曹叡有《棹歌行》"王者布大化"一篇，备言平吴之勋。后人拟此题但言乘舟鼓棹而已矣。　　② 涂：《乐府诗集》作"图"，据《文苑英华》卷二〇三改。　　③ 花：《文苑英华》作"光"。

棹　歌　行①

徐　坚②

　　棹女饰银钩，新妆下翠楼。霜丝青桂楫，兰拽紫霞舟。水落金陵曙，风起洞庭秋。扣船过曲浦，飞帆越回流。影入桃花浪，香飘杜若洲。洲长殊未返，萧散云霞晚。日下大江平，烟生归岸远。岸远闻潮波，争途游戏多。因声赵津女，来听采菱歌。

　　① 此首录自《乐府诗集》卷四〇。　　② 徐坚（？—729）：字固元，湖州长城（今浙江长兴）人。少好学，遍览经史。举进士，补汾州参军，累授太子文学。曾与张说等预修《三教珠英》。神龙中，迁给事中，刑部侍郎，转礼部侍郎，兼修文馆学士。玄宗改丽正书院为集贤殿书院，以坚为学士、副知院事。加光禄大夫。《全唐诗》录其诗九首。

放　歌　行①

王昌龄

　　南渡洛阳津，西望十二楼。明堂坐天子，月朔朝诸侯。清乐动千门，皇风被九州。庆云从东来，泱漭抱日流。升平贵论道，文墨将何求。有诏征草泽，微诚献谋猷②。冠冕如星罗，拜揖曹与周。望尘非吾③事，入赋且迟留。幸蒙国士识，因脱负薪裘。今者放歌行，以慰梁甫④愁。但营数斗禄，奉养母⑤丰羞。若得金膏遂，飞云亦可俦⑥。

① 此首录自《乐府诗集》卷三八。今按：王僧虔《大明三年宴乐技录》瑟调三十八曲有《放歌行》一曲。　② 献谋猷：《全唐诗》卷二〇注"集作将献谋"。
③ 吾：《唐文粹》卷一二作"君"。　④ 梁甫：亦作"梁父"。《梁甫吟》或《梁父吟》的省称。　⑤ 母：《唐文粹》作"每"。　⑥ 俦：《唐文粹》作"筹"。

陇 西 行①

王 维

十里一走马，五里一扬鞭。都护军书至，匈奴围酒泉。关山正飞雪，烽戍断无烟。

① 此首录自《乐府诗集》卷三七。今按：王僧虔《大明三年宴乐技录》瑟调三十八曲有《陇西行》一曲。

来日大难①

李 白

来日一身，携粮负薪。道长食尽，苦口焦唇。今日醉饱，乐过千春。仙人相存，诱我远学。海陵三山，陆憩五岳。乘龙天飞，目瞻两角②。授以神药③，金丹满握。蟪蛄④蒙恩，深愧短促。思填东海，强衔一木。道重天地，轩师广成。蝉翼九五，以求长生。下士大笑，如苍蝇⑤声。

① 此首录自《乐府诗集》卷三六。今按：魏曹植《当来日大难》曰："日苦短，乐有余。"《乐府解题》曰："曹植拟《善哉行》为'日苦短'。"《善哉行》为王僧虔《大明三年宴乐技录》瑟调三十八曲之一。《来日大难》题名当源于此也。　②"乘龙"二句：《乐府诗集》作"乘龙上三天，飞目瞻两角"，据《李太白集》卷五改。
③ 神药：《李太白集》作"仙药"。　④ 蟪蛄：《庄子》曰："蟪蛄不知春秋。"陆德明注："司马云：'蟪蛄，寒蝉也。一名蝭蟧，春生夏死，夏生秋死。'"　⑤ 苍蝇：语出

《诗·齐风·鸡鸣》："匪鸡则鸣，苍蝇之声。"

上留田行①

李　白

行至上留田，孤坟何峥嵘。积此万古恨，春草不复生。悲风四边来，肠断白杨声。借问谁家地，埋没蒿里茔。古老向余言，言是上留田。蓬科马鬣今已平，昔之弟死兄不葬，他人于此举铭旌。一鸟死，百鸟鸣。一兽走，百兽惊。桓②山之禽别离苦，欲去回翔不能征。田氏仓卒骨肉分，青天白日摧紫荆。交让③之木本同形，东枝憔悴西枝荣。无心之物尚如此，参商胡乃寻天兵。孤竹延陵，让国扬名。高风缅邈，颓波激清。尺布④之谣，塞耳不能听。

① 此首录自《乐府诗集》卷三八。今按：王僧虔《大明三年宴乐技录》瑟调三十八曲有《上留田行》一曲。　② 桓：《乐府诗集》作"恒"，据《李太白集》卷三改。《孔子家语》卷五："(颜)回闻桓山之鸟，生四子焉，羽翼既成，将分于四海，其母悲鸣而送之，哀声有似于此，谓其往而不返也。"后以"桓山鸟"比喻离别的痛苦。
③ 交让：《乐府诗集》作"交柯"，据《李太白集》改。《述异记》："黄金山有楠树，一年东边荣，西边枯；后年西边荣，东边枯，年年如此。"张华云："交让树也。"
④ 尺布：汉文帝弟淮南王刘长谋反，事败被废，徙居蜀郡严道县，途中不食而死。民间作歌曰："一尺布，尚可缝；一斗粟，尚可舂。兄弟二人不能相容。"

野田黄雀行①

李　白

游莫逐炎洲翠，栖莫近吴宫燕。吴宫火起焚尔窠②，炎洲逐翠遭网罗。萧条两翅蓬蒿下，纵有鹰鹯奈若何。

① 此首录自《乐府诗集》卷三九。今按:此题为王僧虔《大明三年宴乐技录》瑟调曲之一。　② 尔窠:《李太白集》卷三作"巢窠"。

门有车马客行①

李　白

门有车马客②,金鞍曜朱轮。谓从丹③霄落,乃是故乡亲。呼儿扫中堂,坐客论悲辛。对酒两不饮,停筋泪盈巾。叹我万里游,飘飖④三十春。空谈霸王⑤略,紫绶不挂身。雄剑藏玉匣,阴符生素尘。廓落无所合,流离湘水滨。借问宗党间,多为泉下人。生苦百战役,死托万鬼邻。北风扬胡沙,埋翳周与秦。大运⑥且如此,苍穹宁匪仁。恻怆竟何道,存亡任大钧。

① 此首录自《乐府诗集》卷四〇。　② 客:《李太白诗》卷五作"宾"。③ 丹:《乐府诗集》注"一作云"。　④ 飘飖:《李太白诗》作"飘飘"。　⑤ 霸王:《李太白诗》作"帝王"。　⑥ 大运:《文苑英华》卷一九五作"天运"。

蜀　道　难①

李　白

噫吁嚱,危乎,高哉! 蜀道之难难于上青天。蚕丛及鱼凫,开国何茫然。尔来四万八千岁,乃②与秦塞通人烟。西当太白有鸟道,可以横绝峨眉巅。地崩山摧壮士死,然后天梯石栈方③钩连。上有六龙回日之高标④,下有冲波逆折之回川。黄鹤之飞尚不得过⑤,猿猱欲度愁攀缘。青泥何盘盘,百步九折萦岩峦。扪参历井仰胁息,以手抚膺坐长叹,问君西游何时还? 畏途巉岩不可攀。但见悲鸟号枯⑥木,雄飞呼雌⑦绕林间。又闻子规啼夜月,愁空山,蜀道之难难于上青天!

使人听此凋朱颜。连峰去天不盈尺[8]，枯松倒挂倚绝壁，飞湍瀑流争喧豗，砯崖转石万壑雷。其险也若此[9]，嗟尔远道之人胡为乎来哉！剑阁峥嵘而崔嵬，一夫当关，万夫莫开。所守或匪亲[10]，化为狼与豺。朝避猛虎，夕避长蛇。磨牙吮血，杀人如麻。锦城虽云乐，不如早还家。蜀道之难难于上青天，侧身西望长咨嗟[11]。

　　① 此首录自《乐府诗集》卷四〇。　　② 乃：《乐府诗集》注"一作不"，萧本《李太白诗》卷三作"不"。　　③ 方：《乐府诗集》注"一作相"。萧本《李太白诗》作"相"。　　④ "上有"句：《乐府诗集》注"一作横河断海之浮云"。　　⑤ 不得过：《乐府诗集》"得"后无"过"，又"得"后注"一作过"，据《李太白诗》卷三补改。⑥ 枯：《乐府诗集》注"一作古"。萧本《李太白诗》卷三作"古"。　　⑦ 呼雌：《乐府诗集》注"一作雌从"。萧本《李太白诗》作"从雌"。　　⑧ 去天不盈尺：《乐府诗集》注"一作入烟几千尺"。　　⑨ 若此：萧本《李太白诗》作"如此"。　　⑩ 亲：《乐府诗集》注"一作人"。　　⑪ 长咨嗟：《乐府诗集》注"一作令人嗟"。

胡无人行[1]

李　白

　　严风吹霜海草凋，筋干精坚胡马骄。汉家战士三十万，将军兼领[2]霍嫖姚。流星白羽腰间插，剑花秋莲光出匣。天兵照雪下玉关，虏箭如沙射金甲。云龙风虎尽交回，太白入月敌可摧。敌可摧，旄头灭。履胡之肠涉胡血。悬胡青天上，埋胡紫塞[3]旁。胡无人，汉道昌。陛下之寿三千霜[4]，但歌大风云飞扬。安得猛士兮守四方，胡无人，汉道昌[5]。

　　① 此首录自《乐府诗集》卷四〇。今按：此题王本《李太白文集》卷三作《胡无人》。又王注："按《乐府诗集》，王僧虔《技录》相和歌瑟调三十八曲中有《胡无人行》。"　　② 兼领：《乐府诗集》注"一作谁者"。　　③ 紫塞：《古今注·都邑》："秦

筑长城,土色皆紫,汉塞亦然,故称紫塞焉。" ④"陛下"句:郭本、王本《李太白文集》无此以下五句。 ⑤"胡无人"二句:《李白集校注》卷三阙。《乐府诗集》注"一本无此六字"。

野田黄雀行①

储光羲

　　喷喷野田雀,不知躯体微。闲穿深②蒿里,争食复争飞。穷老一颓舍,枣多桑树稀。无枣犹可食,无桑何以衣。萧条空仓暮,相引时来归。邪路岂不栖③,渚④田岂不肥。水长路且坏⑤,恻恻与心违。

　　① 此首录自《乐府诗集》卷三九。　② 深:《文苑英华》卷二〇九作"疏"。
③ 栖:《全唐诗》卷二〇作"捷"。　④ 渚:《乐府诗集》作"诸",据《全唐诗》改。
⑤ 坏:《乐府诗集》作"怀",据《全唐诗》改。

饮马长城窟行①

王 翰②

　　长安少年无远图,一生惟羡执金吾。骐骥前殿拜天子,走马为君西击胡。胡沙猎猎吹人面,汉虏相逢不相见。遥闻鼙鼓动地来,传道单于夜犹战。此时顾恩宁顾身,为君一行摧万人。壮士挥戈回白日,单于溅血染朱轮。回来饮马长城窟,长城道傍多白骨。问之耆老何代人,云是秦王筑城卒。黄昏塞北无人烟,鬼哭啾啾声沸天。无罪见诛功不赏,孤魂流落此城边。当昔秦王按剑起,诸侯膝行不敢视。富国强兵二十年,筑怨兴徭九千里。秦王筑城何太愚,天实亡秦非北胡。一朝祸起萧墙内,渭水咸阳不复都。

① 此首录自《乐府诗集》卷三八。　② 王翰(生卒年不详):字子羽,晋阳(今山西太原)人。景云元年进士,官仙州别驾。任侠使酒,恃才不羁,以行为狂放,贬道州司马。其《凉州词》颇有名。原有集,已失传。《全唐诗》录其诗一卷。

陇　西　行①

耿　湋②

雪下阳关路,人稀陇戍头。封狐犹未翦,边将岂无羞。白草三冬色,黄云万里愁。因思李都尉,毕竟不封侯。

① 此首录自《乐府诗集》卷三七。今按:王僧虔《大明三年宴乐技录》瑟调三十八曲中有《陇西行》一曲。　② 耿湋(生卒年不详):唐代诗人。字洪源,河东(今山西永济西)人。宝应二年进士,官左拾遗,大历十才子之一。原有集,已散佚。明人辑有《耿湋集》。《全唐诗》录其诗二卷。

东　门　行①

柳宗元②

汉家三十六将军,东方雷动横阵云。鸡鸣函谷客如雾,貌同心异不可数。赤丸夜语飞电光,徼巡司隶眠如羊。当街一叱百吏走,冯敬胸中函匕首。凶徒侧耳潜惬心,悍臣破胆皆杜口。魏王卧内藏兵符,子西掩袂真无辜。羌胡毂下一朝起,敌国舟中非所拟。安陵谁辨削砺功,韩国讵明深井里。绝咽③断骨那可④补,万金宠赠不如土。

① 此首录自《乐府诗集》卷三七。今按:王僧虔《大明三年宴乐技录》瑟调三十八曲中有《东门行》。《全唐诗》卷三五一此题作《古东门行》。　② 柳宗元(773—819):字子厚,河东(今山西永济)人,世称"柳河东"。贞元间进士,授校书郎,调蓝田尉,升监察御史里行。参加王叔文革新,任礼部员外郎,失败后贬为永

州司马,迁柳州刺史,故又称"柳柳州"。与韩愈倡导古文运动,并称"韩柳"。所作散文峭拔矫健,说理透彻,又工诗,风格清峭,有《天说》、《天对》等哲学著作,有《河东先生集》。《全唐诗》录其诗四卷。　③ 咽:《乐府诗集》作"膃",据《全唐诗》注改。　④ 可:《乐府诗集》作"下",据《全唐诗》注改。

当来日大难①

元　稹

当来日,大难行。前有坂,后有坑。大梁侧,小梁倾。两轴相绞,两轮相撑。大牛竖,小牛横。乌啄牛背,足跌力狞。当来日,大难行。太行虽险,险可使平。轮轴自挠,牵制不停。泥潦渐久,荆棘旋生。行必不得,不如不行。

① 此首录自《乐府诗集》卷三六。今按:古辞《善哉行》首句曰"来日大难,口燥唇干",曹植拟《善哉行》为"日苦短"。此题当属《善哉行》一脉。

陇 西 行①

长孙左辅②

阴云凝朔气,陇上正飞雪。四月草不生,北风劲如切。朝来羽书急,夜救长城窟。道隘行不前,相呼抱鞍歇。人寒指欲堕,马冻蹄亦裂。射雁旋充饥,斧冰还止渴。宁辞解围斗,但恐乘疲没。早晚边候空,归来养赢卒。

① 此首录自《乐府诗集》卷三七。　② 长孙左辅(生卒年不详):唐代诗人。朔方(今陕西靖边)人。举进士不第,放怀不羁,后隐居以终。工诗,有《古调集》。《全唐诗》录其诗十七首。

饮马长城窟行①

王 建

长城窟，长城窟边多马骨。古来此地无井泉，赖得秦家筑城卒。征人饮马愁不回，长城变作望乡堆。蹄迹未干人去近，续后马来泥污尽。枕弓睡着待水生，不见阴山在前阵。马蹄足脱装马头，健儿战死谁封侯？

① 此首录自《乐府诗集》卷三八。

安 乐 宫①

李 贺

深②井桐乌起，尚复牵清水。未盥邵陵瓜③，瓶中弄长翠。新成④安乐宫，宫如凤凰翅。歌回蜡板鸣，左悺提壶使⑤。绿繁悲水曲，茱萸别秋子。

① 此首录自《乐府诗集》卷三八。今按：王僧虔《大明三年宴乐技录》瑟调三十八曲中有《新成安乐宫行》。 ② 深：《乐府诗集》注"一作漆"。 ③ 瓜：《乐府诗集》作"王"，据《李长吉歌诗汇解》卷三改。 ④ 成：《乐府诗集》作"城"，据《李长吉歌诗汇解》改。 ⑤ "左悺"句：《乐府诗集》注"一作左绾提壶伎"。左悺，《乐府诗集》作"大棺"，据《李长吉歌诗汇解》改。

雁门太守行①

李 贺

黑云压城城欲摧，甲光向月②金鳞开。角声满天秋色里，塞上燕支③凝夜紫。半卷红旗临易水，霜重鼓寒声不起④。报君黄金台上意，提携玉龙为君死。

① 此首录自《乐府诗集》卷三九。今按：王僧虔《大明三年宴乐技录》瑟调三十八曲有《雁门太守行》。 ② 月：《乐府诗集》注"一作日"。 ③ 支：《李长吉歌

诗汇解》作"脂"。　④ 鼓寒声不起:《乐府诗集》注"一作鼓声寒不起"。

雁门太守行^①

张 祜

城头月没霜如水,趑趄踏^②沙人似鬼。灯前拭泪
试香裘,长引一声残漏子。驼囊泻酒酒一杯,前头啮
血心不回。寄语年少妻莫哀,鱼金虎竹天上来,雁门
山边骨成灰。

① 此首录自《乐府诗集》卷三九。今按:王僧虔《大明三年宴乐技录》瑟调三
十八曲有此题。　② 踏:《全唐诗》卷二〇作"蹋"。

野田黄雀行^①

贯 休

高树风多,吹尔巢落。深蒿叶暖,宜尔依薄。莫
近鹖^②类,蛛^③网亦恶。饮野田之清水,食野田之黄粟。
深花中睡,埠土里浴。如此即全胜啄太仓之谷,而更
穿人^④屋。

① 此首录自《乐府诗集》卷三九。　② 鹖:《全唐诗》卷二〇作"鹃"。
③ 蛛:《乐府诗集》作"珠",《全唐诗》注"集作蛛",据改。　④ 人:《全唐诗》注"集
有之字"。

上留田行^①

贯 休

父不父,兄不兄,上留田,蟊贼生。徒陟岗,泪峥
嵘。我欲使诸凡鸟雀,尽变为鹡鸰。我欲使诸凡草
木,尽变为田荆。邻人歌,邻人歌,古风清,清风生。

① 此首录自《乐府诗集》卷三八。今按：王僧虔《大明三年宴乐技录》瑟调三十八曲中有此题。

善 哉 行①

贯 休

有美一人兮婉如清②扬，识曲别音兮令姿煌煌。绣袂捧琴兮登君子堂，如彼萱草兮使我忧忘。欲赠之以紫玉尺、白银珰，久不见之兮湘水茫茫。

① 此首录自《乐府诗集》卷三六。今按：王僧虔《大明三年宴乐技录》瑟调三十八曲中有此题。　② 清：《乐府诗集》作"青"，据《诗经·野有蔓草》改。

胡无人行①

贯 休

霍嫖姚，赵充国，天子将之平朔漠。肉胡之肉，烬胡帐幄。千里万里，唯留胡之空壳。边风萧萧，榆叶初落。杀气昼赤，枯骨夜哭。将军既立殊勋，遂有《胡无人》曲。我闻之，天子富有四海，德被无垠。但令一物得所，八表来宾。亦何必令彼胡无人！

① 此首录自《乐府诗集》卷四〇。今按：王僧虔《大明三年宴乐技录》瑟调三十八曲中有此题。

胡无人行①

聂夷中

男儿徇大义，立节不沽名。腰间悬陆离，大歌胡无行。不读战国书，不览黄石经。醉卧咸阳楼，梦入受降城。更愿生羽仪，飞身入青冥。请携天子剑，斫

下旄头星。自然胡无人,虽有无战争。悠哉典属国,
驱羊老一生。

① 此首录自《乐府诗集》卷四〇。今按:王僧虔《大明三年宴乐技录》瑟调三
十八曲中有此题。

善 哉 行①

齐 己

大鹏刷翮谢溟渤,青云万层高突出。下视秋涛空
渺渺,旧处鱼龙皆细物。人生在世何容易,眼浊心昏
信生死。愿除嗜欲待身轻,携手同寻列仙事。

① 此首录自《乐府诗集》卷三六。今按:王僧虔《大明三年宴乐技录》瑟调三
十八曲中有此题。

野田黄雀行①

齐 己

双双野田雀,上下同饮啄。暖去栖蓬蒿,寒归傍
篱落。殷勤避罗网,乍可遇雕鹗。雕鹗虽不仁,分明
在寥廓。

① 此首录自《乐府诗集》卷三九。

胡无人行①

徐彦伯②

十月繁霜下,征人远凿空。云摇锦车③节,海照角
端弓。暗碛埋砂树,冲飙卷塞蓬。方随膜拜入,歌舞
玉门中。

① 此首录自《乐府诗集》卷四〇。今按:王僧虔《大明三年宴乐技录》瑟调三

十八曲中有此题。　②徐彦伯(?—714)：名洪，瑕丘(今山东兖州)人。七岁能为文。对策高第，授永寿尉，调蒲州司兵参军。时司户韦暠善判，司事李亘工书，而彦伯属辞，时称河东三绝。官至太子宾客。《全唐诗》录其诗一卷。　③车：《乐府诗集》作"更"，《全唐诗》卷二〇注"集作车"，据此改。

饮马长城窟行①

子　兰②

　　游客长城下，饮马城长窟。马嘶闻水腥，为浸征人骨。岂不是流泉，终不成潺湲。洗尽骨上土，不洗骨中冤。骨若比③流水，四海有还魂。空流呜咽声，声中疑是言。

　　①此首录自《乐府诗集》卷三八。　②子兰(生卒年不详)：唐代诗僧。生活于唐昭宗时期。曾以文章为内供奉。其诗体多样，语言或直率平易，或曲抒委婉，意绪多悲凉惆怅。《全唐诗》录其诗一卷。　③比：《乐府诗集》作"不"，据《全唐诗》卷二〇改。

雁门太守行①

庄南杰②

　　旌旗闪闪摇天末，长笛横吹虏尘阔。跨下嘶风白练狞，腰间切玉青蛇③活。击草拟金燧牛尾，犬羊兵败如山死。九泉寂寞葬秋虫，湿云荒草啼秋思。

　　①此首录自《乐府诗集》卷三九。今按：王僧虔《大明三年宴乐技录》瑟调三十八曲中有此题。　②庄南杰(生卒年不详)：与贾岛同时，工乐府杂歌，诗体似李贺。《全唐诗》存其诗九首。　③青蛇：古宝剑名。

楚调曲

《古今乐录》云,王僧虔《大明三年宴乐技录》楚调曲有五:《白头吟行》、《泰山吟行》、《梁甫吟行》、《东武琵琶吟行》、《怨诗行》。唐乐府相和歌辞之楚调曲,《乐府诗集》所收者,凡八十六首,此五题皆备。

怨 歌 行^①

虞世南

紫殿秋风冷,雕甍白日沉。裁纨凄断曲,织素别^②离心。掖庭羞改画,长门不惜金。宠移恩稍薄,情疏恨转深。香销翠羽帐,弦断凤凰琴。镜前红粉歇,阶上绿苔侵。谁言掩歌扇,翻作《白头吟》。

① 此首录自《乐府诗集》卷四二。今按:此题一曰《怨诗行》。王僧虔《大明三年宴乐技录》所录楚调五曲之一。　② 别:《文苑英华》卷二一一作"引"。

白 头 吟^①

刘希夷

洛阳城东桃李花,飞来飞去落谁家?洛阳女儿惜颜色,行逢^②落花长叹息。今年花落颜色改,明年花开复谁在?已见松柏摧为薪,更闻桑田变成海。古人无复洛城东,今人还对落花风。年年岁岁花相似,岁岁年年人不同。寄言全盛红颜子,须怜半死白头翁。此翁白头真可怜,伊昔红颜美少年。公子王孙芳树下,清歌妙舞落花前。光禄池台丈锦绣,将军楼阁画神仙。一朝卧病无人识,三春行乐在谁边?宛转蛾眉能几时,须臾白发乱如丝。但看旧来歌舞地,唯有黄昏鸟雀飞③。

　　① 此首录自《乐府诗集》卷四一。今按：此题《全唐诗》卷三作《代悲白头翁》。王僧虔《大明三年宴乐技录》楚调五曲之一。一说司马相如将取妾，卓文君作《白头吟》以自绝；一说古辞《白头吟》，言良人有二意，故与之相决绝。后遂有借此题以自伤清直芬馥，而遭铄金玷玉之谤，君恩以薄，或疾人相知，以新间旧，不能至于白首。唐文人拟作，多出于此也。　　② 行逢：《全唐诗》作"坐见"。③ 飞：《乐府诗集》"悲"，据《文苑英华》卷二〇七改。

班　婕　妤①

严识玄②

　　贱妾如桃李，君王若岁时。秋风一已劲，摇落不胜悲。寂寞苍苔满，沉沉绿草滋。荣华非此日，指辇竟何辞。

　　① 此首录自《乐府诗集》卷四三。今按：题同《婕妤怨》，属《怨诗行》一脉。② 严识玄（654—717）：唐代诗人。冯翊重泉（今陕西大荔）人。永淳年间以乡贡进士擢第，授襄州安养县尉。后历任雍州长安县尉、制授魏州司马、魏州长史、兵部郎中等。《全唐诗》录其诗一首。

长　门　怨①

沈佺期

　　月皎风泠泠，长门次披庭。玉阶闻坠叶，罗幌见飞萤。清露凝珠缀，流尘下翠屏。妾心君未察，愁叹剧繁星。

　　① 此首录自《乐府诗集》卷四二。今按：题属楚调曲《怨诗行》。《乐府解题》曰："《长门怨》者，为陈皇后作也。后退居长门宫，愁闷悲思，闻司马相如工文章，奉黄金百斤，令为解闷之辞。相如为作《长门赋》，帝见而伤之，复得亲幸。后人因其赋而为《长门怨》也。"

婕妤怨[①]

崔国辅

长信宫中草，年年愁处生。故侵珠履迹，不使玉阶行。

① 此首录自《乐府诗集》卷四三。今按：此题《唐文粹》卷一二作《长信宫》。属楚调曲《怨诗行》一脉。《乐府解题》曰："《婕妤怨》者，为汉成帝班婕妤作也。婕妤，徐令彪之姑，况之女。美而能文，初为帝所宠爱，后幸赵飞燕姊弟，冠于后宫。婕妤自知见薄，乃退居东宫，作赋及纨扇诗以自伤悼。后人伤之而为《婕妤怨》也。"

怨 诗[①]（二首）

崔国辅

其 一

楼前桃李疏，池上芙蓉落。织锦犹未成，虫声入罗幕。

其 二

妾有罗衣裳，秦王在时作。为舞春风多，秋来不堪著。

① 此首录自《乐府诗集》卷四二。今按：《唐文粹》卷二一录此首，题作"怨词"。同《怨诗行》、《怨歌行》。

长门怨[①]

皎 然

春风日日闭长门，摇荡春心自[②]梦魂。若遣花开只笑妾，不如桃李正无言。

① 此首录自《乐府诗集》卷四二。 ② 自：《全唐诗》卷二〇注"集作似"。

长 门 怨①

齐 澣②

茕茕孤思逼，寂寂长门夕。妾妒亦非深，君恩那不惜。携琴就玉阶，调悲声未谐。将心托明月，流影入君怀。

① 此首录自《乐府诗集》卷四二。 ② 齐澣(675—746)：字洗心，定州义丰(今河北安国)人。圣历间进士，景云初姚崇引为御史，开元中选为中书舍人。论驳书诏，皆准古义，朝廷大政，必以咨之，时号"解事舍人"。后为江南采访使，以平阳太守卒。《全唐诗》录其诗二首。

长 信 怨①（二首）

王昌龄

其 一

金井梧桐秋叶黄，珠帘不卷夜来霜。金炉②玉枕无颜色，卧听南宫③清漏长。

① 此二首录自《乐府诗集》卷四三。今按：此题当属《怨诗行》一脉。② 金炉：《全唐诗》卷二〇注"集作熏笼"。 ③ 南宫：《乐府诗集》注"一作宫中"。

其 二

奉帚平明金殿开，暂①将团扇共②徘徊。玉颜不及寒鸦色，犹带昭阳日影来。

① 暂：《全唐诗》卷二〇注"集作且"。 ② 共：《全唐诗》注"集作暂"。

蛾 眉 怨①

王 翰

君不见宜春苑中九华殿，飞阁连连直如发。白日全含朱鸟窗，流云半入苍龙阙。宫中彩女夜无事，学凤吹箫弄清越。珠帘北卷待凉风，绣户南开向明月。忽闻天子忆蛾眉，宝凤衔花揲两螭。传声走马开金屋，夹路鸣环上玉墀。长乐彤庭宴华寝，三千美人曳光②锦。灯前含笑更罗衣，帐里承恩荐瑶枕。不意君心半路回，求仙别作望仙台。仓③琅禁闼遥相忆，紫翠岩房昼不开。欲向人间种桃实，先从海底觅蓬莱。蓬莱可求不可上，孤舟缥缈知何往。黄金作盘铜作茎，晴④天白露掌中擎。王母嫣然感君意，云车羽帟欲相迎。飞廉观前空怨慕，少君何事须相误。一朝埋没茂陵田，贱妾蛾眉不重顾。宫车晚出向南山，仙卫逶迤去不还。朝晡泣对麒麟树，树下苍苔日渐斑。人生百年夜将半，对酒长歌莫长叹。乘⑤知白日不可思，一死一生何足算。

① 此首录自《乐府诗集》卷四三。今按：题同《怨诗行》。　② 光：《全唐诗》卷二〇注"集作花"。　③ 仓：《全唐诗》注"集作琳"。　④ 晴：《全唐诗》注"集作青"。　⑤ 乘：《全唐诗》作"滕"，并注"集作情"。

婕妤怨①

崔　湜②

不分③君恩断，新妆视镜中。容华尚春日，娇爱已秋风。枕席临窗晓，帏屏向月空。年年后庭树，荣落在深宫。

① 此首录自《乐府诗集》卷四三。　② 崔湜(671—713)：字澄澜，定州(今属河北)人。擢进士第，以附武三思，由考功员外郎骤迁中书舍人，迁中书侍郎，检校吏部侍郎，同中书门下平章事。以铨选失序，贬江州司马，后改为襄州刺史，又复同中书门下三品。景云中为中书令。玄宗即位，以尝与逆谋，赐死。《全唐诗》录其诗三十八首。　③ 分：《文苑英华》卷二〇四作"忿"。

班 婕 妤①（三首）

王 维

其 一

玉窗萤影度，金殿人声绝。秋夜守罗帏，孤灯耿不灭。

① 此三首录自《乐府诗集》卷四三。

其 二

宫殿生秋草，君王恩幸疏。那堪闻凤吹，门外度金舆。

其 三

怪来妆阁闭，朝下不相迎。总向春园里，花间语笑声。

长 信 怨①

李 白

月皎昭阳殿，霜清长信宫。天行乘玉辇，飞燕与君同。更有留情处，承恩乐未穷。谁怜团扇妾，独坐怨秋风。

① 此首录自《乐府诗集》卷四三。

玉 阶 怨①

李 白

玉阶生②白露，夜久侵罗袜。却下水精③帘，玲珑望秋月。

① 此首录自《乐府诗集》卷四三。今按：题属楚调曲《怨诗行》一脉。
② 生：萧士赟本《李太白诗》卷五作"坐"。　③ 精：萧士赟本《李太白诗》作"晶"。

长 门 怨①（二首）

李 白

其 一

天回北斗挂西楼，金屋无人萤火流。月光欲到长
门殿，别作深宫一段愁。

① 此二首录自《乐府诗集》卷四二。

其 二

桂殿长愁不记春，黄金四屋起秋尘。夜悬明镜青
天上，独照长门宫里人。

怨 歌 行①

李 白

十五入汉宫，花颜笑春红。君王选玉色，侍寝金②
屏中。荐枕娇夕月，卷衣恋春③风。宁知赵飞燕，夺宠
恨无穷。沉忧能伤人，绿鬓成霜蓬。一朝不得意，世
事徒为空。鸂鶒换美酒，舞衣罢雕龙④。寒苦不忍言，
为君奏丝桐。肠断弦亦绝，悲心夜忡忡。

① 此首录自《乐府诗集》卷四二。今按：此题一曰《怨诗行》。是为王僧虔
《大明三年宴乐技录》楚调五曲之一。　② 金：《乐府诗集》注"一作锦"。
③ 春：《乐府诗集》注"一作香"。　④ 龙：《乐府诗集》作"笼"，据萧本《李太白诗》
卷五改。

东 武 吟①

李 白

好古笑流俗，素闻贤达风。方希佐明主，长揖辞
成功。白日在高天，回光烛微躬。恭承凤皇诏②，欻起
云萝中。清切紫霄迥，优游丹禁通。君王赐颜色，声

价凌烟虹。乘舆拥翠盖，扈从金城东。宝马丽绝景，锦衣入新丰。倚③岩望松雪，对酒鸣丝桐。因学扬子云，献赋甘泉宫。天书美片善，清芬播无穷。归来入咸阳，谈笑皆王公④。一朝去金马，飘落成飞蓬。宾友日疏散，玉樽亦已空。才力犹可倚⑤，不惭世上雄。闲作《东武吟》，曲尽情未终。书此谢知己，吾寻黄绮翁⑥。

① 此首录自《乐府诗集》卷四一。今按：此题即王僧虔《大明三年宴乐技录》楚调曲《东武琵琶吟行》。《李白集校注》："萧士赟云：'《东武吟》即《乐府正声东门行》也。'"晋乐奏《古辞》云："出东门不顾归，言士有贫不安其居，拔剑去，妻子牵衣留之，愿共铺糜斯足，不求富贵也。"太白诗则自述其志也。　② 凤皇诏：《李白集校注》："《晋书》卷一百六《石季龙载记》：'游于戏马观，观上安诏书。五色纸，在木凤之口，鹿卢回转，状若飞翔焉。'"　③ 倚：萧本《李太白诗》卷五作"依"。　④ "归来"二句：萧本《李太白诗》无。　⑤ 倚：《乐府诗集》注"一作待"。　⑥ "吾寻"句：《乐府诗集》注"一作扁舟寻钓翁"。

梁甫吟①

李 白

长啸梁甫吟，何时见阳春？君不见朝歌屠叟辞棘津②，八十西来钓渭滨。宁羞白发照渌水，逢时吐③气思经纶。广张三千六百钩④，风期⑤暗与文王亲。大贤虎变愚不测，当年颇似寻常人。君不见高阳酒徒起草中，长揖山东隆准公。入门不拜⑥骋雄辩，两女辍洗来趋风。东下齐城七十二，指麾楚、汉如旋蓬。狂生落魄⑦尚如此，何况壮士当群雄。我欲攀龙见明主，雷公砰訇震天鼓，帝旁投壶多玉女。三时大笑开电光，倏烁晦冥起风雨。阊阖九门不可通，以额叩关阍者怒。白日不照吾精诚，杞国无事忧天倾。猰貐磨牙竞人肉，驺虞⑧不折生草茎。手接飞猱抟雕虎，侧足焦原未言苦。智者可卷愚者豪，世人见我轻鸿毛。力排南山三壮士，齐相杀之费二桃。吴、楚弄兵无剧孟，亚夫咍尔为徒劳。梁甫吟，梁甫吟⑨，声正悲。张公两龙剑，神物合有时。风云感会起屠钓，大人峨屼当安之。

　①此首录自《乐府诗集》卷四一。今按：题为王僧虔《大明三年宴乐技录》楚调曲名。　②棘津：《李白集校注》引《韩诗外传》卷八："太公望少为人婿，老而见去，屠牛朝歌，赁于棘津，钓于磻溪。"《水经注·河水》："棘津在广川。"③吐：《乐府诗集》注"一作壮"。　④钩：《乐府诗集》作"钓"，据萧本《李太白诗》改。　⑤风期：《乐府诗集》作"风雅"，据萧本《李太白诗》改。王琦云："风期，犹风度也。"　⑥入门不拜：《唐文粹》卷一二作"一开游说"。不拜，《乐府诗集》注"一作开说"。　⑦魄：《乐府诗集》作"拓"，据萧本《李太白诗》改。　⑧驺虞：王琦注引《埤雅》："驺虞尾参于身，白虎黑文，西方之兽也。王者有至信之德则应。不践生草，食自死之肉。"　⑨梁甫吟：王琦本、萧士赟本均不重复此三字。

白　头　吟①（二首）

李　白

其　一

　　锦水②东北流，波荡双鸳鸯。雄巢汉宫树，雌弄秦草芳。宁同万死碎绮翼，不忍云间两分张。此时阿娇正娇妒，独坐长门愁日暮。但愿君恩顾妾深，岂惜黄金买词赋③。相如作赋得黄金，丈夫好新多异心。一朝将聘茂陵女，文君因赠④《白头吟》。东流不作西归水，落花辞条归故林。兔丝固无情，随风任颠倒。谁使女萝枝，而来强萦抱。两草犹一心，人心不如草。莫卷龙须席⑤，从他生网丝。且留琥珀枕，或有梦来时。覆水再收岂满杯？弃妾已去难重回。古时⑥得意不相负，只今唯见青陵台。

① 此二首录自《乐府诗集》卷四一。今按：题为王僧虔《大明三年宴乐技录》楚调曲名。　② 锦水：即“锦江”。《李太白文集》王琦注引《华阳国志》曰：“锦江，织锦濯其中则鲜明，濯他江则不好。”　③ 买词赋：《乐府诗集》作“将买赋”，并注“一作买词赋”，据王琦本《李太白文集》卷四改。　④ 赠：《乐府诗集》注“一作赋”。　⑤ 龙须席：王琦注云，《长乐王古辞》：“玉枕龙须席，郎眠何处床？”龙须席，以龙须草织成而得名也。　⑥ 古时：王琦本《李太白文集》卷四作“古来”。

其　二

锦水东流碧，波荡双鸳鸯。雄巢汉宫树，雌弄秦草芳。相如去蜀谒武帝，赤车驷马生辉光。一朝再览《大人》①作，万乘忽欲凌云翔。闻道阿娇失恩宠，千金买赋要君王。相如不忆贫贱日，位②高金多聘私室。茂陵姝子皆见求，文君欢爱从此毕。泪如双泉水，行堕紫罗襟。五起鸡三唱，清晨《白头吟》。长吁不整绿云鬓，仰诉青天哀怨深。城崩杞梁妻，谁道土无心。东流不作西归水，落花辞枝羞故林。头上玉燕钗，是妾嫁时物。赠君表相思，罗袖幸时拂。莫卷龙须席，从他生网丝。且留琥珀枕，还有梦来时。鹔鹴裘在锦屏上，自君一挂无由披。妾有秦楼镜，照心胜照井。愿持照新人，双对可怜影。覆水却收不满杯，相如还谢文君回。古来得意不相负，只今唯有青陵台。

①《大人》：即《大人赋》。《史记·司马相如列传》：“相如见上好仙道，因曰：‘《上林》之事，未足美也。尚有靡者，臣尝为《大人赋》，未就，请具而奏之。’……相如既奏《大人》之颂，天子大说，飘飘有凌云之气，似游天地之间意。”　② 位：《乐府诗集》作“官”，据王琦本《李太白文集》卷四改。

长　门　怨①

岑　参②

君王嫌妾妒，闭妾在长门。舞袖垂新宠，愁眉结旧恩。绿钱生履迹，红粉湿啼痕。羞被桃花笑，看春独不言。

① 此首录自《乐府诗集》卷四二。　② 岑参(约714—770)：南阳(今属河南)人。天宝间进士，曾随高仙芝到安西、武威，后又往来于北庭、轮台间。官至嘉州刺史，卒于成都。其边塞诗豪迈慷慨，与高适齐名，并称"高岑"，有《岑嘉州诗集》。《全唐诗》录其诗四卷。

长门怨①
刘长卿

何事长门闭，珠帘只自垂。月移深殿早，春向后宫迟。蕙草生闲地，梨花发旧枝。芳菲自恩幸，看却②被风吹。

① 此首录自《乐府诗集》卷四二。　② 却：《全唐诗》卷二〇注"集作著"。

长门怨①
戴叔伦

自忆专房宠，曾居第一流。移恩向何处②，暂妒不容收。夜久丝管③绝，月明宫殿秋。空将旧时意，长望凤凰楼。

① 此首录自《乐府诗集》卷四二。　② 何：《全唐诗》卷二〇注"集作他"。
③ 久丝管：《全唐诗》注"集作静管弦"。

长门怨①
李华②

弱体鸳鸯荐，啼妆翡翠衾。鸦鸣秋殿晓，人静禁门深。每忆椒房宠，那堪永巷阴。日惊罗带缓，非复旧来心。

① 此首录自《乐府诗集》卷四二。 ② 李华(715—766)：字遐叔，赵州赞皇(今属河北)人。天宝年间官监察御史，后去官隐居山阳。戒子弟力农，安于穷槁，晚事浮图法，不甚著书，有《李遐叔集》。《全唐诗》录其诗一卷。

婕 妤 怨[1]

皇甫冉[2]

由来咏团扇，今与值秋风。事逐时皆往，恩无日再中。早鸿闻上苑，寒露下深宫。颜色年年谢，相如赋岂工。

① 此首录自《乐府诗集》卷四三。 ② 皇甫冉(717—770)：唐代诗人。字茂政，丹阳(今属江苏)人。十岁能属文，张九龄呼为小友。天宝间进士，授无锡尉。大历初累迁右补阙，奉使江表。《全唐诗》录其诗二卷。

宫 怨[1]

李 益

露湿晴花宫[2]殿香，月明歌吹在昭阳。似将海水添宫漏，共滴长门一夜长。

① 此首录自《乐府诗集》卷四三。今按：题属楚调曲《怨诗行》一脉。② 宫：《全唐诗》卷二〇注"集作春"。

长 门 怨[1]

卢 纶

空宫[2]古廊殿，寒月落斜晖。卧听未央曲，满箱歌舞衣。

① 此首录自《乐府诗集》卷四二。 ② 宫：《全唐诗》卷二〇注"集作空"。

怨 诗[①]

孟 郊[②]

试妾与君泪,两处滴池水。看取芙蓉花,今年为谁死。

① 此首录自《乐府诗集》卷四二。今按:题同《怨诗行》。　② 孟郊(751—814):字东野,湖州武康(今浙江德清)人。少年时隐居嵩山,近五十岁才中进士,任溧阳县尉。长于五言古诗,与贾岛齐名,有"郊寒岛瘦"之称,有《孟东野诗集》。《全唐诗》录其诗十卷。

杂 怨[①]（三首）

孟 郊

其 一

夭桃花清晨,游女红粉新。夭桃花薄暮,游女红粉故。树有百年[②]花,人无一定颜。花送人老尽,人悲花自闲。

① 此首录自《乐府诗集》卷四三。今按:题属《怨诗行》一脉。　② 年:《乐府诗集》注"一作度"。

其 二

贫女镜不明,寒花日[①]少容。暗蚕有虚织,短线无长缝。浪水不可照,狂夫不可从。浪水多散影,狂夫多异踪。持此一生薄,空成百[②]恨浓。

① 寒花日:《唐文粹》卷一二作"寒日花"。　② 百:《全唐诗》卷二〇注"集作万"。

其 三

忆人莫至悲,至悲空自衰。寄人莫翦衣,翦衣未必归。朝为双[①]蒂花,暮为四散飞。花落却绕树,游子不顾期。

① 双:《乐府诗集》注"一作同"。

白头吟[①]

张 籍

请君膝上琴，弹我《白头吟》。忆昔君前娇笑语，两情宛转如萦素。宫中为我起高楼，更开华池种芳树。春天百草秋始衰，弃我不待白头时。罗襦玉珥色未暗，今朝已道不相宜。扬州青铜作明镜，暗中持照不见影。人心回互自无穷，眼前好恶那能定。君恩已去若再返，菖蒲花生[②]月长满。

① 此首录自《乐府诗集》卷四一。　② 生：《唐文粹》卷一二作"青"。

决绝词[①]（三首）

元 稹

其 一

乍可为天上牵牛织女星，不愿为庭前红槿枝。七月七日一相见，故心终不移。那能朝开暮飞去，一任东西南北吹。分不两相守，恨不两相思。对面且如此，背面当何知。春风撩乱伯劳语，况是此时[②]抛去时。握手苦相问，竟不言后期。君情既决绝，妾意已参差。借如死生别，安得长苦悲。

① 此三首录自《乐府诗集》卷四一。　② 况是此时：《乐府诗集》阙"况是"二字，《全唐诗》卷二○注"集有况是二字"，据此改。

其 二

噫春冰之将泮，何余怀之独结。有美一人，于焉旷绝。一日不见，比一日于三年，况三年之旷别。水得风兮小而已波，笋在苞兮高不见节。矧桃李之当春，竞众人之攀折。我自顾悠悠而若云，又安能保君皓皓[①]之如雪。感破镜之分明，睹泪痕之余血。幸他人之既不我先，又安能使他人之终不我夺。已焉哉，织女别黄姑,一年一度暂相见,彼此隔河何事无。

① 皓皓:《全唐诗》卷二○注"集作皑皑"。

其　三

夜夜相抱眠,幽怀尚沉结。那堪一年事,长遣一宵说。但感久相思,何暇暂相悦。虹桥薄夜成,龙驾侵晨列。生憎野鹊往迟回,死恨天鸡识时节。曙色渐瞳眬,华星欲①明灭。一去又一年,一年何②时彻。有此迢递期,不如生死别。天公隔是妒相怜,何不便教相决绝。

① 欲:《乐府诗集》作"次",《全唐诗》注:"集作欲",据此改。　② 何:《乐府诗集》注"一作可"。

怨　诗①
白居易

夺宠心那惯,寻思倚殿门。不知移旧爱,何处作新恩。

① 此首录自《乐府诗集》卷四二。今按:题属楚调曲《怨诗行》一脉。

反白头吟①
白居易

炎炎者烈火,营营者小蝇。火不热真玉,蝇不点清冰。此苟无所受,彼莫能相仍。乃知物性中,各有能不能。古称怨报②死,则人有所惩。惩淫或应可,在道未为弘。譬如蜩鹦徒,啾啾啅龙鹏。宜当委之去,寥廓高飞腾。岂能泥尘下,区区酬怨憎。胡为坐自苦,吞悲仍抚膺。

① 此首录自《乐府诗集》卷四一。郭茂倩云:"鲍照作《白头吟》,白居易反其

致,为《反白头吟》。"今按:《白氏长庆集》卷二作《反鲍明远白头吟》。　②报:《全唐诗》卷二○注"集作恨"。

宫　怨[①]

长孙左辅

窗前好树名玫瑰,去年花落今年开。无情春色尚识返,君心忽断何时来。忆昔妆成候仙仗,宫琐玲珑日新上。拊心却笑西子嚬,掩鼻谁忧郑姬谤。草染文章衣下履,花黏甲乙床前帐。三千玉貌休自夸,十二金钗独相向。盛衰倾夺欲何如,娇爱翻悲逐佞谀。重远岂能惭沼鹄,弃前方见泣船鱼。看笼不记薰龙脑,咏扇空曾秃鼠须。始意[②]类萝新托柏,终伤如荠却甘荼。深[③]院独开还独闭,鹦鹉惊飞苔覆地。满箱旧赐前日衣,渍枕新垂夜来泪。痕多开镜照还悲,绿鬓青蛾尚未衰。莫道新缣长绝比,犹逢故剑会相追。

①　此首录自《乐府诗集》卷四三。今按:题属《怨诗行》一脉。　②　意:《乐府诗集》注"一作喜"。　③　深:《乐府诗集》作"除",据《全唐诗》卷二○改。又,深院,《全唐诗》注"集作院深"。

阿　娇　怨[①]

刘禹锡[②]

望见葳蕤举翠华,试开金屋扫庭花。须臾宫女传来信,云[③]幸平阳公主家。

①　此首录自《乐府诗集》卷四二。今按:题属《怨诗行》一脉。　②　刘禹锡(772—842):唐代文学家、哲学家。字梦得,洛阳(今属河南)人。贞元间擢进士第,后任监察御史。因参加王叔文集团,被贬连州刺史、朗州司马。后任太子宾客,加检校礼部尚书,世称刘宾客。与柳宗元交谊深厚,人称"刘柳"。与白居易

唱和甚多,并称"刘白"。其诗通俗清新,《竹枝词》、《柳枝词》、《插秧歌》等组诗,富有民歌特色,有《刘梦得文集》。《全唐诗》录其诗十二卷。　③ 云:《乐府诗集》注"一作言"。

怨　诗[①]

刘　叉[②]

　　君莫嫌丑妇,丑妇死守贞。山头一怪石,长作望夫名。鸟有并翼飞,兽有比肩行。丈夫不立义,岂如鸟兽情。

　　① 此首录自《乐府诗集》卷四二。今按:题同《怨诗行》。　② 刘叉(生卒年不详):唐元和时人。少任侠,能为歌诗,曾投韩愈门下,后行齐、鲁,不知所终。《全唐诗》存其诗一卷。

怨　诗[①]

鲍　溶

　　女萝寄松柏,绿蔓花绵绵。三五定君婚,结发早移天。肃肃羊雁礼,泠泠琴瑟篇。恭承采蘩祀,敢效同居[②]贤。皎日不留景,良时[③]如逝川。秋[④]心还遗[⑤]爱,春貌无归妍。翠袖洗朱粉,碧阶封绮[⑥]钱。新人易如玉,废瑟难为弦。寄羡[⑦]荈华木,荣君香阁前。岂无摇落苦,贵与根蒂连。希君旧光景,照妾薄暮年。

　　① 此首录自《乐府诗集》卷四二。今按:题属《怨诗行》一脉。　② 居:《全唐诗》卷二〇注"集作车"。　③ 时:《全唐诗》注"集作辰"。　④ 秋:《全唐诗》注"集作愁"。　⑤ 还遗:《全唐诗》注"集作忽移"。　⑥ 封绮:封,《全唐诗》作"对"。绮,《全唐诗》注"集作绿"。　⑦ 羡:《全唐诗》注"集作谢"。

长 门 怨[①]

刘言史[②]

独坐炉边结夜愁，暂时恩去亦难留[③]。手持金箸垂红泪，乱拨寒灰不举头。

① 此首录自《乐府诗集》卷四二。　② 刘言史(？—约812)：《唐才子传》谓其赵县(今属河北)人。且言其"少尚气节,不举进士"。王武俊表为枣强令,辞疾不受。后客居汉南,李夷简辟署司功掾。《全唐诗》录其诗一卷。　③ 留：《乐府诗集》注"一作收"。

长 门 怨[①]

张 祜

日映宫墙柳色寒，笙歌遥指碧云端。珠铅滴尽无心语，强把花枝冷笑看。

① 此首录自《乐府诗集》卷四二。

婕 妤 怨[①]

陆龟蒙

妾貌非倾国，君王忽然宠。南山掌上来，不敌新恩重。后宫多窈窕，日日学新声。一落君王耳，南山又须轻。

① 此首录自《乐府诗集》卷四三。

杂 怨[①]（三首）

聂夷中

其 一

生在绮罗下，岂识渔阳道。良人自戍来，夜夜梦中到。渔阳万里远，近于中门限。中门逾有时，渔阳常在眼。

① 此三首录自《乐府诗集》卷四三。今按：题属《怨诗行》一脉。

其 二

良人昨日去，明日又不还①。别时各有泪，零落青楼前。

① "明日"句：《乐府诗集》注"一作明月又不圆"。

其 三

君泪濡罗巾，妾泪滴路尘。罗巾今在手，日得随妾身。路尘如因飞，得上君车轮。

明月照高楼①

雍 陶②

朗月何高高，楼中帘影寒。一妇独含叹，四坐谁成欢？时节屡已移，游旅杳不还。沧溟傥未涸，妾泪终不干。君若无定云，妾若不动山。云行出山易，山逐云去难。愿为边塞尘，因风委君颜。君颜良洗多，荡妾浊水间。

① 此首录自《乐府诗集》卷四二。今按：题属《怨诗行》一脉。 ② 雍陶（生卒年不详）：字国钧，成都（今属四川）人。太和间进士。大中年间授国子毛诗博士，出为简州刺史。《全唐诗》录其诗一卷。

长 门 怨①（二首）

郑 谷②

其 一

闲把罗衣泣凤凰，先朝曾教舞霓裳。春来却羡庭花落，得逐晴风出禁墙。

① 此首录自《乐府诗集》卷四二。　② 郑谷(约851—?)：字守愚，宜春(今属江西)人。光启间进士。乾宁中仕至都官郎中，人称"郑都官"。以《鹧鸪诗》得名，又谓之"郑鹧鸪"。后退居仰山东庄卒。《全唐诗》录其诗四卷。

其　二

流水君恩共不回，杏花争忍扫成堆。残春未必多烟雨，泪滴闲阶长绿苔。

长 门 怨①(二首)

高　蟾②

其　一

天上何劳万古春，君前谁是百年人。魂销尚愧金炉烬，思起犹惭玉辇尘。烟翠薄情攀不得，星芒浮艳采无因。可怜明镜来相向，何似恩光朝夕新。

① 此首录自《乐府诗集》卷四二。　② 高蟾(生卒年不详)：河朔(今山西、河北地区)人。初落第，作诗云："天上碧桃和露种，日边红杏倚云栽。芙蓉生在秋江上，莫向东风怨未开。"时谓蟾无躁竞之心，后终登进士第。乾宁间为御史中丞。《全唐诗》录其诗一卷。

其　二

天上凤凰休寄梦，人间鹦鹉旧堪悲。平生心绪无人识，一只金梭万丈丝。

怨 诗①(二首)

薛奇童②

其　一

日晚梧桐落，微寒入禁垣。月悬三雀观，霜度万秋门。艳舞矜新宠，愁容泣旧恩。不堪深殿里，帘外欲黄昏。

① 此二首录自《乐府诗集》卷四二。今按:题同《怨诗行》。　② 薛奇童(生卒年不详):字灵孺,蒲州汾阴(今山西万荣)人。天宝初,官大理司直。肃宗时,拜慈州刺史。《全唐诗》存其诗七首。

其 二

禁苑春风起,流莺绕合欢。玉窗通日气,珠箔卷轻寒。杨叶垂金砌,梨花入井栏。君王好长袖,新作舞衣宽。

怨 诗①

张 泓②

去年离别雁初归,今夜裁缝萤已飞。征客去③来音信断,不知何处寄寒衣。

① 此首录自《乐府诗集》卷四二。今按:题同《怨诗行》。　② 张泓(生卒年不详):一作"张纮"。唐代诗人。自监察御史为会稽令,后又自左拾遗贬许州司马。《全唐诗》录其诗三首。　③ 去:《全唐诗》卷二〇作"近"。

怨 诗①

刘元济②

玉关芳信断,兰闺锦字新。愁来好自抑,念切已含嚬。虚牖风惊梦,空床月厌③人。归期傥可促,勿度柳园春。

① 此首录自《乐府诗集》卷四二。今按:题同《怨诗行》。　② 刘元济(生卒年不详):一作允济。洛州巩(今河南巩义)人。与王勃齐名。弱冠举进士,补下邽县尉,累迁著作佐郎。《全唐诗》录其诗四首。　③ 厌:《全唐诗》卷二〇作"压"。

怨 诗①（三首）

李 暇②

其 一

罗敷初总髻，蕙芳正娇小。月落始归船，春眠恒著晓。

① 此三首录自《乐府诗集》卷四二。今按：题同《怨诗行》。　② 李暇（生卒年不详）：天宝以前人。《全唐诗》录其诗五首。

其 二

何处期郎游，小苑花台间。相忆不可见，且复乘月还。

其 三

别前花照路，别后露垂叶。歌舞须及时，如何坐悲妾。

怨 诗①（二首）

姚月华②

其 一

春水悠悠春草绿，对此思君泪相续。羞将离恨向东风，理尽秦筝不成曲。

① 此二首录自《乐府诗集》卷四二。今按：此题《才调集》卷一〇作《古怨》。　② 姚月华（生卒年不详）：唐代女诗人。自幼聪慧，未尝读书，所作文词，妙绝当时，兼善丹青。与杨达相爱，时以尺牍往来。《全唐诗》录其诗六首。《乐府诗集》作"姚氏月华"。

其 二

与君形影分胡越，玉枕终年对离别。登台北望烟雨深，回身泣向寥天月。

怨 歌 行①

吴少微②

　　城南有怨妇,含怨倚兰③丛。自谓二八时,歌舞入汉宫。皇恩数流盼④,承⑤幸玉堂中。绿陌黄花催夜酒,锦衣罗袂逐春风。建章西宫焕若神,燕、赵美女二⑥千人。君王厌德不忘新,况群艳冶纷来陈。是时别君不再见,三十三春长信殿。长信重门昼掩关,清房晓帐幽且闲。绮窗虫网氛尘色,文轩莺对桃李颜。天王贵宫不贮老,浩然泪陨今来还。自怜春色⑦转晚暮,试逐佳游芳草路。小腰丽女夺人奇,金鞍少年曾不顾。归来谁为夫,请谢西家妇。莫辞先醉解罗襦。

　　① 此首录自《乐府诗集》卷四二。《乐府诗集》题下注"此诗中有逸句"。② 吴少微(？—706):唐代诗人。新安(今安徽歙县)人。登进士第,曾任晋阳尉,与富嘉谟友善,属词雄迈高丽,时人称为"吴富体"。中宗初年,与富嘉谟同为左台监察御史。《全唐诗》录其诗六首。　③ 倚兰:《全唐诗》卷二〇注"集作傍芳"。　④ 数流盼:《乐府诗集》无,据《全唐诗》注补。　⑤ 承:《乐府诗集》作"弄",据《全唐诗》注改。　⑥ 二:《全唐诗》注"集作三"。　⑦ 春色:《乐府诗集》无,据《全唐诗》注补。

长 门 怨①

吴少微

　　月出映曾城,孤圆上太清。君王春②爱歇,枕席凉风生。怨咽不能寝,踟蹰步前楹。空阶白露色,百草寒虫鸣。念昔金房里,犹嫌玉座轻。如何娇所误,长夜泣恩情。

　　① 此首录自《乐府诗集》卷四二。　② 春:《全唐诗》卷二〇注"集作眷"。

长 门 怨①

徐贤妃②

旧爱柏梁台，新宠昭阳殿。守分辞芳③辇，含情泣团扇。一朝歌舞荣，夙昔诗书贱。颓恩诚已矣，覆水难重荐。

① 此首录自《乐府诗集》卷四二。　② 徐贤妃(627—650)：名惠，湖州长城(今浙江长兴)人。幼聪慧，八岁能属文，太宗召为才人，俄拜婕妤，再迁充容。常上疏论时政，帝善其言，优赐之。永徽元年赐贤妃。《全唐诗》存其诗五首。
③ 芳：《乐府诗集》作"方"，《全唐诗》卷二〇注"集作芳"，据此改。

长 门 怨①

张修之②

长门落景尽，洞房秋月明。玉阶草露积，金屋网尘生。妾妒今应改，君恩昔未平。寄语临邛客，何时作赋成。

① 此首录自《乐府诗集》卷四二。　② 张修之(生卒年不详)：《全唐诗》卷七六九收入此诗，录自《乐府诗集》。《全唐诗》卷九九又收此首为张循之诗，疑张修之为张循之之误。张循之，洛阳(今属河南)人。与弟张仲之均与苏晋友善，并以学业著名当时。武则天时，因上疏忤旨，被诛。《全唐诗》录其诗六首。

长 门 怨①

裴交泰②

自闭长门经几秋，罗衣湿尽泪还流。一种蛾眉明月夜，南宫歌管北宫愁。

① 此首录自《乐府诗集》卷四二。　② 裴交泰(生平里籍不详)：贞元间诗人。《全唐诗》录其诗一首。

长 门 怨[①]

刘 皂[②]

宫殿沉沉月欲分,昭阳更漏不堪闻。珊瑚枕上千行泪,不是思君是恨君[③]。

① 此首录自《乐府诗集》卷四二。　② 刘皂(生卒年不详):彭城(今江苏徐州)人,一说咸阳(今属陕西)人。生活于唐德宗时代,长期旅居并州。《全唐诗》录其诗五首,篇篇警策。　③ "不是"句:《文苑英华》卷二〇四注:"一作半是思君半恨君"。

长 门 怨[①]

袁 晖

早知君爱歇,本自无萦妒。谁使恩情深,今来反相误。愁眠罗帐晓,泣坐金闺暮。独有梦中魂,犹言意如故。

① 此首录自《乐府诗集》卷四二。

长 门 怨[①]

刘 驾

御泉长绕凤凰楼,只是恩波别处流。闲撰舞衣归未得,夜来砧杵六宫秋。

① 此首录自《乐府诗集》卷四二。

长 门 怨[①] (二首)

刘 媛[②]

其 一

雨滴梧桐秋夜长,愁心和雨到昭阳。泪痕不学君恩断,拭却千行更万行。

　　① 此首录自《乐府诗集》卷四二。　　② 刘媛(生卒年不详):唐代女诗人。《全唐诗》录其诗三首又四句。《乐府诗集》作"刘氏媛"。

其　二

　　学画蛾眉独出群,当时人道便承恩。经年不见君王面,花落黄昏空掩门。

婕 妤 怨^①

张　烜^②

　　贱妾裁纨扇,初摇明月姿。君王看舞席,坐起秋风时。玉树清御路,金陈翳垂丝。昭阳无分理,愁寂任前期。

　　① 此首录自《乐府诗集》卷四三。　　② 张烜(生卒年不详):尝任监察御史,开元十四年为集贤院直学士,天宝元年任起居舍人。《全唐诗》录其诗一首。

婕 妤 怨^①

刘方平^②

　　夕殿别君王,宫深^③月似霜。人愁^④在长信,萤出向昭阳。露裛红兰死^⑤,秋雕碧树伤。唯当合欢扇,从此箧中藏。

　　① 此首录自《乐府诗集》卷四三。今按:此题《全唐诗》卷二五一作《班婕妤》。　　② 刘方平(生卒年不详):洛阳(今属河南)人。天宝九年科考不第,隐居于颍阳大谷,不求仕宦。与皇甫冉、李颀等友善,其文淡泊,善画山水,其诗思悠远,风格闲雅。《全唐诗》录其诗一卷。　　③ 宫深:《全唐诗》注"一作深宫"。　　④ 愁:《全唐诗》作"幽"。　　⑤ 死:《全唐诗》作"湿"。

婕妤怨[1]

王沈[2]

　　长信梨花暗欲栖,应门上籥草萋萋。春风吹花乱扑户,班婕车声不至啼。

　　① 此首录自《乐府诗集》卷四三。　　② 王沈(生卒年不详):天宝以前人。《全唐诗》录其诗一首。

婕妤怨[1]

翁绶[2]

　　谗谤潜来起百忧,朝承恩宠暮仇雠。火烧白玉非因玷,霜剪红兰不待秋。花落昭阳谁共辇,月明长信独登楼。繁华事逐东流水,团扇悲歌万古愁。

　　① 此首录自《乐府诗集》卷四三。　　② 翁绶(生卒年不详):咸通六年登进士第,后坎坷失志,名位不闻。辛文房称其诗"多近体,变古乐府,音韵虽响,风骨憔悴,真晚唐之移习也"。(见《唐才子传》)《全唐诗》录其诗八首。

婕妤怨[1]

刘云[2]

　　君恩不可见,妾岂如秋扇。秋扇尚有时,妾身永微贱。莫言朝花不复落,娇容几夺昭阳殿。

　　① 此首录自《乐府诗集》卷四三　　② 刘云(生卒年不详):唐代女诗人。《全唐诗》录其诗三首。《乐府诗集》作"刘氏云"。

长信怨[1]

王諲[2]

　　飞燕倚身轻,争人巧笑名。生君弃妾意,增妾怨君情。日落昭阳殿③，秋来长信城。寥寥金殿里，歌吹夜无声。

　　① 此首录自《乐府诗集》卷四三。今按：题属《怨诗行》一脉。　　② 王諲（生卒年不详）：唐代诗人。生活于唐玄宗时期。开元间进士，曾任右补阙，有诗名于当世，长于写闺情宫怨。《全唐诗》录其诗六首。　　③ 殿：《乐府诗集》作"壁"，据《全唐诗》卷二〇改。

宫　怨①

于　濆②

　　妾家望江口，少年家财厚。临江起珠楼，不卖文君酒。当年乐贞独，巢燕时为友。父兄未许人，畏妾事姑舅。西墙邻宋玉，窥见妾眉宇。一旦及天聪，恩光生户牖。谓言入汉宫，富贵可长久。君王纵有情，不奈陈皇后。谁怜颊似桃，孰知腰胜柳。今日在长门，从来不如丑。

　　① 此首录自《乐府诗集》卷四三。今按：此题属《怨诗行》一脉。　　② 于濆（生卒年不详）：唐代诗人。字子漪，其先京兆（今陕西西安）人。咸通二年进士。仕途不达，官终泗州判官。诗工古风，通俗古朴，颇受乐府歌谣影响。与曹邺、刘驾、聂夷中诸人交游唱和，《全唐诗》录其诗一卷。

宫　怨①（二首）

柯　崇②

其　一

　　尘满金炉不炷③香，黄昏④独自立重廊。笙歌何处承恩宠，一一随风入上阳。

　　① 此二首录自《乐府诗集》卷四三。今按：题属《怨诗行》一脉。此首作者《乐府诗集》作"柯宗"，据《全唐诗》改。　　② 柯崇（838—?）：闽（今福建）人。官

至太子校书。《全唐诗》录其诗二首。　③ 炷:《乐府诗集》作"在",据《全唐诗》改。　④ 黄昏:《乐府诗集》阙二字,据《全唐诗》补。

其　二

长门槐柳半萧疏,玉辇沉思恨有余。红泪旋销倾国志,黄金谁为达相如。

班　婕　妤①

徐彦伯

君恩忽断绝,妾思终未央。巾栉不可见,枕席空余香。窗暗网罗白,阶秋苔藓黄。应门寂已闭,流涕向昭阳。

① 此首录自《乐府诗集》卷四三。

第十三卷　唐五代乐府（二）

清商曲辞

　　郭茂倩曰,清商乐乃九代之遗声也。其始即相和三调是也,并汉魏已来旧曲。其辞皆古调及魏三祖所作。自晋朝播迁,其音分散,苻坚灭凉得之,传于前后二秦。及宋武定关中,因而入南,不复存于内地。自时已后,南朝文物号为最盛,民谣国俗,亦世有新声。故王僧虔论三调歌曰:"今之清商,实由《铜雀》。魏氏三祖,风流可怀。京洛相高,江左弥重。而情变听改,稍复零落。十数年间,亡者将半。"后魏孝文讨淮汉,宣武定寿春,收其声伎,得江左所传中原旧曲,《明君》、《圣主》、《公莫》、《白鸠》之属,及江南吴歌、荆楚西声,总谓之清商乐。

　　唐贞观中,用十部乐,清乐亦在焉。至武后时,犹有六十三曲。其后歌辞在者,有《白雪》、《公莫》、《巴渝》、《明君》、《凤将雏》、《明之君》、《铎舞》、《白鸠》、《白纻》、《子夜吴声四时歌》、《前溪》、《阿子及欢闻》、《团扇》、《懊侬》、《长史变》、《丁督护》、《读曲》、《乌夜啼》、《石城》、《莫愁》、《襄阳》、《栖乌夜飞》、《估客》、《杨伴》、《雅歌骁壶》、《常林欢》、《三洲》、《采桑》、《春江花月夜》、《玉树后庭花》、《堂堂》、《泛龙舟》等三十二曲,《明之君》、《雅歌》各二首,《四时歌》四首,合三十七首。又七曲有声无辞。

吴声歌曲

　　《古今乐录》曰:"吴声十曲,一曰《子夜》,二曰《上柱》,三曰《凤将雏》,四曰《上声》,五曰《欢闻》,六曰《欢闻变》,七曰《前溪》,八曰《阿子》,九曰《丁督护》,十曰《团扇郎》,并梁所用曲……游曲六曲,《子夜四时歌》、《警歌》、《变歌》,并十曲中间游曲也。"

子夜四时歌①（六首）

郭　震②

春　歌（二首）

其　一

春楼含日光，绿池起风色。赠子同心花，殷勤此何极。

① 此六首录自《乐府诗集》卷四五。《唐书·乐志》曰："《子夜歌》者，晋曲也。晋有女子名子夜，造此声，声过哀苦。"《乐府解题》曰："后人更为四时行乐之词，谓之《子夜四时歌》。"　② 郭震：《乐府诗集》作郭元振，即郭震。

其　二

陌头杨柳枝，已被春风吹。妾心正断绝，君怀那得知。

秋　歌（二首）

其　一

邀欢空伫立，望美频回顾。何时复采菱，江中密相遇。

其　二

辟恶茱萸囊，延年菊花酒。与子结绸缪，丹心此何有。

冬　歌（二首）

其　一

北极严气升，南至温风谢。调丝竞短歌，拂枕怜长夜。

其　二

帷横双翡翠，被卷两鸳鸯。婉态不自得，宛转君王床。

春江花月夜①

张若虚②

春江潮水连海平,海上明月共潮生。滟滟随波千万里③,何处春江无月明。江流宛转绕芳甸,月照花林皆似霰。空里流霜不觉飞,汀上白沙看不见。江天一色无纤尘,皎皎空中孤月轮。江畔何人初见月,江月何年初照人?人生代代无穷已,江月年年望④相似。不知江月待何人,但见长江送流水。白云一片去悠悠,青枫浦上不胜愁。谁家今夜扁舟子,何处相思明月楼。可怜楼上月徘徊,应照离人妆⑤镜台。玉户⑥帘中卷不去,捣衣砧上拂还来。此时相望不相闻,愿逐月华流照君。鸿雁长飞光不度,鱼龙潜跃水成文。昨夜闲潭梦落花,可怜⑦春半不还家。江水流春去欲尽,江潭落月复西斜。斜月沉沉藏海雾,碣石潇湘无限路。不知乘月几人归,落月摇情满江树。

① 此首录自《乐府诗集》卷四七。　② 张若虚(生卒年不详):扬州(今属江苏)人。曾任兖州兵曹。神龙年间与贺知章等俱以吴越文士扬名京都,与贺知章、张旭、包融号称"吴中四士"。《全唐诗》录其诗二首。　③ 里:《全唐诗》卷四注"一作顷"。　④ 望:《全唐诗》注"集作祇"。　⑤ 妆:《全唐诗》注"一作玉"。⑥ 玉户:《全唐诗》作"遮户"。　⑦ 怜:《乐府诗集》作"非",据《全唐诗》改。

子夜春歌①

王　翰

春气满林香,春游不可忘。落花吹欲尽,垂柳折还长。桑女淮南曲,金鞍塞北装。行行小垂手,日暮渭川阳。

① 此首录自《乐府诗集》卷四五。今按:题属《子夜四时歌》一脉。

春江花月夜①（二首）

张子容②

其 一

林花发岸口，气色动江新。此夜江中月，流光花上春。分明石潭里，宜照浣纱人。

① 此首录自《乐府诗集》卷四七。　② 张子容（生卒年不详）：襄阳（今属湖北）人。唐代诗人。诗工五言律，与孟浩然友善，诗风亦相近。《全唐诗》录其诗一卷。

其 二

交甫怜瑶佩，仙妃难重期。沉沉绿江晚，惆怅碧云姿。初逢花上月，言是弄珠时。

丁督护歌①

李 白

云阳上征去，两岸饶商贾。吴牛喘月时，拖船一何苦。水浊不可饮，壶浆半成土。一唱《都②护歌》，心摧泪如雨。万人凿盘石，无由③达江浒。君看石芒砀，掩泪悲千古。

① 此首录自《乐府诗集》卷四五。郭茂倩引《宋书·乐志》曰："《督护歌》者，彭城内史徐逵之为鲁轨所杀，宋高祖使府内直督护丁旿收敛殡埋之。逵之妻，高祖长女也。呼旿至阁下，自问殡送之事。每问辄叹息曰：'丁督护'！其声哀切，后人因其声广其曲焉。"　② 都：《全唐诗》卷二一注"集作督"。　③ 由：《乐府诗集》误作"田"。

子夜四时歌①（四首）

李 白

春 歌

秦地罗敷女，采桑绿水边。素手青条上，红妆白日鲜。蚕饥妾欲去，五马莫留连。

① 此四首录自《乐府诗集》卷四五。今按：此题萧士赟本《李太白诗》卷六作《子夜吴歌》。

夏　歌

镜湖三百里，菡萏发荷花。五月西施采，人看隘若耶。回舟不待月，归去越王家。

秋　歌

长安一片月，万户捣衣声。秋风吹不尽，总是玉关情。何日平胡虏？良人罢远征。

冬　歌

明朝驿使发，一夜絮征袍。素手抽针冷，那堪把剪刀！裁缝寄远道，几日到临洮？

子夜冬歌[①]

崔国辅

寂寥抱冬心，裁罗又[②]褧褧。夜久频挑灯，霜寒剪刀冷。

① 此首录自《乐府诗集》卷四五。今按：此题属《子夜四时歌》一脉。

② 又：《全唐诗》卷一一七注“一作文”。

子夜冬歌[①]

薛　耀[②]

朔风扣群木，严霜凋百草。借问月中人，安得长不老。

① 此首录自《乐府诗集》卷四五。今按：此题属《子夜四时歌》一脉。

② 薛耀（生卒年不详）：一作薛曜。字升华，蒲州汾阴（今山西万荣）人。薛元超

子,尚城阳公主。登封元年,官礼部郎中。圣历中,迁正谏大夫,官至给事中。以文学知名,与王勃有交谊。《全唐诗》录其诗八首。

三 阁 词①(四首)

刘禹锡

其 一

贵人三阁上,日晏未梳头。不应有恨事,娇甚却成②愁。

① 此四首录自《乐府诗集》卷四七。郭茂倩解云,三阁词,刘禹锡所作吴声曲也。《南史》曰:"陈后主至德二年,于光昭殿前起临春、结绮、望仙三阁,高数十丈,并数十间。窗牖壁带悬楣栏槛之类,皆以沉檀香为之。又饰以珠玉,间以珠翠,外施珠帘,内有宝床宝帐,服玩瑰丽,近古未有。每微风暂至,香闻数里,朝日初照,光映后庭。其下积石为山,引水为池,植以奇树,杂以花药。后主自居临春阁,张贵妃居结绮阁,龚孔二贵嫔居望仙阁,并复道交相往来。" ② 成:《刘梦得文集》卷八作"生"。

其 二

珠箔曲琼钩,子细见扬州。北兵那得度,浪语判①悠悠。

① 浪语判:《刘梦得文集》作"浪话声"。

其 三

沉香帖阁柱,金缕画门楣。回首降幡下,已见黍离离①。

① 黍离离:即黍离。《诗·王风·黍离序》:"《黍离》,闵宗周也。周大夫行役,至于宗周,过故宗庙宫室,尽为禾黍,闵周室之颠覆,彷徨不忍去而作是诗也。"后遂用作感慨亡国之词。

其 四

三人出眢井,一身登槛车。朱门漫临水,不可①见鲈鱼。

① 可:《刘梦得文集》注"一作得"。

团 扇 郎①

刘禹锡

团扇复团扇,奉君清暑殿。秋风入庭树,从此不相见。上有乘鸾女,苍苍虫网遍。明年入怀袖,别是②机中练。

① 此首录自《乐府诗集》卷四五。今按:题为《古今乐录》吴声十曲之十。② 是:《全唐诗》卷二〇作"有"。

玉树后庭花①

张祜

轻车何草草,独唱后庭花。玉座谁为主,徒悲张丽华②。

① 此首录自《乐府诗集》卷四七。今按:此题始于南朝陈后主(叔宝)。《隋书·乐志》曰:"陈后主于清乐中造《黄骊留》及《玉树后庭花》、《金钗两鬓垂》等曲,与幸臣等制其歌词,绮艳相高,极于轻荡,男女唱和,其声甚哀。" ② 张丽华:陈后主宠妃。

读 曲 歌①（五首）

张祜

其 一

窗中独自起,帘外独自行。愁见蜘蛛织,寻思直到明。

① 此五首录自《乐府诗集》卷四六。今按:《古今乐录》曰:"《读曲歌》者,元嘉十七年袁后崩,百官不敢作歌声,或因酒宴,止窃声读曲细吟而已,以此为名。"

其　二

碓上米①不舂，窗中丝罢络。看渠驾去车，定是无四角。

① 米：《乐府诗集》作"人"，据《全唐诗》卷二一改。

其　三

不见心相许，徒云脚漫勤。摘荷空摘叶，是底采莲人。

其　四

窗外山魈立，知渠脚不多。三更机底下，摸着是谁梭。

其　五

郎去摘黄爪，郎来收赤枣。郎耕种麻地，今作西舍道。

团 扇 郎①

张 祜

白团扇，今来此去捐。愿得入郎手，团圆郎眼前。

① 此首录自《乐府诗集》卷四五。今按：题为《古今乐录》吴声十曲之十。

子夜四时歌①（四首）

陆龟蒙

春 歌

山连翠羽屏，草接烟华席。望尽南飞燕，佳人断信息②。

① 此四首录自《乐府诗集》卷四五。　② 信息：《乐府诗集》注"一作消息"。

夏　歌

兰眼抬露斜，莺唇映花老。金龙倾漏壶，玉井敲冰早。

秋　歌

凉汉清沉寥，哀林怨风雨。愁听络纬①唱，似与羁魂语。

① 络纬：虫名，即莎鸡，俗称络丝娘、纺织娘。

冬　歌

南光走冷圭，北籁号空木。年年任霜霰，不减笡筤绿。

懊恼曲①

温庭筠

藕丝作线难胜针，蕊粉染黄那得深。玉白兰芳不相顾，倡②楼一笑轻千金。莫言自古皆如此，健剑刜钟铅绕指。三秋庭绿尽迎霜，惟有荷花守红死。西江③小吏朱斑轮，柳缕吐牙④香玉春。两股金钗已相许，不令独作空城⑤尘。悠悠楚水流如马，恨紫愁红满平野。野土千年怨不平，至今烧作鸳鸯瓦。

① 此首录自《乐府诗集》卷四六。今按：吴声歌曲《懊侬歌》十四首之十四曰"懊恼奈何许"，《懊恼曲》题名当本于此。　② 倡：《乐府诗集》注"一作青"。　③ 西江：唐人多称长江中下游为西江。西，《乐府诗集》注"一作庐"。　④ 牙：疑当为"芽"。　⑤ 城：《全唐诗》卷二一作"成"。

春江花月夜①

温庭筠

玉树歌阑海云黑，花庭忽作青芜国。秦淮有水水无情,还向金陵漾春色。杨家二世安九重,不御华芝嫌六龙。百幅锦帆风力满,连天展尽金芙蓉。珠翠丁星复明灭,龙头劈浪哀笳发。千里涵空照②水魂,万枝破鼻团③香雪。漏转霞高沧海西,颇黎④枕上闻天鸡。蛮弦代雁⑤曲如语,一醉昏昏天下迷。四方倾⑥动烟⑦尘起,犹在浓香⑧梦魂里。后主荒宫有晓莺,飞来只隔西江水。

① 此首录自《乐府诗集》卷四七。　② 照:《全唐诗》卷二一作"澄"。
③ 团:《全唐诗》作"飘"。　④ 颇黎:状如水晶的宝石。《全唐诗》作"玻璃"。
⑤ 代雁:代,原作"玳",据《全唐诗》改。又《全唐诗》"雁"作"写"。　⑥ 倾:《全唐诗》注"一作颎"。　⑦ 烟:《全唐诗》注"一作风"。　⑧ 香:《全唐诗》注"一作团"。

堂　堂①

温庭筠

钱塘岸上春如织,淼淼寒潮带晴色。淮南游客马连嘶②,碧草迷人归不得。风飘客意③如吹烟,纤指殷勤伤雁弦。一曲堂堂红烛筵,金④鲸泻酒如飞泉。

① 此首录自《乐府诗集》卷四七。今按:此题《全唐诗》卷二一注"一作《钱唐》"。　② 连:《全唐诗》注"一作频"。　③ 意:《全唐诗》注"一作思"。
④ 金:《全唐诗》注"一作长"。

黄竹子歌①

江边黄竹子,堪作女儿箱。一船使两桨,得娘还故乡。

① 此首录自《乐府诗集》卷四七。郭茂倩解引唐李康成曰:"《黄竹子歌》、《江陵女歌》皆今时吴歌也。"因当为唐辞也。

江陵女歌①

雨从天上落，水从桥下流。拾得娘裙带，同心结两头。

① 此首录自《乐府诗集》卷四七。

碧 玉 歌①

李　暇②

碧玉上宫妓，出入千花林。珠被玳瑁床，感郎情意深。

① 此首录自《乐府诗集》卷四五。今按：碧玉，南朝宋汝南王妾名，以宠爱之甚，所以歌之。　② 李暇：《乐府诗集》正文阙，据其书目录及毛刻本补。

神弦歌

萧涤非认为，《乐府诗集》中《神弦歌》虽未注明朝代，然既列之《吴歌》与《西曲》之间，当同为南朝前期作品也。

唐人拟作《神弦歌》，有王维、李贺、王叡等，其作品虽承袭南朝《神弦歌》，但能自成一格，文字也颇有奇趣。

祠渔山神女歌①（二首）

王　维

迎　神

坎坎击鼓，渔山之下。吹洞箫，望极浦。女巫进，纷屡舞。陈瑶席，湛清酤。风凄凄，又②夜雨。不知③神之来兮不来，使我心兮苦复苦④。

① 此二首录自《乐府诗集》卷四七。郭茂倩解引张茂先《神女赋序》曰："魏

济北从事弦超，嘉平中夜，梦神女来，自称天上玉女，姓成公，字智琼，东郡人。早失父母，天地哀其孤苦，令得下嫁。后三四日一来，即乘辎軿，衣罗绮。智琼能隐其形，不能藏其声，且芬香达于室宇，颇为人知。一旦，神女别去，留赠裙衫裲裆。”《述征记》曰：“魏嘉平中，有神女成公智琼降弦超，同室，疑其有奸，智琼乃绝。后五年，超使将之洛，西至济北渔山下陌，上，遥望曲道头，有车马，似智琼，果至洛，克复旧好。”唐王勃《杂曲》曰：“智琼神女，来访文君。”按《十道志》云：“渔山一名吾山。汉武帝过渔山，作《瓠子歌》云：‘吾山平兮巨野溢’是也。”此诗《全唐诗》卷一二五题作《鱼山神女祠歌》。　②又：《全唐诗》卷一二五作“兮”。　③不知：《全唐诗》注“一本无此二字”。　④“使我”句：《全唐诗》注“一作使我心苦”。

送　神

　　纷进舞①兮堂前，目眷眷兮琼筵。来不言②兮意不传，作暮雨兮愁空山。悲急管兮③思繁弦，神④之驾兮俨欲旋。倏云收兮雨歇，山青青兮水⑤潺湲。

　　①舞：《全唐诗》注“一作拜”。　②言：《全唐诗》注“一作语”。　③兮：《全唐诗》注“一本无兮字”。　④神：《全唐诗》注“一作灵”。　⑤水：《乐府诗集》阙，据《全唐诗》注补。

神　弦　曲①

李　贺

　　西山日没东山昏，旋风吹马马踏云。画弦素管声浅繁，花裙绰㚲②步秋尘。桂叶刷风桂坠子，青狸哭血寒狐死。古壁彩虬金帖尾，雨工骑入秋潭水③。百年老鸮成木魅，笑④声碧火巢中起。

　　①此首录自《乐府诗集》卷四七。今按：《乐府诗集》将此首列在《神弦歌》十八首之后。　②绰㚲：衣服摩擦的声音。　③“雨工”句：《乐府诗集》注“一作雨公夜骑入潭水”。　④笑：吴企明选编《李贺集》卷四作“啸”。

神弦别曲[①]

李 贺

巫山[②]小女隔云别，松花春风山上发[③]。绿盖独穿
香径归，白马花竿前子子[④]。蜀江风澹水如罗，堕兰谁
泛相经过。南山桂树为君死，云衫残[⑤]汙红脂花。

① 此首录自《乐府诗集》卷四七。今按：李贺此首《乐府诗集》列在其《神弦曲》之后。 ② 山：《乐府诗集》注"一作阳"。 ③ "松花"句：《乐府诗集》注"一作春风松花山上发"。 ④ 子子：《诗经·鄘风·干旄》曰："子子干旄，在浚之郊。"郑笺："子子，特殊貌。" ⑤ 残：王琦注《李长吉歌诗》卷四作"浅"。

祠 神 歌[①]（二首）

王 叡

迎 神

蒛草头花椰叶裙，蒲葵树下舞蛮云。引领望江遥
滴酒，白苹风起水生文。

① 此二首录自《乐府诗集》卷四七。

送 神

枨枨山响答琵琶，酒湿青莎肉饲鸦。树叶无声神
去后，纸钱灰出木绵花。

西曲歌

《乐府诗集》云："《西曲歌》出于荆、郢、樊、邓之间。而其声节送和，与《吴歌》亦异，故□（今按：《乐府诗集》缺字，疑为"因"或"依"）其方俗而谓之西曲云。"

《古今乐录》载，《西曲歌》有三十四曲，其中十六曲并舞曲，又十六曲并倚歌。

乌　夜　啼①

李　白

黄云城边乌欲栖，归飞哑哑枝上啼。机中织锦秦川女②，碧纱如烟隔窗语。停梭怅然忆远人，独宿孤房泪如雨③。

① 此首录自《乐府诗集》卷四七。　② "机中"句：《乐府诗集》注"一作闺中织妇秦家女"。　③ "停梭"二句：《乐府诗集》注"一作停梭向人问故夫，欲说辽西泪如雨"。《才调集》卷六作"停梭向人忆故夫，知在流沙泪如雨"。

乌　夜　啼①（二首）

顾　况②

其　一

玉房掣锁声翻叶，银箭添泉绕霜③堞。毕逋发剌④月⑤衔城，八九雏飞其母惊。此是天上老鸦鸣，人间⑥老鸦无此声。摇⑦杂佩，耿华烛，良夜羽人弹此曲，东方曈曈赤日旭。

① 此二首录自《乐府诗集》卷四七。　② 顾况：《乐府诗集》缺作者，据《全唐诗》卷二一补。　③ 绕霜：《全唐诗》作"霜绕"。　④ 发剌：谓振羽声。《全唐诗》作"拨剌"。　⑤ 月：《全唐诗》作"日"。　⑥ 人间：《全唐诗》注"一作我闻"。　⑦ 摇：《全唐诗》作"摇风"。"风"字当衍。

其　二

月出江林西，江林寂寂城鸦啼。昔人何处为此曲，今人何处听不足。城寒月晓驰思深，江上青草为谁绿。

乌　夜　啼①

杨巨源②

可怜杨叶复杨花，雪净烟深碧玉③家。乌栖不定

枝条弱,城头夜半声哑哑。浮萍摇荡门前水,任胃芙
蓉莫堕沙。

① 此首录自《乐府诗集》卷四七。　② 杨巨源(755—?):字景山,河中(今山西永济一带)人。贞元五年进士。此后大半时间在长安做官,与白居易、元稹等人为诗友。《全唐诗》录其诗一卷。　③ 碧玉:南朝宋汝南王妾名。亦泛指年轻貌美的婢妾或小家女。

乌 夜 啼①

王　建

庭树乌,尔何不向别处栖。夜夜夜半②当户啼。
家人把烛出洞户,惊栖失群飞落树。一飞直欲飞上
天,回回不离旧栖处。未明重绕主人屋,欲下空中黑
相触。风飘雨湿亦不移,君家树头多好枝。

① 此首录自《乐府诗集》卷四七。　② 夜夜夜半:《乐府诗集》作"夜夜半",据《全唐诗》卷二一补一"夜"字。

乌 夜 啼①

白居易

城上归时晚,庭前宿处危。月明无叶树,霜滑有
风枝。啼涩饥喉咽,飞低冻翅垂。画堂鹦鹉鸟,冷暖
不相知。

① 此首录自《乐府诗集》卷四七。

乌 夜 啼①

聂夷中

众鸟各归枝,乌乌尔不栖。还应知妾恨,故向绿窗啼。

① 此首录自《乐府诗集》卷四七。

乌 夜 啼^①

张　祜

忽忽南飞返，危弦共怨凄。暗霜移树宿，残夜绕枝啼。咽绝声重叙，惝淫思乍迷。不妨还报喜，误使玉颜低。

① 此首录自《乐府诗集》卷四七。

乌 夜 啼^①

李群玉^②

层^③波隔梦渚^④，一望青枫林。有鸟在其间，达晓自悲吟。是时月黑天，四野烟雨深。如闻生离哭，其声痛人心。悄悄夜正长，空山响哀音。远客不可听，坐愁华发侵。既非蜀帝魂，恐是桓^⑤山禽。四子各分散，母声犹至今。

① 此首录自《乐府诗集》卷四七。今按：此首《全唐诗》卷二一作《乌夜号》。
② 李群玉（808—862）：字文山，澧州（今湖南省澧县）人。曾官弘文馆校书郎。性情旷逸，以吟咏自适。《全唐诗》录其诗三卷，其中以山水景物，特别是羁旅愁思为题材的作品情致婉转，刻画工致，颇有韵味。　③ 层：《乐府诗集》作"曾"，据《全唐诗》卷二一改。　④ 渚：《乐府诗集》作"时"，据《全唐诗》改。　⑤ 桓：《乐府诗集》作"恒"，据《全唐诗》改。

大 堤 曲^①

张柬之^②

南国多佳人，莫若大堤女。玉床翠羽帐，宝袜莲花炬。魂处自③目成，色授开心许。迢迢不可见，日暮空愁予。

① 此首录自《乐府诗集》卷四八。今按：《襄阳乐》曰："朝发襄阳城，暮至大堤宿。大堤诸女儿，花艳惊郎目。"《大堤曲》题名疑当出于此也。《襄阳乐》者，宋隋王诞之所作也。为《西曲歌》三十四曲之曲名。　② 张柬之（625—706）：字孟将，襄州襄阳人。永昌元年以贤良召，对策第一，授监察御史，迁凤阁舍人。武后召为司刑少卿，拜同平章事。诛张昌宗、张易之，以功封汉阳郡王，后为武三思所诬，流放陇州，忧愤而死。　③ 自：《乐府诗集》注"一作在"。

大 堤 行①

孟浩然②

大堤行乐处，车马相驰突。岁岁春草生，踏青二三月。王孙挟珠弹，游女矜罗袜。携手今莫同，江花为谁发。

① 此首录自《乐府诗集》卷四八。今按：此题《全唐诗》卷一五九作"大堤行寄万七"。　② 孟浩然（689—740）：襄阳（今属湖北）人。少隐鹿门山，年四十游京师，于太学赋诗，一座叹服。终生未仕。诗属山水一派，有诗集三卷。《全唐诗》录其诗二卷。

襄 阳 曲①（二首）

崔国辅

其 一

蕙草娇红萼，时光舞碧鸡。城中美少年，相见白铜鞮②。

① 此首录自《乐府诗集》卷四八。今按：题同《襄阳乐》。《古今乐录》西曲歌三十四曲之一。　② 白铜鞮：即《铜鞮曲》，也称《襄阳蹋铜蹄》。《隋书·音乐志上》："初武帝之在雍镇，有童谣云：'襄阳白铜蹄，反缚扬州儿。'"这里代指襄阳。

其　二

少年襄阳地,来往襄阳城。城中轻薄子,知妾解秦筝。

乌 栖 曲①

李　白

姑苏台上乌栖时,吴王宫里醉西施。吴歌楚舞欢未毕,青山犹②衔半边日。银箭金壶③漏水多,起看江月坠江波,东方渐高奈乐④何。

① 此首录自《乐府诗集》卷四八。今按:题同《乌夜啼》。　② 犹:《全唐诗》卷二一、王琦注《李太白文集》卷三作"欲"。　③ 银箭金壶:《河岳英灵集》卷上作"金壶丁丁"。《乐府诗集》注"一作金壶丁丁"。　④ 乐:《河岳英灵集》作"尔"。

估 客 乐①

李　白

海客乘天风,将船远行役。譬如云中鸟,一去无踪迹。

① 此首录自《乐府诗集》卷四八。今按:题为《古今乐录》西曲歌三十四曲之一。

大 堤 曲①

李　白

汉水临②襄阳,花开大堤暖。佳期大堤下,泪向南云满。春风复无③情,吹我梦魂乱④。不见眼中人,天长音信断。

① 此首录自《乐府诗集》卷四八。　② 临:《才调集》卷六作"横"。　③ 复无:《全唐诗》卷二一注"集作无复"。　④ 乱:《乐府诗集》作"断",据《才调集》改。《全唐诗》及萧士赟本《李太白诗》卷五作"散"。

杨叛儿①

李 白

君歌杨叛儿,妾劝新丰酒。何许最关人,乌啼白门柳。乌啼隐杨花,君醉留妾家。博山炉中沉香火,双烟②一气凌紫霞。

① 此首录自《乐府诗集》卷四九。今按:题为《古今乐录》西曲歌三十四曲之一。本为《杨伴儿》。《唐书·乐志》曰:"《杨伴儿》,本童谣歌也……童谣云:'杨婆儿,共戏来所欢。'语讹,遂成杨伴儿。"　② 烟:《乐府诗集》作"咽",据萧士赟本《李太白诗》卷四改。

乌栖曲①

李 端

白马逐朱②车,黄昏入狭斜。狭斜柳树乌争宿,争枝未得飞上屋。东房少妇婿从军,每听乌啼知夜分。

① 此首录自《乐府诗集》卷四八。今按:题同《乌夜啼》。　② 朱:《乐府诗集》作"牛",据《全唐诗》卷二一注改。

襄阳曲①

李 端

襄阳堤路长,草碧杨柳黄。谁家女儿临夜妆,红罗帐里有灯光。雀钗翠羽动明珰,欲出不出脂粉香。同居女伴正衣裳,中庭寒月白如霜。贾生十八称才子,空得门前一断肠。

① 此首录自《乐府诗集》卷四八。今按:题为《古今乐录》西曲歌三十四曲之一。

乌 栖 曲①(二首)

刘方平

其 一

娥眉曼脸倾城国,鸣环动佩新相识。银汉斜临白玉堂,芙蓉行障掩灯光。

① 此二首录自《乐府诗集》卷四八。今按:题同《乌夜啼》。

其 二

画舸双艚锦为缆,芙蓉花发莲叶暗。门前月色映横塘,感郎中夜渡潇湘。

乌 栖 曲①

张 籍

西山作宫潮满池,宫乌晓鸣茱萸枝。吴姬自唱采莲曲②,君王昨夜舟中宿。

① 此首录自《乐府诗集》卷四八。今按:题同《乌夜啼》。　② "吴姬"句:《乐府诗集》注"一作吴姬采莲自唱曲"。

贾 客 乐①

张 籍

金陵向西贾客多,船中生长乐风波。欲发移船近江口,船头祭神各浇酒。停杯共说远行期,入蜀经蛮远②别离。金多众中为上客,夜夜算缗眠独迟。秋江初月猩猩语,孤帆夜发满湘渚③。水工持楫防暗滩,直过山边及前侣。年年逐利西复东,姓名不在县籍中。农夫税多长辛苦,弃业长④为贩卖⑤翁。

① 此首录自《乐府诗集》卷四八。今按:贾客乐,即估客乐。《古今乐录》西曲歌三十四曲之一。　② 远:《全唐诗》卷三八二作"谁"。　③ 满湘渚:《全唐诗》作"潇湘渚。"　④ 长:《全唐诗》注"一作宁"。　⑤ 贩卖:《全唐诗》作"贩宝。"《乐府诗集》注"一作贩宝"。

乌 栖 曲①

王　建

章华宫人夜上楼,君王望月西山头。夜深宫殿门不锁,白露满山山叶堕。

① 此首录自《乐府诗集》卷四八。今按:题同《乌夜啼》。

莫 愁 曲①

李　贺

草生龙坡下②,鸦噪城堞头。何人此城里,城角栽石榴。青丝系五马,黄金络双牛。白鱼驾莲船,夜作十里游。归来无人识,暗上沉香楼③。罗床倚瑶瑟,残月倾帘钩。今日槿花落,明朝梧树秋。若④负平生意,何名作⑤莫愁。

① 此首录自《乐府诗集》卷四八。今按:题为《古今乐录》西曲歌三十四曲之一。《唐书·乐志》曰:"《莫愁乐》者,出于石城乐。石城有女子名莫愁,善歌谣,石城乐和中复有忘愁声,因有此歌。"石城,即石头城,今南京也。　② 草生龙坡下:《乐府诗集》作"莫生陇坂下",据《全唐诗》卷二一、王琦注《李长吉歌诗》外集改。　③ 楼:《乐府诗集》作"舟",据《全唐诗》、王琦注《李长吉歌诗·外集》改。　④ 若:《全唐诗》、王琦注《李长吉歌诗》作"莫"。　⑤ 作:《全唐诗》作"何"。

大 堤 曲①

李 贺

妾家住横塘，红纱②满桂香。青云教绾头上髻，明月与作耳边珰。莲风起，江畔春。大堤上，留北人。郎食鲤鱼尾，妾食③猩猩唇。莫指襄阳道，绿浦归帆少。今日菖蒲花，明朝枫树老。

① 此首录自《乐府诗集》卷四八。　② 纱：《乐府诗集》作"沙"，据《全唐诗》卷二一改。　③ 妾食：《文苑英华》卷二〇一作"与客"。

估 客 乐①

元 稹

估客无住着②，有利身即③行。出门求火伴，入户辞父兄。父兄相教示，求利莫求名。求名有所避，求利无不营。火伴相勒缚，卖假莫卖诚。交关少④交假，交假本生轻⑤。自兹相将去，誓死意不更。一⑥解市头语，便无乡里情。输石打臂钏，糯米吹⑦项璎。归来村中卖，敲作金玉⑧声。村中田舍娘，贵贱不敢争。所费百钱本，已得十倍赢。颜色转光净，饮食亦甘馨。子本频蓄息，货赂⑨日兼并。求珠驾沧海，采玉上荆衡。北买党项马，西擒吐蕃鹦。炎洲布火浣，蜀地锦织成。越婢脂肉滑，奚僮眉眼明。通算衣食费，不计远近程。经营⑩天下遍，却到长安城。城中东西市，闻客次第迎。迎客兼说客，多财为势倾。客心本明黠，闻语心已惊。先问十常侍，次求百公卿。侯家与主第，点缀无不精。归来始安坐，富与王家⑪勍。市卒酒肉臭，县胥家舍成。岂唯绝言语，奔走极使令。大儿贩材木，巧识梁栋形。小儿贩盐卤，不入州县征。一身偃市利，突若截海鲸。钩距不敢下，下则牙齿横。生为估客乐，判尔乐一生。尔又生两子，钱刀何岁平。

① 此首录自《乐府诗集》卷四八。今按：题为《古今乐录》西曲歌三十四曲之一。　② 着：《全唐诗》卷四一八作"者"。　③ 即：《全唐诗》作"则"。　④ 少：《全唐诗》作"但"。　⑤ "交假"句：《全唐诗》作"本生得失轻"。　⑥ 一：《全唐诗》作"亦"。　⑦ 吹：《全唐诗》作"炊"。　⑧ 玉：《全唐诗》作"石"。　⑨ 赂：《全唐诗》作"贩"。　⑩ 营：《全唐诗》作"游"。　⑪ 家：《全唐诗》作"者"。

贾客词①

刘禹锡

贾客无定游，所游唯利并。眩俗杂良苦，乘时知②重轻。心计析秋毫，捶③钩俫悬衡。锥刀既无弃，转化日已盈。微福祷波神，施财游化城。妻约雕金钏，女垂贯珠缨。高赀比封君，奇货通侯卿。趋时鸷鸟思，藏镪盘龙形。大艑浮通川，高楼次旗亭。行止皆有乐，关梁似④无征。农夫何为者，辛苦事寒耕。

① 此首录自《乐府诗集》卷四八。今按：题同《估客乐》。《全唐诗》卷三五四此题下有："并引：五方之贾，以财相雄，而盐贾尤炽。或曰'贾雄则农伤'，予感之作是词。"　② 知：《全唐诗》作"取"。　③ 捶：《乐府诗集》作"摇"，据《全唐诗》改。　④ 似：《全唐诗》作"自"。

大堤曲①

杨巨源

二八婵娟大堤女，开垆相对依江渚。待客登楼向水看，邀郎卷幔临花语。细雨濛濛湿芰荷，巴东商旅挂②帆多。自传芳酒浣③红袖，谁调妍妆回翠娥。珍簟华灯夕阳后，当垆理瑟矜纤手。月落星微五鼓声，春风摇荡窗前柳。岁岁逢迎沙岸间，北④人多识⑤绿云鬟。无端嫁与五陵少，离别烟波伤玉颜。

① 此首录自《乐府诗集》卷四八。　② 挂:《全唐诗》卷二一注"一作驻"。
③ 浣:《全唐诗》注"一作翻"。　④ 北:《全唐诗》注"一作背"。　⑤ 识:《全唐诗》注"一作整"。

襄 阳 曲①

施肩吾②

　　大堤女儿郎莫寻，三三五五结同心。清晨对镜冶③容色，意欲取郎千万金。

① 此首录自《乐府诗集》卷四八。今按:题同《襄阳乐》。　② 施肩吾(生卒年不详):字希圣,陆州分水(今浙江桐庐)人。元和十五年登第,不待除授,即归隐洪州之西山。有《西山集》传世。《全唐诗》录其诗一卷。　③ 冶:《全唐诗》卷二一注"集作理"。

莫 愁 乐①

张 祜

　　侬②居石城下,郎到石城游。自郎石城出,长在石城头。

① 此首录自《乐府诗集》卷四八。　② 侬:我,江南方言。

襄 阳 乐①

张 祜

　　大堤花月夜,长江春水流。东风正上信,春夜特来游②。

① 此首录自《乐府诗集》卷四八。今按:题为《古今乐录》西曲歌三十四曲之一。　② 特来游:《乐府诗集》注"一作待郎游"。

拔 蒲 歌①

张 祜

拔蒲来，领郎镜湖边。郎心在何处，莫趁新莲去。拔得无心蒲，问郎看好无。

① 此首录自《乐府诗集》卷四九。今按：《古今乐录》曰："《拔蒲》，倚歌也。"

贾 客 词①

刘 驾

贾客灯下起，犹言发已迟。高山有疾路，暗行终不疑。寇盗伏其路，猛兽来相追。金玉四散去，空囊委路歧。扬州有大宅，白骨无地归。少妇当此日，对镜弄花枝。

① 此首录自《乐府诗集》卷四八。今按：题同《估客乐》。

三 洲 歌①

温庭筠

团圆莫作波中月，洁白莫为枝上雪。月随波动碎漪漪，雪似梅花不堪折。李娘十六青丝发，画带双花为君结。门前有路轻离别②，惟恐归来旧香灭。

① 此首录自《乐府诗集》卷四八。今按：《唐书·乐志》曰："《三洲》，商人歌也。"《古今乐录》曰："《三洲歌》者，商客数游巴陵三江口往还，因共作此歌。"
② 离别：《乐府诗集》注"一作别离"。

常 林 欢①

温庭筠

宜城酒熟花覆桥，沙晴绿鸭鸣咬咬②。秋桑绕舍麦如尾，幽轧鸣机双燕巢。马声特特荆门道，蛮水扬光色如草。锦荐金炉梦正长，东家呃^③喔鸡鸣早。

① 此首录自《乐府诗集》卷四九。郭茂倩解引《唐书·乐志》曰："《常林歌》，疑宋、梁间曲。宋、梁之世，荆、雍为南方重镇，皆皇子为之牧。江左辞咏，莫不称之，以为乐土，故随王诞作襄阳之歌，齐武帝追忆樊、邓。梁简文帝乐府歌云：'分手桃林岸，送别岘山头。若欲寄音信，汉水向东流。'又曰：'宜城投酒今行熟，停鞍系马暂栖宿。'桃林在汉水上，宜城在荆州北，荆州有长林县。江南谓情人为欢。常、长声相近，盖乐人误谓长为常。"《通典》曰："《常林欢》，盖宋、齐间曲。"　② 咬咬：《全唐诗》卷二一作"交交"。　③ 呃：《全唐诗》注"集作咿"。

江南弄

《古今乐录》曰："梁天监十一年冬，武帝改西曲，制《东南上云乐》十四曲，《江南弄》七曲：一曰《江南弄》，二曰《龙笛曲》，三曰《采莲曲》，四曰《凤笛曲》，五曰《采菱曲》，六曰《游女曲》，七曰《朝云曲》。又沈约作四曲：一曰《赵瑟曲》，二曰《秦筝曲》，三曰《阳春曲》，四曰《朝云曲》，亦谓之《江南弄》云。"

江 南 弄^①

王 勃

江南弄，巫山连楚梦。行雨行云几相送。瑶轩金谷上春时，玉童仙女无见期。紫露香烟眇难托，清风明月遥相思。遥相思，草徒绿，为听双飞凤皇曲。

① 此首录自《乐府诗集》卷五〇。今按：题为《古今乐录》江南弄十四曲之一。

采 莲 归[1]

王 勃

采莲归,绿水芙蓉衣。秋风起浪凫雁飞。桂棹兰桡下长浦,罗裙玉腕摇轻橹[2]。叶屿花潭极望平,江讴越吹相思苦。相思苦,佳期不可驻。塞外征夫犹未还,江南采莲今已暮。今已暮,摘[3]莲花。今渠[4]那必尽倡家。官道城南把桑叶,何如江上采莲花。莲花复莲花,花叶何重[5]叠。叶翠本羞眉,花红强如颊。佳人不在兹[6],怅望别离时。牵花怜共蒂,折藕爱莲丝。故情何[7]处所,新物徒[8]华滋。不惜南[9]津交佩解,还羞北海雁书迟。采莲歌有节,采莲夜未歇。正逢浩荡江上风,又值徘徊江上月。莲浦[10]夜相逢,吴姬越女何丰茸。共问寒江千里外,征客关山更[11]几重。

① 此首录自《乐府诗集》卷五〇。今按:此题《全唐诗》卷五五作《采莲曲》。《古今乐录》江南弄十四曲之三。　② 摇轻橹:《全唐诗》作"轻摇橹"。　③ 摘:《全唐诗》作"采"。　④ 今渠:《全唐诗》作"渠今"。　⑤ 重:《全唐诗》作"稠"。⑥ "佳人"句:《乐府诗集》作"佳人不兹期",据《全唐诗》改。　⑦ 何:《全唐诗》作"无"。　⑧ 徒:《全唐诗》作"从"。　⑨ 南:《全唐诗》作"西"。　⑩ 莲浦:《全唐诗》"莲浦"上有"徘回"二字。　⑪ 更:《全唐诗》作"路"。

采 莲 曲[1]

贺知章[2]

稽山罢雾郁嵯峨,镜水无风也自波。莫言春度芳菲尽,别有中流采芰荷。

① 此首录自《乐府诗集》卷五〇。今按:题为《古今乐录》江南弄十四曲之三。　② 贺知章(659—744):字季真,越州永兴(今浙江萧山)人。证圣元年举进士第,授太常博士,开元中累迁礼部侍郎,兼集贤院学士、太子宾客、秘书监。晚尤诞放,自号四明狂客。天宝间,请为道士,归里。《全唐诗》录其诗一卷。

凤 笙 曲①

沈佺期

忆昔王子晋②,凤笙游云空。挥手弄白日,安能恋青宫。岂无婵娟子,结念罗帐中,怜寿不贵色,身世两无穷。

　① 此首录自《乐府诗集》卷五〇。今按:题为《古今乐录》江南弄十四曲之四。　② 王子晋:即王子乔。传说中的仙人。

采 莲 曲①

崔国辅

玉溆花红②发,金塘水碧③流。相逢畏相失,并著采莲舟。

　① 此首录自《乐府诗集》卷五〇。今按:题为《古今乐录》江南弄十四曲之三。　② 红:《全唐诗》卷二一注"集作争"。　③ 碧:《全唐诗》注"集作乱"。

采 莲 女①

阎朝隐②

采莲女,采莲舟,春日春江碧水流。莲衣承玉钏,莲刺胃银钩。薄暮敛容歌一曲,氛氲香气满汀洲。

　① 此首录自《乐府诗集》卷五〇。今按:题属《采莲曲》一脉。　② 阎朝隐(?—712):字友倩,赵州栾城(今属河北)人。性滑稽,属辞奇诡。武后时为给事中,后任麟台少监、秘书少监、通州别驾。有文集五卷。《全唐诗》录其诗十三首。

采 莲 曲①(三首)

王昌龄

其 一

吴姬越艳楚王妃,争弄莲舟水湿衣。来时浦口花迎入，采罢江头月送归。

① 此三首录自《乐府诗集》卷五○。今按：题为《古今乐录》江南弄十四曲之三。又，《全唐诗》卷一四三作二首，第三首题作《越女》，见《全唐诗》卷一四○。

其　二

荷叶罗裙一色裁，芙蓉向脸两边开。乱入池中看不见，闻歌始觉有人来。

其　三

越女作桂舟，还将桂为楫。湖上水渺漫，清江初①可涉。摘取芙蓉花，莫摘芙蓉叶。将归问夫婿，颜色何如妾。

① 初：《全唐诗》作"不"。

湖边采莲妇①

李　白

小姑织白纻，未解将人语。大嫂采芙蓉，溪湖千万重。长兄行不在，莫使外人逢。愿学秋胡妇，真心比古松。

① 此首录自《乐府诗集》卷五○。今按：题属《采莲曲》一脉。

采　莲　曲①

李　白

若耶溪傍采莲女，笑隔荷花共人语。日照新妆水底明，风飘香袖空中举。岸上谁家游冶郎，三三五五映垂杨。紫骝嘶入落花去，见此踟蹰空断肠。

① 此首录自《乐府诗集》卷五○。今按：题为《古今乐录》江南弄十四曲之三。

阳 春 歌①

李 白

长安白日照春空，绿杨结烟桑②袅风。披香殿前
花始红，流芳发色绣户中。绣户中，相经过，飞燕皇后
轻身舞，紫宫夫人绝世歌。圣君三万六千日，岁岁年
年奈乐何。

①　此首录自《乐府诗集》卷五一。今按：此题属沈约作《江南弄》四曲之三
《阳春曲》一脉。　　②　桑：萧士赟本《李太白诗》卷四作"垂"。

凤吹笙曲①

李 白

仙人十五爱吹笙，学得昆丘彩凤鸣。始闻炼气餐
金液，复道朝天赴玉京。玉京迢迢几千里，凤笙去去
无边②已。欲叹离声发绛唇，更嗟别调流纤指。此时
惜别讵堪闻，此地相看未忍分。重吟真曲和清吹，却
奏仙歌响绿云。绿云紫气向函关，访道应寻缑氏山。
莫学吹笙王子晋，一遇浮丘断不还。

①　此首录自《乐府诗集》卷五〇。今按：此题萧士赟本《李太白诗》卷五作
《凤笙篇》，《全唐诗》卷六注"一作《凤笙篇送别》"，属《古今乐录》江南十四曲之
《凤笛曲》一脉。　　②　边：萧士赟本《李太白诗》、《全唐诗》卷六作"穷"。

上 云 乐①

李 白

金天之西，白日所没。康老胡雏，生彼月窟②。巉
岩容仪，戍削风骨。碧玉炅炅③双目瞳，黄金拳拳两
鬓④红。华盖垂下睫，嵩岳临上唇。不睹谲诡貌，岂知
造化神。大道是文康之严父，元气乃文康之老亲，抚

顶弄盘古，推车转天轮。云见日月初生时，铸冶火精与水银⑤。阳乌未出谷，顾兔半藏身。女娲戏黄土，团作愚下人。散在六合间，濛濛若沙尘。生死了不尽，谁明此胡是仙真。西海栽若木，东溟植扶桑。别来几多时，枝叶万里长。中国有七圣⑥，半路秃⑦鸿荒。陛下应运起，龙飞入咸阳。赤眉立盆子，白水兴汉光。叱咤四海动，洪涛为簸扬。举足蹋紫微⑧，天关自开张⑨。老胡感至德，东来进仙倡。五色师子，九苞凤皇，是老胡鸡犬鸣舞飞帝乡。淋漓飒沓，进退成行，能胡歌，献汉酒，跪双膝，并⑩两肘，散花指天举素手。拜龙颜，献圣寿，北斗戾，南山摧，天子九九八十一万岁，长倾万岁⑪杯。

① 此首录自《乐府诗集》卷五一。今按：《古今乐录》曰："《上云乐》七曲，梁武帝制，以代西曲。"《凤台曲》是其一。 ② 月窟：王琦本《李太白文集》卷三注："月窟，谓近西月没之处，盖指西域极远之地而言。" ③ 戾戾：王琦本《李太白文集》注"一作皎皎"。 ④ 两鬓：王琦本《李太白文集》注"一作鬟发"。 ⑤ 火精与水银：指日与月。《淮南子·天文训》："积阳之热气生火，火气之精者为日；积阴之寒气为水，水气之精者为月。" ⑥ 七圣：王琦本《李太白文集》注："'中国有七圣'，谓高祖、太宗、高宗、中宗、睿宗、玄宗六君，其一则武后也。" ⑦ 秃：《李白集校注》卷三作"頹"。 ⑧ 紫微：王琦本《李太白文集》注："'举足踏紫微'，喻践天子之位也。" ⑨ "天关"句：安旗《李白全集编年注释》："'天关自开张'，圣人受命之谓也。" ⑩ 并：《全唐诗》卷一六二作"立"。 ⑪ 岁：《乐府诗集》注"一作年"。

凤 台 曲①

李 白

尝闻秦帝女，传得凤皇声。是日逢仙子，当时别有情。人吹彩箫去，天借绿云迎。曲②在身不返，空余弄玉名。

① 此首录自《乐府诗集》卷五一。今按：此题为《上云乐》七曲之一。取梁萧衍《上云乐》首句"凤台上，两悠悠"为题名。　② 曲：《乐府诗集》注"一作心"。

凤　皇　曲[①]

李　白

嬴女吹玉箫，吟弄天上春。青鸾不独去，更有携手人。影灭彩云断，遗声落西秦。

① 此首录自《乐府诗集》卷五一。

梁　雅　歌[①]

君　道　曲

李　白

大君若天覆，广运无不至。轩后爪牙，常[②]先、太山稽。如心之使臂。小白鸿翼于夷吾[③]，刘葛鱼水本无二[④]。土扶[⑤]可成墙，积德为厚地。

① 此首录自《乐府诗集》卷五一。郭茂倩解引李白曰："梁之雅歌有五篇，今作一章。"按梁雅歌无《君道曲》，疑《应王受图曲》是也。　② 常：《全唐诗》卷一六三作"尝"。　③ "小白"句：小白，齐桓公。夷吾，管仲。齐桓公对管仲说："寡人之有仲父也，犹飞鸿之有羽翼也。"　④ "刘葛"句：《三国志·蜀书·诸葛亮传》："关羽、张飞等不悦，先主解之曰：'孤之有孔明，犹鱼之有水也。愿诸君勿复言。'"　⑤ 扶：《全唐诗》及萧士赟本《李太白诗》卷四作"校"。

采　莲　曲[①]

储光羲

浅渚荷[②]花繁，深塘[③]菱[④]叶疏。独往方自得，耻邀淇上姝。广江无术阡,大泽绝方隅。浪中海童⑤语,流下鲛人居。春雁⑥时隐舟,新荷⑦复满湖。采采乘日暮,不思贤与愚。

① 此首录自《乐府诗集》卷五〇。今按:题为《古今乐录》江南弄十四曲之三。　② 荷:《全唐诗》卷一三六作"荇"。　③ 塘:《全唐诗》作"潭"。　④ 菱:《全唐诗》注"一作芰"。　⑤ 海童:传说中的海中神童。《文选·左思〈吴都赋〉》:"江斐于是往来;海童于是宴语。"刘逵注:"海童,海神童也。"李善注引《神异经》:"西海有神童,乘白马,出则天下大水。"　⑥ 雁:《全唐诗》注"一作狄"。⑦ 荷:《全唐诗》作"萍"。

采 菱 曲①

储光羲

浊水菱叶肥,清水菱叶鲜。义不游浊水,志士多苦言。潮没具区薮,潦深云梦田。朝随北风去,暮逐南风还。浦口多渔家,相与邀我船。饭稻以终日,羹莼将永年。方冬水物穷,又欲休山樊。尽室相随从,所贵无忧患。

① 此首录自《乐府诗集》卷五一。今按:题为《古今乐录》江南弄十四曲之五。

采 莲 曲①（二首）

戎 昱

其 一

虽听采莲曲,讵识采莲心。漾楫爱花远,回船愁浪深。烟生极浦色,日落半江阴。同侣怜波静,看妆堕玉簪。

① 此二首录自《乐府诗集》卷五〇。今按:题为《古今乐录》江南弄十四曲

之三。

其 二

涔阳女儿花满头，茤茤同泛木兰舟。秋^①风日暮南湖里，争唱菱歌不肯休。

① 秋：《乐府诗集》作"春"，据《全唐诗》卷二七〇改。

江 南 弄^①

李 贺

江中绿雾起凉波，天上叠巘红嵯峨。水风浦云生老竹，渚暝蒲帆如一幅。鲈鱼千头酒百斛，酒中倒卧南山绿。吴歈越吟未终曲，江上团团帖^②寒玉。

① 此首录自《乐府诗集》卷五〇。今按：题为《古今乐录》江南弄十四曲之一。　② 帖：《李长吉歌诗》卷四作"贴"。

采 莲 曲^①

张 籍

秋江岸边莲子多，采莲女儿凭^②船歌。青房圆实齐戢戢，争前竞折荡漾^③波。试牵^④绿茎下^⑤寻藕，断处丝多刺伤手。白练束腰袖半卷，不插玉钗妆梳浅。船中未满度前洲，借问谁家^⑥家住远。归时共待暮潮上，自弄芙蓉还荡桨。

① 此首录自《乐府诗集》卷五〇。今按：题为《古今乐录》江南弄十四曲之三。　② 凭：《全唐诗》卷三八二注"一作并"。　③ 荡漾：《全唐诗》作"漾微"。④ 牵：《乐府诗集》作"索"，据《全唐诗》改。　⑤ 下：《乐府诗集》作"不"，据《全唐诗》改。　⑥ 谁家：《全唐诗》作"阿谁"。

上 云 乐①

李 贺

飞香走红满天春，花龙盘盘上紫云。三千宫②女列金屋③，五十弦瑟海上闻。大④江碎碎银沙路，嬴女机中断烟素⑤。断烟素，缝舞衣⑥，八月一日君前舞。

① 此首录自《乐府诗集》卷五一。　② 宫:《全唐诗》卷三九三注"一作彩"。③ "三千"句:《乐府诗集》注"一作彩女别金屋"。　④ 大:《全唐诗》作"天"。⑤ 断烟素:吴企明编《李贺集》卷四作"烟素素"。　⑥ 舞衣:《全唐诗》作"衣缕"。

采 莲 曲①

白居易

菱叶萦波荷飐风，荷花深处小船通。逢郎欲语低头笑，碧玉搔头落水中。

① 此首录自《乐府诗集》卷五〇。今按:题为《古今乐录》江南弄十四曲之三。

采 莲 曲①

齐 己

越溪女，越江莲，齐菡萏，双婵娟。嬉游向②何处，采摘且同船。浩唱③发容与，清波生漪涟。时逢岛屿泊，几共鸳鸯眠。襟袖既盈溢，馨香亦相传。薄暮归去来，苎罗生碧烟。

① 此首录自《乐府诗集》卷五〇。今按:题为《古今乐录》江南弄十四曲之三。　② 向:《乐府诗集》阙，据《全唐诗》卷二一补。　③ 唱:《乐府诗集》阙，据《全唐诗》补。

采 菱 行[1]

刘禹锡

白马湖平秋日光,紫菱如锦彩鸳翔[2]。荡舟游女满中央,采菱不顾马上郎。争多逐胜纷相向,时转兰桡破轻浪。长鬟弱袂[3]动参差,钗影钏文浮荡漾。笑语哇咬顾晚晖,蓼花绿[4]岸扣舷[5]归。归来共到市桥步,野蔓系船萍满[6]衣。家家竹楼临广陌,下有连樯多估客。携觞荐芰夜经过,醉踏大堤相应歌。屈平祠下沅江水,月照寒波白烟起。一曲南音此地闻,长安北望三千里。

① 此首录自《乐府诗集》卷五一。今按:《刘宾客文集》卷二六自注:"武陵俗嗜芰菱,岁秋矣,有女郎盛游于马湖,薄言采之,归以御客。古有《采菱曲》,罕传其词,故赋之,以俟采诗者。" ② "白马"二句:《文苑英华》卷二〇八作"白马湖秋日紫光,紫菱如锦彩鸳翔"。鸳,《乐府诗集》作"鸾",据《刘宾客文集》改。 ③ 袂:《文苑英华》作"帔"。 ④ 绿:《刘宾客文集》作"缘"。《刘梦得集》卷八作"沿"。 ⑤ 舷:《文苑英华》作"船"。 ⑥ 满:《文苑英华》作"惹"。

阳 春 曲[1]

贯 休

为口莫学阮嗣宗[2],不言是非非至公。为手须似朱云辈,折槛英风至今在。男儿结发事君亲,须教前贤多慷慨。历数雍熙房与杜,魏公姚公宋开府。尽向天上仙宫闲处坐,何不却辞上帝下下土,忍见苍生苦苦苦。

① 此首录自《乐府诗集》卷五一。今按:此题为沈约江南弄四曲之三。
② 阮嗣宗:即阮籍,"竹林七贤"之一。

阳 春 曲①

无名氏②

茉苡生前径,含桃落小园。春心自摇荡,百舌更
多言。

① 此首录自《乐府诗集》卷五一。　② 无名氏:《乐府诗集》阙,据毛刻本目
录补。《乐府诗集》将此篇列在温庭筠之前、李白之后,当为唐时作品。

阳 春 曲①

温庭筠

云母空窗晓烟薄,香昏龙气凝辉阁。霏霏雾雨杏
花天,帘外春威著罗幕。曲栏伏槛金麒麟,沙苑芳郊
连翠茵。厩马何能啮②芳草,路人不敢随流尘。

① 此首录自《乐府诗集》卷五一。今按:题为沈约江南弄四曲之三。
② 啮:《乐府诗集》作"齿",据《全唐诗》卷二一改。

张静婉采莲曲①

温庭筠

兰膏坠发红玉春,燕钗拖颈抛盘云。城西②杨柳
向娇③晚,门前沟水波潾潾④。麒麟公子朝天客,珮马⑤
珰珰⑥度春陌。掌中无力舞衣轻,翦断鲛绡破春碧。
抱月飘烟一尺腰,麝脐龙髓⑦怜娇饶⑧。秋罗拂水⑨碎
光动,露重花多香不销。鸂鶒胶胶⑩塘水满,绿萍如
粟⑪莲茎短。一夜西风送雨来,粉痕零落愁红浅。船
头折藕丝暗牵,藕根莲子相留连。郎心似月月易⑫
缺,十五十六清光圆。

① 此首录自《乐府诗集》卷五〇。郭茂倩解引《梁书》曰:"羊侃性豪侈,善音
律,姬妾列侍,穷极奢侈。有舞人张静婉,容色绝世,腰围一尺六寸,时人咸推能

掌上舞。侃尝自造采莲棹歌两曲，甚有新致，乐府谓之《张静婉采莲曲》。其后所传，颇失故意。"今按：该诗《温庭筠诗集》卷一有序，序云："静婉，羊侃妓也，其容绝世。侃自为采莲二曲，今乐府所存，失其故意，因歌以俟采诗者，事具载梁史。"　② 西：《温庭筠诗集》卷一作"边"。　　③ 娇：《温庭筠诗集》作"桥"。　　④ 潀潀：《温庭筠诗集》作"渊渊"。　　⑤ 珮马：《温庭筠诗集》作"珂马"。　⑥ 珰珰：《温庭筠诗集》注"一作堂堂，一作当当"。　　⑦ 龙髓：《温庭筠诗集》注"一作龙脑"。　⑧ 饶：《全唐诗》作"娆"。　　⑨ 水：《乐府诗集》作"衣"，据《全唐诗》改。　　⑩ 胶胶：《全唐诗》作"交交"。　　⑪ 绿萍如粟：《全唐诗》作"绿芒金粟"。《乐府诗集》亦注"一作绿芒金粟"。　　⑫ 易：《乐府诗集》注"一作未"。

采 莲 曲[①]（二首）

鲍 溶

其 一

　　弄舟揭来南塘水，荷叶映身摘莲子。暑衣清[②]净鸳鸯喜，作浪舞花惊不起。殷勤护惜纤纤指，水菱初熟多新刺。

　　① 此首录自《乐府诗集》卷五〇。今按：题为《古今乐录》江南十四曲之三。② 清：《全唐诗》卷四八六作"鲜"。

其 二

　　采莲揭来水无风，莲潭如镜[①]松如龙。夏衫短袖交斜红，艳歌笑斗新芙蓉，戏鱼住[②]听莲花[③]东。

　　① 镜：《全唐诗》作"鉴"。　　② 住：《全唐诗》作"往"。　　③ 花：《全唐诗》作"叶"。

阳 春 曲[①]

庄南杰

紫锦红囊香满风，金鸾玉轵摇丁冬。沙鸥白羽翦晴碧,野桃红艳烧春空。芳草绵延锁平地,垅蝶双双舞幽翠。凤叫龙吟白日长,落花声低仙娥醉。

① 此首录自《乐府诗集》卷五一。今按:题为沈约江南弄四曲之三。

采 莲 曲①
徐彦伯

妾家越水边,摇艇入江烟。既觅同心侣,复采同心莲。折藕丝能脆,开花叶正圆。春歌弄明月,归棹落花前。

① 此首录自《乐府诗集》卷五○。今按:题为《古今乐录》江南弄十四曲之三。

凤 台 曲①
王无竞

凤台何逶迤,嬴女管参差。一旦彩云至,身去无还期。遗曲此台上,世人多学吹。一吹一落泪,至今怜玉姿。

① 此首录自《乐府诗集》卷五一。今按:题为乐府《上云乐》七曲之一,取梁萧衍《上云乐》首句"凤台上,两悠悠"为题名。

琴曲歌辞

《琴论》曰："古琴曲有五曲、九引、十二操。五曲：一曰《鹿鸣》，二曰《伐檀》，三曰《驺虞》，四曰《鹊巢》，五曰《白驹》。九引：一曰《烈女引》，二曰《伯妃引》，三曰《贞女引》，四曰《思归引》，五曰《霹雳引》，六曰《走马引》，七曰《箜篌引》，八曰《琴引》，九曰《楚引》。十二操：一曰《将归操》，二曰《猗兰操》，三曰《龟山操》，四曰《越裳操》，五曰《拘幽操》，六曰《岐山操》，七曰《履霜操》，八曰《朝飞操》，九曰《别鹤操》，十曰《残形操》，十一曰《水仙操》，十二曰《襄陵操》。"

琴曲有畅、有引、有操、有弄。畅者，言达则兼济天下而美畅其道也。操者，言穷则独善其身而不失其操也。引者，进德修业，申达之名也。弄者，情性和畅，宽泰之名也。唐乐府之琴曲歌辞不泥旧题，间有新拟。

明 月 引①

卢照邻

洞庭波起兮鸿雁翔，风瑟瑟兮野苍苍。浮云卷霭，明月流光。荆南兮赵北，碣石兮潇湘。澄清规于万里，照离思于千行。横桂枝于西第，绕菱花于北堂。高楼思妇，飞盖君王。文姬绝域，侍子他乡。见胡鞍之似练，知汉剑之如霜。试登高而极②目，莫不变而回肠。

① 此首录自《乐府诗集》卷六〇。　② 极：《全唐诗》卷四一作"骋"。

明 月 歌①

阎朝隐

梅花雪白柳叶黄，云雾四起月苍苍。箭水泠泠漏刻长,挥玉指,拂罗裳,为君一奏《楚明光》②。

① 此首录自《乐府诗集》卷六〇。　② 楚明光:古琴曲名,传为楚国大夫楚明光所作。

绿 竹 引①

宋之问

青溪绿潭潭水侧,修竹婵娟同一色。徒生仙实凤不游,老死空山人讵识? 妙年秉愿逃俗纷,归卧嵩丘弄白云。含情傲睨②慰心目,何可一日无此君?

① 此首录自《乐府诗集》卷六〇。　② 睨:《乐府诗集》阙,据《全唐诗》卷五一补。

霹 雳 引①

沈佺期

岁七月火伏而金生,客有鼓瑟②于门者,奏霹雳之商声。始戛羽以骁砉③,终扣宫而砰驳④。电耀耀兮龙跃,雷阗阗兮雨冥。气鸣唅以会雅,态欻⑤翕以横生。有如驱千旗,制五兵,截荒虺,斫长鲸。孰与广陵⑥比意;别鹤⑦俦精而已。俾我雄子魄动,毅夫发立,怀恩不浅,武义双辑。视胡若芥,剪羯如拾。岂徒慨慷中筵,备群娱之翕习哉!

① 此首录自《乐府诗集》卷五七。今按:题为《琴论》古琴曲九引之五。② 瑟:《全唐诗》卷九五作"琴"。　③ 骁砉:象声词,物体破裂的声音。　④ 砰驳:象声词,雷鸣声。　⑤ 欻:《全唐诗》作"歘"。　⑥ 广陵:《广陵散》的省称,琴曲名。　⑦ 别鹤:《别鹤操》的省称,琴曲名。

霍将军①

崔　颢

长安甲第高入云,谁家居住霍将军。日晚朝回拥宾从,路傍揖拜何纷纷? 莫言炙手手可热,须臾火尽灰亦灭。莫言贫贱即可欺,人生富贵自有时。一朝天子赐颜色,世上②悠悠应③自④知。

① 此首录自《乐府诗集》卷六〇。今按:此题《全唐诗》卷一三〇作《长安道》。　② 上:《全唐诗》注"一作事"。　③ 应:《全唐诗》注"一作君"。　④ 自:《全唐诗》作"始"。

湘夫人①

李　颀

九嶷日已暮,三湘云复愁。寈霭罗袂色,潺湲江水流。佳期来北渚,捐玦②在芳洲。

① 此首录自《乐府诗集》卷五七。　② 玦:《全唐诗》卷一三二作"佩"。

幽涧泉①

李　白

拂彼白石,弹吾素琴。幽涧愀兮流泉深。善手明徽,高张清心。寂历似千古,松飕飗兮万寻。中见愁猿吊影而危处兮,叫秋木而长吟。客有哀时失志②而听者,泪淋浪以沾襟。乃缉商缀羽,潺湲成音。吾但写声发情于妙指,殊不知此曲之古今。幽涧泉,鸣深林。

① 此首录自《乐府诗集》卷六〇。　② 志:王琦本《李太白文集》作"职"。

山人劝酒①

李 白

苍苍云松,落落绮皓。春风尔来为阿谁?胡蝶忽
然满芳草。秀眉霜雪颜桃花,骨青髓绿长美好②。称
是秦时避世人,劝酒相欢不知老。各守兔③鹿志,耻随
龙虎争。欻起佐④太子,汉王⑤乃复惊。顾谓戚夫人,
彼翁羽翼成。归来南⑥山下,泛若云无情。举觞酹巢、
由⑦,洗耳何独⑧清。浩歌望嵩岳,意气还⑨相倾。

① 此首录自《乐府诗集》卷六〇。　② "秀眉"二句:《乐府诗集》注"一作秀
眉雪霜桃花貌,青髓绿发长美好"。　③ 兔:王琦本《李太白文集》卷四作"麋"。
④ 佐:王琦本《李太白文集》注"一作安"。　⑤ 王:《乐府诗集》注"一作皇"。
⑥ 南:《乐府诗集》注"一作商",王琦本《李太白文集》亦作"商"。　⑦ 巢、由:指
巢父和许由,皆尧时隐士。　⑧ 独:《乐府诗集》注"一作太"。　⑨ 还:《乐府诗
集》注"一作遥"。

飞 龙 引①(二首)

李 白

其 一

黄帝铸鼎于荆山,炼丹砂。丹砂成黄金②,骑龙飞
上③太清④家,云愁海思令人嗟。宫中彩女颜如花,飘
然挥手凌紫霞,从风纵体登銮车。登銮车,侍轩辕⑤。
遨游青天中,其乐不可言。

① 此二首录自《乐府诗集》卷六〇。　② 成黄金:《文苑英华》卷一九三重此
三字。　③ 上:《文苑英华》、康熙刻本《李太白文集》卷三并作"去"。　④ 太
清:康熙刻本《李太白文集》作"太上"。　⑤ "从风"三句:《文苑英华》作"从登銮
车侍轩辕,侍轩辕"。

其 二

鼎湖流水清且闲,轩辕去时有弓剑,古人传道留①

其间。后宫婵娟多花②颜,乘鸾飞烟亦不还,骑龙攀天造天关。造天关,闻天语,长③云河车载玉女。载玉女,过紫皇,紫皇乃赐白兔所捣之药方④,后天而老凋三光。下视瑶池见王母,蛾眉萧飒⑤如⑥秋霜。

① 留:《乐府诗集》作"流",据王琦本《李太白文集》改。　② 花:《文苑英华》作"米"。　③ 长:《文苑英华》注"一作迎"。王琦本《李太白文集》作"屯"。④ 方:《乐府诗集》脱,据《文苑英华》及王琦本《李太白文集》补。　⑤ 飒:王琦本《李太白文集》作"竦"。　⑥ 如:《文苑英华》作"成"。

双 燕 离①

李 白

双燕复双燕,双飞令人羡。玉楼珠阁不独栖,金窗绣户长相见。柏梁②失火去,因入吴王宫。吴宫又焚荡,雏尽巢亦空。憔悴一身在,孀雌忆故雄。双飞难再得,伤我寸心中。

① 此首录自《乐府诗集》卷五八。今按:此题《诗纪》卷六七作《双燕诗》。② 柏梁:汉代台名。

雉朝飞操①

李 白

麦陇青青三月时,白雉朝飞挟两雌。锦衣绮②翼何离褷,犊沐③采薪感之悲。春天和,白日暖,啄食饮泉勇气满。争雄斗死绣颈断。雉子斑奏急管弦,心倾④美酒尽玉碗。枯杨枯杨尔生荑⑤,我独七十而孤栖。弹弦写恨意不尽,瞑目归黄泥。

① 此首录自《乐府诗集》卷五七。今按:伯牙《琴歌》曰:"麦秀蕲兮雉朝飞,向虚壑兮背乔槐,依绝区兮临回池。"题当出于此。　② 绮:萧士赟本《李太白

诗》卷三作"绣"。 ③ 犊沐:萧士赟本《李太白诗》作"犊牧"。 ④ 心倾:萧士赟本《李太白诗》作"倾心"。 ⑤ "枯杨"句:枯老的杨树复生嫩芽,比喻老夫以少女为妻。《易·大过》:"枯杨生稊,老夫得其女妻。"孔颖达疏:"枯杨生稊者……枯老之夫得其少女为妻也。"荑,萧士赟本《李太白诗》作"稊"。

渌 水 曲①

李 白

渌水明秋月②,南湖采白苹。荷花娇欲语,愁杀荡舟人。

① 此首录自《乐府诗集》卷五九。今按:此题萧士赟本《李太白诗》卷六作《绿水曲》。 ② 月:王琦本《李太白文集》作"日"。

秋 思①(二首)

李 白

其 一

春阳如昨日,碧树鸣黄鹂。芜然蕙草暮,飒尔凉风吹。天秋木叶下,月冷莎鸡悲。坐愁群芳歇,白露凋华滋。

① 此二首录自《乐府诗集》卷五九。

其 二

阏氏① 黄叶落,妾望白② 登台。月出③ 碧云断,蝉声④ 秋色来。胡兵沙塞合,汉使玉关回。征客无归日,空悲蕙草摧。

① 阏氏:同"焉支"、"燕支"。山名,在今甘肃山丹县。古人多用指北地。萧士赟本《李太白诗》卷六作"燕支"。 ② 白:萧士赟本《李太白诗》作"自"。 ③ 月出:《乐府诗集》注"一作海上"。萧士赟本《李太白诗》作"海上"。 ④ 蝉声:《乐府诗集》注"一作单于"。萧士赟本《李太白诗》作"单于"。

湘　妃①

刘长卿

帝子②不可见，秋风来暮思。婵娟湘江月，千载空蛾眉。

① 此首录自《乐府诗集》卷五七。郭茂倩解引《山海经》曰："洞庭之山，帝之二女居之。"郭璞云："天帝之女，处江为神，即《列仙传》所谓江妃二女也。"刘向《列女传》曰："帝尧之二女，长曰娥皇，次曰女英，尧以妻舜于妫汭。舜既为天子，娥皇为后，女英为妃。舜死于苍梧，二妃死于江湘之间，俗谓之湘君。"《湘中记》曰："舜二妃死为湘水神，故曰湘妃。"韩愈《黄陵庙碑》曰："秦博士对始皇帝云：湘君者，尧之二女舜妃者也。刘向郑玄亦皆以二妃为湘君。而《离骚》、《九歌》既有《湘君》，又有《湘夫人》，王逸以为湘君者，自其水神而谓，湘夫人乃二妃，璞与逸俱失也。尧之长女娥皇为舜正妃，故曰君，其二女女英自宜降曰夫人也。故《九歌》谓娥皇为君，女英为帝子，各以其盛者推言之也。礼有小君，明其正自得称君也。"按《琴操》有《湘妃怨》，又有《湘夫人》曲。　② 帝子：指娥皇、女英。

湘　夫　人①（二首）

郎士元②

其　一

蛾眉对湘水，遥哭苍梧间③。万乘既已殁，孤舟谁忍还。至今楚山上，犹有泪痕斑。

① 此二首录自《乐府诗集》卷五七。今按：《全唐诗》卷二四八作"《湘夫人》二首"，"南有涔阳路"以下另为一首。今从《全唐诗》分为二首。　② 郎士元（？—约780）：字君胄，中山（今河北定县）人。天宝十五年进士，官渭南尉，后入朝为拾遗、补阙、校书郎，又出为郢州刺史。工诗，与钱起齐名，时称"前有沈宋，后有钱郎"。《全唐诗》录其诗一卷。　③ 间：《全唐诗》作"山"。

其　二

南有涔阳路，渺渺多新愁。昔神降回①时，风波②江上秋，彩云忽无处，碧水空安流？

① 昔神降回:《全唐诗》作"桂酒神降"。　② 风波:《全唐诗》作"回风"。

幽　居　弄[①]

顾　况

苔衣生,花[②]露滴,月入西林荡东壁。扣商占角两三声,洞户溪[③]窗一冥寂。独去沧洲无四邻,身婴世网此何身? 关情命曲寄惆怅,久别江[④]南山里人。

① 此首录自《乐府诗集》卷五九。今按:题属《蔡氏五弄》。《琴集》曰:"《五弄》,《游春》、《渌水》、《幽居》、《坐愁》、《秋思》,并宫调,蔡邕所作也。"此题仿《蔡氏五弄》之三。　② 花:《全唐诗》卷二六五注"一本叠花字"。　③ 溪:《全唐诗》注"一作深"。　④ 江:《全唐诗》作"山"。

龙　宫　操[①]

顾　况

龙宫月明光参差,精卫衔石东飞时,鲛人织绡采藕丝。翻江倒汉[②]倾吴、蜀,汉女江妃杳相续,龙王宫中水不足。

① 此首录自《乐府诗集》卷六〇。郭茂倩解引顾况曰:"壬子、癸丑二年大水,时在滁,遂作此操,盖大历中也。"　② 汉:《全唐诗》卷二六五作"海"。

琴　歌[①]

顾　况

琴调秋些[②],胡风绕雪。峡泉声咽,佳人愁些。

① 此首录自《乐府诗集》卷六〇。　② 些:句尾语气词,音 suò,下同。

列女操①

孟 郊

梧桐相待老，鸳鸯会双死。贞妇贵徇夫，舍生亦如此。波澜誓不起，妾心井中水。

① 此首录自《乐府诗集》卷五八。郭茂倩解引《琴集》曰："楚樊姬作《列女引》。"

湘 妃 怨①

孟 郊

南巡②竟不返，帝子③怨④逾积。万里丧蛾眉，潇湘水空碧。冥冥荒山下，古庙收贞魄。乔木深青春，清光满⑤瑶席。搴芳徒有荐，灵意殊脉脉。玉佩不可亲，徘徊烟波夕。

① 此首录自《乐府诗集》卷五七。　② 南巡：《史记·五帝本纪》："（舜）践帝位三十九年，南巡狩，崩于苍梧之野。"　③ 帝子：《孟东野集》卷一作"二妃"。《乐府诗集》注"一作二妃"。　④ 怨：《孟东野集》注"一作悲"。　⑤ 满：《孟东野集》作"肃"。

胡笳十八拍①

刘 商②

第 一 拍

汉室将衰兮四夷③不宾，动干戈兮征战频。哀哀父母生育我，见离乱兮当此辰。纱窗对镜未经事，将谓珠帘能蔽身。一朝虏④骑入中国，苍黄处处逢胡人。忽将薄命委锋镝，可惜红颜随虏尘。

① 此《胡笳十八拍》录自《乐府诗集》卷五九。今按：此题出自汉蔡琰《胡笳十八拍》。　② 刘商（生卒年不详）：字子夏，彭城（今江苏徐州）人。大历前后在

世,擢进士第,大历初任合肥令。贞观中任汴州观察推官、检校虞部郎中。后为道士,隐居山中。工诗画,有诗集十卷传世。《全唐诗》录其诗二卷。 ③ 夷:《全唐诗》卷三〇三注"一作方"。 ④ 虏:《全唐诗》作"胡"。

第 二 拍

马上将余向绝域,厌生求死死不得。戎羯腥膻岂是人,豺狼喜怒难姑息。行尽天山足霜霰,风土萧条近胡国。万里重阴鸟不飞,寒沙莽莽无南北。

第 三 拍

如羁囚兮在缧绁①,忧虑万端无处说。使余力②兮剪余发,食余肉兮饮余血。诚知杀身愿如此,以余为妻不如死。早被蛾眉累此身,空悲弱质柔如水。

① 缧绁:捆绑犯人的绳索,引申指牢狱。 ② 力:《全唐诗》卷三〇三作"刀"。

第 四 拍

山川路长谁记得?何处天涯是乡国?自以惊怖少精神,不觉风霜损颜色。夜中归梦来又去,朦胧岂解传消息?漫漫胡天叫不闻,明明汉月应相识。

第 五 拍

水头宿兮草头坐,风吹汉地衣裳破。羊脂沐发长不梳,羔子皮裘领仍左。狐襟貉袖腥复膻,昼披行兮夜披卧。毡帐时移无定居,日月长兮不可过。

第 六 拍

怪得春光不来久,胡中风土无花柳。天翻地覆谁得知,如今正南看北斗。姓名音信两不通,终日经年常闭口。是非取与在指拨,言语传情不如手。

第 七 拍

男儿妇人带弓箭,塞马蕃羊卧霜霰。寸步东西岂自由?偷生乞死非情愿。龟兹筚篥①愁中听,碎叶琵篥夜深怨。竟夕无云月上天,故乡应得重相见。

① 筚篥:即"觱篥"。古代从西域传入的一种管乐器。《全唐诗》卷三〇三作"觱篥"。

第 八 拍

忆昔私家①恣娇小,远取珍禽学驯扰。如今沦弃念故乡,悔不当初放林表。朔风萧萧寒日暮,星河寥落胡天晓。旦夕思归不得归,愁心想似笼中鸟。

① 私家:犹娘家。

第 九 拍

当日苏武单于问,道是宾鸿解传信。学他刺血写得书,书上千重万重恨。髯胡少年能走马,弯弓射飞无远近。遂令边雁转怕人,绝域何由达方寸?

第 十 拍

恨凌辱兮恶腥膻,憎胡地兮怨胡天。生得胡儿欲弃捐,及生母子情宛然。貌殊语异憎还爱,心中不觉常相牵。朝朝暮暮在眼前,腹生手养宁不怜?

第十一拍

日来月往相催迁,迢迢星岁欲周天。无冬无夏卧霜霰,水冻草枯为一年。汉家甲子有正朔,绝域三光空自悬。几回鸿雁来又去,肠断蟾蜍亏复圆。

第十二拍

破瓶落井空永沉,故乡望断无归心。宁知远使问姓名,汉语泠泠传好音。梦魂几度到乡国,觉后翻成哀怨深。如今果是梦中事,喜过悲来情不任。

第十三拍

童稚牵衣双在侧,将来不可留又忆。还乡惜别两难分,宁弃胡儿归旧国?山川万里复边戍,背面①无由得消息。泪痕满面对残阳,终日依依向南北。

第十四拍

莫以胡儿可羞耻,恩情亦各言其子。手中十指有长短,截之痛惜皆相似。还乡岂不见亲族?念此飘零隔生死。南风万里吹我心,心亦随风渡辽水。

第十五拍

叹息襟怀无定分,当时怨来归又恨。不知愁怨情若何,似有锋铓扰方寸。悲欢并行情未快,心意相尤自相问。不缘生得天属①亲,岂向仇雠结恩信。

① 天属:具有血缘关系的亲人。

第十六拍

去时只觉天苍苍,归日始知胡地长。重阴白日落何处?秋雁所向应南方。平沙四顾自迷惑,远近悠悠随雁行。征途未尽马蹄尽,不见行人边草黄。

第十七拍

行尽胡天千万里,唯见黄沙白云起。马饥跑雪衔草根,人渴敲冰饮流水。燕山仿佛辨烽戍,鼙鼓如闻汉家垒。努力前程是帝乡,生前免向胡中死。

第十八拍

归来故乡见亲族,田园半芜春草绿。明烛重然①煨烬灰,寒泉更洗沉泥玉。载持巾栉礼仪好,一弄丝桐生死足。出入关山十二年,哀情尽在胡笳曲。

① 然:古"燃"字。

别 鹤①

张 籍

双鹤出云溪,分飞各自迷。空巢在松杪②,折羽落江③泥。寻水终不饮,逢林亦未栖。别离应易老,万里两④凄凄。

①此首录自《乐府诗集》卷五八。今按:题同《别鹤操》。《琴论》十二操之九。　②杪:《全唐诗》卷三八四作"顶"。　③江:《全唐诗》作"红"。　④两:《全唐诗》作"雨"

乌夜啼引①

张　籍

秦乌啼哑哑,夜啼长安吏人家。吏人得罪囚在狱,倾家卖产将自赎。少妇起听夜啼乌,知是官家有赦书。下床心喜不重寐,未明上堂贺舅姑。少妇语啼乌,汝啼慎勿虚,借汝庭树作高巢,年年不令伤尔雏。

①此首录自《乐府诗集》卷六〇。郭茂倩解引李勉《琴说》曰:"《乌夜啼》者,何晏之女所造也。初,晏系狱,有二乌止于舍上。女曰:'乌有喜声,父必免。'遂撰此操。"按清商西曲亦有《乌夜啼》,宋临川王所作,与此义同而事异。

宛 转 行①

张　籍

华屋重翠幄,绮席雕象床。远漏微更疏,薄衾中夜凉。炉氲②暗徘③徊,寒灯④背斜光。妍姿结宵态,寝臂⑤幽梦长。宛转复宛转,忆忆⑥更未央。

①此首录自《乐府诗集》卷六〇。今按:题拟晋刘妙容《宛转歌》。　②氲:《全唐诗》卷三八二作"气"。　③徘:《全唐诗》作"裵",音同。　④寒灯:《乐府诗集》作"塞烟",据《全唐诗》改。　⑤臂:《乐府诗集》作"壁",据《全唐诗》改。⑥忆忆:《全唐诗》作"忆君"。

王敬伯歌①

李　端

妾本舟中客②，闻君江上琴。君初感妾意③，妾亦感君心。遂出合欢被，同为交颈禽。传杯唯畏浅，接膝犹嫌远。侍婢奏箜篌，女郎歌宛转。宛转怨如何，中庭霜渐多。霜多叶可惜，昨日非今夕。徒结万里④欢，终成一宵客。王敬伯，渌⑤水青山从此隔。

① 此首录自《乐府诗集》卷六〇。今按：题拟晋刘妙香《宛转歌》。　② 客：《全唐诗》卷二八四作"女"。　③ 意：《乐府诗集》作"叹"，据《全唐诗》改。④ 里：《全唐诗》作"重"。　⑤ 渌：《全唐诗》作"绿"。

风入松歌①

皎　然

西岭松声落日秋，千枝万叶风飔飔。美人援琴弄成曲，写得松间声断续。声断续，清我魂，流波坏陵安足论？美人夜坐月明里，含少商兮点②清徵。风何凄③兮飘飔④，搅寒松兮又夜起。夜未央，曲何长，金徽更促声泱泱。何人此时不得意？意苦弦悲闻客堂。

① 此首录自《乐府诗集》卷六〇。郭茂倩解引《琴集》曰："《风入松》，晋嵇康所作也。"今按：《全唐诗》卷八二一作《风入松》。　② 点：《乐府诗集》作"照"，据《全唐诗》改。　③ 何凄：《全唐诗》注"一作凄清"。　④ 飘飔：《全唐诗》作"飘飘"，注"一作何飘飔"。

别　鹤①

王　建

主人一去池水绝，池鹤散飞不相别。青天漫漫碧海②重，知向何山风雪中。万里虽然音影在③，两心终是死生同。池边巢破松树死,树头年年乌生子。

① 此首录自《乐府诗集》卷五八。今按:《全唐诗》卷二九八题作《别鹤曲》。《琴论》古琴曲十二操之九曰《别鹤操》。　② 海:《全唐诗》作"水"。　③ 在:《全唐诗》注"一作隔"。

湘夫人①

邹绍先②

枫叶下秋渚,二妃愁渡湘。疑山空杳霭,何处望君王。日落水云里,油油心自伤。

① 此首录自《乐府诗集》卷五七。　② 邹绍先(生卒年不详):邓州新野(今属河南)人。至德二年在苏州,与刘长卿、严维游。大历十二年任河南租庸判官。《全唐诗》录其诗一首。

秋　思①

司空曙②

静与③懒相偶,年将衰共催。前途欢不④集,往事恨空来。昼景委红叶,月华铺⑤绿苔。沉思更⑥何有?结坐⑦玉琴哀。

① 此首录自《乐府诗集》卷五九。今按:《全唐诗》卷二九二作《秋思呈尹植裴说》,注"一本题下有'郑洞'二字"。　② 司空曙(生卒年不详):字文初(一作文明),广平(今河北永年)人。大历初登进士第,"大历十才子"之一。累官左拾遗,终水部郎中。《全唐诗》录其诗二卷。　③ 与:《全唐诗》作"向"。　④ 不:《全唐诗》注"一作未"。　⑤ 铺:《全唐诗》作"销"。　⑥ 更:《全唐诗》作"竟"。　⑦ 结坐:《全唐诗》作"坐结"。

拘　幽　操①

韩　愈

目掩掩②兮其凝其盲，耳肃肃兮听不闻声。朝不日③出兮夜不见月与星，有知无知兮为死为生。呜呼，臣罪当诛兮天王圣明。

① 此首录自《乐府诗集》卷五七。今按:题为《琴论》古琴曲十二操之五。《韩昌黎集》卷一此题下有序"文王羑里作"。　② 掩掩:《韩昌黎集》卷一作"窈窈"。　③ 朝不日:《韩昌黎集》注"日上或有见字"。

越　裳　操①

韩　愈

雨之施，物以孳，我何意于彼为？自周之先，其艰其勤。以有疆宇，私我后人。我祖在上，四方在下。厥临孔威，敢戏以侮？孰荒于门？孰治于田？四海既均，越裳是臣。

① 此首录自《乐府诗集》卷五七。今按:题为《琴论》古琴曲十二操之四。

岐　山　操①

韩　愈

我家于豳，自我先公。伊我承绪，敢有不同。今狄之人，将土②我疆。民为我战，谁使死伤。彼岐有岨，我往独处。人莫③余追，无思我悲。

① 此首录自《乐府诗集》卷五七。郭茂倩解引《琴操》曰:"《岐山操》，周公为大王作也。"今按:题为《琴论》古琴曲十二操之六。　② 土:意动用法，指侵占。③ 人莫:《乐府诗集》注"旧作莫尔"。《韩昌黎集》及《全唐诗》卷三三六均作"尔莫"，《唐文粹》作"莫尔"。

履霜操①

韩 愈

父兮儿寒，母兮儿饥。儿罪当笞，逐儿何为？儿在中野，以宿以处。四无人声，谁与儿语？儿寒何衣，儿饥何食？儿行于野，履霜以足。母生众儿，有母怜之。独无母怜，儿宁不悲？

① 此首录自《乐府诗集》卷五七。今按：题为《琴论》古琴曲十二操之七。《琴操》曰："《履霜操》，尹吉甫之子伯奇所作也。"伯奇为后母谗而见逐，乃集芰荷以为衣，采楟花以为食。晨朝履霜，自伤见放，于是援琴鼓之而作此操。曲终，投河而死。楟花，即棠梨花。晒干可以当蔬菜吃。《韩昌黎集》卷一有序曰："尹吉甫子伯奇，无罪，为后母谮而见逐，自伤作。"

雉朝飞操①

韩 愈

雉之飞，于朝日。群雌孤雄，意气②横出。当东而西，当啄而飞。随飞随啄，群雌粥粥③。嗟我虽人，曾不如彼雉鸡④。生身七十年，无一妾与妃。

① 此首录自《乐府诗集》卷五七。《韩昌黎集》卷一有序："犊牧子七十无妻，见雉双飞，感之而作。" ② 气：《韩昌黎集》注"或无'气'字"。 ③ 粥粥：《韩昌黎集》注"粥粥，或谓字当作翙，音祝。《说文》：'呼鸡，重言之'"。④ 彼雉鸡：一本作"此雉"。

猗兰操①

韩 愈

兰之猗猗，扬扬其香。不采而佩，于兰何伤？今天之旋，其曷为然？我行四方，以日以年。雪霜贸贸，荠麦之茂。子如不伤，我不尔觐。荠麦之茂，荠麦之有。君子之伤,君子之守。

① 此首录自《乐府诗集》卷五八。郭茂倩解曰:"一曰《幽兰操》。"《古今乐录》曰:"孔子自卫反鲁,见香兰而作此歌。"《韩昌黎集》卷一有序曰:"孔子伤不逢时作。"

将 归 操①

韩 愈

秋之水兮其色幽幽,我将济兮不得其由。涉其浅兮石啮我足,乘其深兮龙入我舟。我济而悔兮将安归尤?归乎归乎②,无与石斗兮无应龙求。

① 此首录自《乐府诗集》卷五八。今按:题为《琴论》古琴曲十二操之一。《韩昌黎集》卷一有序:"孔子之赵,闻杀鸣犊作。" ② 归乎归乎:《韩昌黎集》卷一作"归兮归兮"。

龟 山 操①

韩 愈

龟②之气③兮不能云④雨,龟之枬兮不中梁柱,龟之大兮只以奄鲁,知⑤将隳兮哀莫余伍。周公有思⑥兮嗟余归辅。

① 此首录自《乐府诗集》卷五八。郭茂倩解引《琴操》曰:"《龟山操》,孔子所作也。季桓子受齐女乐,孔子欲谏不得,退而望鲁龟山,作此曲,以喻季氏,若龟山之蔽鲁也。"今按:此题《韩昌黎集》卷一有序:"孔子以齐桓子受齐女乐,谏不从,望龟山而作。" ② 龟:古山名。在今山东省新泰东北。 ③ 气:《韩昌黎集》作"氛"。 ④ 云:《乐府诗集》注"旧作为"。 ⑤ 知:《韩昌黎集》注"或作如"。 ⑥ 思:《韩昌黎集》作"鬼"。

残 形 操①

韩 愈

有兽维狸兮我梦得之，其身孔明兮而头不知。吉凶何为兮觉坐而思，巫咸上天兮识者其谁？

① 此首录自《乐府诗集》卷五八。郭茂倩解引《琴操》曰："《残形操》，曾子所作。曾子梦一狸，不见其首，而作此曲也。"今按：《韩昌黎集》卷一此首有序："曾子梦见一狸，不见其首作。"

别 鹤 操①

韩 愈

雄鹤②衔枝来，雌鹤啄泥归。巢成不生子，大义当乖离。江汉水之大，鹤身鸟之微。更无相逢日，安可相随飞③？

① 此首录自《乐府诗集》卷五八。今按：题为《琴论》古琴曲十二操之九。《韩昌黎集》卷一、《全唐诗》卷三三六均题作《别鹄操》。《韩昌黎集》有序："商陵穆子娶妻五年无子，父母欲其改娶。其妻闻之，中夜悲啸，穆子感之而作。"
② 鹤：《乐府诗集》注"一作鹄"。《韩昌黎集》、《全唐诗》亦作"鹄"。下"鹤"字亦皆作"鹄"。 ③ "安可"句：《韩昌黎集》、《全唐诗》作"且可绕树相随飞"。

明 妃 怨①

杨 凌②

汉国明妃去不还，马驮③弦管向阴山。匣中纵有菱花镜，羞对④单于照旧颜。

① 此首录自《乐府诗集》卷五九。 ② 杨凌（生卒年不详）：字恭履，虢州弘农（今河南灵宝县南）人。大历中进士，官终侍御史。有文集一卷，柳宗元为作序。《全唐诗》录其诗一卷。 ③ 驮：《乐府诗集》作"驼"，据《全唐诗》卷二九一改。 ④ 对：《乐府诗集》作"到"，据《全唐诗》改。

昭 君 怨[1]

白居易

明妃风貌最娉婷,合在椒房应四星[2]。只得当[3]年备宫掖,何曾专夜奉帏[4]屏。见疏从道迷图画,知屈那教配虏庭? 自是君恩薄如纸,不须一向恨丹青。

[1] 此首录自《乐府诗集》卷五九。《乐府解题》载,王嫱,字昭君。年十七进宫,备受冷遇。后奉诏和亲,乃作怨思之歌云云。　[2] 四星:指后妃。《史记·天官书》:"中宫天极星……后句四星,末大星正妃,余三星后宫之属也。"司马贞索隐引《援神契》云:"辰极横,后妃四星从,端大妃光明。"　[3] 当:《文苑英华》卷二〇四作"常"。　[4] 帏:《文苑英华》作"帷"。

湘 妃[1]

李 贺

筠竹[2]千年老不死,长伴秦娥[3]盖湘水。蛮娘[4]吟弄满寒空,九山静绿泪花红。离鸾别凤烟梧中,巫云蜀雨遥相通。幽愁秋气上青枫,凉夜波间吟古龙。

[1] 此首录自《乐府诗集》卷五七。　[2] 筠竹:《广西通志》载此诗作"斑竹"。[3] 秦娥:《乐府诗集》注"一作神娥"。《广西通志》作"英娥",指湘妃女英、娥皇。[4] 蛮娘:南方年轻女子。《广西通志》作"蛮风"。

走 马 引[1]

李 贺

我有辞乡剑,玉锋堪截云。襄阳[2]走马客[3],意气自生春。朝嫌剑光静[4],暮嫌剑光[5]冷。能持剑向人,不解持照身[6]。

[1] 此首录自《乐府诗集》卷五八。今按:题为《琴论》古琴曲九引之六。[2] 襄阳:《乐府诗集》注"一作长安"。　[3] 客:《唐文粹》卷一二作"使"。　[4] 剑

光静:《李长吉歌诗》卷一作"剑花净"。 ⑤ 光:《乐府诗集》作"花"，据《李长吉歌诗》改。 ⑥ "不解"句:《乐府诗集》注"一作解持照身影"。

渌 水 辞①

李 贺

今宵好风月，阿侯②在何处？为有倾城③色，翻成足愁苦。东湖采莲叶，南湖拔蒲根④。未持寄小姑，且持感愁魂⑤。

① 此首录自《乐府诗集》卷五九。今按:此题《李长吉歌诗汇解》卷四作《绿水》。 ② 阿侯:相传为古代美女莫愁的女儿，后泛称美女。 ③ 城:《李长吉歌诗汇解》作"人"。《乐府诗集》注"一作人"。 ④ 拔蒲根:《乐府诗集》注"一作折蒲茸"。姚佺笺《李长吉昌谷集句解定本》作"采蒲根"。 ⑤ 感愁魂:《乐府诗集》注"一作感秋风"。

秋 风 引①

刘禹锡

何处秋风至，萧萧送雁群。朝来入庭树，孤客最先闻。

① 此首录自《乐府诗集》卷六〇。

飞 鸢 操①

刘禹锡

鸢飞杳杳青云里，鸢鸣萧萧风四起。旗尾飘扬势渐高，箭头砉划声相似。长空悠悠霁日悬，六翮不动凝飞烟②。游鹍翔雁出其下，庆云清景相回旋。忽闻饥乌一噪③聚，瞥下云中争腐鼠。腾音砺吻相喧呼，仰天大吓疑鸳雏④。畏人避犬投高处,俯啄⑤无声犹屡顾。青鸟自爱三⑥山禾,仙禽徒贵华⑦亭露。朴樕危巢向暮时,毰毸饱腹蹲枯枝。游童挟弹一麾肘,臆碎羽分人不悲。天生众禽各有类,威凤文章在仁义。鹰隼仪形蝼蚁心,虽能戾天何足贵?

① 此首录自《乐府诗集》卷六〇。 ② 凝飞烟:《刘梦得文集》卷二作"飞凝烟"。 ③ 一噪:《唐文粹》卷七作"噪相"。 ④ 鸳雏:《刘梦得文集》作"鹓雏"。 ⑤ 啄:《刘梦得文集》作"吻"。 ⑥ 三:《刘梦得文集》作"玉"。 ⑦ 华:《刘梦得文集》作"山"。

升仙操①

李群玉

嬴女去秦宫,琼箫②生③碧空。凤台闭烟雾,鸾吹飘天风。复闻周太子,亦遇浮丘公。丛簧发仙④弄,轻举紫霞中。浊世不久住⑤,清都路何穷。一去霄汉上,世上那得逢?

① 此首录自《乐府诗集》卷六〇。 ② 箫:《全唐诗》卷五六八作"笙"。 ③ 生:《全唐诗》作"飞"。 ④ 仙:《全唐诗》作"天"。 ⑤ 住:《全唐诗》作"驻"。

游春曲①(二首)

王涯

其一

万树江边杏,新开一夜风。满园深浅色,照在绿波中。

① 此二首录自《乐府诗集》卷五九。今按:此诗《全唐诗》卷三四六题作《春游曲》。《乐府诗集》作王维诗,《全唐诗》王维卷未收。《唐诗纪事》卷四二作张仲素诗,《全唐诗》张仲素诗中未收,今据《全唐诗》作王涯诗。

其 二

上宛何穷树，花开①次第新。香车与丝骑，风静亦生尘。

① 开：《全唐诗》作"间"。

游 春 辞①（二首）

王 涯

其 一

曲江丝②柳变烟条，寒谷冰随暖气销。才见春光生绮陌，已闻清乐动云韶③。

① 此二首录自《乐府诗集》卷五九。今按：此诗作者《乐府诗集》作"王维"，据《全唐诗》卷三四六改作王涯。 ② 丝：《全唐诗》作"绿"。 ③ 云韶：指《云门》、《大韶》。古代乐舞名。

其 二

经①过柳陌与桃蹊，寻逐风②光著处迷。鸟度时时冲絮起，花繁衮衮压枝低。

① 经：《乐府诗集》作"红"，据《全唐诗》改。 ② 风：《全唐诗》作"春"。

秋 思①（二首）

王 涯

其 一

网②轩凉吹动轻衣，夜听更长玉漏稀。月渡③天河光转湿，鹊惊秋树叶频飞。

① 此二首录自《乐府诗集》卷五九。今按：此诗作者《乐府诗集》作"王维"，据《唐诗纪事》卷四二、《全唐诗》卷三四六改。 ② 网：《全唐诗》注"一作丝"。 ③ 渡：《全唐诗》作"度"。

其 二

宫连太液见苍①波，暑气微清②秋意多。一夜轻风苹末起，露珠翻尽满池荷。

① 苍：《全唐诗》作"沧"。　② 清：《全唐诗》作"消"。

游 春 辞①（三首）

令狐楚

其 一

晚②游临碧殿，日上望春亭。芳树罗仙仗，晴山展翠屏。

① 此三首录自《乐府诗集》卷五九。今按：此题《全唐诗》卷三三四作《春游曲》。　② 晚：《全唐诗》作"晓"。

其 二

一夜好风吹，新花一万枝。风前调玉管，花下簇金羁①。

① 羁：《全唐诗》注"一作鸡"。

其 三

阊阖春风起，蓬莱雪水①消。相将折杨柳，争取最长条。

① 雪水：《全唐诗》注"一作水雪"。

别 鹤①

杜 牧②

分飞共③所从，六翮势摧④风。声断碧云外，影孤明月中。青田归路远，月桂⑤旧巢空。矫翼知何处，天涯不可穷。

① 此首录自《乐府诗集》卷五八。　② 杜牧(803—853)：字牧之，京兆万年

（今陕西西安）人。太和二年进士，历任监察御史，膳部、比部及司勋员外郎，黄州、池州、睦州、湖州刺史，终中书舍人，世称杜樊川、杜司勋，又称小杜，以别于杜甫。工诗赋及古文，以诗的成就为最高，与李商隐齐名。有《樊川文集》二十卷，《外集》、《别集》各一卷。《全唐诗》录其诗八卷。　③　共：疑当作"失"。　④　摧：《全唐诗》卷五二五作"催"。　⑤　月桂：《全唐诗》作"丹桂"。

别　鹤①

杨巨源

　　海鹤一为别，高程方杳②然。影摇江海③路，思结潇湘天。皎然仰白日，真姿栖紫烟。含情九霄际，顾侣五云前。遐心属清都，凄响激朱弦。超摇间云雨④，迢递各山川。东南信多水，会合当有年。雄飞戾冥冥⑤，此意何由传？

　　①　此首录自《乐府诗集》卷五八。今按：此题《全唐诗》卷三三三作《别鹤词送令狐校书之桂府》。　②　杳：《全唐诗》作"窅"。　③　海：《全唐诗》作"汉"。④　"超摇"句：《全唐诗》作"超遥闻风雨"。　⑤　"雄飞"句：《全唐诗》作"雌飞唳冥冥"。

司马相如琴歌①

张　祜

　　凤兮凤兮非无凰②，山重水阔不可量。梧桐结阴在朝阳，濯羽③弱水鸣高翔。

　　①　此首录自《乐府诗集》卷六〇。　②　凰：《全唐诗》卷五一〇作"皇"。③　羽：《乐府诗集》作"雨"，据《全唐诗》改。

思 归 引 [1]

张 祜

重重作闺清旦镝,两耳深声长不彻。深宫坐愁百年身,一片玉中生愤血。焦桐罢弹丝自绝,漠漠暗魂愁夜月。故乡不归谁共穴,石上作蒲蒲九节。

[1] 此首录自《乐府诗集》卷五八。今按:题为《琴论》古琴曲九引之四。

雉朝飞操 [1]

张 祜

朝阳陇东泛暖景,双啄双飞双顾影。朱冠锦襦聊日整,漠漠雾中如衣褧。伤心卢女 [2] 弦,七十老翁长独眠。雄飞在草雌在田,衷肠结愤气呵天。圣人在上心不偏,翁得女妻甚可怜。

[1] 此首录自《乐府诗集》卷五七。今按:题为《琴论》古琴曲十二操之八。

[2] 卢女:亦称卢姬。相传是三国魏武帝宫女,善鼓琴,能传《雉朝飞操》。

昭 君 怨 [1]（二首）

张 祜

其 一

万里边城远,千山行路难。举头唯见月 [2],何处是长安?

[1] 此二首录自《乐府诗集》卷五九。　[2] 月:《全唐诗》卷五一〇作"日"。

其 二

汉庭无大议,戎虏几先和。莫羡倾城色,昭君恨最多。

湘 妃 怨①

陈 羽②

二妃怨③处云沉沉，二妃哭处湘水深。商人酒滴
庙前草，萧飒④风生斑竹林。

① 此首录自《乐府诗集》卷五七。今按：此首《全唐诗》卷三四八题作《湘君祠》，注云"一作湘妃怨"。　② 陈羽(生卒年不详)：吴县(今属江苏)人。早年漫游镜湖、若耶溪一带，与戴叔伦友善。贞元八年进士。《全唐诗》录其诗一卷。　③ 怨：《文苑英华》卷二〇四作"愁"。　④ 萧飒：《全唐诗》作"萧索"，注云"一作飒"。

秋 思①（三首）

鲍 溶

其 一

胡风吹雁翼，远别无人乡。君近雁来处，几回断
君肠。昔奉千日书，抚心怨星霜。无书又千日，世路
重茫茫。燕国有②佳丽，蛾眉富春光。自然君归晚，花
落君空堂③。君其若不然④，岁晚双鸳鸯。

① 此三首录自《乐府诗集》卷五九。今按：《乐府诗集》作"二首"，据其目录及《全唐诗》卷四八六改为三首。一、二首原合为一，今据分。　② 有：《全唐诗》注"一作古"。　③ 堂：《全唐诗》注"一作房"。　④ "君其"句：《全唐诗》注"一作君若谓不死"。

其 二

顾兔蚀残月，幽光不如星。女儿晚事夫，颜色同
秋萤。秋日边马思，武夫不遑宁。燕歌易水怨，剑舞
蛟龙腥。风折连枝树，水翻无蒂萍。立身多户门①，何
必燕山铭。生世不如鸟，双双比翼翎。

① 户门：《全唐诗》作"门户"。

其 三

季秋天地闲①，万物生意足。我忧长于生，安得及

草木？试从古人愿，致酒歌秉烛。燕赵皆世人，讵能长似玉？俯怜老期近，仰视日车速。萧飒御风君，魂梦愿相逐。百年夜销半，端为垂缨②束。

① 闲：《乐府诗集》注"一作闭"。　② 垂缨：垂下冠带。古代臣见君时的装束，后常借指出任官职。

湘妃列女操①

鲍溶

有虞夫人哭虞后②，淑女何事又伤离。竹上泪迹生不尽，寄哀云和③五十丝。云和经④奏钧天曲，乍听宝琴遥嗣续，三湘测测流急绿。秋夜露寒蜀帝飞，枫林月斜楚臣宿。更疑川宫日黄昏，阖携女手殷勤言，环珮玲珑有无间。终疑既远双悄悄，苍梧旧云岂难召，老猿心寒不可啸。目盷盷兮意蹉跎，魂腾腾兮惊秋波。曲一尽兮忆再奏，众弦不声且如何。

① 此首录自《乐府诗集》卷五七。　② 后：帝王。《乐府诗集》作"後"，误。据《全唐诗》卷四八七改。　③ 云和：本山名，古取所产之材以制琴瑟，因用作琴瑟之代称。　④ 经：《全唐诗》作"终"。

昭 君 怨①

梁 琼②

自古有③和亲，贻灾④到妾身。胡风嘶去马，汉月吊⑤行轮。衣薄狼山雪，妆成虏塞春。回看父母国，生死毕胡尘。

① 此首录自《乐府诗集》卷五九。　② 梁琼（生卒年不详）：唐代女诗人。《全唐诗》录其诗四首。《乐府诗集》作"梁氏琼"。　③ 有：《乐府诗集》作"无"，据《全唐诗》卷八〇一、《文选英华》卷二〇四改。　④ 贻灾：《全唐诗》注"一作天

贻"。《文苑英华》作"天移"，并注"移，一作贻"。　⑤ 吊：《全唐诗》作"出"。

白 雪 曲①

贯 休

列鼎佩金章，泪眼看风枝②。却思食藜藿，身作屠
沽儿。负米无远近，所希升斗③归。为人无贵贱，莫学
鸡狗肥。斯言如不忘，别更无光辉。斯言如或忘，即
安用人为④？

① 此首录自《乐府诗集》卷五七。　② 看风枝：指想起父母去世，不得奉养。
《韩诗外传》卷九："皋鱼曰：'……树欲静而风不止，子欲养而亲不待也。'"后以
"风树"、"风枝"、"风木之思"等喻父母去世，不得侍奉。　③ 升斗：《乐府诗集》
作"斗斛"，据《全唐诗》卷八二六改。　④ 安用人为：等于说"何以为人"。

秋 思①

司空图②

身病时亦危，逢秋多恸哭。风波一摇荡，天地几
翻覆。孤萤出荒池，落叶穿破屋。势利长草草，何人
访幽独？

① 此首录自《乐府诗集》卷五九。　② 司空图（837—908）：字表圣，虞乡（今
山西永济）人。咸通间进士，官至知制诰、中书舍人。因避乱隐居中条山王官谷，
自号知非子、耐辱居士。唐亡，朱全忠称帝，绝食而死。著有《诗品》二十四则、
《司空表圣文集》十卷。《全唐诗》录其诗三卷。

幽 兰①

崔 涂②

幽植众能③知，贞芳④只暗持。自无君子佩，未是

国香衰。白露沾长早,春风到每迟⑤。不如⑥当路草,芳馥欲何为?

① 此首录自《乐府诗集》卷五八。 ② 崔涂(生卒年不详):字礼山,睦州桐庐(今属浙江)人。光启四年登进士第。工诗,写景状怀,均能动人,穷年羁旅,故诗多离怨之作。《全唐诗》录其诗一卷。 ③ 能:《全唐诗》卷六七九作"宁"。
④ 贞芳:《全唐诗》作"芬芳"。 ⑤ "春风"句:《乐府诗集》作"青春每到迟",据《全唐诗》改。 ⑥ 如:《乐府诗集》作"知",据《全唐诗》改。

宛 转 歌①(二首)

刘方平

其 一

星参差,月二八②,灯五枝。黄鹤瑶琴将别去,芙蓉羽帐③惜空垂。歌宛转,宛转恨无穷。愿为波④与浪,俱起碧流中。

① 此二首录自《乐府诗集》卷六〇。今按:此题《全唐诗》卷二五一作《代宛转歌》。 ② "月二八"二句:《全唐诗》作"明月二八灯五枝"。 ③ 帐:《乐府诗集》作"怅",据《全唐诗》改。 ④ 波:《全唐诗》作"潮"。

其 二

晓将近,黄姑织女银河尽①。九华锦衾无复情,千金宝镜谁能引。歌宛转,宛转伤别离。愿做杨与柳,同向玉窗垂。

① 尽:《全唐诗》注"一作隐"。

宛 转 歌①(二首)

郎大家宋氏②

其 一

风已清,月朗琴复鸣。掩抑非千态,殷勤是一声。

歌宛转，宛转和且长。愿为双鸿③鹄，比翼共翱翔。

　　① 此首录自《乐府诗集》卷六〇。今按：此题《全唐诗》卷八〇一注"一作《拟晋女刘妙容宛转歌》"。又，《全唐诗》注"一作崔液诗"。　　② 郎大家宋氏（生卒年不详）：女诗人。天宝以前在世，善作乐府诗，其诗曾收入李康成《玉台后集》，列刘希夷前，可能为初唐时人。《全唐诗》录其诗五首。　　③ 鸿：《全唐诗》注"一作黄"。

其　二

　　日已暮，长檐鸟应度。此时①望君君不来，此时②思君君不顾。歌宛转，宛转那能异栖宿。愿为形与影，出入恒相逐。

　　① 此时：《全唐诗》注"一本无此二字"。　　② 此时：《全唐诗》注"一本无此二字"。

三峡流泉歌①

李季兰②

　　妾家本住巫山云，巫山流水常自闻。玉琴弹出转寥夐，直似当时梦中听。三峡流泉几千里，一时流入深闺里。巨石奔崖指下生，飞波走浪弦中起。初疑喷涌含雷风，又似呜咽流不通。回湍曲濑势将尽，时复滴沥平沙中。忆昔阮公为此曲，能使仲容听不足。一弹既罢复一弹，愿似流泉镇相续。

　　① 此首录自《乐府诗集》卷六〇。郭茂倩解引《琴集》曰："《三峡流泉》，晋阮咸所作也。"　　② 李季兰（？—784）：名冶，一说名裕。六岁能为诗，后为女道士。善弹琴，尤长于诗，为当时名士所称。后招入宫中，留月余后优赐归山。《全唐诗》录其诗八首。